Lealdade Mortal

J. D. ROBB

SÉRIE MORTAL

Nudez Mortal

Glória Mortal

Eternidade Mortal

Êxtase Mortal

Cerimônia Mortal

Vingança Mortal

Natal Mortal

Conspiração Mortal

Lealdade Mortal

Testemunha Mortal

Julgamento Mortal

Traição Mortal

Sedução Mortal

Reencontro Mortal

Pureza Mortal

Retrato Mortal

Imitação Mortal

Dilema Mortal

Visão Mortal

Sobrevivência Mortal

Origem Mortal

Recordação Mortal

Nascimento Mortal

Inocência Mortal

Criação Mortal

Nora Roberts
escrevendo como
J. D. ROBB

Lealdade Mortal

4ª edição

Tradução
Renato Motta

Copyright © 1999 *by* Nora Roberts

Título original: *Loyalty in Death*

Capa: Leonardo Carvalho

Editoração: DFL

2016
Impresso no Brasil
Printed in Brazil

CIP-Brasil. Catalogação na fonte
Sindicato Nacional dos Editores de Livros – RJ.

R545L Robb, J. D., 1950-
4ª ed.   Lealdade mortal / Nora Roberts escrevendo como J. D. Robb;
          tradução Renato Motta. — 4ª ed. — Rio de Janeiro: Bertrand
          Brasil, 2016.
          434p.

          Tradução de: Loyalty in death
          ISBN 978-85-286-1310-0

          1. Romance americano. I. Motta Renato. II. Título.

                                              CDD – 813
08-0304   CDU – 821.111(73)-3

Todos os direitos reservados pela:
EDITORA BERTRAND BRASIL LTDA.
Rua Argentina, 171 – 2º andar – São Cristóvão
20921-380 – Rio de Janeiro – RJ
Tel.: (0xx21) 2585-2070 – Fax: (0xx21) 2585-2087

Não é permitida a reprodução total ou parcial desta obra, por quaisquer
meios, sem a prévia autorização por escrito da Editora.

Atendimento e venda direta ao leitor
mdireto@record.com.br ou (0xx21) 2585-2002

Para Vanessa Darby,
porque eu realmente quero ir para o céu.

Como moscas para meninos cruéis, somos nós para os deuses;
Eles nos matam por esporte.

— SHAKESPEARE

Política, do modo como a palavra é normalmente compreendida,
não passa de corrupção.

— JONATHAN SWIFT

PRÓLOGO

Caro camarada,

Somos Cassandra.

Começou.

Tudo pelo que trabalhamos, tudo para o que treinamos, tudo pelo que nos sacrificamos está pronto. Uma alvorada depois da longa escuridão. Os objetivos definidos há mais de trinta anos serão alcançados. As promessas feitas serão cumpridas. E o sangue do mártir que foi derramado será, por fim, vingado.

Sabemos de sua preocupação. Sabemos de sua cautela. É isso o que o torna um sábio general. Pois pode acreditar que ouvimos seus conselhos e encaramos seus alertas com seriedade. Não vamos sair das sombras para lutar esta guerra amarga e justa em batalhas que possamos perder. Estamos bem equipados, nossa causa está bem financiada e todos os passos e opções foram considerados.

Enviamos esta transmissão ao senhor, caro amigo e velho camarada, enquanto nos preparamos com alegria para dar continuidade à nossa missão. O primeiro golpe já foi dado, o primeiro sangue já jorrou e nos regozijamos com isso. As circunstâncias colocaram em nosso caminho uma oponente que o senhor considerará de grande valor. Enviamos em anexo a esta transmissão um dossiê sobre a tenente Eve Dallas, do lugar que se autodenomina Departamento de Polícia e Segurança da Cidade de Nova York, para que o senhor possa se familiarizar com a adversária.

Após a derrota desta inimiga, nossa vitória será muito mais doce. Ela é, afinal, um dos símbolos do sistema corrupto e opressivo que vamos destruir.

Seu sábio aconselhamento nos dirigiu até aqui. Convivemos com estes peões patéticos criados por uma sociedade fraca e sem fibra, exibindo para eles a nossa máscara sorridente de puro escárnio não só pela cidade, mas também pelo seu sistema repressor e decadente. Nos fingimos de cegos para nos tornarmos como eles. Ninguém nos questiona, enquanto nos movemos por estas ruas imorais e sujas. Somos invisíveis, sombras entre sombras, como o senhor e aquele a quem ambos amamos nos ensinaram a ser: soldados ardilosos.

E quando destruirmos, um por um, os símbolos desta sociedade superalimentada, demonstrando o nosso poder e o nosso hábil plano para a nova ordem das coisas, eles tremerão. Eles nos verão e se lembrarão dele. O primeiro símbolo de nossa gloriosa vitória será um monumento erguido em homenagem a ele, representando a sua imagem.

Somos leais e temos boa memória.

O senhor ouvirá os primeiros clarins da batalha amanhã.

Fale de nós a todos os patriotas e a todos que nos são leais.

Somos Cassandra.

Capítulo Um

No decorrer apenas daquela noite, um mendigo morreu sem que ninguém notasse sob um banco do Greenpeace Park. Um professor de história caiu ensangüentado, com a garganta cortada, a um metro da porta de casa, pelas doze fichas de crédito que trazia no bolso. Uma mulher teve seu último grito abafado e tombou sob os punhos irados de seu amante.

Ainda não satisfeita com tudo isso, a morte formou círculos no ar com a ponta de seu dedo magro e o apontou alegremente para o espaço entre os olhos de J. Clarence Branson, presidente da empresa Branson Ferramentas e Brinquedos, que tinha cinqüenta anos.

Ele era rico, solteiro e bem-sucedido, um homem charmoso com capacidade para ser co-proprietário de uma grande corporação interplanetária. Segundo filho da terceira geração dos Branson a fornecer ao mundo e seus satélites implementos de trabalho e instrumentos de diversão, ele vivera de forma extravagante.

E morrera do mesmo modo.

O coração de J. Clarence fora trespassado pela comprida broca de uma de suas furadeiras portáteis multiuso, empunhada por sua amante de olhos duros como aço, a qual, depois de pregá-lo na parede, informou o incidente à polícia, para então se sentar com toda a calma do mundo e apreciar um bom clarete, enquanto os primeiros policiais chegavam à cena do crime.

Ela continuou a sorver sua bebida confortavelmente acomodada em uma cadeira de espaldar alto diante de uma lareira com fogo gerado por computador, enquanto a tenente Eve Dallas examinava o corpo.

— Ele está absoluta e comprovadamente morto — informou ela a Eve, com frieza. Seu nome era Lisbeth Cooke e ganhava a vida como executiva do departamento de publicidade da companhia do seu finado amante. Tinha quarenta anos, era esbelta, atraente e muito boa em seu trabalho. — A Branson 8000 é um produto excelente, projetado para satisfazer tanto os profissionais quanto os entusiastas de hobbies artesanais. É muito poderosa e precisa.

— Hã-hã... — Eve analisava o rosto da vítima. Bem cuidado e bonito, embora a morte tivesse estampado em sua face um olhar de confusão, pesar e espanto. O sangue empapara o peito de seu roupão de veludo roxo e escorrera, formando uma poça brilhante no chão. — A furadeira fez um trabalho perfeito aqui. Leia os direitos da sra. Cooke, Peabody.

Enquanto sua assistente cumpria a ordem, Eve calculava o momento e a causa da morte, para registro. Mesmo com a confissão voluntária, a rotina de investigação do assassinato deveria ser seguida. A arma seria levada como prova, o corpo passaria por uma autópsia e a cena do crime seria preservada.

Gesticulando para a equipe de peritos, que assumiria os trabalhos, Eve atravessou o aposento acarpetado em azul-rei e se sentou diante de Lisbeth, em frente ao fogo que crepitava e emitia ondas exuberantes de luz e calor. Não disse nada por um momento, esperando por vários segundos para ver que reação conseguiria da morena elegante com sangue fresco salpicado de forma alegre em seu macacão amarelo de seda.

Lealdade Mortal

Conseguiu apenas um olhar de educada expectativa.

— E então...? A senhora quer falar sobre o que aconteceu?

— Ele me traiu — afirmou Lisbeth, sem emoção. — Eu o matei.

Eve avaliou os olhos verdes muito firmes e percebeu raiva neles, mas não choque, nem remorso.

— Vocês discutiram?

— Trocamos algumas palavras. — Lisbeth levou o cálice de clarete aos lábios carnudos, pintados no mesmo tom forte do vinho. — A maioria das palavras saiu da minha boca. J. C. era um homem fraco. — Encolheu os ombros, e a seda farfalhou. — Eu aceitava isso, cheguei a achar essa característica atraente em várias ocasiões. Mas nós tínhamos um acordo. Eu dei a ele três anos da minha vida.

Nesse momento ela se inclinou ligeiramente para a frente, e seus olhos cintilaram de ódio, por trás da aparente frieza.

— Durante esses três anos eu bem que poderia ter saído em busca de outros interesses, outros acertos, outros relacionamentos. Mas fui fiel. Ele não foi. — Respirou fundo, tornou a se recostar na cadeira e quase sorriu ao afirmar: — Agora, está morto.

— Sim, percebi esse detalhe. — Eve ouviu um barulho áspero e sons ofegantes da equipe que tentava arrancar a comprida broca de aço da massa de carne e osso. — A senhora trouxe a furadeira ao vir para cá, sra. Cooke, com a intenção de usá-la como arma?

— Não, a máquina era de J. C. Ele a utilizava, ocasionalmente. Devia estar usando a furadeira para alguma coisa — refletiu, lançando um olhar casual na direção do corpo que a equipe de técnicos tentava despregar da parede em um horrível e movimentado balé.

— Eu a vi sobre a mesa e pensei: "Puxa, isso não é perfeito?" Peguei-a na mesma hora, liguei-a e a coloquei em ação.

Não poderia ser mais simples, analisou Eve, levantando-se.

— Sra. Cooke, estes policiais vão levá-la para a central de polícia. Tenho mais algumas perguntas para a senhora.

De forma obediente, Lisbeth acabou de saborear o cálice de clarete e o deixou de lado.

— Vou só pegar meu casaco — informou.

Peabody balançou a cabeça ao ver Lisbeth vestir um casaco preto longo, de mink, por sobre a roupa de seda ensangüentada, para em seguida ser levada por dois policiais com a galhardia de uma mulher que seguia rumo ao próximo evento social da noite.

— Puxa vida, a gente vê de tudo — afirmou Peabody. — Ela fura o cara com uma broca e em seguida nos entrega o caso de bandeja.

Eve encolheu os ombros, em seu casaco de couro, e recolheu o kit de serviço. Com ar pensativo, usou solvente para limpar o sangue e o spray selante das mãos. Os peritos iam acabar de examinar tudo e depois deixariam a cena do crime preservada.

— Jamais vamos conseguir enquadrá-la em assassinato de primeiro grau. Foi exatamente isso o que aconteceu aqui, mas aposto que o caso vai ser registrado como homicídio casual em menos de quarenta e oito horas.

— Homicídio casual? — Genuinamente chocada, Peabody olhou boquiaberta para Eve no instante em que entraram no elevador que as levaria ao saguão do prédio. — Ah, qual é, Dallas? Sem chance!

— Vou lhe explicar como a coisa rola. — Eve olhou para os olhos escuros e sérios de Peabody, analisou o seu rosto quadrado com ar determinado, emoldurado pelos cabelos com franja reta, sob o quepe da polícia, e quase lamentou ter de destruir a fé que Peabody demonstrava ter no sistema. — Se a furadeira for realmente da vítima, a assassina não a trouxe com ela. Isso acaba com a acusação de premeditação. Ela demonstrou altivez e uma boa dose de loucura, mas depois de algumas horas jogada em uma cela, ou até menos, seu instinto de sobrevivência vai falar mais alto e ela vai contratar um advogado. Como é esperta, vai arranjar um advogado esperto.

— Sim, mas temos uma determinação clara aqui. Temos a intenção. Ela acaba de gravar uma declaração confessando tudo.

Lealdade Mortal 15

Essas eram as especificações do manual de procedimentos. Por mais que acreditasse nas regras do manual, Eve sabia que, às vezes, as páginas se mostravam um tanto enevoadas.

— Ela não tem que negar as declarações que fez, apenas embelezá-las. Eles discutiram. Ela estava arrasada, muito aborrecida. Talvez ele a tenha ameaçado. Em um momento passional, ou talvez movida pelo medo, ela pegou a furadeira. — Eve saiu do elevador, atravessou o amplo saguão com colunas de mármore rosa e exuberantes árvores ornamentais. — Insanidade mental temporária — continuou. — Possivelmente uma alegação de legítima defesa, embora isso seja papo furado, é claro. O problema é que Branson tinha um metro e noventa, pesava cem quilos, e ela tem um metro e sessenta, e pesa uns cinqüenta e poucos quilos. Eles podem engolir a história. Depois disso, ainda sob o efeito do choque, ela entra em contato com a polícia de imediato. Não tenta fugir nem nega o crime. Assume a responsabilidade, o que vai lhe garantir alguns pontos com o júri, se o caso chegar a esse ponto. O promotor também sabe de tudo isso e vai aceitar uma diminuição de peso na acusação.

— Isso me incomoda, sabia?

— Ela vai cumprir pena, pode ter certeza — assegurou Eve ao enfrentar, assim que saiu na rua, um vento tão frio quanto a amante desprezada que agora estava sob custódia. — Ela vai perder o emprego e gastar uma grana preta com advogado, mas vai levar tudo o que conseguir.

Peabody olhou para o rabecão.

— Mas esse caso devia ser tão simples — reclamou.

— Muitas vezes os crimes mais simples são os que oferecem mais ângulos a serem explorados. — Eve sorriu de leve ao abrir a porta do seu carro. — Anime-se, Peabody. Vamos encerrar o caso, e ela não vai ser solta. Às vezes, precisamos nos conformar, porque isso é melhor do que nada.

— Ela nem mesmo parecia amá-lo — lamentou Peabody, encolhendo os ombros, o que fez Eve erguer as sobrancelhas. — Dava para perceber. Ela ficou simplesmente revoltada porque ele fodeu com outra.

— Sim, e então ela fodeu com ele... literalmente. Lembre-se sempre, Peabody, lealdade é uma coisa importante. — O *tele-link* do carro tocou assim que Eve ligou o motor. — Tenente Dallas falando...

— Oi, Dallas, Tudo bem? É Ratso.

Eve olhou para a cara de fuinha com miúdos olhos azuis que surgiu na tela.

— Eu nunca teria adivinhado, Ratso — debochou ela.

Ele inspirou com força, forçando uma risada.

— É... você está certa... Ahn... Escute, Dallas, tenho uma boa para você. Que tal se encontrar comigo em algum lugar para ouvir as novidades? Tudo bem? Pode ser?

— Estou indo para a central. Estou ocupada. Além disso, o meu turno acabou faz dez minutos, então...

— Mas eu tenho uma informação importante. Dados úteis. Vale a pena.

— Sei, você sempre diz isso. Não me faça perder tempo, Ratso.

— Mas é importante. — Os olhos azuis se agitaram, brilhantes como bolas de gude, em seu rosto esquelético. — Posso estar no bar Brew em dez minutos.

— Vou lhe dar só cinco minutos. Vá treinando para conseguir falar coisa com coisa quando eu chegar lá.

Eve desligou, tirou o carro da vaga e seguiu em direção ao centro.

— Lembro-me de ver a cara dele nos seus arquivos — comentou Peabody. — É um dos seus informantes.

— Isso mesmo, e acabou de passar noventa dias sob vigilância por atentado ao pudor. Consegui que ele fosse fichado. Ratso gosta de exibir a sua personalidade para todo mundo quando fica de porre. Mas é inofensivo — acrescentou Eve. — Quase sempre me enche o ouvido de boatos, mas de vez em quando desencava dados sólidos. O bar Brew fica no caminho, e a sra. Cooke pode esperar mais um pouquinho. Pesquise o número de série da furadeira.

Lealdade Mortal

Vamos verificar se ela realmente pertencia à vítima. Depois, procure pelo parente mais próximo. Vou lhe comunicar a morte de Branson assim que Cooke for fichada.

A noite estava clara e fria, com um vento forte que zunia pelos canyons urbanos, entre os prédios, e levava a maioria dos pedestres a buscar abrigo. Os vendedores, nas carrocinhas de lanches, tremiam em meio ao vapor e fediam tanto quanto os cachorros-quentes de soja que ofereciam em suas pequenas churrasqueiras, torcendo para que alguma das almas que se aventuravam pela rua em pleno fevereiro sentisse fome.

O inverno de 2059 tinha sido brutalmente gélido, e seus lucros eram irrisórios.

Deixaram a elegante vizinhança do Upper East Side, com suas calçadas limpas, intactas, porteiros uniformizados, e seguiram em direção ao sul, onde as ruas eram mais estreitas, muito barulhentas, e onde os moradores se moviam mais depressa, com os olhos pregados no chão e a mão protegendo a carteira.

Empilhados junto ao meio-fio, os restos da última nevasca pareciam uma lama cinza e gosmenta. Placas de gelo brilhantes ainda cobriam as calçadas à espera de desavisados. Acima das cabeças um imenso cartaz parecia flutuar, exibindo um oceano quente e azul que se desfazia sobre uma porção de areia fina e branca. A loura peituda que brincava nas águas exibia pouco mais que apenas o seu bronzeado e convidava Nova York a ir até as ilhas e aproveitar de tudo.

Eve se distraiu por alguns instantes, imaginando alguns dias na ilha refúgio de Roarke. *Sol, areia e sexo*, refletiu, enquanto enfrentava o tráfego pesado do início de noite. Seu marido ficaria muito satisfeito pela oportunidade de lhe fornecer os três e ela estava quase pronta a lhe sugerir exatamente isso. Mas era melhor esperar mais uma ou duas semanas, decidiu. Tinha de tratar de algumas papeladas pendentes, prestar depoimentos já agendados no tribunal, relacionados com casos encerrados, e amarrar algumas pontas soltas.

Precisava também, admitiu para si mesma, se sentir um pouco mais segura para se afastar do trabalho.

Ela perdera o distintivo e quase a sanidade, e o caso ainda era muito recente para ter se recuperado por completo do trauma.* No momento, apesar de ter conseguido os dois de volta, ainda não se sentia pronta para deixar o dever de lado por um pouco de indulgência pessoal.

Ao chegar no estacionamento do segundo andar, em uma rampa próxima à entrada do bar Brew, Peabody já localizara os dados.

— De acordo com o número de série, a arma do crime pertencia à vítima.

— Então, começaremos com assassinato em segundo grau — disse Eve, enquanto caminhavam pela calçada. — O promotor não vai nem perder tempo tentando provar que houve premeditação.

— Mas você acha que ela foi até lá com a intenção de matá-lo, não acha?

— Ah, disso eu não tenho dúvida. — Eve se encaminhou na direção das luzes turvas de uma caneca de cerveja com espuma escorrendo dos lados.

A especialidade do bar Brew era bebida barata acompanhada de amendoim velho. Sua clientela era formada de contraventores com pouca sorte, escriturários malpagos e acompanhantes licenciadas que caçavam quem encontrassem, além de desocupados sem nada melhor para fazer na vida.

O ar viciado tinha cheiro de mofo e estava superaquecido, as conversas espalhadas pelo salão pareciam secretas. Através da luz difusa e enevoada, vários olhares convergiram para Eve e depois, rapidamente, se desviaram.

Mesmo sem a presença de Peabody, fardada e caminhando ao seu lado, Eve demonstrava ser uma policial. Qualquer um reconheceria isso pelo jeito com que ela se posicionava ao parar, com o corpo alto e magro sempre em estado de alerta, os olhos castanho-claros muito duros, focados e sem expressão, enquanto avaliava rostos e detalhes.

---

* Ver *Conspiração Mortal*. (N. T.)

Lealdade Mortal

Somente os desavisados e ingênuos veriam apenas uma mulher de cabelos curtos em um corte picotado e ligeiramente rebeldes, o rosto fino de ângulos fortes e uma covinha no queixo. A maioria dos freqüentadores do Brew conseguia sentir o cheiro de um tira a distância e, se preciso, estaria pronta para correr em disparada na direção contrária à dele.

Eve avistou Ratso, com sua cara pontuda de roedor quase enfiada no fundo de uma caneca de cerveja, bebendo os últimos goles. Ao caminhar em direção à sua mesa, ouviu algumas cadeiras se afastarem para lhe dar passagem e viu um ou outro ombro se encolher de forma defensiva.

Todo mundo por aqui é culpado de alguma coisa, pensou, e lançou um sorriso propositadamente forçado para Ratso.

— Essa espelunca não muda, Ratso. Nem você.

Ele devolveu o cumprimento com uma risadinha ofegante, mas seu olhar se voltou de imediato para Peabody e seu uniforme impecável.

— Não precisava trazer reforço. Puxa, Dallas, pensei que fôssemos amigos.

— Meus amigos tomam banho todo dia, e esse não é o seu caso. — Esticou a cabeça para uma cadeira, apontando-a para Peabody, e se sentou à mesa. — Ela está comigo — disse apenas.

— Sei, já ouvi falar que você anda treinando uma mascote. — Tentou sorrir e exibiu o descaso com que tratava os dentes, mas Peabody o encarou com olhar duro. — Tudo bem, está limpo, já que ela está com você. Eu também faço parte da sua panelinha, certo, Dallas?

— Que sorte a minha, hein?!... — Quando a garçonete se aproximou da mesa, recebeu um olhar tão frio de Eve que mudou de direção na mesma hora, deixando-os em paz.

— O que tem para me dizer, Ratso?

— Consegui uma boa dica e posso conseguir ainda mais. — Seu rosto de desencanto formou uma expressão que Eve avaliou como cautela. — Se eu tivesse algumas fichas de crédito para poder trabalhar com mais folga...

— Não pago nada adiantado. Se eu lhe der alguma grana, você e sua cara feia vão sumir por seis meses.

Ele respirou novamente de forma ruidosa, engoliu a cerveja fazendo muito barulho e lançou para Eve um olhar esperançoso com seus olhos miúdos e úmidos.

— Puxa, Dallas, sempre tratei você numa boa...

— Então, comece a me tratar bem novamente.

— Tudo bem, tudo bem. — Inclinou-se para a frente fazendo seu corpo magro se debruçar sobre a caneca quase vazia. Eve reparou no círculo calvo no alto da cabeça de Ratso, liso como uma bundinha de bebê. Era quase charmoso e certamente muito mais atraente que os fiapos de cabelo desbotado e sebento que saíam dele. Você conhece o Armador, não conhece?

— Claro. — Eve se recostou na cadeira, não para relaxar o corpo, mas para se afastar do hálito podre de seu informante. — Ele ainda anda por aí? Puxa, deve estar com uns cento e cinqüenta anos.

— Não, ele não era tão velho assim não... Noventa e poucos, talvez, e ainda agitando todas. Pode apostar que o Armador tinha muita vitalidade. — Ratso balançou a cabeça com entusiasmo, e seus cabelos engordurados balançaram junto. — Ele sabia se cuidar. Comia coisas saudáveis e trepava regularmente com uma das garotas da avenida B. Ele dizia que o sexo deixava a mente e o corpo em forma, sabe como é.

— E como!... — murmurou Peabody, o que lhe garantiu um olhar reprovador de Eve.

— Por que está se referindo a Armador usando o verbo no passado, Ratso?

— Hein? — Ratso piscou depressa ao olhar para Eve.

— Aconteceu alguma coisa com Armador?

— Sim, mas espere que já chego nessa parte, não quero colocar o carro adiante dos bois. — Enfiou os dedos magros na tigela rasa

Lealdade Mortal

onde havia alguns amendoins desbotados. Mastigou-os com o que lhe sobrara dos dentes e olhou para o teto, como se tentasse reorganizar os pensamentos. — Há coisa de um mês, consegui um... bem, eu tinha um telão em bom estado, mas que precisava de um conserto.

As sobrancelhas de Eve se ergueram por trás das franjas.

— Esse "conserto" significa fazer a mercadoria esfriar? — perguntou Eve, sem expressão.

Ele respirou com dificuldade e sugou um pouco mais de cerveja.

— Sabe o que é, o aparelho estava meio caído e eu o levei para o Armador mexer nele. Você sabe que o cara era um gênio, certo? Não havia nada que ele não pudesse fazer funcionar como se fosse novo.

— Sim, e era ótimo também em trocar o número de série dos equipamentos.

— Sim, isto é verdade... Bem. — O sorriso de Ratso era quase doce. — Ficamos de papo. Armador sabia que estou sempre a fim de qualquer coisa que pinte, e me disse que estava trabalhando em um projeto. Troço grande. Grana alta. Uns caras aí o haviam contratado para fabricar timers, controles remotos, grampos e outras merdas. Ele montou algumas bombas também.

— Ele contou a você que estava montando explosivos?

— Puxa, Dallas, nós éramos amigos, ele me contou tudo sim. Parece que os caras sabiam que ele trabalhava com esse tipo de equipamento desde os tempos do exército. Além disso, pagavam muito bem.

— Quem estava pagando?

— Não sei. Acho que ele também não sabia. Contou apenas que uns caras foram até onde ele trabalhava, lhe deram uma lista de materiais e umas fichas de crédito. Ele construiu o que os sujeitos encomendaram, ligou para um número que haviam informado para contato e deixou um recado. Era só para avisar que os produtos estavam prontos, e dois caras iriam até lá para pegar tudo e lhe pagar o restante da grana.

— Para que finalidade ele achava que os equipamentos iam servir?

Ratso elevou os ombros magros e lançou um olhar desolado para a caneca vazia. Conhecendo bem a rotina, Eve ergueu um dedo e o apontou para a caneca de Ratso. Ele se animou na mesma hora.

— Obrigado, Dallas, obrigado. Estou mesmo de boca seca, de tanto falar.

— Então vá direto ao ponto, Ratso, enquanto ainda tem saliva nessa boca.

Ele abriu um largo sorriso ao ver a garçonete despejar um líquido cor de urina em sua caneca.

— Tudo bem, tudo bem. Armador achava que os caras iam usar aquilo para explodir um banco ou uma joalheria. Ele também havia montado uns dispositivos de ligação direta e sacou que os timers e os controles remotos iam servir para explodir as bombas que preparara. Disse que talvez os caras fossem precisar de alguém que soubesse se virar nas ruas e perguntou se podia indicar o meu nome.

— Afinal, amigo é pra essas coisas.

— É, isso mesmo! Então, recebi uma ligação dele, umas duas semanas depois disso. Ele pareceu muito agitado, entende? Disse que o lance não era nada daquilo que ele imaginava. Falou que era uma merda muito mais pesada. Pesada de verdade. De tão abalado, disse coisas sem nexo e nem conseguiu falar direito. Nunca vi o velho Armador daquele jeito. Estava completamente encagaçado. Disse que morria de medo de provocar outro Arlington e avisou que ia ter que sumir por uns tempos. Perguntou se podia se esconder na minha casa até descobrir o que fazer. Eu concordei, claro, e disse para ir lá para casa. Mas ele não apareceu.

— Talvez tenha ido se esconder por aí.

— Sim, se escondeu mesmo. Foi pescado do fundo do rio, faz dois dias. Do lado de Nova Jersey.

— Sinto muito por saber disso.

— Eu também. — Ratso olhou com tristeza para a cerveja. — Ele era um cara legal, entende? Ouvi dizer que arrancaram a língua dele. — Levantou os olhos miúdos e os pousou, com ar de tristeza, no rosto de Eve. — Que tipo de pessoa seria capaz de fazer uma merda dessas?

— Gente da pesada, Ratso. Gente má. Esse caso não é meu — acrescentou. — Posso até dar uma olhada nos registros, mas não há muito mais que eu possa fazer.

— Eles o apagaram porque ele descobriu o que iam fazer, certo? Não foi por isso?

— Sim, eu diria que faz sentido.

— Então você também vai ter que descobrir o que eles vão fazer, certo? Pois descubra, Dallas, e, então, impeça-os e derrube-os, pelo que fizeram com Armador. Você é uma tira que procura assassinos, e eles o assassinaram.

— Não é tão simples assim. O caso não é meu — repetiu. — Se eles os pescaram em Nova Jersey, não é minha jurisdição, não é nem mesmo a minha cidade. Os tiras que trabalham no caso não vão gostar muito de me ver xeretando a investigação deles.

— E você acha que os caras vão se importar com alguém como Armador?

Eve quase soltou um suspiro.

— Ratso, existem muitos tiras que vão se importar sim. Muitos deles estarão dispostos a se empenhar muito até encerrar o caso.

— Mas você vai ralar muito mais — disse ele, com simplicidade e uma fé quase infantil no olhar. Eve sentiu que sua consciência começava a se agitar. — Além disso, posso descobrir muita coisa para você. Se Armador me contou alguma coisa, pode muito bem ter contado a mais alguém. Ele não era de se apavorar com facilidade, e você sabe disso. Ele enfrentou as Guerras Urbanas. Pois pode crer que estava muito apavorado quando me ligou naquela noite. Se eles o eliminaram daquele jeito, é porque não planejavam simplesmente assaltar um banco.

— Talvez não. — Mas ela sabia que havia gente capaz de matar um turista por causa do seu relógio e um par de botas com amortecimento a ar. — Vou dar uma olhada, não posso prometer mais nada além disso. Se você descobrir mais dados que acrescentem alguma coisa, entre em contato comigo.

— Sim, OK... Certo. — Ele sorriu para Eve. — Sei que você vai descobrir quem acabou com Armador daquele jeito. Os outros tiras nem mesmo desconfiam daquilo em que ele andava metido, certo? Então, os dados que dei para você são bons.

— Sim, são muito bons, Ratso. — Ela se levantou, pegou algumas fichas de crédito no fundo dos bolsos e as colocou sobre a mesa.

— Quer que eu procure alguns dados sobre esse peixe que pescaram? — perguntou Peabody, ao voltarem para a rua.

— Sim. Agite isso para amanhã cedo. — Enquanto entravam no carro, Eve tornou a enfiar as mãos nos bolsos. — Pesquise tudo o que existe sobre Arlington também. Verifique todos os prédios, ruas, cidadãos, empresas ou qualquer outra coisa que tenha esse nome. Se descobrirmos algo importante, poderemos informar ao investigador oficial do caso.

— Esse tal de Armador trabalhava como informante para alguém?

— Não. — Eve se instalou no banco. — Armador odiava tiras. — Franziu o cenho por um instante e tamborilou sobre o volante. — Ratso tem o cérebro do tamanho de uma ervilha, mas conhecia Armador muito bem. O cara não era de se apavorar à toa e era ganancioso. Mantinha sua loja aberta sete dias por semana e trabalhava sozinho. Dizem que mantinha uma velha *blaster*, a arma que usara no exército, sob o balcão e também uma faca de caça. Costumava se gabar, dizendo que conseguia estripar um homem com a mesma rapidez e facilidade com que estripava uma truta.

— Puxa, parecia um cara muito divertido.

— Era um sujeito durão, azedo e preferia encarar o diabo de frente a um tira. Se ele queria sair fora desse lance, é porque devia ser algo inimaginável de tão ruim, pois quase nada o abalava.

— O que é isso que estou ouvindo...? — Com a cabeça meio de lado, Peabody colocou uma das mãos em concha junto do ouvido.

Lealdade Mortal

— Ah, deve ser o som do seu suspiro de tristeza, por não estar com este caso nas mãos.

— Ora, cale a boca, Peabody. — Eve saiu cantando pneus e com mais velocidade do que o necessário.

Chegou em casa depois do jantar, o que sempre a deixava um pouco irritada. O fato de ter acertado com relação ao promotor aceitar a negociação e diminuir a força da acusação contra Lisbeth Cooke a enfurecera bem mais. *Pelo menos*, refletiu Eve enquanto entrava em casa, *o palhaço do promotor devia ter insistido um pouco mais em homicídio qualificado.*

Agora, poucas horas depois de Eve tê-la prendido pela morte injusta de J. Clarence Branson, Lisbeth já estava em liberdade sob fiança e, com certeza, sentada confortavelmente em seu apartamento com um cálice de clarete na mão e um sorrisinho convencido pregado na cara.

Summerset, o mordomo de Roarke, surgiu de repente no saguão, lançou-lhe um olhar sinistro e fungou com ar de censura.

— Vejo que a senhora está novamente atrasada.

— Sim, e eu vejo que você está novamente com a mesma cara horrível. — Pendurou o casaco no pilar da escada. — A diferença é que, no meu caso, talvez eu amanhã consiga ser pontual, mas você vai continuar sendo feio.

Summerset notou que ela não parecia pálida nem cansada, dois sinais de que trabalhara demais, mas preferia ser torturado a admitir, mesmo para si, que esse fato o agradava.

— Roarke... — comunicou ele com frieza na voz, quando ela passou direto e começou a subir as escadas — ... está na sala de vídeo. — Erguendo as sobrancelhas de leve, completou: — Segundo andar, quarta porta à direita.

— Eu sei onde fica — resmungou ela, embora não fosse exatamente verdade. Pretendia encontrar o lugar sozinha, mesmo sabendo que a casa era gigantesca, um labirinto de salas, tesouros e surpresas.

Seu marido não negava nada a si mesmo, lembrou. E por que deveria? Tudo lhe fora negado durante a infância e ele conquistara, de um jeito ou de outro, todo o conforto que agora usufruía.

Mesmo depois de um ano, porém, ela ainda não se habituara por completo à casa, uma construção imensa feita de pedra, com muitos ressaltos, torres e jardins exuberantes. Não estava acostumada à riqueza, lembrou, e nunca se acostumaria. Nem ao tipo de poder econômico capaz de controlar hectares de madeira envernizada, vidros que cintilavam, peças de arte de outros países e de outros séculos, ao lado dos prazeres simples evocados pelos tecidos macios e almofadões felpudos.

A verdade é que se casou com Roarke apesar da fortuna e dos meios que ele utilizara para alcançar grande parte dela. Apaixonara-se sem restrições e amava tanto as sombras dele quanto a sua luz.

Entrou em um salão onde havia sofás compridos e luxuosos, imensos telões que enchiam toda uma parede e um complexo centro de controle. Havia ainda um bar em estilo antigo, muito charmoso, feito de cerejeira, cercado por bancos altos estofados em couro com tachinhas de latão. Um gabinete entalhado com porta arredondada continha, Eve se lembrou ao vê-lo, uma infinidade de discos com os filmes muito antigos que seu marido tanto apreciava.

O piso brilhante era coberto por tapetes em padrões luxuosos. Uma pilha de toras de madeira — fogo de verdade, pois Roarke não admitia simulações geradas por computador — crepitava no nicho de uma lareira de mármore preto e aquecia o gato gordo que dormia enroscado diante dela. O aroma da madeira que crepitava se misturou ao das flores frescas que se lançavam no ar como lanças a partir de um imenso vaso de cobre, quase tão alto quanto ela, por entre as fragrâncias das velas douradas que cintilavam sobre o consolo acima do fogo.

Na tela, uma elegante festa transcorria de forma agitada, em preto-e-branco.

Lealdade Mortal

Mas foi o homem esticado confortavelmente sobre o sofá felpudo que atraiu sua atenção.

Por mais que aqueles filmes antigos fossem sensuais, com sua atmosfera de sombras e tons misteriosos, o homem que assistia era ainda mais. E existia em três gloriosas dimensões.

Com efeito, ele estava vestido com uma roupa preta e branca, o colarinho da camisa desabotoado com casualidade. Na ponta de suas pernas compridas enfiadas em calças escuras, seus pés estavam descalços. O motivo de todo esse quadro parecer a Eve tão escandalosamente sexy ela não saberia explicar.

Mesmo assim, era o rosto dele que sempre a impressionava, a face glamorosa de um anjo à beira do inferno que possuía a luz do pecado em seus vívidos olhos azuis e um sorriso entalhado na boca poética. Cabelos pretos muito sedosos e brilhantes emolduravam aquele rosto, caindo-lhe quase até os ombros. Uma tentação para os dedos e mãos de qualquer mulher.

De repente, Eve se deu conta, como acontecia com freqüência, que começara a se apaixonar por ele no momento exato em que vira aquele rosto. Na tela do computador de sua sala na polícia, durante uma investigação de assassinato, ocasião em que ele fizera parte de sua curta lista de suspeitos.*

Fazia um ano, percebeu ela. Aquilo aconteceu apenas um ano antes, quando suas vidas haviam colidido. E haviam também se modificado de forma irrevogável.

De repente, embora ela não tivesse emitido som algum nem se aproximado mais, ele virou a cabeça em sua direção. Seus olhos encontraram os dela e ele sorriu. O coração de Eve deu a costumeira cambalhota dentro do peito, coisa que continuava a deixá-la surpresa e embaraçada.

— Olá, tenente. — Ele estendeu-lhe a mão, convidando-a a se aproximar.

---

* Ver *Nudez Mortal*. (N. T.)

Eve foi até Roarke e entrelaçou os dedos com os dele.

— Oi. O que está assistindo?

— *Vitória Amarga*, com Bette Davis. Ela fica cega e morre no final.

— Puxa, isso é péssimo.

— Mas ela chega ao fim de forma muito corajosa. — Ele a puxou pela mão, em um convite para que sentasse ao seu lado no sofá.

Quando Eve se esticou e o corpo dela se moldou com familiaridade ao seu, ele sorriu. Levara muito tempo para Eve adquirir confiança bastante a ponto de se deixar persuadir a relaxar daquela forma. A aceitar o que ele precisava oferecer a ela.

Ela era a sua tira, pensou Roarke, brincando com o cabelo dela e pensando nos recantos escuros da mente de Eve e na sua tremenda coragem. Ela era a mulher dele, com suas forças e carências.

Ele se mexeu um pouco, feliz ao vê-la aninhar a cabeça em seu ombro.

Já que chegara até ali, Eve decidiu que seria uma boa idéia tirar as botas e tomar um gole do cálice de vinho que ele degustava.

— Por que você assiste a um filme antigo como esse, se já sabe como a história acaba?

— A graça está em curtir as coisas que levam a história até lá. Você já jantou?

Ela fez que não com a cabeça, devolvendo-lhe o vinho.

— Vou comer qualquer coisa. Hoje me atrasei por causa de um crime que aconteceu quase no fim do turno. Uma mulher pregou um cara na parede usando a broca que pertencia ao próprio cara.

Roarke quase se engasgou com um gole de vinho.

— Você diz isso de forma literal ou metafórica? — quis saber ele.

— Literal. — Ela riu um pouco, curtindo o cálice de vinho que passava de um para o outro. — Usou uma furadeira Branson 8000.

— Ai!

— Deve ter doído mesmo.

— Como é que você sabe que foi uma mulher?

— Porque depois de tê-lo pregado na parede ela avisou a polícia e ficou à nossa espera. Eles eram amantes, ele andou pulando a cerca e ela resolveu furar o seu coração infiel usando uma broca de aço com sessenta centímetros de comprimento.

— Bem, aposto que isso vai lhe servir de lição. — O sotaque irlandês apareceu em sua voz com a suavidade de uísque, e Eve levantou a cabeça para olhar melhor para Roarke.

— Ela trespassou-lhe o coração. Se fosse comigo, pregaria ele na parede pelo saco. É mais direto ao ponto, você não acha?

— Querida Eve, você é uma mulher muito direta. — Ele baixou a cabeça para roçar os lábios nos dela, de leve, e então tornou a fazê-lo.

A boca de Eve se aqueceu, e as suas mãos se lançaram para a frente, a fim de agarrar-lhe os cabelos grossos, escuros, e puxá-lo mais para perto dela, querendo saboreá-lo mais a fundo. Antes de ele ter chance de se ajeitar melhor e colocar o cálice de lado, ela girou o corpo e acabou esbarrando no cálice, que tombou no chão no instante em que ela montou sobre ele.

Roarke levantou uma sobrancelha, e seus olhos brilharam enquanto os seus dedos hábeis começaram a desabotoar a blusa dela.

— Eu diria que nós sabemos como esta história vai terminar também.

— Sim. — Sorrindo, ela se inclinou na direção dele e mordeu-lhe o lábio inferior. — Vamos curtir as coisas que levam a história até lá.

Capítulo Dois

Eve fez uma cara feia para o *tele-link* de sua mesa assim que acabou de conversar com o promotor. Ele lhe comunicou que a promotoria aceitara um acordo para enquadrar Lisbeth Cooke em homicídio culposo.

Homicídio em segundo grau sem premeditação, avaliou, aborrecida, para uma mulher que acabara com a vida de um homem a sangue-frio só porque ele não conseguira manter a braguilha fechada.

A assassina iria cumprir um ano, no máximo, em uma prisão de segurança mínima, onde passaria os dias pintando as unhas e aprimorando o seu saque de tênis. Provavelmente assinaria um contrato polpudo para contar a sua história e fazer um vídeo estrelado por ela mesma para, em seguida, se aposentar e mudar para a Martinica.

Eve se lembrou de ter dito a Peabody que aquilo era melhor do que nada, mas a verdade é que nem mesmo ela esperava uma punição tão leve.

Desabafara junto ao promotor e dissera ao babaca, de forma direta e franca, que era *ele* que deveria informar ao parente mais próximo do morto o porquê de o tribunal estar sobrecarregado demais

Lealdade Mortal

para se importar com a vítima, bem como o motivo de a promotoria estar com tanta pressa de aceitar o acordo que não esperou sequer o relatório final da polícia.

Rangendo os dentes, deu um soco no computador antes mesmo de ele começar a ratear e solicitou o relatório do legista que examinara Branson.

Ele fora um homem saudável, de seus cinqüenta anos, sem problemas de saúde. Não havia nenhuma outra marca no corpo, exceto o buraco feito pela broca.

Nada de álcool nem drogas em seu organismo, reparou ela. Nem indícios de atividade sexual recente. O estômago continha os restos de uma refeição simples, composta de purê de cenoura com ervilhas em molho cremoso leve, pão integral e chá de ervas, tudo ingerido menos de uma hora antes da morte.

Uma refeição muito sem graça, decidiu Eve, para um homem tão mulherengo.

E quem disse que ele era mulherengo, a não ser a mulher que o matara?, perguntou a si mesma. Com a inexplicável pressa de passar o caso adiante, eles nem mesmo haviam tido chance de confirmar o motivo verdadeiro para o tal homicídio culposo.

Quando a mídia divulgasse a história, e isso não iria demorar muito, Eve imaginou que muitos parceiros sexuais insatisfeitos iriam correndo dar uma olhada na caixa de ferramentas.

Seu marido a traiu?, pensou Eve. *Quem sabe ele não gostaria de experimentar uma Branson 8000, projetada para satisfazer tanto os profissionais quanto os entusiastas de hobbies artesanais.* Puxa, Lisbeth poderia estrelar uma campanha publicitária de grande impacto usando esse slogan. As vendas iriam disparar.

Os relacionamentos eram o que havia de mais espantoso na sociedade e também uma forma brutal de entretenimento. A maioria dos casos como aquele fazia com que a bem disputada final de um campeonato esportivo parecesse mais um baile de debutantes. Mesmo assim, as almas solitárias continuavam a buscar o amor, a agarrar-se àquela idéia, aborrecendo-se e brigando por ela, ou lamentando as perdas.

Não era de espantar que o mundo estivesse cheio de gente surrada e agredida.

O brilho de sua aliança de casamento atraiu sua atenção e a fez franzir o cenho. Aquilo era diferente, assegurou Eve a si mesma. Ela não procurara nada, o amor é que a encontrara e a derrubara no chão com um golpe certeiro. E se Roarke decidisse que queria alguém fora do casamento, ela provavelmente o deixaria viver.

Engessado dos pés à cabeça.

Enjoada com aquela história, ela girou o corpo, colocando-se de frente para o monitor, e começou a redigir o relatório pelo qual a promotoria nem se dera ao trabalho de esperar.

Levantou a cabeça assim que viu o rosto do detetive Ian McNab, da Divisão de Detecção Eletrônica, aparecer na porta. Seus cabelos dourados e compridos estavam trançados e uma única argola iridescente enfeitava-lhe o lóbulo de uma das orelhas. Obviamente, para não parecer conservador ao se vestir, ele colocara uma suéter grossa em tons berrantes de verde e azul que descia até os quadris da calça preta justa. Brilhantes botas azuis completavam o seu visual.

Ele sorriu para Eve, exibindo olhos muito verdes em um rosto bonito.

— Oi, Dallas. Acabei de verificar o *tele-link* da sua vítima e sua agenda eletrônica pessoal. O material do escritório dele acabou de chegar, mas eu imaginei que você gostaria de ver o que descobri até agora.

— Então por que o seu relatório ainda não está aqui na minha mesa? — perguntou ela, com um tom seco.

— Resolvi trazê-lo pessoalmente. — Com um sorriso amigável, ele colocou um disco ao lado do monitor e, em seguida, encostou o traseiro na quina da mesa.

— Peabody está pesquisando alguns dados para mim, McNab.

— Tudo bem. — Ele mexeu com os ombros. — Onde ela está? Em seu cubículo?

Lealdade Mortal 33

— Ela não está interessada em você, meu chapa. Que tal você se mancar?

Ele estendeu a mão e começou a examinar as próprias unhas.

— Quem disse que eu estou interessado em Peabody? Ela ainda está saindo com o Charles Monroe?

— Não conversamos sobre esses assuntos.

Os olhos dele se encontraram com os de Eve e eles compartilharam um instante de vaga desaprovação, pois, apesar de não demonstrar, nenhum dos dois aprovava o envolvimento de Peabody com Monroe, um acompanhante licenciado muito bonito.

— Estou só curioso, Dallas.

— Pois pergunte a ela, então. — *E depois venha me contar*, acrescentou, mentalmente.

— Vou perguntar mesmo. — Ele tornou a sorrir. — Isso vai dar a ela uma chance de arreganhar os dentes para mim. Ela tem dentes lindos.

Ele se levantou e ficou andando de um lado para outro, na sala apertada de Eve. Ambos ficariam surpresos se soubessem que seus pensamentos a respeito de relacionamentos corriam, naquele momento, lado a lado.

O encontro quente de McNab com uma comissária de bordo de vôos espaciais esfriara e azedara na noite anterior. Ela o deixara entediado, analisava ele, naquele momento, e aquilo era espantoso, pois ela lhe exibira os seios maravilhosos sob um tecido transparente e prateado.

Só que ele não conseguira se entusiasmar muito na companhia dela, porque seus pensamentos vagavam o tempo todo na direção de uma tira irascível e na seriedade com que ela envergava a sua farda impecável.

O que será que ela usava por baixo do uniforme?, perguntou-se ele naquele instante, do mesmo modo que se perguntara na noite anterior. Aquelas especulações provocaram o fim precoce do seu encontro, pois a comissária se irritara tanto com ele que, quando ele percebeu — e certamente o fez —, viu que nunca mais conseguiria olhar para aqueles lindos seios.

Ele andava passando muitas noites sozinho ultimamente, assistindo ao telão, em casa.

O que o fez se lembrar de algo.

— Ei, Dallas, eu assisti ao novo clipe de Mavis, ontem à noite. Ficou o máximo!

— Sim, ficou muito bom mesmo. — Eve se lembrou da amiga. Em sua primeira turnê para promover o disco que acabara de lançar por uma das gravadoras que pertenciam a Roarke, ela estava indo se apresentar em Atlanta. Mavis Freestone, pensou Eve, com carinho, estava bem distante agora da época em que se esgoelava para doidões com olhos vidrados em espeluncas como o Esquilo Azul.

— O disco está decolando. Roarke calcula que chegará à lista dos vinte mais vendidos já na semana que vem.

— Nós sempre soubemos disso, não é? — McNab balançava algumas fichas de crédito no bolso.

Ele estava adiando o momento de ir embora, pensou Eve, e resolveu colaborar, esticando o assunto:

— Acho que Roarke planeja dar uma festa em homenagem a Mavis, ou algo desse tipo, quando ela voltar a Nova York.

— É mesmo? Que legal! — Nesse instante ele se colocou em estado de alerta, ao ouvir o inconfundível som de sapatos de tira pisando o linóleo gasto do corredor. McNab enfiou as mãos nos bolsos e pregou um ar de completo desinteresse na cara quando Peabody entrou na sala.

— O Departamento de Polícia de Nova Jersey acabou de me avisar que... — Ela parou de falar na mesma hora e fez cara feia. — O que você quer, McNab?

— Orgasmos múltiplos, mas vocês, mulheres, tiraram esse prato do próprio cardápio.

Uma risada quase explodiu no fundo da garganta de Peabody, mas ela conseguiu impedi-la de se manifestar:

Lealdade Mortal

— A tenente não tem tempo a perder com suas piadinhas sem graça.

— Na verdade, até que a tenente gostou dessa — afirmou Eve, e olhou para o teto quando Peabody lançou-lhe um olhar feroz. — Agora, caia fora, McNab, porque o recreio acabou.

— Só achei que você estaria interessada em saber — continuou ele, sem se abalar — que, ao pesquisar nos *tele-links* e nas agendas do falecido, não encontrei nenhuma ligação de mulheres, nem de dentro para fora nem de fora para dentro, a não ser as feitas pela assassina e pelo pessoal do escritório. Também não havia registros de encontros em sua agenda pessoal nem vestígios de *envolvimentos* — disse, esticando a palavra e lançando um sorriso sugestivo para Peabody —, a não ser com Lisbeth Cooke, a quem ele chamava sempre de "Lissy, meu amor".

— Não há registros de outra mulher? — Eve apertou os lábios, pensativa. — E quanto a outro homem?

— Nada, nenhum encontro desse tipo e nenhuma indicação de bissexualidade.

— Interessante. Pesquise os registros do escritório, McNab. Será que "Lissy meu amor" mentiu sobre seus motivos? E, se o fez, por que o matou?

— Vou cair dentro. — Ao sair, fez uma pausa deliberada para lançar na direção de Peabody um beijo longo e estalado.

— Esse cara é um completo babaca.

— Talvez ele irrite você um pouco, Peabody...

— A palavra não é "talvez".

— ... Mas foi esperto o bastante para sacar que o relatório que ele fez talvez abra novas possibilidades para este caso.

A idéia de McNab enfiando o dedinho em mais um dos seus casos fez Peabody se enfurecer:

— Mas, Dallas, o caso Cooke está encerrado. A assassina confessou o crime, foi fichada, acusada e presa.

— Ela conseguiu homicídio culposo. Se não foi um crime passional, talvez eu consiga algo mais. Vale a pena descobrir se Branson estava mesmo pulando a cerca ou se ela inventou aquilo só para encobrir o motivo real. Vamos dar uma olhada no escritório dele ainda hoje, mais tarde, e fazer algumas perguntas. Enquanto isso... — Balançou os dedos na direção do disco que Peabody continuava segurando.

— O detetive Sally é o investigador primário da morte de Armador — informou Peabody ao entregar o disco para Eve. — Ele não hesitou em cooperar, basicamente porque continua na estaca zero. O corpo já estava no rio havia pelo menos trinta e seis horas quando foi descoberto. Não há nenhuma testemunha. A vítima não levava dinheiro nem fichas de crédito nos bolsos, mas tinha identidade e cartões de crédito. Usava um relógio caro, imitação de Cartier, mas muito bem feita; então Sally descartou um assalto comum, especialmente depois que a autópsia comprovou que a sua língua fora cortada.

— Eis uma pista — murmurou Eve, colocando o disco para rodar em seu computador.

— O relatório do legista determinou que a língua da vítima foi arrancada por uma lâmina serrilhada, antes da morte. Entretanto, arranhões e marcas roxas na nuca, bem como ausência de ferimentos, indicam que ela foi golpeada e provavelmente estava desmaiada durante a cirurgia improvisada para em seguida ser jogada no rio. Eles amarraram seus pés e mãos antes de a atirarem dentro d'água. Afogamento foi a causa da morte.

Eve tamborilou sobre a mesa.

— Há alguma razão para eu me dar ao trabalho de ler este relatório? — perguntou Eve, e recebeu um sorriso como resposta.

— O detetive Sally gosta de bater papo. Não creio que ele fosse reclamar se você quisesse assumir o caso. Ele comentou que a vítima residia em Nova York e não há como saber se ele foi morto na margem de cá do rio ou na de lá.

— Não pretendo assumir o caso, estou só dando uma olhada. Pesquisou todos os dados sobre Arlington?

Lealdade Mortal

— Tudo o que apareceu está no lado B do disco.

— Ótimo. Vou dar uma olhada e depois podemos ir direto para o escritório de Branson.

Eve estreitou os olhos ao ver um homem muito alto e magro vestindo um jeans surrado e uma túnica velha parado na porta e hesitando em entrar. Eve avaliou que tinha vinte e poucos anos e exibia um ar de inocência tão óbvia em seus olhos cinza com jeito sonhador que ela parecia ver a fila de trombadinhas e batedores de carteira que devia estar se formando na calçada, prontos para limpar seus bolsos.

O rapaz tinha o rosto comprido e muito ossudo, típico de mártires e eruditos, e seus cabelos castanhos descorados pelo sol estavam presos em um rabo-de-cavalo frouxo.

Seu sorriso era lento e tímido.

— Está à procura de alguém? — perguntou Eve. Ao ouvir isso, Peabody se virou para trás, abriu a boca de espanto e emitiu o que poderia ser descrito como um guincho muito agudo.

— Oi, Dee. — A voz dele pareceu ranger, como se ele a usasse raramente.

— Zeke! Puxa vida, *Zeke*! — Peabody deu um salto para a frente e se lançou sobre os braços compridos do rapaz, em um sinal de boas-vindas.

A visão de Peabody em seu uniforme impecavelmente engomado e os sapatos pretos definidos pelo regulamento pendurados no ar, a vários centímetros do chão, enquanto ela dava risadinhas convulsivas — não havia outra descrição para aquele som —, ao mesmo tempo que cobria com beijos alegres o rosto comprido do homem que a segurava nos braços, fez com que Eve se levantasse lentamente da cadeira.

— O que você está fazendo aqui? — perguntou Peabody. — Quando foi que você chegou? Puxa, é tão bom ver você! Quanto tempo vai ficar na cidade?

— Dee... — Foi tudo o que ele disse, e levantou Peabody mais alguns centímetros, a fim de conseguir dar-lhe um beijo no rosto.

— Desculpem... — Consciente de como os linguarudos do departamento iam entrar em ação sem demora, Eve deu um passo à frente. — Policial Peabody, sugiro que você prossiga com esse pequeno encontro em sua hora de folga.

— Oh, desculpe, tenente. Zeke, me ponha no chão. — Mas ela manteve um dos braços em volta da cintura do rapaz, de forma possessiva, mesmo depois de ele a ter colocado no chão. — Tenente, este é o Zeke.

— Sim, essa parte eu já descobri.

— Meu irmão.

— Ah, é...? — Eve deu outra olhada, com mais atenção, em busca de alguma semelhança de família. Não encontrou nenhuma. Nem no tipo físico, nem na cor da pele, nem nas feições. — Prazer em conhecê-lo.

— Eu não pretendia interrompê-las. — Zeke enrubesceu um pouco e estendeu a mão grande. — Dee vive contando um monte de coisas boas a seu respeito, tenente.

— Fico feliz em saber. — Eve viu a própria mão desaparecer dentro da dele, dura como pedra, mas lisa como seda. — Então, qual dos irmãos é você?

— Zeke é o meu irmão mais novo, o caçula — informou Peabody, com tanta adoração que Eve teve que sorrir.

— Um caçulinha mesmo. Qual é a sua altura? Dois metros e quanto?

— Dois metros e sete centímetros — disse ele, com um sorriso tímido.

— Ele puxou ao papai. Os dois são magrinhos e muito altos — informou Peabody, apertando o braço do irmão com força. — Zeke é um artista da madeira. Faz a mobília e os armários mais lindos que existem.

— Puxa, não exagere, Dee. — O rubor do seu rosto se intensificou. — Sou apenas um marceneiro que leva jeito com as ferramentas, só isso.

— Ultimamente tem me aparecido pela frente muita gente que leva jeito com ferramentas — murmurou Eve.

— Por que você não me avisou que vinha para Nova York? — quis saber Peabody.

— Pretendia lhe fazer uma surpresa. Na verdade, nem tinha certeza se vinha mesmo, até uns dois dias atrás.

Ele acariciou o cabelo dela de um jeito que fez Eve voltar a pensar em relacionamentos. Alguns deles não tinham a ver com sexo, poder e controle. Alguns se resumiam em amor.

— Consegui uma encomenda, para fazer alguns armários, de umas pessoas que conheceram o meu trabalho no Arizona.

— Isso é ótimo! Por quanto tempo vai ficar aqui?

— Até acabar o serviço.

— Certo. Muito bem, você vai ficar no meu apartamento então. Vou lhe entregar a chave e explicar como chegar até lá. Você vai ter que pegar o metrô. — Peabody mordeu o lábio inferior. — Não fique de bobeira por aí, Zeke. Aqui não é como lá em nossa cidade. Você está carregando a carteira com dinheiro e identidade no bolso de trás da calça? Porque se estiver...

— Peabody. — Eve levantou um dedo para atrair a atenção. — Tire o resto do dia de folga e vá acomodar o seu irmão em sua casa.

— Mas eu não quero lhes causar problemas — afirmou Zeke.

— Vai ser pior se ela ficar aqui preocupada com você estar sendo assaltado umas seis vezes antes de chegar ao apartamento. — Eve adicionou um sorriso à frase para amenizá-la, embora já tivesse decidido que o rapaz parecia ter um alvo desenhado na testa para atrair todo tipo de gatunos. — De qualquer modo, as coisas estão meio paradas por aqui.

— Mas, Dallas, o caso Cooke...

— Eu posso cuidar disso sozinha — disse Eve, com suavidade. — Se surgir algo novo, eu ligo para você. Vá mostrar a Zeke as maravilhas de Nova York.

— Obrigada, Dallas. — Peabody pegou o irmão pela mão, jurando para si mesma que não ia permitir que ele conhecesse o lado mais sórdido daquelas maravilhas.

— Prazer em conhecê-la, tenente.

— O prazer foi meu. — Eve os observou enquanto seguiam pelo corredor. Zeke inclinando o corpo levemente na direção de Peabody, enquanto ela transbordava de afeto fraternal.

Família, refletiu Eve, era um conceito que continuava a surpreendê-la. De qualquer modo, era bom ver que, de vez em quando, as coisas funcionavam bem.

— Todos gostavam de J. C. — Chris Tipple era o assistente de Branson, um homem de aproximadamente trinta anos, com os cabelos quase do mesmo tom que as bordas inchadas e avermelhadas de seus olhos. Continuava a chorar sem constrangimento e as lágrimas lhe escorriam pelo rosto rechonchudo e simpático. — Todos o adoravam!

Talvez aquele fosse o problema, avaliou Eve, e esperou mais um pouco, enquanto Chris enxugava o rosto com um lenço amarfanhado.

— Quero lhe expressar meus sentimentos — disse Eve.

— É simplesmente impossível acreditar que ele não vai mais entrar por aquela porta. — Sua respiração ficou ligeiramente ofegante no instante em que ele olhou para a porta fechada do amplo escritório principal. — Nunca mais... Todos estão em estado de choque. Quando B. D. nos contou o que houve, hoje de manhã, ninguém conseguiu dar uma palavra.

Ele pressionou o lenço contra a boca, como se sua voz lhe tivesse faltado novamente.

Eve sabia que ele falava de B. Donald Branson, o irmão da vítima e seu sócio, e esperou Chris parar de chorar.

— Quer um pouco d'água, Chris? Ou um calmante?

Lealdade Mortal

— Já tomei um calmante. Não adiantou nada. Éramos muito ligados. — Enxugando os olhos muito molhados, Chris nem percebeu o olhar de atenta consideração que Eve lhe lançava.

— Vocês tinham uma relação pessoal? — quis saber Eve.

— Sim. Eu trabalhava com J. C. há quase oito anos. Ele era muito mais do que meu patrão. Ele era... era como um pai para mim. Desculpe. — Obviamente arrasado, escondeu o rosto entre as mãos. — Desculpe, tenente. J. C. não gostaria de me ver desse jeito, completamente transtornado. Não ajuda em nada. Mas é que eu não consigo... Acho que ninguém aqui consegue aceitar. Vamos fechar as portas por uma semana. Toda a empresa. Escritórios, fábricas, tudo. O funeral... — Parou de falar, mas obrigou-se a completar a frase: — O funeral está marcado para amanhã.

— Tão cedo assim?

— J. C. não iria querer que algo desse tipo se arrastasse. Como ela pôde fazer uma coisa dessas? — Embolou o lenço úmido na mão e lançou um olhar sem expressão para Eve. — Como ela pôde fazer isso, tenente? J. C. a adorava.

— Você conhece Lisbeth Cooke?

— Claro.

Ele se levantou e começou a andar de um lado para outro, e Eve ficou grata por isso. Era difícil observar um homem adulto se acabando de chorar sentado em uma poltrona com a forma de um elefante cor-de-rosa. Por outro lado, ela estava sentada em um canguru roxo.

Era óbvio, ao se olhar atentamente para o escritório do falecido J. Clarence Branson, que ele gostava de curtir os brinquedos que fabricava. As prateleiras instaladas ao longo de uma das paredes estavam cheias deles, desde a pequena estação espacial movida por controle remoto à série de andróides multifuncionais.

Eve fez o possível para não ficar avaliando os olhos sem vida dos bonecos enfileirados, com o corpo em escala reduzida. Eram tão perfeitos que dava para imaginá-los ganhando vida e pulando da estante para fazer sabe lá Deus o quê.

— Fale-me dela, Chris.

— Lisbeth. — Ele deu um suspiro profundo e, em um gesto distraído, diminuiu a luminosidade da ampla janela atrás da mesa. — Ela é uma mulher lindíssima. A senhora já constatou isso pessoalmente. Esperta, capaz, ambiciosa. Muito controladora, mas J. C. não se importava com isso. Certa vez ele me disse que, se não tivesse uma mulher controladora ao seu lado, seria capaz de desperdiçar a sua vida.

— Eles passavam muito tempo juntos?

— Duas noites por semana, às vezes três. Nas quartas e sábados, isso era certo... Jantavam fora ou iam a um concerto... Qualquer evento social que exigisse a presença dele ou dela, além das segundas à hora do almoço, de meio-dia e meia às duas. Tiravam três semanas de férias todo mês de agosto e iam para onde Lisbeth quisesse, além de cinco fins de semana ao longo do ano.

— Parece uma agenda sistemática demais.

— Lisbeth insistia em que fosse assim. Queria as condições bem definidas e as obrigações de ambos os lados muito bem determinadas e ordenadas. Creio que ela compreendia a tendência que J. C. possuía de deixar a mente divagar e queria a total atenção dele quando estavam juntos.

— E alguma outra parte dele costumava divagar por aí, além da mente?

— Como assim...?

— J. C. estava envolvido com mais alguém?

— Envolvido *como*...? Romanticamente? Absolutamente não.

— E envolvido apenas sexualmente?

O rosto redondo de Chris ficou rígido, e seus olhos inchados se tornaram frios.

— Tenente, se a senhora está insinuando que J. Clarence Branson era infiel à mulher com a qual assumira um compromisso,

Lealdade Mortal

saiba que isso não poderia ser mais falso. Ele era absolutamente devotado a ela. E era leal.

— Como você pode ter certeza disso? Sem sombra de dúvida?

— Era eu quem marcava todos os seus encontros, tanto profissionais quanto pessoais.

— E ele não poderia ter marcado algum deles por conta própria, sem você saber?

— Isso é um insulto! — A voz de Chris ficou mais alta. — Meu patrão está morto, e a senhora fica aí, acusando-o de ser mentiroso e traidor.

— Não o estou acusando de nada — corrigiu Eve, calmamente. — Apenas perguntando. É responsabilidade minha questionar tudo, Chris. E conseguir para ele toda a justiça que puder.

— Não gosto da maneira com que a senhora faz isso. — Ele tornou a se virar. — J. C. era um homem bom, um sujeito honesto. Eu o conhecia, bem como os seus hábitos e seu estado de espírito. Ele jamais se envolveria em uma relação ilícita, nem o conseguiria sem o meu conhecimento.

— Certo, então me fale a respeito de Lisbeth Cooke. O que ela poderia ganhar com a morte de seu patrão?

— Não sei. Ele a tratava como uma princesa, dava a ela tudo o que ela pudesse desejar. Ela matou a galinha dos ovos de ouro.

— O quê?...

— A senhora não conhece a história infantil? — Chris quase sorriu. — A galinha que punha ovos de ouro. A alegria dele era oferecer de tudo a Lisbeth. Agora ele está morto e ela não tem mais ovos de ouro.

A não ser, pensou Eve, ao sair do escritório, que ela quisesse todos os ovos de uma vez só.

Eve já sabia, ao consultar o mapa holográfico do saguão do prédio, que o escritório de B. Donald Branson ficava no lado oposto, no mesmo andar da sala do irmão. Esperando encontrá-lo, dirigiu-se para lá. Muitas das estações de trabalho pareciam desocupadas, e as salas por trás das portas de vidro, trancadas, estavam vazias e escuras.

O prédio todo parecia estar de luto.

A intervalos regulares, telas holográficas exibiam clipes de produtos famosos fabricados pela Branson Ferramentas e Brinquedos. Eve parou diante de uma delas e observou, entre divertida e apavorada, a cena em que um boneco de ação representando um andróide de patrulha devolvia uma criança perdida aos braços de sua mãe agradecida e chorosa.

Nesse instante o policial robótico olhava direto para a tela, com o rosto sóbrio e confiável, envergando um uniforme tão engomado quanto o de Peabody, e afirmava: "O nosso trabalho é servir e proteger."

Em seguida, a imagem começava a girar lentamente e dava lugar a uma visão panorâmica do produto e de seus acessórios, enquanto uma voz gerada por computador oferecia detalhes de tudo e informava o preço. Um andróide representando um ladrão de rua devidamente acompanhado por um par de skates aéreos era oferecido como brinde na compra do pequeno tira-robô.

Balançando a cabeça, Eve seguiu em frente. Especulou consigo mesma se a companhia produzia bonecos de ação representando acompanhantes licenciadas ou traficantes de drogas. Quem sabe alguns modelos de psicopatas para tornar a brincadeira mais interessante. Depois, é claro, seriam necessárias vítimas robotizadas para completar a série.

Minha nossa!

As portas de vidro se abriram conforme Eve foi se aproximando. Uma mulher pálida, com olhos cansados, estava à frente de um balcão em forma de "U" e atendia ligações em um fone de ouvido.

— Muito obrigada. Sua ligação está sendo gravada, e suas condolências serão transmitidas à família. O funeral do sr. Branson está marcado para amanhã, às duas da tarde, no Cemitério da Tranqüilidade, na parte sul do Central Park. Sim, foi um grande choque para todos e uma grande perda. Obrigada por ligar.

Tirando o fone da cabeça e colocando-o de lado, a atendente ofereceu um sorriso sombrio a Eve.

Lealdade Mortal

— Desculpe, senhora, o sr. Branson não está atendendo ninguém no momento. Nossas instalações permanecerão fechadas até terça-feira da semana que vem.

Eve exibiu seu distintivo.

— Sou a investigadora principal do assassinato. O sr. Branson está?

— Oh, tenente. — A mulher passou os dedos de leve sobre os olhos e se levantou. — Um momento, por favor.

Ela saiu do console com movimentos elegantes e então, depois de uma leve batida na porta alta e branca, entrou em uma sala. Eve ouviu os bipes de novas ligações que chegavam ao *tele-link* de múltiplas linhas e, de repente, a porta tornou a se abrir.

— Por favor, entre, tenente. O sr. Branson vai recebê-la. Quer que eu lhe sirva alguma coisa?

— Não, obrigada, não se preocupe.

Eve entrou no escritório. A primeira coisa que reparou foi que o ambiente era dramaticamente oposto ao da sala de J. C. Ali as cores eram em tons suaves, e as linhas do mobiliário finas e sofisticadas. Nada de poltronas tolas com a forma de animais nem bonecos de ação representando andróides sorridentes. Os tons de cinza e azul, predominantes no local, transmitiam uma sensação de calma. A superfície da mesa de trabalho não exibia máquinas de nenhum tipo e se apresentava vazia, pronta para a discussão de negócios.

B. Donald Branson estava de pé atrás da mesa. Menos corpulento do que o irmão, ele era magro e envergava um terno feito sob medida. Seus cabelos tinham um tom de louro-claro e estavam penteados para trás, exibindo uma testa alta. As sobrancelhas, grossas e arqueadas, eram em um tom mais escuro e emolduravam olhos verde-claros que pareciam cansados.

— Tenente Dallas, foi muita gentileza sua vir pessoalmente até aqui. — Sua voz era tão calma e tranqüilizadora quanto a sala. — Tencionava entrar em contato com a senhora, a fim de agradecer os seus cuidados na noite passada, ao me informar sobre a morte de meu irmão.

— Sinto muito por impor a minha presença neste momento, sr. Branson.

— Ora, por favor... Sente-se. Todos nós ainda estamos tentando lidar com o que aconteceu.

— Percebi que o seu irmão era uma figura muito querida.

— *Amado* é a palavra — corrigiu ele, enquanto os dois se sentavam. — Era impossível não amar J. C. Por isso é tão difícil imaginar o seu falecimento, ainda mais desta forma. Lisbeth já era parte da família. Meu Deus... — Ele olhou para um ponto indeterminado a distância, tentando se recompor. — Sinto muito — conseguiu balbuciar, após alguns instantes. — O que posso fazer pela senhora?

— Sr. Branson, deixe-me tentar resolver tudo o mais rápido possível. A sra. Cooke afirma ter descoberto que o seu irmão estava envolvido com outra mulher.

— O quê?! Isso é absurdo! — Branson dispensou a idéia com um simples aceno de mão. — J. C. era absolutamente devotado a Lisbeth. Nunca olhou para outra mulher.

— Se isso é verdade, que motivos ela teria para matá-lo? Eles costumavam brigar com freqüência, de forma violenta?

— J. C. não conseguiria manter uma discussão com ninguém por mais de cinco minutos — afirmou Branson, com ar cansado. — Isso não era feitio dele. Meu irmão não era um homem violento e, certamente, não era um conquistador barato.

— O senhor não acredita que ele pudesse estar interessado em outra pessoa?

— Se estava, o que eu acho muito difícil de acreditar, ele teria contado a Lisbeth. Teria sido honesto o bastante para terminar o relacionamento antes de se dedicar a outro. Os padrões de honestidade de J. C. eram quase infantis.

— Aceitando isto como fato, devo então procurar outros motivos. O senhor e o seu irmão eram ambos presidentes da empresa. Quem herda a parte dele?

— Eu. — Ele cruzou as mãos sobre a mesa. — Nosso avô fundou esta companhia. J. C. e eu estivemos juntos à frente dela por mais de trinta anos. Em nossos estatutos está estipulado que o sobrevivente ou os seus herdeiros passam a ser os donos da empresa.

— Ele não poderia ter determinado que uma parte da sua metade iria para Lisbeth Cooke após a sua morte?

— Não, no caso da companhia, isso não é possível. O contrato impede essa possibilidade.

— E quanto aos seus fundos de investimento e propriedades?

— Certamente ele teria liberdade para deixar o seu patrimônio e os seus bens para quem desejasse.

— E essa seria uma quantia substancial?

— Sim, creio que seria muito substancial. — Nesse instante, balançou a cabeça. — A senhora acha que ela seria capaz de matá-lo por dinheiro? Não consigo acreditar nisso. Ele sempre foi muito generoso com Lisbeth, e ela era... bem, era uma funcionária muito bem paga nesta companhia. Dinheiro não seria o fator preponderante para ela.

— Mas é um ângulo que precisamos analisar bem. — Foi o que Eve disse. — Gostaria do nome do advogado do seu irmão e também que o senhor liberasse o meu acesso aos termos do testamento dele.

— Sim, é claro. — Ele tocou um ponto da superfície da mesa com o dedo, e uma gaveta central se abriu. — Aqui está um cartão de Suzanna. Vou entrar em contato com ela agora mesmo — acrescentou, levantando-se da cadeira no mesmo instante que Eve e entregando-lhe um cartão. — Vou lhe dizer para fornecer à senhora todas as informações que desejar.

— Agradeço muito a sua cooperação.

Eve verificou o seu relógio ao sair do prédio. Talvez conseguisse se encontrar com a advogada no meio da tarde, decidiu. Por ora, já que havia algum tempo disponível, por que não dar uma passadinha na loja de Armador?

Capítulo Três

Peabody trocou de lado duas das três sacolas cheias de mantimentos e comida que comprara a caminho de casa e procurou pela chave em seu bolso. Estava carregada de frutas e legumes frescos, produtos derivados de soja, tofu, grãos e o arroz integral que ela odiava desde criança.

— Dee... — Zeke colocou no chão a bagagem que levara para Nova York, uma única bolsa de lona, e pegou as duas sacolas que sua irmã tentava equilibrar junto do corpo — ... Você não devia ter comprado tanta coisa.

— Eu me lembro bem do quanto você come — disse ela, sorrindo para o irmão por cima do ombro, sem acrescentar o fato de que muitas das coisas que havia em sua despensa eram produtos que nenhum partidário da Família Livre sequer pensaria em consumir. Petiscos cheios de gordura e aditivos químicos, substitutos de carne vermelha e produtos com álcool.

— É um roubo o que cobram pelas frutas frescas por aqui, e eu aposto que as maçãs que você comprou foram arrancadas do pé há mais de dez dias. — Além disso, ele duvidava que elas tivessem sido cultivadas com o auxílio de adubos orgânicos.

Lealdade Mortal

— Bem, Zeke, não temos muitos pomares em Manhattan.

— Mesmo assim... E você devia ter me deixado pagar pelas compras.

— Esta é a minha cidade. E você é a primeira pessoa da família a vir me visitar. — Empurrando a porta, ela se virou para pegar as sacolas dos braços do irmão.

— Deve haver algumas cooperativas filiadas ao movimento da Família Livre por aqui, Dee.

— Bem, na verdade eu não freqüento mais cooperativas nem troco produtos por serviços, Zeke, mas ganho um salário decente, não se preocupe. De qualquer maneira... — Ela soprou as pontas da franja com força. — Pode entrar. Não é grande coisa, mas essa é a minha casa agora.

Ele entrou logo atrás dela e observou a sala de estar, com o sofá muito gasto, as mesinhas entulhadas de objetos, os pôsteres espalhados pelas paredes, em cores brilhantes. As cortinas estavam fechadas, coisa que Peabody correu para remediar.

A vista não era grande coisa, mas ela gostava do movimento e da agitação da rua lá embaixo. Quando a luz entrou, Peabody percebeu que o apartamento estava tão bagunçado quanto o tráfego lá fora.

E lembrou também, de repente, que deixara aberto em seu computador um estudo que analisava a mente de um famoso serial killer que torturava as vítimas antes de matá-las. Ela precisava tirar o disco e colocá-lo fora do alcance do irmão o mais depressa possível.

— Se eu soubesse que você viria, teria arrumado um pouco mais o apartamento.

— Só por minha causa? Você nunca arrumou nem mesmo o seu quarto, lá em casa.

Ele sorriu para ela e foi até a minúscula cozinha, a fim de colocar as sacolas sobre a pia. Na verdade, ele se mostrou aliviado ao ver que o espaço em que Peabody morava era tão parecido com ela. Prático, pouco pretensioso, bem básico.

J. D. ROBB

Ele reparou que a torneira gotejava e notou uma marca de queimado no balcão da cozinha. Ele daria um jeito naquelas coisinhas para ela, decidiu, mas se surpreendeu por ela mesma não ter feito.

— Deixe que eu cuido disso. — Peabody tirou o casaco, o quepe e foi até onde ele estava. — Vá colocar suas coisas no quarto. Vou dormir na sala, enquanto você estiver aqui.

— De jeito nenhum! — protestou Zeke, abrindo e fechando as portas dos armários para descobrir onde guardar as coisas. Se ficou surpreso pelos produtos venenosos espalhados pela despensa de Peabody, especialmente o saco vermelho e amarelo cheio de biscoitinhos artificiais, não demonstrou. — Eu é que vou dormir no sofá.

— Ele é dobrável e bem comprido — informou ela, tentando lembrar se tinha roupa de cama suficiente para forrá-lo —, mas está cheio de calombos.

— Eu consigo dormir em qualquer lugar.

— Eu sei. Ainda me lembro daqueles acampamentos a que nós íamos. Todos comentavam que era só entregar um cobertor e apontar uma pedra onde deitar e você já estava a meio caminho do sono profundo. — Rindo, ela o abraçou com força, por trás, e apertou o rosto de encontro às suas costas. — Puxa, Zeke, estava morrendo de saudades. Sério mesmo.

— Nós... mamãe, papai e o resto do pessoal... achamos que você fosse aparecer para passar o Natal conosco.

— Não consegui viajar. — Peabody deu um passo para trás, quando ele se virou. — É que as coisas por aqui ficaram meio complicadas. — Ela não poderia contar a ele nada do que acontecera, nem o que havia ocorrido na véspera de Natal* —, mas vou arranjar um tempinho para ir até em casa.

— Você está com uma cara diferente, Dee. — Ele tocou no rosto dela com sua mão grande. — Mais séria, embora pareça bem instalada e feliz.

---

* Ver *Natal Mortal*. (N. T.)

Lealdade Mortal

— Estou feliz, mesmo. Adoro o meu trabalho. — Ela levantou a mão, tomou a dele e a apertou com carinho. — Não sei como explicar o que sinto, nem como fazer você compreender.

— Não precisa, dá para ver no seu rosto. — Ele pegou uma embalagem com seis latas de suco de frutas e abriu a pequena geladeira. Compreender nem sempre era a resposta, conforme ele sabia. *Aceitar* era o mais importante. — Estou meio sem graça por afastá-la do seu trabalho.

— Não se sinta assim. Eu não tiro uma folga desde... — Balançou a cabeça enquanto guardava caixas e pacotes nas diversas prateleiras — ... Nossa, nem me lembro. Dallas não teria me dispensado se estivéssemos muito enroladas com o serviço.

— Gostei da tenente. Ela é forte, embora tenha áreas sombrias dentro de si. De qualquer modo, ela não é insensível.

— Tem razão. — Com a cabeça meio de lado, Peabody se virou de frente para ele. — Por falar nisso, o que foi que mamãe disse sobre você analisar a aura das pessoas sem o seu consentimento?

Ele enrubesceu de leve e sorriu ao pensar no assunto.

— Ela é responsável por você — explicou ele. – De qualquer modo, não a analisei assim tão profundamente. Queria apenas saber quem está tomando conta da minha irmã mais velha.

— A sua irmã mais velha sabe cuidar muito bem de si mesma. Por que não desfaz a mala?

— Vou levar só dois minutos para fazer isso.

— E isso é o dobro do tempo que vou levar para mostrar todo o apartamento para você. — Ela o pegou pelo braço e o levou através da sala até o quarto. — Pronto, é só isso. — Uma cama, uma mesa, um abajur. A cama estava feita, por uma questão de hábito e treinamento. Havia um livro sobre a mesinha-de-cabeceira. Ela nunca conseguira compreender como é que alguém podia preferir ler um livro em uma tela de computador. O problema é que era um apavorante livro de mistério sobre assassinatos, e ela franziu o cenho, com medo de Zeke resolver folheá-lo.

— Trabalhando até na hora do lazer? — brincou ele, ao ver que se tratava de um livro policial.

— Pois é...

— Você sempre gostou de coisas desse tipo — comentou ele, colocando o livro de volta sobre a mesa. — No fundo, tudo se resume na luta entre o bem e o mal, não é, Dee? E o bem deve sempre vencer no fim da história.

— Pelo menos comigo é assim que as coisas funcionam.

— Sim, mas por que o mal estava lá, para começo de conversa?

Ela poderia ter simplesmente suspirado diante da pergunta, lembrando tudo o que já vira e tudo o que fizera, mas manteve os olhos grudados nele ao responder:

— Ninguém sabe a resposta para essa pergunta, mas temos que saber que o mal está no mundo e precisamos lidar com ele. É isso que eu faço, Zeke.

Ele concordou com a cabeça, analisando o rosto dela. Sabia que sua irmã vivia uma rotina muito diferente desde que se mudara para Nova York e vestira uma farda. Antes, o seu trabalho era tratar de incidentes de tráfego, separar brigas banais e realizar serviços burocráticos. Agora, porém, ela trabalhava na Divisão de Homicídios. Lidava com a morte todos os dias e tinha contato com as pessoas que a causavam.

Sim, ela realmente parecia diferente, percebeu Zeke. As coisas que vira e fizera estavam por trás daqueles olhos escuros e sérios.

— Você é boa no que faz, Dee?

— Muito boa. — Nesse momento, ela se permitiu sorrir de leve. — E vou me tornar ainda melhor.

— Você está aprendendo com ela. Com Dallas.

— Sim. — Peabody se sentou na beira da cama e levantou os olhos para fitá-lo. — Antes dela me aceitar como sua auxiliar, eu estudava os casos em que ela atuava. Lia seus arquivos e relatórios, tentava aprender a sua técnica. Nunca imaginei que seria capaz de trabalhar com ela. Talvez tenha sido uma questão de acaso, ou de destino. Nós aprendemos a respeitar as duas coisas.

Lealdade Mortal

— É verdade. — Ele se sentou ao lado dela.

— Dallas está me dando a oportunidade de descobrir o que eu posso fazer, o que posso ser. — Peabody respirou fundo e expirou bem devagar. — Zeke, nós fomos criados para buscar nosso próprio caminho, persegui-lo com determinação e colocar o melhor de nós em nosso trabalho. É isso que estou fazendo.

— E você acha que eu não aprovo isso ou não compreendo?

— Eu me preocupo sim. — Deixou a mão deslizar até tocar na arma de atordoar que trazia presa ao cinto. — Especialmente com o que você, e principalmente *você*, sente.

— Pois não devia. Eu não preciso compreender o seu trabalho para saber que é isso que você precisa fazer na vida.

— Você sempre foi o mais tranqüilo de nós, Zeke.

— Que nada!... — Ele bateu com o ombro contra o dela. — É que, quando alguém é o último a chegar, acaba aprendendo ao ver os outros se dando mal. Posso tomar uma ducha?

— Claro. — Ela deu uma palmadinha na mão dele e se levantou. — A água leva algum tempo até esquentar.

— Não tenho pressa.

Quando ele pegou sua bolsa de lona e a levou para o banheiro, Peabody foi até o *tele-link* da cozinha, ligou para Charles Monroe e deixou uma mensagem na sua caixa postal, cancelando o encontro daquela noite.

Por mais que seu irmão fosse sábio, tolerante e com mente aberta, talvez não aceitasse de bom grado o relacionamento descompromissado e meio estranho da própria irmã com um acompanhante licenciado.

Talvez Peabody se espantasse ao ver o quanto o seu irmão caçula poderia compreendê-la. De pé, sob a ducha, deixando a água quente massagear a rigidez de sua musculatura, provocada pela longa viagem, ele pensava, naquele instante, em um relacionamento que não era de verdade, nem poderia vir a ser. Pensava em uma mulher. E disse a si mesmo que não tinha o direito de pensar nela.

Tratava-se de uma mulher casada, e ele era apenas seu empregado.

Ele não tinha o direito de pensar em nada além disso com relação a ela, muito menos de sentir aquele calor abrasando-o por dentro só de saber que iria revê-la muito em breve.

O problema é que Zeke não conseguia tirar o rosto dela da cabeça. A beleza absoluta de suas feições. Os olhos tristes, a voz suave, a dignidade serena. Disse a si mesmo que aquilo era uma atração boba, quase infantil. Terrivelmente inapropriada. Mas não tinha opção, a não ser admitir ali, em particular, onde a honestidade era mais valiosa que tudo, que ela fora um dos principais motivos de ele ter aceitado a encomenda e a viagem para a costa leste.

Queria revê-la, não importa o quanto se envergonhasse disso.

Além do mais, ele já não era mais uma criança que achava que poderia ter tudo o que desejasse.

Seria muito bom, para ele, vê-la ali em sua casa ao lado do seu marido. Gostava de imaginar que as circunstâncias que os levaram a se conhecer, e também o lugar, haviam sido as causas daquela paixão. Ela estava sozinha então, obviamente solitária, e lhe parecera muito delicada, tranqüila e dourada sob aquele causticante calor do deserto.

As coisas seriam diferentes em Nova York, porque ela estaria diferente na cidade grande. E ele também. Faria o trabalho que ela encomendara e nada mais. Passaria alguns bons momentos com a irmã de quem sentia muita falta — tanta, na verdade, que seu coração doía. E conheceria, finalmente, a cidade e o trabalho que a separaram da família.

A mesma cidade que, ele mesmo estava pronto a admitir, também o fascinara.

Ao se enxugar, tentou ver através da janela minúscula embaçada de vapor. Só aquela imagem estreita de uma parcela da vida lá fora já fazia o seu sangue correr mais rápido.

Havia tanta coisa ali, pensou. Nada a ver com a vastidão aberta do deserto, das montanhas e dos campos aos quais se habituara desde que a família se mudara para o Arizona havia alguns anos. Ali, tudo estava concentrado e espremido em um único espaço.

Viu a irmã arrumando as coisas, limpando tudo, e sorriu.

— Você está me fazendo sentir bem-vindo, Dee.

— Que bom! — Ela escondera todos os discos e arquivos que encontrara sobre assassinatos e violência. Por ora, isso era o bastante. Olhou para ele e piscou. *Uau*, não pôde deixar de pensar. Como é que ela não percebera aquilo em meio à empolgação de revê-lo? Seu irmãozinho ficara adulto e era um colírio para os olhos de qualquer mulher. — Você parece bem, Zeke. Está com um ar satisfeito e parece descansado.

— É a camisa limpa que eu vesti.

— Certo. Quer um suco ou um pouco de chá?

— Ahn... O que eu quero mesmo é sair. Trouxe um guia de Nova York e vim estudando os pontos principais da cidade durante a viagem. Você sabe quantos museus existem só em Manhattan?

— Não, mas aposto que você sabe. — Dentro de seus sapatos simples de policial, os dedos de Peabody se flexionaram, preparando-se para trabalhar. Seus pés estavam prestes a fazer muito exercício. — Espere só eu trocar de roupa e podemos dar uma volta para conferir alguns desses lugares.

Uma hora depois, Peabody estava agradecendo a Deus pelo solado com suspensão a ar, pela lã grossa de suas calças e pelo forro de seu casaco de inverno. Zeke não pretendia conhecer apenas os museus. Queria ver *tudo*.

Ele fez diversas tomadas em vídeo com a minicâmera caríssima que comprara especialmente para a viagem, em um momento de extravagância. Aliás, ele teria corrido o risco de ela ter lhe sido roubada uma meia dúzia de vezes, se Peabody não tivesse se mantido em estado de alerta observando os possíveis ladrões. Por mais que ela o ensinasse a tomar cuidado e olhar para os lados, a fim de se proteger dos gatunos, analisando os movimentos suspeitos, ele simplesmente balançava a cabeça e ria.

Subiram ao topo do Empire State e sentiram o vento gélido que parecia um chicote, até as pontas das suas orelhas perderem a sensibilidade. Os olhos cinza-claros de Zeke brilhavam de empolgação diante de tudo. Foram visitar o museu Metropolitan, ele olhou boquiaberto para as vitrines da Quinta Avenida, admirou-se com os dirigíveis para turistas e se misturou com o povo ao longo das passarelas aéreas apinhadas de gente para em seguida apreciar os pretzels com aparência suspeita que insistira em comprar em uma carrocinha.

Só mesmo o seu amor fraternal forte e profundo conseguiria convencer Peabody a ir patinar no rinque de gelo do Rockefeller Center, onde seus músculos das panturrilhas começaram a arder, depois de três horas de caminhadas pelas ruas.

Mas ele a fez lembrar de como era se sentir atordoado pela cidade grande e descobrir tudo o que ela podia oferecer. E percebeu, vendo-o extasiado a cada momento, as coisas que deixara de apreciar por estar acostumada a elas.

Mesmo tendo que exibir o distintivo que enfiara no bolso do casaco a cada ladrãozinho barato que demonstrou interesse pelo novo turista, nada estragou o dia.

De qualquer modo, no instante em que ela finalmente o convenceu a parar em um lugar, a fim de tomar uma bebida quente e comer alguma coisa, Peabody decidiu que era fundamental transmitir ao irmão algumas especificações sobre o que podia ou não ser feito. Afinal, ele ia passar um bocado de tempo por conta própria, quando não estivesse trabalhando, lembrou. Ele já passara dos vinte e três anos, mas exibia a confiança ingênua de um menino de cinco.

— Zeke... — Peabody esquentou as mãos em torno da tigela de sopa de lentilhas e tentou não pensar no hambúrguer de carne de soja que descobrira no cardápio. — Precisamos conversar sobre o que você vai fazer nas horas em que eu estiver de plantão.

— Vou trabalhar, Dee. Vou fabricar móveis.

— Eu sei, mas é que as minhas horas de trabalho... — ela fez um gesto vago com as mãos — não são fixas. É difícil contar comigo. Você vai passar boa parte do tempo por conta própria, e então...

— Você não precisa se preocupar comigo, Dee. — Ele sorriu para ela e tomou uma colherada da própria sopa. — Já estive longe da fazenda antes.

— Mas nunca esteve aqui.

Ele se recostou e lançou-lhe o olhar irritado típico que os jovens reservam para irmãs mais velhas superprotetoras.

— Prometo guardar o dinheiro no bolso da frente, não vou conversar com estranhos que carregam malas cheias de relógios e computadores de mão e juro não participar do jogo de cartas que rola na Quinta Avenida, embora ele me parecesse divertido.

— Aquilo é um golpe, Zeke, você nunca conseguirá ganhar deles.

— Mesmo assim, pareceu divertido. — Mas ele não ia insistir, em respeito à ruga de preocupação que ela exibiu entre as sobrancelhas. — Também não vou puxar conversa com mais ninguém no metrô.

— Muito menos com um doidão que percebeu em você um alvo fácil para um golpe. — Peabody olhou para cima com impaciência. — Puxa, Zeke, o cara estava praticamente espumando pela boca. Deixa pra lá — disse ela, abanando a mão. — Não quero que você fique trancado dentro de casa nas horas vagas, quero apenas que tenha cuidado. Nova York é uma cidade grande que devora pessoas todos os dias. Não quero que você seja uma delas.

— Vou ter cuidado.

— Promete andar apenas pelas áreas turísticas e sempre com o seu *tele-link* à mão?

— Prometo, *mamãe*. — Ele tornou a sorrir para ela e pareceu tão jovem que o coração de Peabody estremeceu. — E agora, vamos embarcar no tour "Vendo Manhattan de Cima"?

— Claro. — Ela conseguiu sorrir em vez de franzir o cenho. — Eu topo esse programão, assim que acabarmos aqui. — Ela tomou a sopa bem devagar. — Quando é que você vai se apresentar aos clientes para começar a trabalhar?

— Amanhã. Deixamos tudo marcado antes de eu vir para cá. Eles aprovaram os projetos e o orçamento. Pagaram a minha passagem e as minhas despesas pessoais.

— Você disse que eles conheceram o seu trabalho quando estavam no Arizona, de férias?

— *Ela* conheceu. — Só de lembrar aquele instante, sua pulsação se acelerou. — Ela comprou um dos entalhes que eu fiz para a Cooperativa de Artesãos de Camelback, quando esteve lá com Silvie... Acho que você não conhece Silvie. Ela é uma artista que trabalha com vidro. Era Silvie quem estava gerenciando a cooperativa naquele dia, e comentou que fui eu quem projetara os móveis do lugar, os balcões e as vitrines. Foi nesse ponto que a sra. Branson mencionou que ela e o marido estavam à procura de um bom marceneiro e...

— O quê?! — Peabody levantou a cabeça de repente.

— Eles estavam precisando de um marceneiro e...

— Não... qual foi o nome que você disse? — Ela o agarrou pelo pulso e o apertou com força. — Você disse Branson?

— Isso mesmo. Foram os Branson que me contrataram. Sr. e sra. B. Donald Branson. Ele é um dos donos da Branson Ferramentas e Brinquedos. Eles fabricam ferramentas excelentes.

— Oh. — Peabody baixou a colher. — Mas que merda, Zeke.

Armador possuía uma loja suja em uma região que não era famosa pela limpeza. Ela ficava perto da Nona Avenida, a um quarteirão da entrada do túnel. Era uma loja de frente para a rua, parecia muito acabada, guardada por fortes grades, exibia intercomunicadores, câmeras e parecia tão hospitaleira quanto uma barata.

As vitrines espelhadas ofereciam aos transeuntes um campo sujo e escuro de sombras. A porta era de aço reforçado, protegida por

Lealdade Mortal

uma série de fechaduras tão elaboradas que faziam o selo de isolamento que a polícia instalara parecer uma piada.

As pessoas que circulavam pela área sabiam cuidar dos próprios assuntos, os quais geralmente aconteciam nos andares de cima. Foi só olhar para Eve e muitos deles arrumaram o que fazer em dois tempos e em outro lugar.

Eve usou o seu cartão mestre para passar pelo selo da polícia e ficou aliviada ao perceber que a equipe de peritos não acionara as fechaduras instaladas por Armador. Pelo menos ela não ia perder tempo tentando decodificá-las. Aquilo a fez se lembrar de Roarke e imaginar quanto tempo ele levaria para destravar todas elas.

Como sabia que lá no fundo adoraria vê-lo fazer isso, ela fez uma cara feia ao entrar e fechar a porta atrás de si.

O cheiro não era de coisa podre, mas quase isso. Suor, graxa, café ruim e urina velha.

— Acender luzes em potência máxima! — ordenou e apertou os olhos diante do brilho súbito e intenso.

O interior da loja não era mais convidativo que o exterior. Não havia nem mesmo uma cadeira que servisse de convite para o cliente sentar e relaxar. O piso, em um tom verde-claro semelhante a vômito de bebê, exibia a imundície e os arranhões de décadas de uso. O jeito com que suas botas grudavam e faziam barulhos gosmentos ao caminhar mostrou a Eve que lavar o piso de vez em quando não fora uma prioridade para o dono morto.

Prateleiras de metal cinza se elevavam em uma das paredes e estavam entulhadas com objetos em uma disposição confusa, que desafiava a lógica.

Minitelas, câmeras de segurança, *tele-links* portáteis, computadores de mesa, sistemas de comunicação e entretenimento, tudo estava empilhado em diversos estágios de reparo ou desmonte.

Igualmente amontoados do outro lado da sala havia outros aparelhos que Eve imaginou já estarem consertados, pois o cartaz escrito à mão avisava que os produtos deveriam ser retirados dentro de trinta dias ou o cliente perderia o direito à mercadoria.

Ela contou cinco avisos de "Fiado só amanhã" em uma sala que tinha pouco mais de quatro metros e meio de largura.

O senso de humor de Armador, por falta de um termo melhor, era evidenciado pela presença de um crânio humano pendurado sobre o caixa. Em um cartaz pendente da mandíbula frouxa lia-se: "O Último Ladrão que Entrou na Loja".

— Puxa, muito engraçado! — murmurou Eve, bufando com força.

O lugar lhe dava calafrios, percebeu. A única janela ficava atrás dela, igualmente gradeada. A única porta para a rua tinha trancas do chão ao teto. Eve olhou para cima e observou o monitor de segurança. Ele fora deixado em funcionamento e oferecia uma visão completa da rua. Em outro monitor, que vigiava o interior da loja, ela viu a própria imagem, clara como cristal.

Ninguém entrava ali, decidiu ela, a não ser que Armador quisesse recebê-lo.

Fez uma anotação, lembrando-a de pedir a Sally, da polícia de Nova Jersey, as cópias dos discos da segurança, tanto do lado de fora quanto do lado de dentro.

Foi até o balcão e percebeu que o computador instalado ali era um horrível híbrido construído com peças de aparelhos depenados. Muito provavelmente, avaliou, funcionava com mais velocidade, eficiência e confiabilidade que a máquina que ela usava na central de polícia.

— Ligar computador!

Como nada aconteceu, ela franziu o cenho e tentou ligá-lo manualmente. A tela tremeluziu.

Aviso: Esta unidade está protegida contra estranhos. Digite a senha, fale algo para o identificador de voz nos próximos trinta segundos ou desligue a máquina.

Eve a desligou. Ia perguntar a Feeney, chefe da Divisão de Detecção Eletrônica, se ele tinha algum tempo livre e estava a fim de brincar com aquele sistema.

Lealdade Mortal

Não havia mais nada sobre o balcão, exceto algumas impressões digitais engorduradas, o pó fosco deixado pelos peritos e um monte de peças espalhadas que ela não conseguiu identificar.

Decodificou a porta que dava para os fundos e entrou na oficina de Armador.

O sujeito bem que poderia usar os serviços de uma meia dúzia de elfos. O lugar era uma bagunça generalizada, com os esqueletos e as entranhas de dezenas de equipamentos eletrônicos espalhados por toda parte. Ferramentas estavam penduradas em ganchos ou jaziam no lugar onde haviam sido jogadas. Havia minilasers, pinças delicadas e chaves de fenda quase tão finas quanto um fio de cabelo.

Se alguém o atacara ali, como seria possível descobrir?, refletiu Eve, afastando para o lado, com a ponta da bota, a carcaça de um monitor. Mas ela não acreditava que ele tivesse sido atacado ali. Ela só tivera contato com Armador em poucas ocasiões, e já não o encontrava havia mais de dois anos, mas lembrou que ele sempre mantivera bagunçado aquele lugar.

— Além disso, eles não teriam conseguido entrar nesta fortaleza, a não ser que ele permitisse — murmurou. O sujeito sofria de paranóia, avaliou, reparando em vários outros monitores instalados no aposento. Cada centímetro do seu espaço e a área em torno da loja estavam sob vigilância vinte e quatro horas por dia.

Não, eles não o haviam agarrado ali dentro, decidiu. Se ele andava apavorado, como Ratso descreveu, seria ainda mais cauteloso. Mesmo assim, não se sentira seguro o bastante para simplesmente se proteger atrás de tudo aquilo e apelara para um amigo.

Ela foi até a saleta adiante e analisou a bagunça instalada no espaço onde Armador vivia. Uma cama dobrável com lençóis amarelados, uma mesa com um centro de comunicações clandestino, uma pilha de roupas sujas e um banheiro estreito que tinha lugar apenas para um box e uma privada.

A minicozinha era um espaço improvisado, onde havia um AutoChef totalmente abastecido e uma geladeira abarrotada de alimentos. Enlatados e mantimentos estavam junto da parede, num amontoado de quase um metro de altura.

— Nossa, isso aqui daria para resistir a um ataque de extraterrestres. Por que será que ele saiu dessa fortaleza para se esconder?

Balançando a cabeça, enfiou as mãos nos bolsos e deu meia-volta.

Nada de janelas nem portas externas, notou. Ele morava em um caixote fechado. Observando os monitores instalados diante da cama, viu o tráfego que passava pela Nona Avenida. Não, corrigiu a si mesma. Os monitores eram as suas janelas.

Eve fechou os olhos e tentou imaginá-lo ali, usando a lembrança que tinha de sua figura. Magricela, com cabelos grisalhos, velho. Mesquinho.

Está apavorado, e por isso se move rápido, pensou. *Leva apenas o que vai precisar. É ex-militar e sabe levantar acampamento em pouco tempo. Algumas roupas, algum dinheiro. Não tanto dinheiro que demonstre que ele vai se esconder,* raciocinou. *Não leva quase nada.*

Ganância, ela concluiu. Essa era outra faceta do homem. Ele era ganancioso, juntava dinheiro e cobrava muito de seus clientes, que pagavam o que ele exigia por causa de suas mãos mágicas.

Deve ter levado consigo algum dinheiro vivo, fichas de crédito, senhas de bancos e corretoras.

E onde estava a sua mala? Ele deve ter feito uma mala. Talvez estivesse no rio, imaginou, enfiando os polegares nos bolsos da frente. Ou, então, quem o matou a levou.

— Ele devia ter algum dinheiro — pensou em voz alta. — Certamente não andava por aí gastando em decoração para o lar, nem em produtos para aprimorar a estética ou a higiene pessoal.

Ela iria verificar suas finanças.

Então, ele faz uma mala, pensando em se esconder, continuou a refletir. *O que colocou nela?*

Devia conter um computador portátil ou de mão. Devia querer manter seus arquivos, suas ligações. E armas.

Lealdade Mortal

Ela voltou para a loja e olhou debaixo do balcão. Encontrou uma caixa vazia e um fecho solto. Agachando-se, estreitou os olhos enquanto avaliava o espaço. Será que o velho canalha tinha realmente uma arma de fogo ilegal? Será que aquilo era uma espécie de estojo para a arma? Iria verificar no relatório dos peritos para ver se eles haviam confiscado uma arma.

Bufou com força e pegou o estojo para examiná-lo. Não fazia a mínima idéia de como era uma arma do exército na época das Guerras Urbanas.

Em seguida suspirou e colocou o estojo em um saco de guardar provas. Ela sabia onde pesquisar a respeito de uma arma daquele tipo.

Capítulo Quatro

Como queria conversar pessoalmente com Feeney, Eve deu uma passada na central de polícia. Pegou então a passarela aérea que a levaria direto à Divisão de Detecção Eletrônica, saltando um pouco antes para comprar uma barra de cereais em uma máquina automática.

Aquela divisão parecia uma colméia muito ativa. Tiras trabalhavam em computadores, desmontando-os para em seguida os reconstruir. Outros estavam instalados em cabines, rodando e copiando discos e registros de *tele-links* confiscados. Eram tantos os zumbidos, bipes e ruídos eletrônicos em toda parte que Eve se perguntou como era possível alguém se concentrar em alguma coisa ali.

Apesar do barulho insuportável, a porta da sala do capitão Ryan Feeney estava aberta. Ele estava sentado à sua mesa, com as mangas da camisa arregaçadas até os cotovelos, os cabelos finos cor-de-ferrugem arrepiados e os olhos de cachorro triste parecendo enormes por trás das lentes dos microóculos. Enquanto Eve o observava do portal, ele arrancou um chip minúsculo e translúcido das entranhas de um computador aberto em sua mesa.

— Peguei você, seu safado! — Com a delicadeza de um cirurgião, guardou o chip dentro de um saco de provas.

— O que é isso?

— Hein?... — Por trás dos óculos, seus olhos de sabujo piscaram, mas logo em seguida ele ergueu o acessório, colocando-o sobre a testa, e focou os olhos em Eve. — Olá, Dallas. Você quer saber sobre esta gracinha aqui? É basicamente um contador. — Deu uma batidinha no saco plástico e sorriu de leve. — Uma caixa de banco com talento para eletrônica instalou esta belezinha no seu computador. A cada vinte depósitos, um ia direto para uma conta pessoal que ela abrira em Estocolmo. Muito esperta.

— Mas você foi mais esperto do que ela.

— Isso mesmo! O que faz aqui? — perguntou ele, sem interromper o trabalho, etiquetando a prova de forma metódica. — Quer passar algum tempo ao lado dos tiras de verdade?

— Talvez esteja com saudades de seu rostinho lindo. — Eve apoiou o quadril na quina da mesa de Feeney e sorriu quando ele bufou com cara de deboche. — Ou quem sabe eu tenha passado aqui só para ver se você tem um tempinho livre.

— Para quê?

— Lembra o Armador?

— Claro. Um cara cheio de marra, mas com mãos mágicas. O filho-da-mãe é quase tão bom quanto eu. Consegue pegar um computador topo de linha como este XK-6000, desmontá-lo inteiro e construir seis filhotes dele antes mesmo das peças esfriarem. Ele é um sujeito superfera.

— Pois agora é um sujeito supermorto.

— Armador? — Um ar de genuína desolação surgiu em seus olhos. — O que aconteceu?

— Deu o último mergulho no rio. — Eve contou tudo a Feeney, em poucas palavras, desde o encontro com Ratso até sua rápida visita à loja do morto.

— Deve ter sido alguma coisa muito grande e muito ruim para assustar um velho cavalo de batalha como Armador — refletiu

Feeney. — Você tem certeza de que eles não o pegaram dentro de casa?

— Isso seria quase impossível. Ele vivia cercado de câmeras de segurança. Dentro e fora da loja. Atrás de um monte de trancas. Uma saída apenas, reforçada, uma única janela, com vidro tratado e gradeada. Ah, e eu dei uma olhada nos seus mantimentos. Havia alimentos não perecíveis e água engarrafada suficientes para manter um homem escondido por mais de um mês.

— É, pelo jeito ele teria como resistir a uma invasão.

— Sim. Por isso a pergunta: por que ele abandonou a sua fortaleza?

— Nessa você me pegou. O investigador principal de Nova Jersey deu sinal verde para você investigar as coisas do lado de cá?

— Bem, a verdade é que ele não tem nada com o que trabalhar. E eu também não tenho muito mais — admitiu Eve. — A história surgiu a partir de um informante meu, um cara que costuma se assustar à toa. A verdade, porém, é que Armador estava aprontando alguma, descobriu algo que não devia e eles o apagaram. Como não conseguiram pegá-lo em casa, não colocaram a mão no seu equipamento. Ele tem um computador preparado contra invasores na loja. Pensei que talvez você pudesse brincar um pouco com ele para ver se consegue entrar na máquina.

Feeney coçou a orelha e esticou o braço, de forma casual, para pegar um punhado de amêndoas açucaradas que sempre mantinha em uma tigela sobre a mesa.

— Sim, eu consigo fazer isso. Se bem que ele deve ter levado seus arquivos com ele, se estava disposto a se esconder. Mas era um cara esperto, pode ter deixado uma cópia de tudo em algum lugar. Vou dar uma olhada.

— Obrigada, Feeney. — Eve endireitou o corpo. — Estou investigando isso por conta própria, ainda não falei nada com o comandante.

— Então vamos ver o que eu descubro. Se valer a pena, levamos o caso a ele.

Lealdade Mortal   67

— Ótimo! — Eve pegou um punhado de amêndoas ao sair. — Afinal, quanto a caixa esperta conseguiu juntar com os depósitos que malocava?

Feeney olhou para um microtimer e informou:

— Três milhões e alguns quebrados. Se ela tivesse parado nos três milhões, talvez tivesse conseguido escapar com a grana.

— Eles sempre querem mais — disse Eve.

Seguiu pelo corredor mastigando amêndoas, a caminho de sua sala. A sala de registros exibia o barulho de sempre: vozes alteradas, xingamentos e choramingos dos suspeitos, além de vítimas registrando ocorrências e o incessante ruído dos *tele-links* tocando ao mesmo tempo. Acima de todos os sons sobressaíam os gritos agudos e sopapos de duas mulheres que haviam se lançado uma contra a outra com unhas e dentes por causa de um homem morto que ambas garantiam amar.

Eve achou aquela atmosfera estranhamente tranqüila, depois da visita à DDE.

Como sinal de cortesia profissional, parou no caminho e imobilizou com uma chave de pescoço uma das mulheres que se esgoelavam, enquanto o detetive encarregado das duas lutava com a outra.

— Obrigado pela mãozinha, Dallas. — Baxter sorriu.

— Você bem que estava curtindo ver as duas se pegando, não estava? — Eve riu, com desdém.

— Sim, nada como ver duas gatas se engalfinhando. — Ele algemou a que agarrara em uma cadeira, antes que ela conseguisse alcançá-lo com as unhas. — Se você tivesse aparecido trinta segundos mais tarde, teríamos roupas sendo arrancadas por aqui.

— Você é doente, Baxter. — Eve se inclinou junto da mulher que imobilizara e sussurrou ao seu ouvido: — Escutou o que ele disse? — Apertou um pouco mais o seu pulso, enquanto ela continuava a se debater como um peixe tentando escapar do anzol. — Se você voar em cima dela novamente, os caras do esquadrão vão adorar a cena. É isso que você quer?

— Não! — respondeu ela, entre dentes, e então fungou com ar triste. — Eu só quero o meu Barry de volta! — lamentou-se.

O momento sentimental contagiou a outra mulher e de repente a sala se encheu de lamentos e soluços femininos. Ao ver Baxter recuar, decepcionado com o desfecho da briga, Eve sorriu de leve e empurrou a mulher na direção dele.

— O caso agora é com você, meu chapa.

— Puxa, obrigado pela ajuda, Dallas.

Satisfeita pelo papel que desempenhara no pequeno drama, Eve entrou em sua sala e fechou a porta. Na relativa paz que encontrou ali, sentou-se e entrou em contato com Suzanna Day, a advogada do falecido J. Clarence Branson.

Depois de passar por uma recepcionista e uma assistente, Eve viu o rosto de Suzanna aparecer na tela. A advogada era uma mulher de olhar penetrante, com mais ou menos quarenta anos. Seu cabelo preto muito curto e liso servia de moldura a feições atraentes. Sua pele era escura e profunda como o ônix, e seus olhos eram pretos como azeviche. Sua boca muito séria estava pintada de vermelho vivo, o tom combinando com a ponta esférica do piercing que atravessava a extremidade da sobrancelha esquerda.

— Tenente Dallas — cumprimentou ela. — B. D. me avisou que a senhora iria me procurar.

— Obrigada por me atender, dra. Day. A senhora sabe que sou a investigadora principal do assassinato de J. Clarence Branson?

— Sim. — Seus lábios formaram uma linha fina. — Já soube também, por meio de um contato na promotoria, que Lisbeth Cooke está sendo acusada de homicídio culposo sem premeditação.

— A senhora não me parece satisfeita com esse fato.

— J. C. era um amigo, um bom amigo, por sinal. Não, tenente, não estou nem um pouco satisfeita por saber que a mulher que o matou vai cumprir uma pena leve em uma prisão para pessoas de alta classe.

Os promotores faziam os acordos, pensou Eve com amargor, e os tiras levavam a culpa.

— Não é função minha determinar a pena, mas é meu dever coletar todas as provas possíveis. O testamento do sr. Branson poderia lançar uma luz especial sobre determinadas questões.

— O testamento será lido esta noite, na residência de B. Donald Branson.

— Mas a senhora já tem conhecimento de quem serão os beneficiários.

— Sim, tenho. — Suzanna ficou em silêncio por alguns instantes, parecendo duelar consigo mesma. — Não posso revelar nenhum dos termos do documento antes da leitura oficial, tenente. Essas foram instruções específicas que recebi do meu cliente, quando o documento foi firmado. Estou de mãos atadas.

— O seu cliente não imaginou que seria assassinado.

— Mesmo assim... Acredite, tenente, eu trabalhei o mais depressa que pude para que a leitura fosse feita esta noite.

— A que horas vai ser? — perguntou Eve, depois de uma rápida consideração.

— Oito da noite.

— Existe alguma razão legal para eu não estar presente?

— Não, se o sr. e a sra. Branson permitirem. — Suzanna levantou a sobrancelha enfeitada. — Vou conversar com eles a respeito e depois lhe dou retorno.

— Ótimo! Vou estar na rua, em trabalho de campo, mas eu pego a sua mensagem. Só mais uma perguntinha... A senhora conhecia Lisbeth Cooke?

— Muito bem. Encontrava-me com freqüência, em eventos sociais, com ela e J. C.

— O que acha dela?

— Ambiciosa, determinada. Possessiva. E temperamental.

— O jeito dela não a agradava. — Eve assentiu com a cabeça.

— Pelo contrário, eu gostava muito dela. Admiro uma mulher que sabe o que quer, alcança seu objetivo e mantém o que conseguiu. Ela o fazia feliz — acrescentou, apertando os lábios no instante em que seus olhos se encheram de lágrimas. — Eu falo mais tarde com a senhora, tenente — disse ela, desligando.

— Todos amavam J. C. — murmurou Eve, balançando a cabeça e começando a recolher suas coisas. O comunicador tocou antes de ela chegar à porta. Ela atendeu. — Dallas falando...

— Tenente.

— Olá, Peabody. Pensei que você tivesse levado seu irmão para passear pela cidade.

— Acho que foi o contrário. — Na tela, Peabody revirou os olhos, com ar cansado. — Já estive no alto do Empire State, circulei pela passarela aérea em volta do Silver Palace duas vezes e fui olhar os patinadores no Rockefeller Center... — Nem sob torturas inimagináveis Peabody admitiria que ela também patinara um pouco. — Gastei os sapatos andando por dois museus e agora Zeke está louco para fazer o tour "Vendo Manhattan de Cima". Vamos embarcar em quinze minutos.

— Puxa, que divertido! — comentou Eve, a caminho do elevador que a levaria até a garagem.

— Zeke nunca esteve na cidade. Tive que impedi-lo de conversar com todas as acompanhantes licenciadas e mendigos que apareciam pela rua. E precisei impedi-lo de participar de um jogo de cartas ilegal em plena calçada, imagine só, Dallas!

— Ainda bem que a irmã dele é tira. — Eve sorriu.

— Eu que o diga! — Em seguida, deu um longo suspiro. — Escute, Dallas, o que eu vou lhe contar provavelmente não significa nada, mas é esquisito e achei que você deveria saber.

— O que foi? — Eve já saíra do elevador e se encaminhava para o carro.

— Você lembra quando Zeke contou que veio a Nova York para atender a uma encomenda de móveis sob medida? Pois é... essa encomenda foi feita por B. Donald Branson.

— Branson? — Eve parou de andar. — Foi Branson quem contratou o seu irmão?

Lealdade Mortal 71

— Isso mesmo. — Peabody fitou Eve com olhos tristes. — Qual é a possibilidade de isso ser coincidência?

— Pequena — murmurou Eve. — Muito pequena. Como foi que Branson conheceu o trabalho do seu irmão?

— Na verdade, quem conheceu foi a sra. Branson. Ela estava no Arizona, passando alguns dias em um spa, foi fazer compras e viu o trabalho de Zeke em uma cooperativa de artistas locais. Zeke faz muita coisa sob encomenda, como balcões, móveis e armários embutidos, e é muito bom nisso. Ela perguntou quem era o marceneiro e alguém a colocou em contato com Zeke. Uma coisa levou à outra e aqui está ele.

— Parece tudo normal, uma coisa lógica. — Eve entrou no carro. — Seu irmão entrou em contato com ela quando chegou?

— Está ligando para a sra. Branson neste instante. O nome deles surgiu em uma conversa nossa e eu contei tudo a ele. Zeke resolveu ligar para a sra. Branson para ver se ela queria adiar o trabalho.

— Certo. Não se preocupe com isso por ora, Peabody, mas me conte o que vai acontecer. E se ele ainda não comentou nada com ela a respeito de ter uma irmã policial, diga-lhe para guardar esse detalhe para si mesmo.

— Tudo bem, mas... Dallas, os Branson não são suspeitos, certo? Já pegamos a assassina.

— Pegamos, mas não custa nada sermos cautelosas. Vá fazer o seu passeio e nos vemos amanhã.

Coincidência, refletiu Eve ao sair com o carro da garagem. Ela detestava coincidências. O problema é que, por mais que analisasse as informações que acabara de receber, não conseguia enxergar nada de errado com o fato de a família da vítima contratar o irmão de Peabody para trabalhos de marcenaria.

J. Clarence ainda estava vivo quando Zeke fora contratado. Nenhum dos Branson estava envolvido no assassinato. Não havia por que imaginar algo estranho ou interligado ao crime.

Às vezes uma coincidência não passava disso. Mesmo assim, Eve guardou a informação em um cantinho do cérebro e a deixou ali, descansando.

Uma música suave se espalhava pelo ar quando Eve entrou em casa. Summerset devia estar se distraindo, decidiu, tirando o casaco e tentando não se preocupar em saber das atividades do mordomo, fossem quais fossem.

Pendurou o casaco no pilar da escada e subiu os degraus. Ele devia saber que ela já chegara em casa. O mordomo sabia de tudo, com detalhes, porém não gostava de ter sua rotina perturbada. Dificilmente iria incomodá-la.

Ela virou ao chegar ao topo da escada e caminhou pelo corredor até as portas altas e duplas que levavam à sala de armas de Roarke. Franzindo o cenho, apertou a bolsa com mais força junto do corpo. Sabia que apenas Roarke, Summerset e ela tinham acesso àquela sala.

A coleção de Roarke era legalizada, pelo menos agora. Ela não tinha certeza se todas as peças que a compunham haviam sido adquiridas por meios legais. Duvidava muito disso.

Eve espalmou a mão sobre o sensor e esperou a luz verde cintilar, reconhecendo a sua impressão palmar, e em seguida informou o seu nome para só então usar a senha.

O computador verificou sua identidade e as trancas se abriram.

Ela entrou, fechou a porta atrás de si e suspirou profundamente.

Armas de aspecto violento, representando todas as épocas, estavam em exibição ali, de forma elegante, no salão espaçoso. Algumas atrás de vitrines, outras expostas em lindos gabinetes ou brilhando nas paredes; havia revólveres, facas, armas a laser, espadas, lanças e tacapes. Todas prestavam testemunho, pensou, da contínua fixação do homem pela destruição do seu semelhante.

Apesar disso, ela sabia que a arma presa em seu coldre era parte dela tanto quanto o seu braço.

Lealdade Mortal

Lembrou-se da primeira vez em que Roarke lhe mostrara aquela sala e dos momentos em que o instinto dela e o seu intelecto travaram uma batalha interna. Este último lhe dizia que Roarke poderia ser o assassino que ela buscava, enquanto aquele insistia que tal coisa não era possível.*

A primeira vez em que ele a beijara acontecera ali, naquele museu particular de guerra. E, a partir de então, outro elemento se juntou à sua batalha pessoal: suas emoções. Eve nunca mais conseguira controlar as suas emoções quando se tratava de Roarke.

O olhar dela deslizou sobre um estojo com várias pistolas, todas ilegais, a não ser que fossem peças de coleção. A lei que baniu todas as armas de fogo fora implementada havia décadas. Pareciam de difícil manejo, pensou, devido ao tamanho e peso, mas eram letais devido à propulsão de aço quente que lançavam na carne.

Recolher das ruas aquelas ferramentas de assassinato por impulso ajudara a salvar muitas vidas, ela tinha certeza disso. Porém, como Lisbeth Cooke demonstrara com maestria, havia sempre novas formas de cometer assassinato, e a mente humana nunca se cansava de descobri-las.

Pegando o estojo vazio em sua bolsa, estudou as opções expostas para descobrir que tipo de arma se encaixaria ali.

Eve já havia reduzido as possibilidades a três tipos de arma quando a porta atrás dela se abriu. Ela se virou na mesma hora, pronta para repreender Summerset por interrompê-la, mas quem entrou foi Roarke.

— Não sabia que você estava aqui — surpreendeu-se ela.

— Estou trabalhando em casa hoje — informou ele e levantou uma sobrancelha. Ela lhe pareceu ligeiramente irritada, talvez um pouco distraída. E muito atraente. — Devo imaginar que você está trabalhando em casa também ou simplesmente resolveu brincar com armas?

---

* Ver *Nudez Mortal*. (N. T.)

— Estou investigando um caso, por assim dizer. — Ela colocou o estojo que levara sobre a mesa e apontou para ele. — Já que você está aqui, talvez mate a charada. Preciso de uma arma de ataque no estilo das usadas nas Guerras Urbanas que se encaixe neste estojo.

— Exército americano?

— Sim.

— O estilo europeu é um pouco diferente — comentou ele, encaminhando-se para uma das vitrines. — Os soldados americanos usavam duas armas de mão durante aquele período. A segunda delas, mais utilizada no fim da guerra, era mais leve e mais precisa.

Roarke escolheu uma peça não muito grande, com um cano sobre outro e o cabo feito de um material cinza fosco.

— Visor infravermelho, mira térmica direcional. O tiro pode ser atenuado para golpe de atordoar, o que já serve para colocar um homem de cem quilos de joelhos e deixá-lo babando por vinte minutos. Ou pode, em potência máxima, abrir um buraco do tamanho de um punho na cabeça de um rinoceronte enfurecido. Esta arma pode também ser preparada para lançar a carga centrada em um só ponto ou dispersá-la, o que amplia o alcance do ataque.

Roarke girou a pistola, mostrando a Eve os controles em ambos os lados, antes de entregá-la. Ela esticou o braço e testou o peso ao receber a arma.

— Ela pesa mais de dois quilos. Como se carrega isso?

— Com uma bateria que entra por baixo da empunhadura, como os pentes das pistolas automáticas antigas.

— Humm... — Eve se virou e tentou guardar a arma no estojo que trouxera. Ela deslizou com suavidade e se encaixou como uma luva. — Acho que você acertou. Existem muitas armas desse tipo por aí?

— Isso depende de você acreditar ou não no governo americano, que afirma ter confiscado e destruído todas as armas deste tipo que ainda existiam. E se você acreditasse nisso não seria a tira cética que eu conheço e amo.

Lealdade Mortal

Eve bufou.

— Quero testar esta arma — disse ela. — Você deve ter uma bateria carregada para ela, certo?

— Claro. — Ele pegou a arma e o estojo, foi até a parede oposta e abriu um painel que dava para um elevador. Franzindo o cenho, Eve entrou na cabine com ele.

— Você não tem que voltar para o trabalho?

— Essa é a maravilha de ser chefe. — Ele sorriu e enfiou os polegares nos bolsos. — O que está investigando?

— Não tenho certeza. Provavelmente vai ser uma perda de tempo.

— Que bom, porque nós quase não perdemos tempo juntos.

As portas se abriram no nível inferior, onde ficavam uma galeria de tiro, um salão de teto alto e paredes cor-de-areia. Roarke não favorecera o conforto ali. Tudo era espartano e eficiente.

Depois de ordenar que as luzes se acendessem, Roarke pousou o estojo sobre um balcão preto, comprido e brilhante. Em seguida, pegou uma bateria fina em uma gaveta, encaixou-a na abertura da parte de baixo do cabo da arma e a empurrou de leve com a base da mão até ouvir um pequeno estalo.

— Totalmente carregada — disse a Eve. — Agora, você precisa apenas ativá-la. É só apertar este botão lateral — mostrou ele. — Marque sua opção de ataque e bote pra quebrar.

Eve balançou a arma e assentiu com a cabeça.

— Parece rápida e eficiente. Para quem está preocupado em ser atacado, é mais fácil deixá-la pronta para uso. — Para experimentar, ela colocou a arma de encontro ao coldre que usava ao lado do corpo. — Com bons reflexos, dá para sacar, mirar e atirar em segundos. Quero descarregá-la algumas vezes.

Ele abriu outra gaveta e pegou protetores de ouvido e óculos de segurança.

— Você prefere hologramas ou alvo fixo? — perguntou Roarke, enquanto ela colocava o equipamento, e em seguida colocou a palma da mão em um identificador, o que fez as luzes do console se acenderem.

— Holograma. Pode mandar uns dois caras, em uma cena noturna.

Atendendo ao seu pedido, Roarke programou o cenário e os alvos e se recostou para apreciar o show.

Ele programara dois homens que, apesar de corpulentos, demonstravam uma surpreendente agilidade. Suas imagens vieram dos dois lados da sala. Girando o corpo com rapidez, Eve derrubou os dois.

— Fácil demais! — reclamou ela. — Só um sujeito cego de um olho e com um braço só deixaria esses dois escaparem.

— Tente outra vez. — Ele reprogramou os alvos enquanto Eve mantinha o equilíbrio, apoiada com firmeza nos calcanhares, ao mesmo tempo que tentava se imaginar como uma velhinha assustada, pronta para fugir.

O primeiro apareceu diante dela de repente, saindo das sombras, e veio com tudo. Eve saiu de lado e atirou ao mesmo tempo que se agachava, e então girou o corpo, esperando o próximo ataque. Dessa vez foi ainda mais perto. O segundo homem veio com um taco de beisebol de aço e já começara a girá-lo. Ela rolou no chão, atirou para cima e arrancou sua cabeça fora.

— Puxa, eu adoro ver você trabalhando — observou Roarke.

— Acho que Armador não era tão rápido quanto imaginava — comentou ela, levantando-se. — Ou talvez eles soubessem a respeito da arma. Mesmo assim, ele teria uma vantagem para agir. Além do mais, coloquei a arma com mira em um único ponto. Se ele a preparasse para aumentar o alcance do ataque, destruiria metade do prédio com um só tiro.

Como demonstração, ela preparou a pistola para ataque amplo e então, firmando-a com as mãos, atirou girando o braço sobre o cenário virtual. O veículo estacionado do outro lado da rua explodiu em chamas, as vidraças se estilhaçaram e os alarmes dispararam.

— Viu só?

— Como eu disse há pouco. — Roarke foi na direção de Eve e tomou a arma de suas mãos. Seus cabelos estavam em desalinho e a luz forte da sala revelava cada um dos muitos tons castanhos de seus fios emaranhados — Eu adoro ver você trabalhar.

— Eles não iriam entrar na loja para apagá-lo, sabendo que ele possuía uma arma dessas — insistiu Eve. — Tiveram que distraí-lo ou enviaram alguém como chamariz, alguém em quem ele confiava. Precisavam de tempo para pegá-lo de surpresa, sem que eles próprios fossem enviados para o inferno. Ele não tinha carro nem solicitou transporte, já verifiquei. Portanto, estava a pé. Vinha armado, preparado, e era esperto ao andar na rua. No entanto, eles o pegaram com facilidade e rapidez, como se ele fosse um turista de Nebraska perdido em Times Square.

— Como é que você sabe que foi fácil e rápido?

— Ele levou um golpe na cabeça e não havia feridas defensivas. Se ele tivesse disparado uma arma dessas, haveria algum indício do tiro, o local não estaria limpo.

Ela soprou o cabelo que lhe caía sobre os olhos e encolheu os ombros, sentenciando:

— Talvez ele simplesmente estivesse velho e sem reflexos.

— Nem todo mundo reage ao medo com rapidez e clareza, tenente.

— Não, mas aposto quanto você quiser que ele reagiria sim. — Flexionou os ombros mais uma vez. — Minha opinião é de que eles estavam armados. Um deles atraiu sua atenção. — Eve começou a carregar um novo programa enquanto montava a cena na cabeça. Para se colocar melhor dentro da cena que imaginava, removeu os apetrechos de segurança. — Enquanto ele se focava naquele alvo...

Eve pegou a arma da mão de Roarke, ligou o sistema e deu um passo à frente. Um homem saiu das sombras e veio em sua direção com a arma levantada. Enquanto girava o corpo com rapidez, ela sentiu o leve choque que o programa lhe lançou no ombro.

Eve conseguira desviar-se do tiro que a atingira apenas de raspão, refletiu, massageando o ombro dolorido. Mas ela era jovem, estava em forma e em estado de alerta.

— Armador era velho e estava apavorado, embora se considerasse durão e muito esperto. A verdade, porém, é que eles conseguiram armar uma emboscada entre a sua loja e a estação do metrô. Ele voou em cima de um, mas o outro o atordoou. Um golpe de atordoar não aparece na autópsia, a não ser que provoque um dano grave no sistema nervoso. Só que não precisavam disso. Precisavam apenas atordoá-lo para então atacá-lo e carregá-lo para longe dali.

Ela baixou a arma.

— De qualquer modo — continuou —, consegui algumas respostas. Agora eu só preciso descobrir onde elas se encaixam.

— Então, devo supor que esta pequena demonstração está encerrada.

— Sim. Vou só... Ei! — protestou ela, quando ele a agarrou e puxou de encontro a si.

— Estou apenas relembrando a nossa primeira vez. — Ele esperava que ela fosse resistir um pouco, a princípio. Aquilo só iria tornar a sua rendição mais doce. — Tudo começou bem aqui. — Ele baixou a boca e roçou os lábios em sua bochecha, saboreando de leve o que pretendia devorar em seguida. — Faz quase um ano. Naquela ocasião, você já era tudo o que eu queria.

— Você queria apenas sexo. — Enquanto ela se retorcia, colocou a cabeça meio de lado, para que sua boca habilmente pudesse descer até a sua garganta. Sob sua pele, dezenas de terminações nervosas despertaram.

— Queria. — Ele riu, com as mãos descendo, moldando o corpo dela e apertando-o. — Continuo querendo. E sempre com você, minha querida Eve.

— Você não vai conseguir me seduzir no meio do meu turno. — Mas ele a girava em direção ao elevador e ela não oferecia muita resistência.

Lealdade Mortal

— Você já tirou o seu horário de almoço?

— Não.

— Nem eu. — Ele se jogou um pouco para trás e sorriu. Logo, porém, a sua boca já estava sobre a dela, exigente e abrasadora, tomando-a pouco a pouco e fazendo com que seus nervos soltassem fagulhas.

— Ah, que droga! — resmungou Eve, e procurou às cegas pelo comunicador, enquanto se mantinha agarrada a Roarke. — Espere... pare! Agüente um instantinho só... Bloquear sinal de vídeo! — Expirou com força. Nossa, aquele homem conseguia fazer coisas assombrosas com a língua. — Emergência, aqui é a tenente Eve Dallas.

Ele a arrastou até o elevador, pressionou-a de encontro à parede e atacou-lhe o pescoço.

Aqui é a emergência. Pode falar, tenente.

— Vou tirar um período de uma hora para resolver assuntos particulares. — Eve conseguiu por pouco segurar um gemido, quando uma das mãos dele se fechou com sofreguidão sobre o seu seio, enquanto a outra trabalhava entre as suas pernas, a base do polegar pressionada com firmeza contra o ponto em que o calor aumentava rapidamente.

O primeiro e inesperado orgasmo a fez engolir um grito.

Tenente Eve Dallas afastada do serviço durante uma hora. Mensagem recebida. Emergência desligando.

Ela mal conseguira desligar e ele já abria a sua blusa. Eve apalpou a lateral do corpo para desprender o coldre e em seguida agarrou um punhado de cabelos dele, com força.

— Isso é loucura — falou ela, ofegante. — Por que estamos sempre querendo fazer isso?

— Não sei — disse ele, balançando-a para fora do elevador e em seguida tomando-a nos braços para percorrer o curto caminho da porta até a imensa cama. — Mas agradeço a Deus por isso.

— Coloque as mãos em mim. Quero suas mãos em mim. — E elas já estavam, no instante em que caiu de costas por baixo dele, sobre a cama.

— Um ano atrás... — Os lábios dele acariciavam o seu rosto e seguiam a curva do maxilar. — ... Ainda não conhecia o seu corpo, os seus desejos, as suas necessidades. Agora conheço e isso me faz desejar você ainda mais.

Aquilo era uma insanidade, pensou Eve, com ar de abandono, ao encontrar a boca de Roarke com a mesma voracidade, saboreando-o e sentindo o desejo profundo que sempre parecia consumi-la por dentro.

Não importava se o ato de amor era rápido e furioso como naquele momento ou se era revestido de uma ternura infinita, a verdade é que o desejo e a ânsia nunca pareciam diminuir.

Ele estava certo. Conhecia o seu corpo muito bem, agora, do mesmo modo que ela conhecia o dele. Ela sabia onde tocá-lo para fazer seus músculos se retesarem, onde acariciar para fazê-los estremecer. Esse conhecimento e essa familiaridade eram irresistivelmente sedutores.

Ela sabia o que ele iria lhe proporcionar naquele momento, e em todos os momentos, quer acontecesse de forma lenta e ardente, quer fosse uma explosão de tirar o fôlego: prazer, puro e ofuscante, com toda a excitação que cintilava à sua volta.

Ele encontrou o seio dela e ofereceu a si mesmo a emoção de tomá-lo com a boca. A textura macia, firme, toda dele. As costas dela se arquearam, sua respiração falhou e por baixo da língua ágil seu coração martelou com mais força.

A mão dele se fechou em torno do diamante em forma de gota que ela usava... o símbolo de que ela aprendera a aceitar o que ele tanto precisava lhe oferecer.

Então rolaram de lado, arrancando as roupas para que suas peles pudessem roçar e acariciar uma à outra.

A respiração dela se tornou ainda mais ofegante, fazendo seu sangue acelerar. Ela, que era tão forte e estável, tremia por baixo

Lealdade Mortal

dele. Por sua vez, ele podia sentir o corpo dela esticando-se, quase a ponto de se romper de libertação, e podia ver em seu rosto as centelhas do choque e do prazer que se acumulavam.

Quando ele a invadiu, fechou a boca sobre a dela e engoliu seu gemido longo e trêmulo.

Mas ainda não era o bastante. Mesmo sabendo que seu corpo já iniciava a linda escalada rumo ao prazer total, Eve sabia que ele a faria alcançar novos níveis, até levá-la onde cada pulsação de seu corpo pudesse ser sentida, onde cada nervo ganhasse vida própria.

Fortalecida e preparada para o que vinha em seguida, ela se ergueu na direção dele, lutando para devolver-lhe tudo, mesmo sabendo que sua mente se esvaziava, se esgotava e seu sistema voltava a todo instante para o centro do calor.

Ela pronunciou o nome dele, apenas o nome, e arqueou o corpo para tomá-lo mais fundo dentro de si. A união foi suave, mas ardente. Com agilidade e fome, ela elevava os quadris para acompanhar cada estocada. Podia conduzi-lo, da mesma forma que era conduzida. Os dedos dele e os dela se entrelaçaram com força e ficaram engatados em união total. Era mais uma camada de intimidade.

Conseguiu ver nos olhos dele, muito selvagens e azuis, que ele estava tão perdido quanto ela naquele instante de magia.

Só você. Eve sabia que era isso que estava na mente dele naquele momento, e também na sua. Então os olhos gloriosos dele se tornaram opacos. Com um grito abafado, ela se agarrou com mais força às mãos que a seguravam e se deixou abandonar em companhia dele.

Ele baixou a cabeça, suspirando ao tentar descansar entre os seios dela. Por baixo do seu, o corpo dela se tornara fluido como água. Mas ele sabia que ela iria se recompor com rapidez, vestir novamente as roupas e voltar para o trabalho que a consumia.

Naquele instante, porém, e por mais alguns minutos, ela estava feliz por se deixar levar.

— Você devia vir almoçar em casa com mais freqüência — sugeriu ele.

Ela riu.

— A hora do recreio acabou. Preciso voltar ao trabalho.

— Hum-hum... — Nenhum dos dois moveu um músculo sequer. — Hoje à noite temos um jantar às oito horas, no Palace, com altos funcionários de uma das minhas empresas de transporte e seus cônjuges.

Eve franziu a testa.

— Eu sabia disso?

— Sabia.

— Puxa, mas eu tenho um compromisso às sete.

— Que compromisso?

— Leitura de testamento. Na casa de B. D. Branson.

— Ah, tudo bem, eu remarco o jantar para oito e meia e nós damos uma passadinha juntos na casa de Branson.

— Não, não existe essa história de *nós*.

Ele levantou a cabeça do peito dela e sorriu, argumentando:

— Acho que acabei de demonstrar que você está errada.

— Trata-se de um caso policial, não de sexo.

— Tudo bem, então eu prometo não fazer sexo com você na casa de Branson, se bem que, pensando melhor, até que seria interessante.

— Escute, Roarke...

— É uma questão de bom senso logístico. — Ele acariciou o rosto dela e rolou de lado. — Depois, vamos da casa de Branson para o hotel onde acontecerá o jantar.

— Você não pode simplesmente aparecer na casa de uma pessoa para ouvir a leitura de um testamento. Não é um evento público.

— Mas tenho certeza de que B. D. vai ter algum lugar confortável onde eu possa ficar à espera da minha esposa sem me intrometer, em caso de necessidade. Pelo que me lembro, a casa dele é muito espaçosa.

Ela nem se deu ao trabalho de se lamentar.

— Aposto que você o conhece.

Lealdade Mortal

— Claro. Nós somos concorrentes, não inimigos.

Ela bufou com força ao se sentar na cama e olhar para ele.

— Vou ver se a advogada aprova e, se estiver tudo bem, ótimo. Talvez, mais tarde, você possa me dar uma opinião sobre os irmãos Branson.

— Querida, eu sempre adoro quando posso ajudar.

— Eu sei, eu sei. — Dessa vez ela se lamentou: — É isso que me preocupa.

Capítulo Cinco

Eve se remexeu, sentindo-se pouco confortável, na parte de trás da limusine. Não era o tipo de transporte que teria escolhido para um evento que considerava profissional. A verdade é que preferia ficar atrás do volante, quando estava de serviço. Havia algo estranhamente decadente em circular pela cidade de um quilômetro de comprimento em uma limusine, não importava em que momento fosse, mas no meio de uma investigação era, no mínimo, embaraçoso.

Não que Eve pudesse usar as palavras *decadente* e *embaraçoso* para falar desse assunto com Roarke, pois ele adoraria o seu dilema.

Pelo menos o longo que ela vestira, muito sério e todo preto, era adequado tanto para a leitura de um testamento quanto para um jantar de negócios. Era reto e simples, cobrindo-a do pescoço ao tornozelo. Ela o achava muito prático, embora espantosamente caro.

O problema é que não havia onde prender seu coldre sem parecer ridícula, nem onde colocar o distintivo, a não ser em sua bolsa de noite incrivelmente pequena.

Quando Eve tornou a se encolher, Roarke colocou um braço sobre o assento de trás e sorriu para ela.

Lealdade Mortal

— Algum problema?

— Mulheres tiras não usam roupa de lã virgem nem andam de limusine.

— As tiras casadas comigo fazem as duas coisas. — Passou o dedo de leve sobre o punho da manga de seu casaco. Roarke gostava do jeito que o vestido caía em Eve. Descia comprido, reto e sem enfeites, exibindo suas curvas de forma discreta. — Como é que eles podem saber se as ovelhas são mesmo virgens?

— Rá-rá, muito engraçado. Nós podíamos ter vindo no meu carro.

— Embora o seu veículo atual seja um grande avanço em relação ao anterior, ele não proporciona o mesmo conforto deste aqui. Se estivéssemos dirigindo, não poderíamos aproveitar por completo os vinhos que serão servidos no jantar. E o mais importante... — Levantou a mão dela e mordeu-lhe os nós dos dedos. — Eu não poderia mordiscar você ao longo do caminho.

— Ei, eu estou de serviço.

— Não, não está. Seu turno acabou faz uma hora.

— Mas eu tirei uma hora para resolver assuntos particulares, não foi? — Ela sorriu.

— Tirou mesmo. — Ele chegou mais perto e deslizou a mão pela perna dela acima. — Você pode completar o seu horário quando chegarmos lá, mas enquanto isso...

Eve estreitou os olhos quando o carro desacelerou e parou junto ao meio-fio.

— Pois saiba que eu ainda estou de serviço, meu chapa. Tire a mãozinha daí ou vou ter que prendê-lo por assédio a uma policial.

— Quando voltarmos para casa, você vai ler os meus direitos e me interrogar?

Eve soltou uma gargalhada.

— Pervertido! — murmurou, ao sair do carro.

— Você está com um cheirinho ótimo, bem melhor do que o de uma policial comum — comentou ele, fungando em seu pescoço enquanto caminhavam em direção à imponente entrada da mansão.

— Você espirrou aquele troço em mim antes de eu conseguir desviar. — Ele lhe fez cócegas no pescoço e Eve se encolheu. — Você está muito brincalhão esta noite, hein, Roarke?

— É que hoje tive um almoço muito agradável — explicou, sério. — Isso me deixou de alto astral.

Eve teve de sorrir, mas pigarreou em seguida, avisando:

— Pois baixe a sua bola, porque esta não é exatamente uma ocasião festiva.

— Não, eu sei. — Ele passou a mão pelos cabelos dela, de leve, antes de tocar a campainha. — Sinto muito pelo que aconteceu a J. C.

— Você o conhecia também?

— O bastante para gostar dele. J. C. era um homem muito afável.

— É o que todos dizem. Ele era afável o bastante para trair a amante?

— Não sei dizer. O sexo faz o melhor de nós cometer erros.

— Sério? — Ela arqueou as sobrancelhas. — Pois, se você sentir vontade de cometer algum erro nessa área, lembre-se do que uma mulher revoltada é capaz de fazer com uma furadeira Branson.

— Querida. — Ele apertou de leve a nuca de Eve. — Sinto-me tão amado.

Uma criada abriu a porta solenemente, envergando um uniforme preto de modelo conservador. Sua voz era suave e com leve sotaque britânico.

— Boa-noite — cumprimentou ela, com um quase imperceptível aceno de cabeça. — Sinto muito, mas os Branson não estão recebendo visitas no momento. Ocorreu um falecimento na família.

— Sou a tenente Dallas. — Eve exibiu o distintivo. — Estamos sendo aguardados.

A criada olhou para o distintivo por um momento e assentiu com a cabeça. Só quando percebeu um leve cintilar em seus olhos, indicativo de uma câmera de segurança, foi que Eve compreendeu que a criada era uma andróide.

— Sim, tenente. Por favor, entre. Posso guardar seus casacos?

Lealdade Mortal 87

— Claro. — Eve tirou o dela e esperou até que a serviçal o recolhesse com todo o cuidado, pendurando-o no braço, ao lado do de Roarke.

— Poderiam me acompanhar, por favor? A família está reunida no salão principal.

Eve observou o saguão com teto abobadado e a curva elegante das escadas. Paisagens urbanas desenhadas a bico-de-pena e tinta adornavam as paredes peroladas em um tom de cinza. Os saltos de seus sapatos pontuaram de leve os lajotões do piso, no mesmo tom das paredes. Tudo aquilo dava atmosfera ao vestíbulo, emprestando-lhe uma espécie de sofisticação enevoada e graciosa. Pequenos pontos de luz pendiam do teto como raios luminosos em meio a um nevoeiro. A escadaria, toda branca, parecia flutuar no ar.

As portas altas se abriram silenciosamente à aproximação deles e a criada parou respeitosamente à entrada.

— Tenente Dallas e Roarke — anunciou ela, dando um passo para trás.

— Por que não compramos uma dessas em vez de ficarmos com Summerset?

A pergunta de Eve, feita em sussurros, garantiu-lhe outro apertão na nuca no instante em que entraram no aposento.

O teto era alto, o ambiente espaçoso e a iluminação suave, quase nula. O estilo monocromático tinha seguimento ali, dessa vez em camadas de azul, desde os tons pastéis dos nichos em forma de leque que serviam de assento até os lajotões em azul-cobalto junto da lareira, onde as chamas bruxuleavam.

Vasos prateados de vários tamanhos e formatos estavam espalhados sobre o consolo. Cada um continha lírios brancos. O ar parecia funéreo devido ao perfume das flores.

Uma mulher se levantou do primeiro conjunto de estofados e atravessou a ampla sala acarpetada em direção aos visitantes. Sua pele era tão branca quanto os lírios, contrastando com a roupa preta. Ela usava os cabelos cor de palha presos atrás da cabeça, formando um coque muito elaborado, cheio de voltas, apertado junto à nuca, como somente as mulheres mais lindas e confiantes ousariam. Sem a moldura dos cabelos, seu rosto era assombrosamente belo, uma criação perfeita de maçãs do rosto suaves, nariz fino e reto, sobrancelhas estreitas e lábios cheios, sem pintura, onde sobressaíam os olhos violeta-escuros com pestanas compridas e marcantes.

Os olhos pareciam enlutados.

— Tenente Dallas. — Ela estendeu a mão. Sua voz pareceu a Eve muito similar à sua pele: suave, limpa, perfeita. — Obrigada por vir. Sou Clarissa Branson. Como vai, Roarke? — Em um gesto ao mesmo tempo caloroso e frágil, ela ofereceu a Roarke a outra mão e, por um instante, os três permaneceram unidos.

— Sinto profundamente o que aconteceu a J. C., Clarissa.

— Estamos todos um pouco atordoados ainda. Eu o vira no fim de semana. Nós... nós almoçamos juntos no domingo. Eu não... eu ainda não...

Quando sua voz começou a falhar, B. D. Branson apareceu para acudi-la e enlaçou-a pela cintura. Eve notou que ela se enrijeceu de leve e percebeu que seus olhos maravilhosos se retraíram.

— Por que não prepara um drinque para nossos convidados, querida?

— Oh, sim, é claro. — Ela soltou a mão de Eve e levou os dedos às próprias têmporas. — Vocês aceitam um pouco de vinho?

— Não, obrigada. Prefiro café, se houver.

— Vou providenciar para que alguém venha servir. Com licença...

— Clarissa está muito abalada — disse Branson, baixinho, e seu olhar foi acompanhando a esposa que se retirava.

— Ela e seu irmão eram muito chegados? — perguntou Eve.

— Sim. Ela não tem família e considerava J. C. um irmão tanto dela quanto meu. Agora, temos apenas um ao outro. — Continuou a olhar longamente para a esposa e, então, se recompôs. — Eu não liguei uma coisa à outra até a senhora sair do meu escritório hoje de manhã, tenente. Estou falando da sua relação com Roarke.

Lealdade Mortal

— Isso é um problema?

— Não, em absoluto. — Ele conseguiu lançar um sorriso de leve para Roarke. — Somos concorrentes, mas não nos consideraria adversários.

— Eu gostava muito de J. C. — disse Roarke, de forma direta. — Todos sentiremos muito a sua falta.

— Sim, é verdade. A senhora deve conhecer os advogados, tenente, antes de continuarmos. — Com um sorriso amargo nos lábios, ele se virou. — A senhora já conversou com Suzanna Day.

Percebendo o olhar de Branson, Suzanna se aproximou. Os apertos de mãos foram curtos e impessoais, e então Suzanna se colocou ao lado de Branson. A última pessoa na sala se levantou.

Eve já o reconhecera. Lucas Mantz era um dos mais famosos e caros advogados criminais da cidade. Muito bem-vestido e com um olhar astuto, tinha cabelos ondulados pretos com mechas brancas. Seu sorriso era frio, mas educado, e seus olhos cor-de-fumaça eram vivos e alertas.

— Tenente... Roarke. — Ele cumprimentou ambos com acenos de cabeça, e então tomou mais um gole do vinho cor-de-palha que bebia. — Eu represento os interesses da sra. Cooke.

— Parece que ela não poupou despesas — comentou Eve, secamente. — Sua cliente tem esperança de conseguir algum dinheiro de herança, Mantz?

As sobrancelhas dele se ergueram em sinal de divertida ironia.

— Se as finanças da minha cliente estão em jogo aqui, ficaremos felizes de fornecer os dados que forem necessários... Desde que a senhora me apresente um mandado. Afinal, as acusações contra a sra. Cooke já foram registradas e aceitas.

— Por ora — disse Eve.

— Por que não passamos ao assunto que nos reúne aqui? — Branson olhou novamente para a esposa, que indicava à criada o melhor lugar para posicionar o carrinho de café. — Por favor, vamos nos sentar — convidou ele, apontando para os estofados.

Depois que todos se acomodaram e o café foi servido, Clarissa se sentou ao lado do marido, de mãos dadas com ele. Lucas Mantz lançou mais um sorriso tranqüilo na direção de Eve e se acomodou na ponta. Suzanna se sentou em uma cadeira, de frente para todos.

— O falecido deixou discos com conteúdo pessoal para o seu irmão e sua cunhada, bem como para a sra. Lisbeth Cooke e para o seu assistente, Chris Tipple. Tais discos serão devidamente entregues a quem de direito vinte e quatro horas após a leitura deste testamento. O sr. Tipple foi informado que o testamento seria lido esta noite, mas não pôde comparecer. Está... indisposto.

A advogada pegou um documento em sua pasta e começou.

A abertura foi formal e cheia de floreios técnicos. Eve perguntou a si mesma se a linguagem utilizada em tais eventos tinha sofrido alguma modificação nos últimos séculos. O reconhecimento formal da própria morte, representado por um testamento, era uma tradição antiqüíssima.

Os seres humanos, pensou ela, tinham a tendência de começar a planejar o próprio fim com muita antecedência. Costumavam ser muito específicos a respeito de tudo e faziam do seguro de vida uma aposta. *Vou apostar uma quantia tal, todo mês, como garantia de que vou viver até o dia da minha morte,* refletiu ela.

Além disso, havia os mausoléus e urnas refinadas para guardar as cinzas, dependendo das preferências do cliente e de seus recursos econômicos. A maioria das pessoas os comprava com antecedência ou os oferecia como presente, escolhendo um local ensolarado no campo ou uma urna elegante para colocar no escritório.

Compre agora, morra depois.

Aqueles pequenos detalhes variavam conforme a época e a sensibilidade social. Um elemento constante, porém, nas questões da passagem da vida para a morte era a última vontade do falecido. O seu testamento. Quem herdava o quê, quando, de que forma e todo o resto relacionado com o patrimônio que o falecido conseguira acumular no tempo que o destino lhe oferecera.

Lealdade Mortal

Era uma questão de controle, Eve sempre pensara. A natureza do bicho-homem exigia que o controle continuasse a ser mantido mesmo após a morte. Era o último manejar do painel, os últimos botões a serem apertados. Para alguns, imaginava, aquele era o último insulto aos que haviam tido a ousadia de sobreviver. Para outros, o último presente aos que haviam amado e protegido durante a vida.

De um jeito ou de outro, era um advogado que lia as palavras deixadas pelo morto. E a vida prosseguia.

Eve, que lidava com a morte diariamente, que a analisava, trabalhava no meio dela, que muitas vezes sonhava com ela, achava tudo aquilo ligeiramente ofensivo.

Os legados de menor valor foram sendo apresentados por algum tempo e serviram para oferecer a Eve uma imagem do homem que gostava de poltronas tolas com forma de animais, roupões roxos e purê de cenoura com ervilhas em molho cremoso leve.

Ele se lembrara de muitas pessoas que faziam parte da sua rotina, desde o porteiro até a telefonista do seu escritório. Deixou para a sua advogada, Suzanna Day, a escultura em estilo revisionista que ela tanto admirava.

A voz da advogada falhou ao ler esse item, mas, logo em seguida, ela pigarreou de leve e continuou:

"Para o meu assistente, Chris Tipple, que tem sido o meu braço direito, e também o esquerdo, e também o meu cérebro, em diversas ocasiões, deixo meu relógio de ouro e a soma de um milhão de dólares na certeza de que ele saberá valorizar o primeiro e fazer bom uso da segunda.

Para a minha linda e amada cunhada, Clarissa Stanley Branson, destino o colar de pérolas que minha mãe deixou para mim, bem como o broche de diamantes em forma de coração que foi da minha avó, além do meu amor."

Clarissa começou a chorar silenciosamente com o rosto entre as mãos, e seus ombros elegantes não pararam de sacudir nem mesmo quando seu marido colocou o braço sobre eles.

— Shhh, Clarissa — murmurou Branson em seu ouvido, tão baixo que Eve mal conseguiu ouvir. — Controle-se.

— Desculpe. — Ela manteve a cabeça baixa. — Desculpe.

— B. D. — Suzanna parou de falar, lançando para Clarissa um olhar de silenciosa solidariedade. — Quer que eu faça um intervalo, por alguns minutos?

— Não. — Com o maxilar duro e a boca rígida, ele manteve o braço em torno da mulher com firmeza e olhou direto para a frente. — Por favor, vamos acabar logo com isso.

— Certo. Para meu irmão e sócio B. Donald Branson... — Suzanna tomou fôlego. — A disposição da minha parte nos negócios está definida em um documento independente. Afirmo, porém, neste testamento, que toda a parte que pertence a mim na empresa Branson Ferramentas e Brinquedos deverá ser transferida para o nome dele assim que ocorrer a minha morte. Se por acaso ele falecer antes de mim, sua parte será transferida para a sua esposa ou qualquer filho desta união. Além disso, deixo como legado para o meu irmão o anel de esmeralda, as abotoaduras de diamante que pertenceram ao nosso pai e também a minha biblioteca digital, incluindo todas as imagens de família, meu barco, *F & B*, e minha bicicleta aérea, com a esperança de que ele finalmente tente andar nela. A não ser, é claro, que ele estivesse com a razão o tempo todo e um acidente com o aparelho tenha sido o motivo de este testamento estar sendo lido.

Branson emitiu um som estranho, algo como uma risada curta, meio penosa, e em seguida fechou os olhos.

— Para Lisbeth Cooke... — A voz de Suzanna esfriou muitos graus e ela lançou para Mantz um expressivo olhar de antipatia. — Deixo o resto das minhas posses, incluindo todo o dinheiro vivo e o saldo de minhas contas bancárias, e também imóveis, ativos financeiros, mobiliário, obras de arte e objetos de uso pessoal. Lissy, meu amor — continuou Suzanna, quase mordendo as palavras —, não use luto por muito tempo.

Lealdade Mortal

— Milhões! — Branson se levantou muito devagar. Seu rosto exibia uma palidez mortal, e seus olhos brilhavam muito. — Ela o assassinou e agora vai receber milhões? Vou lutar contra isso. — Com os punhos cerrados, virou-se para Mantz. — Vou tentar impedir este absurdo com tudo o que possuo.

— Entendo o seu sofrimento — reagiu Mantz, levantando-se também. — Entretanto, os desejos de seu irmão foram definidos de forma clara e legal. A sra. Cooke não foi acusada de assassinato e sim de homicídio não-intencional. Existem precedentes jurídicos que protegem a herança da minha cliente.

Branson rangeu os dentes e lançou o corpo para a frente. Eve pulou para impedi-lo de continuar, mas, antes disso, Roarke o segurou.

— B. D. — disse Roarke, com toda a calma, segurando os braços de Branson com firmeza, ao lado do corpo. — Isso não vai ajudá-lo em nada. Deixe a sua advogada lidar com o assunto. Sua mulher está muito abalada — continuou, ao ver que Clarissa se curvara sobre o sofá, formando uma bola com o corpo e chorava de desespero. — Ela devia descansar um pouco. Por que não a leva para cima e lhe dá um calmante?

Os ossos do rosto de Branson davam destaque às suas feições fortes e eram tão expressivos que pareciam querer saltar, atravessando a pele.

— Saia da minha casa! — ordenou a Mantz. — Saia da minha casa imediatamente!

— Vou acompanhá-lo até a saída — ofereceu Roarke. — Cuide da sua mulher.

Por longos instantes, Branson lutou contra a pressão de Roarke, que continuava a segurá-lo com firmeza; por fim, assentiu com a cabeça e se virou. Ajudou a esposa a se levantar, começou a embalá-la como a uma criança e a levou para fora da sala.

— O show acabou, Mantz — disse Eve, encarando-o com firmeza. — A não ser que queira verificar se os Branson possuem um cão para você chutar.

Ele aceitou a rispidez de Eve e pegou a pasta que levara com ele.

— Todos nós temos o nosso trabalho, tenente.

— Sim, e o seu é ir correndo para uma assassina, a fim de lhe contar que ela acaba de ficar rica.

— A vida quase nunca é assim, preto no branco, tenente. — Seus olhos não desgrudaram dos dela. Então, acenou com a cabeça para Suzanna. — Boa-noite, doutora — murmurou e saiu.

— Ele tem razão. — Suzanna suspirou e tornou a se sentar. — Está apenas fazendo o seu trabalho.

— Ela vai realmente herdar tudo? — quis saber Eve.

— Pelo andar da carruagem, sim. — Suzanna beliscou a parte alta do nariz, pensativa. — Graças à acusação de homicídio culposo, sem intenção, o advogado poderá alegar que ela matou J. C. em um momento de ciúme passional. O testamento dele era um documento lacrado. Não temos como provar que havia conhecimento prévio do conteúdo que foi apresentado aqui ou que isso, de algum modo, possa tê-la influenciado. Sob as leis atuais, ela pode legitimamente se beneficiar da morte dele.

— E se a acusação for alterada para pior?

Suzanna deixou a mão cair no colo e olhou para Eve com ar pensativo.

— Nesse caso, as coisas mudam. Existe alguma chance de isso acontecer? Eu tinha a impressão de que o caso estava fechado.

— Fechado não significa encerrado de vez.

— Espero que a senhora me mantenha atualizada a respeito disso — disse Suzanna, levantando-se e caminhando ao lado deles até o local onde a criada os esperava, com os casacos nas mãos.

— Vou informá-la do que eu puder, quando puder. — Ao saírem, Eve enfiou as mãos nos bolsos do casaco. A limusine estava à espera. Ela tentou não se sentir embaraçada com aquilo.

— Podemos oferecer-lhe uma carona até a sua casa, srta. Day? — ofereceu Roarke.

— Não, obrigada. Preciso caminhar um pouco. — Ela parou por um momento, e o suspiro que soltou formou uma tênue nuvem

Lealdade Mortal

branca. — Como advogada de espólios, lido com esse tipo de coisa o tempo todo, luto e ganância, mas não é comum um caso me afetar tanto quanto esse. Eu realmente gostava de J. C. Existem pessoas que achamos que vão viver para sempre. — Balançando a cabeça, ela se afastou.

— Puxa, isso foi divertido. — Eve se dirigiu para o carro. — Será que "Lissy meu amor" vai derramar metade das lágrimas que Clarissa verteu pelo cunhado? Você a conhece bem?

— Hum. Não. — Roarke entrou no carro ao lado dela. — Com aquela falsa intimidade, típica de pessoas que se conhecem apenas socialmente, eu encontrei com os irmãos Branson algumas vezes. Clarissa e Lisbeth geralmente estavam com eles.

— Eu teria trocado os casais.

— Como assim? — Roarke se recostou e acendeu um cigarro.

— Eu colocaria Clarissa com J. C. Pelo que ouvi a seu respeito, ele era mais descontraído, menos impetuoso e mais emotivo que o irmão. Clarissa me pareceu frágil, quase fraca, talvez um pouco... intimidada por Branson. Não me pareceu a típica esposa de um magnata. O marido é dono de uma companhia imensa, uma multinacional. Por que ele não arranjou uma típica mulher de magnata? — Ao acabar de formular a pergunta, Eve notou que Roarke sorria e estreitou os olhos. — Qual é a graça?

— Eu ia dizer que talvez ele tenha se apaixonado por um tipo de mulher diferente dele. Isso acontece, às vezes, mesmo com donos de companhias imensas e multinacionais.

Os olhos de Eve continuaram apertados, mas agora cintilavam.

— Você está dizendo que eu não sou uma típica esposa de magnata?

Ele olhou de forma contemplativa para o cigarro.

— Se eu dissesse que tenho uma típica esposa de magnata, você iria tentar me agredir. Íamos acabar nos atracando aqui dentro do carro, uma coisa ia levar a outra e acabaríamos chegando muito tarde a um jantar de negócios.

— E eu ficaria muito contrariada com essa história — resmungou Eve. — Aliás, você não é exatamente o típico marido de uma policial, meu chapa.

— Se você dissesse que eu sou, íamos acabar nos atracando aqui e assim por diante. — Ele apagou o cigarro e traçou, com a ponta do dedo, uma trilha do centro do corpo de Eve até a sua garganta. — Quer experimentar?

— Não me embonequei toda para ficar marcada de impressões digitais por todo o corpo.

Ele sorriu e tomou um dos seios dela com a mão.

— Querida, eu nunca deixo impressões digitais.

Durante a noite, em meio ao jantar e às conversas, Eve conseguiu se afastar da mesa o tempo suficiente para requerer um mandado que lhe daria o poder de acessar as finanças de Lisbeth Cooke. Alegou que havia uma substancial herança envolvida no caso e teve sorte com um juiz que concordou com ela ou estava cansado demais para discutir o assunto.

Como resultado disso, ela estava alerta e animada quando eles chegaram em casa.

— Tem umas coisinhas que eu preciso verificar — disse a Roarke, assim que entraram no quarto. — Vou trocar de roupa e trabalhar um pouco no meu escritório.

— Trabalhar em quê?

— Solicitei um mandado para acessar os dados financeiros de Lisbeth Cooke. — Eve deixou o vestido deslizar, atirou-o longe e ficou em pé, vestindo apenas a roupa de baixo e um par de botas pretas de couro de boa qualidade, com salto alto, o que despertou o interesse do seu marido. — O mandado chegou quando comíamos a sobremesa.

— Acho que eu tenho um chicote por aqui, em algum lugar — murmurou ele.

Lealdade Mortal 97

— Um o quê?

Sorrindo, ele foi na direção dela, achando divertido o jeito com que os olhos de Eve se estreitaram, ameaçadores.

— Fique longe de mim, meu chapa. Já disse que tenho que trabalhar.

— Eu consigo acessar essas informações na metade do tempo. Vou ajudá-la.

— Eu não pedi ajuda.

— Não. Mas nós dois sabemos que eu posso conseguir os dados mais depressa e sei interpretá-los sem deixar você com dor de cabeça. E tudo o que quero de volta é uma coisinha de nada.

— Que coisinha?

— Que depois que nós acabarmos você continue usando essa interessante indumentária.

— Indumentária? — Ela olhou para a parede espelhada, viu o próprio reflexo e piscou, chocada. — Minha nossa, eu estou parecendo uma...

— Exato — concordou Roarke. — Está parecendo mesmo.

Eve olhou para ele e tentou ignorar a forte fisgada de desejo que o brilho dos seus olhos provocou nela.

— Os homens são tão estranhos...

— Então, tenha pena de nós.

— Não vou ficar desfilando por aí de calcinha e sutiã só para você construir mentalmente uma fantasia sórdida.

— Tudo bem — concordou ele quando ela pegou um roupão e o vestiu. — A fantasia já está pronta mesmo. Podemos resolver tudo mais depressa na minha sala.

— Resolver mais depressa o quê? — Ela olhou para ele com ar desconfiado.

— Ora, o acesso aos dados, tenente. O que mais poderia ser?

Ela se recusou a reconhecer o leve desapontamento que sentiu.

— Nada disso, meu chapa. Esse é um assunto oficial e eu quero que a busca comece no meu computador.

— Você é a chefe. — Ele a pegou pela mão e a conduziu para fora.

— Não se esqueça disso, espertinho.

— Querida, com a sua indumentária de dominatrix por baixo desse roupão impressa para sempre em minha memória, como eu poderia esquecer?

— Nem todos os caminhos levam ao sexo — disse ela, secamente.

— Os melhores caminhos levam. — Ele deu um tapinha amigável no traseiro dela enquanto iam para o escritório.

Galahad estava encolhido na poltrona reclinável e levantou a cabeça, obviamente irritado com a interrupção. Como nenhum dos dois se encaminhou para a pequena cozinha anexa, o gato tornou a fechar os olhos e voltou a ronronar, ignorando-os.

Eve enfiou o disco com o mandado no computador e o ligou.

— Sei muito bem como efetuar uma pesquisa financeira. Você só está aqui para interpretar e me dizer se acha que ela ocultou alguma coisa dentro dos arquivos.

— Estou aqui para servir.

— Corta essa! — Ela se largou na cadeira da escrivaninha e solicitou a pasta do caso Lisbeth Cooke. — Manter os dados atuais — ordenou ela — e iniciar pesquisa nos registros financeiros sob o nome pesquisado, fornecendo os números de identificação. Quero todas as contas, dinheiro vivo, crédito e débitos. Começar a pesquisa um ano atrás, a contar da data de hoje.

Processando...

— Bens pessoais? — perguntou Roarke.

— Vou chegar lá. Quero ver primeiro quanta grana ela tem em dinheiro vivo.

Dados completados. Lisbeth Cooke possui quatro contas ativas.

— Exibir dados na tela.

Entendido.

Eve fez um som baixo com a garganta, enquanto os dados apareciam na tela.

— Mais de dois milhões no New York Security, mais um milhão e meio no New World Bank, menos de um milhão no American Trust e duzentos e cinqüenta mil no Credit Managers.

— Esta última deve ser a conta destinada a despesas pessoais — explicou Roarke. — As outras três são relativas a títulos e investimentos. Basicamente investimentos de longo prazo, gerenciados por equipes montadas pelas próprias instituições. É uma gestão inteligente. Ela mistura alto risco e ganhos substanciais com um pouco de juros conservadores.

— Como é que você consegue saber disso só pelo nome dos bancos e valores?

— O meu negócio é conhecer a natureza dos bancos. Se você passar à etapa seguinte, vai verificar que ela, provavelmente, possui um mix de ações, certificados de depósitos, fundos compartilhados e dinheiro vivo para ser lançado em novos investimentos, conforme a flutuação do mercado.

Ele mesmo ordenou o desdobramento e apontou o dedo para a tela.

— Viu só? Ela acredita na própria companhia. Possui um bom número de ações da Branson Ferramentas e Brinquedos, mas se protege por todos os lados, tanto que comprou também ações de outras companhias, inclusive várias minhas. Três delas competem diretamente com a Branson. Ela não investe o dinheiro de forma emocional.

— É calculista.

— Em se tratando de finanças, é esperta e realista.

— E tem mais de quatro milhões de dólares para brincar. Parece muito para uma executiva da área de administração. Computador, especificar depósitos e transferências eletrônicas efetuados durante o último ano.

Processando...

Quando os dados apareceram, Eve ergueu as sobrancelhas.

— Olhe só isso! Uma transferência eletrônica da conta de J. Clarence Branson para a conta pessoal dela. Duzentos e cinqüenta mil dólares a cada três meses. Um milhão por ano! Computador, liste todas as transferências feitas da conta de Branson para a conta de Lisbeth Cooke.

Processando... Dados completados. Transferência inicial de cento e cinqüenta mil dólares, feita no dia 2 de julho de 2055. Transferência trimestral da mesma importância por um período de um ano. As transferências passaram a ser de duzentos mil dólares a partir do dia 2 de julho de 2056, continuando em parcelas iguais a cada seis meses, até o dia 2 de julho de 2057, quando as transferências passaram a ser de duzentos e cinqüenta mil dólares.

— Grande emprego para quem consegue o cargo — murmurou Eve.

— Ele fornecia a ela ganhos estáveis e generosos — comentou Roarke. Por trás da cadeira, massageava com carinho os músculos tensos nos ombros de Eve. — Por que matá-lo?

— Um milhão por ano? — Eve olhou para trás. — Isso não é nada para você.

— Querida, tudo tem o seu valor.

— Você provavelmente estoura essa quantia por ano só em sapatos.

Rindo, Roarke pousou um beijo estalado no alto da cabeça de Eve e explicou:

— Se os pés não estão felizes, ninguém pode estar feliz.

Eve grunhiu alguma coisa e começou a tamborilar na mesa.

— E se ela ficou gananciosa de repente e não estava mais a fim de receber apenas um milhão por ano? Era só matá-lo, do jeito certo, e ela conseguiria ficar com tudo de uma vez só, e de imediato.

— É um risco grande. Se algo desse errado, ela seria acusada de assassinato em primeiro grau e não conseguiria nada pelo esforço, a não ser uma cela.

— Mas ela é calculista e iria pesar todas as possibilidades. Computador, informar o valor dos bens pessoais de J. Clarence

Branson, sem incluir sua participação na Branson Ferramentas e Brinquedos.

Processando...

Roarke se afastou para se servir de um pouco de conhaque. Sabia que Eve não beberia nada enquanto estivesse trabalhando, exceto café. Como queria que ela dormisse bem depois daquilo, passou direto pelo AutoChef.

Ela estava em pé, andando de um lado para outro, quando ele tornou a se virar. O laço do roupão se afrouxou e ele se lembrou de que tinha planos para ela, antes de colocá-la para dormir. Planos, aliás, muito específicos e interessantes.

Dados completados. O valor estimado, incluindo avaliações de propriedades, veículos, obras de arte e jóias, é de duzentos e sessenta e oito milhões de dólares.

— Olhe só, isso equivale a um tremendo aumento de salário. — Eve colocou os cabelos para trás com a mão. — Se você deduzir os legados menores, os impostos sobre herança e considerando que ele deve ter mentido um pouco sobre os valores reais para efeitos fiscais, ela ainda fica com uns duzentos milhões.

— Mantz vai alegar que ela não sabia nada a respeito do testamento.

— Mas ela sabia sim. Eles estavam juntos há mais de três anos. É claro que ela sabia.

— Quanto eu valho, Eve, e como estão distribuídos os bens, no meu testamento?

Ela olhou para ele por um instante, e uma irritação surgiu em seus olhos.

— Como é que eu posso saber? — Quando ele sorriu para ela, Eve bufou. — Isso é diferente. Nós não temos um pacto comercial.

— É verdade, mas Mantz vai continuar alegando que ela não sabia.

— Pois ele pode alegar até sua língua despencar, porque ela sabia. Vou interrogá-la novamente amanhã e vou bater nessa tecla.

Sua história a respeito da outra mulher e de seu insano ataque de ciúme não vão me convencer mais.

Eve tornou a se sentar diante do monitor e solicitou a lista de dívidas. Insatisfeita, avaliou tudo, enfiando as mãos nos bolsos do roupão.

— Ela tinha um gosto caro, mas nada que extrapolasse os seus ganhos. Comprava um monte de jóias masculinas, roupas... Talvez tivesse outro amante. Esse é um ângulo que vale a pena analisar.

— Humm... — O roupão dela estava aberto agora, revelando deliciosas porções de pele nua, seda preta e couro. — Imagino que tudo isso vai ter que esperar até amanhã.

— Sim, não há muito mais que eu possa fazer aqui, hoje à noite — concordou ela.

— Pelo contrário. — Ele se moveu com rapidez, arrancou o roupão dela e acariciou-lhe o corpo com urgência e desejo. — Consigo pensar em um monte de outras coisas.

— Ah, é? — Em segundos, o sangue dela estava quase fervendo. Aquele homem possuía mãos espantosamente criativas. — Como o quê, por exemplo?

— Deixe-me fazer algumas sugestões. — Com os lábios sorrindo de leve, de encontro aos dela, ele a empurrou de costas contra a parede. A primeira idéia foi-lhe comunicada em um sussurro, e os olhos de Eve brilharam de prazer.

— Uau! Essa é uma idéia ótima! Só não sei se vai ser fisicamente possível.

— Nunca saberemos, a não ser que tentemos — disse Roarke e começou a fazer a sua demonstração.

Capítulo Seis

Peabody já estava à espera na sala de Eve quando esta chegou à central, pela manhã.

— Obrigada pelo dia de folga ontem, Dallas.

Eve olhou para a jarra de rosas vermelhas criadas em estufa que estava sobre a sua mesa e perguntou:

— Você me trouxe flores?

— Foi Zeke. — O sorriso de Peabody tinha um quê de diversão e ironia. — Ele faz coisas como essa o tempo todo. Ele também queria lhe agradecer por ontem. Eu avisei que você não era o tipo de mulher que gosta de flores, mas ele acha que toda mulher adora isso.

— Ora, mas eu gosto de flores. — Sentindo-se meio na defensiva, ao ver que Peabody a conhecia tão bem, Eve deliberadamente se inclinou e cheirou as rosas. E tornou a cheirá-las. — Por que não gostaria? O que o seu irmão caçula planejou para hoje?

— Está com uma lista de museus e galerias. Uma lista grande, por sinal — acrescentou Peabody. — Depois, ele pretende ir até o centro e enfrentar a fila de entrada dos teatros com desconto para hoje à noite. Disse que não importa o espetáculo, contanto que ele consiga assistir a alguma coisa na Broadway.

Eve analisou o rosto de Peabody, seus olhos preocupados e os dentes que McNab tanto admirava mordendo o lábio inferior.

— Peabody, as pessoas conseguem fazer tudo que ele está planejando e escapar de Nova York com vida, todos os dias.

— Sim, eu sei. Repassamos todas as instruções. Seis ou sete vezes — acrescentou Peabody, com um sorriso forçado. — O problema é que o meu irmão é tão... Zeke. De qualquer modo, a primeira coisa que ele vai fazer é entrar em contato com os Branson para perguntar o que querem que ele faça. Ontem Zeke tentou o dia inteiro, mas não conseguiu entrar em contato com eles.

— Humm. — Eve se sentou e começou a remexer na correspondência que chegara e que Peabody já colocara sobre a mesa. — Roarke e eu fomos assistir à leitura do testamento ontem à noite. Lisbeth Cooke liquidou o amante e herdou milhões. — Eve balançou a cabeça. — Vamos fazer-lhe uma visitinha agora de manhã, porque quero bater um papo com ela sobre esse assunto. Quem, diabos, é essa tal de Cassandra?

— Quem?

— A remetente disso aqui. — Franzindo o cenho, Eve virou uma embalagem com um disco dentro. — Um pacote que veio de fora, a remetente mora no Lower East Side. Não gosto de receber pacotes de gente que eu não conheço.

— Mas tudo o que vem de fora é inspecionado para evitar explosivos, venenos e materiais perigosos.

— Sei, sei... — Por instinto, Eve abriu a gaveta, pegou uma lata de Seal-It, o spray selante, e protegeu os dedos antes de abrir a embalagem para pegar o disco. — Será que o antivírus do meu sistema está funcionando direito?

Peabody olhou pesarosa para o computador de Eve.

— Seu palpite é tão bom quanto o meu, tenente.

— Sucata de merda — resmungou Eve, enfiando o disco no drive da máquina. — Computador, ligar e ler disco!

Lealdade Mortal

Ouviu-se um zumbido grave, como um distante enxame de abelhas-africanas. A tela acendeu, apagou, lançou um lamento agudo e tornou a acender.

— Na primeira oportunidade — prometeu Eve —, vou pessoalmente fazer uma visita aos palhaços da manutenção.

O disco contém apenas arquivos de texto. Mensagem apresentada a seguir...

À tenente Eve Dallas, Secretaria de Segurança da Cidade de Nova York, Central de Polícia, Divisão de Homicídios.

Somos Cassandra. Somos os deuses da justiça. Somos leais.

O atual governo corrupto com seus líderes autocentrados e de pouca fibra deve ser e será destruído. Vamos desmontar, remover e aniquilar tudo o que for necessário para abrir caminho, a fim de implantarmos a república. As massas não precisarão mais tolerar o abuso, a supressão dos seus ideais e das suas vozes, nem o descaso dos poucos que se agarram ao poder.

Sob nossas leis, todos viverão livres.

Admiramos as suas habilidades. Admiramos a sua lealdade ao investigar o caso Howard Bassi, conhecido como Armador. Ele nos foi de grande utilidade, mas acabou eliminado por apresentar defeitos.

Eve enfiou outro disco na máquina.

— Computador, copie o disco que está sendo reproduzido.

Somos Cassandra. Temos boa memória. Estamos preparados. Apresentaremos nossas necessidades e exigências no momento certo. Às nove e quinze desta manhã, porém, forneceremos uma pequena demonstração do alcance de nosso movimento. Você acreditará em nós. E então nos ouvirá.

— Uma demonstração — disse Eve, quando a mensagem acabou. Olhando para o relógio, pegou os dois discos e lacrou o original. — Temos menos de dez minutos, Peabody.

— Para fazer o quê?

— Eles nos forneceram uma pista. — Eve bateu com a ponta do dedo sobre a embalagem do disco e pegou o casaco. — Vamos lá conferir.

— Se essas são as pessoas que eliminaram Armador — comentou Peabody, ao lado de Eve, a caminho do elevador —, eles já sabem que você anda investigando a sua morte.

— O difícil era não saberem. Entrei em contato com Nova Jersey e visitei a loja dele, ontem. Pesquise o endereço, Peabody, e veja o que existe lá. Um prédio de apartamentos, uma casa, uma loja...

— Sim, senhora.

As duas entraram no carro. Eve deu ré, fez um rápido cavalo-de-pau e saiu da garagem em disparada.

— Sistema, apresentar mapa! — ordenou ela, seguindo na direção sul. — Lower East Side, quadrante seis. — Quando a grade com a imagem das ruas em toda a área solicitada apareceu na tela, Eve assentiu com a cabeça. — Foi o que pensei. Um bairro de armazéns e depósitos.

— O prédio em questão é uma velha fábrica de vidros que está para ser restaurada. O registro diz que o imóvel está desocupado.

— Talvez o endereço seja falso, mas eles esperam que eu vá até lá. Não podemos desapontá-los, não é? Quanto tempo ainda temos?

— Seis minutos.

— Certo. Vamos por cima. — Eve ligou a sirene do veículo, levantou a chave que elevava o carro verticalmente e sobrevoou o tráfego que seguia rumo ao sul da cidade.

Virou para leste e passou por vários edifícios restaurados onde os profissionais jovens gostavam de morar, fazer compras e comer em cafeterias caríssimas, em meio a luzes suaves e vinhos sofisticados.

Pouco mais de um quarteirão adiante, a atmosfera mudou e apareceram prédios abandonados e decadentes. Ali a pobreza tomava conta das ruas, havia muitos desempregados, pessoas sem teto, sujas, com um ar fracassado e desesperado.

Mais ao sul, surgiram fábricas e depósitos, quase tudo abandonado. Os tijolos das paredes eram pretos por ação da fuligem, do *smog* e do tempo. As vidraças estavam quebradas e os cacos cintilavam no chão cheio de lixo, onde ervas daninhas surgiam por entre as rachaduras dos blocos de concreto.

Lealdade Mortal

Eve aterrissou o carro e rapidamente avaliou o prédio quadrado de tijolos aparentes, muito feio, protegido por uma cerca de segurança. O portão era equipado com uma tranca movida a cartão, mas estava escancarado.

— Acho que nós realmente estamos sendo esperadas. — Eve entrou no terreno com o carro, avaliando o prédio em busca de algum sinal de vida. Então, franzindo o cenho, parou o veículo e saltou. — Que horas são?

— Falta um minuto — informou Peabody, ao sair pela outra porta. — Nós vamos entrar aí?

— Ainda não. — Eve se lembrou de Armador e da sua lojinha imunda. — Peça reforço. Avise à emergência que nós estamos aqui. Não estou gostando dessa história.

Foi só o que Eve conseguiu dizer. Ouviu um troar grave, e o solo estremeceu sob os seus pés. Uma série de clarões ofuscantes apareceu no interior do prédio, atrás das vidraças quebradas, e Eve soltou xingamentos em voz alta.

— Proteja-se! — No instante em que Eve se agachou atrás do carro, o ar explodiu e ela sentiu um golpe quente que a fez cair de joelhos. O barulho foi imenso, ecoou pelos seus tímpanos e lhe alcançou o cérebro como um estilete afiado.

Tijolos choveram próximo a ela. Um enorme pedaço de concreto em combustão despencou no chão a centímetros do seu rosto, quando ela rolou para baixo do carro. Seu corpo bateu com força contra o de Peabody.

— Você se machucou?

— Não. Minha nossa, Dallas!

Uma onda de calor surgiu em volta delas, brutal e intensa. O ar parecia trovejar. Destroços voavam para todos os lados, despencando sobre o carro como se fossem punhos fortes e furiosos. *O fim do mundo deve ser algo parecido com isto,* pensou Eve, lutando para retomar o fôlego. *Quente, sujo e barulhento.*

Acima delas o carro balançou, tentou resistir, mas começou a estremecer. Logo depois, Eve não ouviu mais som algum, a não ser o zumbido em seu ouvido e o resfolegar de Peabody. Nenhum movimento aconteceu, além do efetuado pelo seu coração descompassado.

Ela se deixou ficar ali por mais um momento, tentando se convencer de que ainda estava viva e de que todas as partes do seu corpo estavam intactas. Sentiu uma ardência no lugar onde o pedaço de concreto a atingira de raspão, ao cair. Ao examinar a área com os dedos, viu que eles estavam cobertos de sangue. Isso a deixou tão revoltada que a fez sair debaixo do carro.

— Que droga, mas que droga! Olhe o estado em que o meu carro ficou!

O veículo se reduzira a ferragens e a pedaços de carroceria queimados. O pára-brisa era uma divertida teia de vidro estilhaçado. O teto exibia um buraco maior do que um punho.

Peabody saiu de debaixo do carro, de gatinhas, e tossiu ao respirar a fumaça que enchia o ar.

— O seu estado não está muito melhor do que o do carro, tenente.

— Ah, foi só um arranhão — resmungou Eve, limpando os dedos ensangüentados na calça esfarrapada.

— Não, eu estou falando do seu aspecto como um todo.

Fazendo uma cara emburrada, Eve deu meia-volta e estreitou os olhos. O rosto de Peabody estava todo preto, e a parte branca dos seus olhos se destacava como luas em um céu sem estrelas. Ela perdera o quepe, e seus cabelos estavam eriçados, com pontas em todas as direções.

Eve passou a mão pelo próprio rosto, analisou as pontas dos dedos enegrecidas e praguejou:

— Mas que merda! Só me faltava essa! Peça reforços e chame algumas patrulhinhas para cá, a fim de controlar a multidão. Aposto que esse lugar vai encher de gente, depois que as pessoas dessa região saírem de baixo de suas camas. Peça também...

Ao notar a chegada de um carro, Eve girou o corpo, com a mão no cabo da arma que trazia no coldre. Não sabia se devia sentir alívio ou irritação ao reconhecer o veículo que estacionou atrás do dela.

Lealdade Mortal

— Que diabo você está fazendo aqui? — perguntou ela, quando Roarke saltou do carro.

— Eu poderia lhe fazer a mesma pergunta. Sua perna está sangrando, tenente.

— Só um pouco. — Ela passou a mão sob o nariz. — Isto aqui é a cena de um crime, Roarke, uma área muito perigosa. Caia fora!

Ele pegou um lenço no bolso e, agachando-se diante dela, examinou o corte. Em seguida, amarrou o lenço em torno do ferimento.

— Você vai ter que ser examinada. O corte está cheio de cascalho. — Levantando-se, passou a mão no cabelo dela. — Penteado interessante o seu. É meio esquisito, mas ficou bem em você.

Eve percebeu com o canto dos olhos o momento em que Peabody prendeu o riso, mas resolveu deixar passar.

— Não tenho tempo para você, Roarke. Estou trabalhando aqui.

— Sim, dá pra notar. Mas acho que vou ficar na área mais um pouquinho. — Os olhos dele se tornaram frios e duros só de analisar os destroços fumegantes. — Esse prédio me pertencia.

— Ah, que ótimo! — Eve enfiou as mãos nos bolsos e começou a andar de um lado para outro, indo e voltando. — Essa é uma excelente notícia! — repetiu, encarando-o.

— Eu sabia que você ia adorar saber disso. — Pegando um disco no bolso do terno, entregou-o a Eve. Ele já tirara uma cópia do arquivo e o guardara em um local seguro. — Recebi isso agora de manhã. É um arquivo de texto com a mensagem de um grupo que se denomina Cassandra. Basicamente eles me chamam de capitalista e oportunista... o que, aliás, é absolutamente verdadeiro... e avisam que eu fui o escolhido para a sua primeira demonstração. Há um pouco dos velhos e chatos jargões sobre política. Em seguida, falam da má distribuição de renda e da exploração dos pobres pelos ricos. Nada de muito original.

Suas palavras podiam soar casuais, mas o tom era controlado demais e Eve sabia disso. Por trás daqueles olhos frios, a violência fervilhava.

Eve lidou com ele do único jeito que conhecia: demonstrou objetividade e profissionalismo.

— Vou precisar que você vá até a central comigo prestar depoimento. Vou ficar com o disco como prova e...

Ela parou de falar na mesma hora, ao ver que a violência que antevira no fundo dos olhos de Roarke alcançara a superfície. Ninguém, lembrou ela de forma fugaz, ninguém parecia mais perigoso do que ele quando estava enfurecido.

Subitamente, Roarke virou o corpo, afastou-se dela e ficou vagueando por entre os tijolos fumegantes.

— Droga! — Impaciente, Eve passou a mão pelos cabelos em desalinho e olhou para Peabody.

— O reforço já está a caminho, Dallas.

— Vá esperar por eles no portão — ordenou Eve. — E proteja a cerca, se for necessário.

— Sim, senhora. — Com ar solidário, Peabody ficou observando quando Eve foi em frente, decidida a estar com o marido.

— Escute, Roarke, eu sei que você ficou pau da vida. Não o culpo por isso. Se alguém explodiu um dos seus prédios, é natural que você esteja revoltado.

— É natural mesmo. — Ele deu meia-volta, cheio de fúria no olhar. O fato de ela quase ter dado um passo atrás quando ele se aproximou a deixou humilhada e enfurecida ao mesmo tempo. Eve compensou isso aproximando-se até suas botas encostarem nos sapatos dele.

— Essa é a cena de um crime e eu não tenho tempo nem estou a fim de ficar em volta de você dando tapinhas consoladores em sua cabeça só porque um dos seus seis milhões de prédios foi pelos ares. Sinto muito pelo que aconteceu. Compreendo perfeitamente que você esteja furioso com o atentado, sei que se sente violentado, mas não venha descontar em cima de mim.

Ele a agarrou pelos braços e quase a levantou do chão, deixando-a na ponta dos pés, em um movimento rápido que a imobilizou e a fez

Lealdade Mortal

grunhir e quase cuspir no chão. Se uma das propriedades de Roarke não tivesse sido reduzida a ruínas, com destroços espalhados por todo lado em meio quarteirão, ela talvez o derrubasse e o dominasse ali mesmo.

— Você acha que o problema todo é esse? — perguntou Roarke. — Acha realmente que essa porra de prédio velho é o que está me incomodando?

— Acho! — Eve tentava pensar, em meio ao seu próprio acesso de raiva.

— Se você acha isso, é uma idiota! — reagiu ele, levantando-a do chão mais alguns centímetros.

— Ah, quer dizer que *eu* sou uma idiota? Uma *idiota*?! Você é que é um imbecil se acha que pode ficar parado aqui fazendo beicinhos para afagar o próprio ego enquanto eu tenho alguém explodindo prédios por aí durante o meu turno. Agora, tire as mãos de mim antes que eu derrube você.

— A que distância você estava da explosão?

— Isso não vem... — Eve parou, desabando ao perceber tudo. Não havia sido o prédio que colocara aquele brilho terrível em seus olhos. Havia sido ela. — Eu não estava tão perto assim — disse, baixinho, enquanto ele diminuía a pressão em seus braços. — Não estava tão perto da explosão, Roarke. Não gostei muito da história. Tinha acabado de mandar Peabody dar o alarme e pedir alguns reforços. Sei muito bem como cuidar de mim mesma.

— Sei... — Ele tirou a mão do braço esquerdo de Eve e passou a ponta dos dedos sobre seu rosto sujo. — Dá pra ver... — Então, liberou-a por completo e deu um passo para trás. — Vá cuidar dessa perna, tenente. Vamos nos encontrar na sua sala, na central.

Quando ele começou a se afastar, ela enfiou as mãos nos bolsos, tornou a tirá-las e girou os olhos de impaciência. Droga, ela sabia como cuidar de si mesma, é claro que sabia. O que nem sempre sabia era como cuidar dele.

— Roarke! — ela o chamou.

Ele parou e olhou para trás. Quase riu ao notar a óbvia disputa que havia em seus olhos, a luta entre o dever e a emoção. Olhando para trás, a fim de se certificar de que Peabody estava de costas para eles, Eve foi até onde ele estava, levantou a mão e tocou-lhe o rosto.

— Desculpe. Eu também estava um pouco irritada. Sempre que um prédio explode diante de mim eu fico desse jeito. — Ao ouvir as sirenes que se aproximavam, ela baixou a mão e franziu o cenho. — Nada de beijos diante dos policiais, hein?

— Querida, nada de beijos até você lavar a cara! — Nesse momento, sorriu. — Nos vemos na sua sala — repetiu, afastando-se.

— É melhor você me dar umas duas horas — gritou Eve. — Vou ficar presa aqui por mais algum tempo.

— Tudo bem. — Roarke parou ao lado do carro destroçado e virou a cabeça de lado, analisando-o com atenção. — Quer saber? Ele agora está combinando mais com você.

— Isso, pode pegar no meu pé! — replicou ela com um sorriso, para em seguida tornar a exibir o semblante oficial, pronta para receber o esquadrão antibomba.

Ao voltar para a central de polícia, Eve foi direto para o chuveiro e lavou toda a fuligem e a sujeira do corpo. Lembrou o ferimento na perna quando a água quente o fez arder. Rangendo os dentes, limpou ela mesma a ferida, pegou um kit de primeiros socorros e pôs-se a cuidar da perna. Já fora cutucada tantas vezes pelos paramédicos que aprendera a tratar de alguns arranhões.

Satisfeita com o curativo, remexeu em seu armário pessoal, em busca de roupas novas, e verificou que precisava levar uma nova leva de blusas e calças. As que ela usava na hora da explosão haviam sofrido perda total e foram direto para a máquina de reciclagem.

Encontrou Roarke já em sua sala, batendo um papo amigável com Nadine Furst, do Canal 75.

— Caia fora, Nadine!

Lealdade Mortal

— Ah, qual é, Dallas, uma policial quase vai pelos ares quando o prédio que pertence ao seu marido é destruído por agentes desconhecidos... Isso é notícia! — A repórter exibiu um dos seus lindos sorrisos felinos, mas havia preocupação em seus olhos. — Você está bem?

— Estou legal e não estive nem perto de ir pelos ares. Eu me posicionei a muitos metros do prédio, no momento da explosão. Não tenho nada a declarar oficialmente, no momento.

— O que estava fazendo no prédio? — quis saber Nadine, simplesmente cruzando as pernas.

— Talvez eu estivesse visitando uma das propriedades do meu marido.

— Sei... — Nadine bufou com força, mas conseguiu fazer isso de um jeito bem feminino. — E agora você vai me dizer que pretende se aposentar e criar cãezinhos. Vamos lá, me informe alguma coisa, pelo menos.

— O prédio estava abandonado. Eu pertenço à Divisão de Homicídios e não houve nenhum homicídio. Sugiro que você vá xeretar no esquadrão antibomba.

— Esse caso não é seu? — Os olhos de Nadine se estreitaram.

— Por que seria? Ninguém morreu. Mas se você não levantar da minha cadeira, talvez alguém morra.

— Tudo bem, tudo bem. — Dando de ombros, Nadine se levantou. — Vou esbanjar o meu charme com os rapazes do esquadrão antibomba. Assisti ao vídeo de Mavis, ontem. Ela estava fantástica. Quando ela vai voltar?

— Semana que vem.

— Vamos preparar uma festa de boas-vindas para ela — disse Roarke. — Você será informada dos detalhes.

— Obrigada, Roarke. Você é muito mais simpático do que Dallas. — Com um sorriso arrogante, Nadine saiu da sala.

— Vou me lembrar dessa frase na próxima vez que ela vier me pedir uma entrevista exclusiva — resmungou Eve, fechando a porta.

— Por que você não lhe contou nada? — quis saber Roarke.

Eve deixou-se cair na cadeira.

— Vai levar algum tempo até o esquadrão antibomba examinar e limpar o local. No momento eles já recolheram alguns fragmentos e suspeitam que havia pelo menos seis dispositivos explosivos, provavelmente com temporizadores. Ainda vai levar uns dois dias antes de eu receber um relatório conclusivo.

— Mas o caso já é seu.

— A essa altura, parece que a explosão tem ligação com um homicídio que estou investigando. — O caso de Armador ficaria com ela a partir daquele momento. A própria Eve iria providenciar isso. — Os responsáveis pelos dois eventos entraram em contato comigo. Vou ter uma reunião com o comandante Whitney daqui a pouco, mas, sim, o caso já é meu, a não ser que ele não concorde. Você alguma vez fez encomendas ou teve negócios com Armador?

— Essa é uma pergunta oficial? — perguntou Roarke, esticando as pernas.

— Merda. — Ela fechou os olhos. — Já vi que teve.

— Armador tinha mãos mágicas — explicou Roarke, examinando as suas.

— Já estou de saco cheio de ouvir essas palavras, ditas por pessoas que não deveriam dizê-las. Conte-me tudo.

— Faz cinco, talvez seis anos. Ele trabalhou para mim em um pequeno aparelho. Uma sonda de segurança, com um decifrador de códigos muito bem bolado.

— Decifrador que eu imagino que você mesmo tenha inventado.

— Em grande parte, embora Armador tenha contribuído com alguns elementos interessantes. Ele sempre foi brilhante em eletrônica, mas não era totalmente confiável. — Roarke arrancou um fiapo que ficara preso em sua calça cinza-escura. — Eu resolvi que seria imprudente voltar a usar os seus serviços.

— Então não houve nenhum contato recente com ele...

Lealdade Mortal

— Não, nenhum, e nos separamos de forma cordial. Não tenho nenhuma ligação com ele, Eve. Não há nada que possa complicar ou comprometer a sua investigação.

— E quanto ao depósito que explodiu? Você o comprou há quanto tempo?

— Faz uns três meses. Posso conseguir para você a data exata e os detalhes. Pretendia restaurá-lo. Como a autorização da prefeitura acabou de ser dada, os trabalhos iam começar na semana que vem.

— Você ia restaurar o prédio para transformá-lo em quê?

— Unidades residenciais. Eu também sou dono dos prédios que ficam dos dois lados daquele e recebi a oferta de outro na região. Todos também vão ser remodelados. Vão virar mercados, lojas, cafeterias. Alguns escritórios...

— E aquele bairro decadente suporta essas atividades?

— Acredito que sim.

Eve balançou a cabeça, lembrando a baixa renda dos moradores do local e a alta taxa de criminalidade nas ruas da região.

— Você deve entender mais do que eu desse tipo de coisa — comentou. — O prédio estava no seguro?

— Sim, por pouco mais do que eu paguei por ele. O projeto para o lugar é que tinha mais importância para mim. — Pegar os abandonados e os desprezados e valorizá-los significava muito para Roarke. — A edificação era antiga, mas sólida. O problema com o progresso é que muitas vezes ele varre tudo do mapa, destruindo as coisas, em vez de respeitar o que foi construído pelos que vieram antes de nós.

Eve sabia do afeto que Roarke sentia pelas coisas antigas, mas não tinha certeza sobre aquele prédio valer alguma coisa. Tudo que ela vira lá foi um monte de paredes velhas, e isso foi antes do local ser destruído.

Enfim, o dinheiro e o tempo eram dele.

— Você conhece alguém chamada Cassandra?

— Claro que sim. — Ele riu. — Mas não creio que isso seja ataque de ciúme de alguma ex-namorada.

— Mas eles tiraram o nome de algum lugar.

— Talvez dos gregos. — Roarke deu de ombros.

— O bairro grego não fica nem perto dali.

Por um instante ele ficou simplesmente olhando para ela, e então começou a rir.

— Estou me referindo aos antigos gregos, tenente. Na mitologia clássica, Cassandra era uma pitonisa que conseguia prever o futuro, mas ninguém acreditava nela. Ela avisava sobre a morte e a destruição, mas era ignorada. Suas previsões sempre se cumpriam.

— Como é que você conhece essa merda toda? — Eve balançou a mão antes de lhe dar oportunidade de responder. — Então, o que essa Cassandra aqui está prevendo?

— De acordo com o disco que recebi, o levante das massas, a eliminação dos governos corruptos, uma daquelas redundâncias irritantes, além da derrubada da classe alta gananciosa. Da qual eu sou um orgulhoso membro.

— Revolução? Matar um velho e explodir um depósito abandonado é um jeito ridículo de se revoltar. — Mas ela não podia descartar a possibilidade de terrorismo político. — Feeney está trabalhando no computador pessoal de Armador. Há uma proteção anti-hacker, mas ele vai conseguir entrar.

— E por que os assassinos não o fizeram?

— Se eles tivessem alguém bom o bastante para entrar naquela fortaleza, não precisariam de Armador, para início de conversa.

— Bem pensado. — Roarke avaliou a resposta, concordando com a cabeça. — Você vai precisar de mim para mais alguma coisa?

— Agora, não. Vou mantê-lo informado sobre a investigação. Se tiver que dar alguma declaração à imprensa, diga o mínimo possível.

— Certo. Você já foi cuidar da perna?

— Eu mesma fiz um curativo.

— Deixe-me ver — pediu ele, levantando uma sobrancelha.

Lealdade Mortal

Por instinto, ela enfiou as duas pernas sob a mesa.

— Não.

Ele se pôs de pé, foi até onde Eve estava, agachou-se e elevou a perna dela. Diante dos seus protestos, ele a apertou com mais força e lhe arregaçou a calça.

— Você está maluco? Pare com isso! — Embaraçada, esticou o braço para fechar a porta. — Alguém poderia entrar e ver você aí embaixo.

— Então pare de espernear — sugeriu ele, levantando a ponta do curativo com cuidado. Assentiu com a cabeça. — Você até que fez um trabalho decente. — Enquanto ela rangia os dentes, ele baixou a cabeça e deu um beijo no corte. — Agora vai sarar mais depressa — disse ele com um sorriso nos lábios, bem na hora em que a porta se abriu.

— De-desculpem. — Peabody abriu a boca de espanto, ficou vermelha de vergonha e começou a gaguejar.

— Eu já estava de saída — disse Roarke, prendendo novamente a ponta do curativo enquanto Eve fumegava de raiva. — Como você está depois desta manhã emocionante, Peabody?

— Tudo bem, é que foi... Eu estou bem, obrigada. — Limpou a garganta e lançou-lhe um olhar esperançoso. — Só fiquei com um arranhão bem aqui. — Apontou o maxilar com o dedo e sentiu o coração flutuar de alegria quando ele sorriu para ela.

— Então, você deve... — Roarke foi até onde ela estava e deu um beijo sobre o leve arranhão — ... Se cuidar também.

— Puxa, Dallas, puxa vida! — Foi tudo o que ela conseguiu exclamar, depois que ele saiu. — Ele tem uma boca maravilhosa. Como é que você consegue se segurar sem mordê-la o tempo todo?

— Limpe a baba que está escorrendo pelo seu queixo, Peabody, pelo amor de Deus, e sente a bunda aqui do meu lado. Temos um relatório para preparar e entregar ao comandante.

— Quase fui pelos ares e depois consegui um beijo de Roarke, tudo na mesma manhã. Vou marcar este dia na minha folhinha.

— Sossegue o facho!

— Sim, senhora. — Pegando o notebook, ela se pôs a trabalhar. Mas com um sorriso no rosto.

O comandante Whitney agigantava-se, imponente, por trás da mesa. Era um homem corpulento, com ombros largos e rosto cheio. Tinha vincos profundos na testa, que sua mulher vivia insistindo para que ele retirasse através de um procedimento estético. Mas ele sabia que, quando franzia o cenho, aquela testa simbolizava autoridade e poder sobre seus oficiais. Ele sacrificaria a vaidade em troca de bons resultados, a qualquer tempo.

Convocara as pessoas mais gabaritadas de suas respectivas divisões. A tenente Anne Malloy, da Divisão de Bombas e Explosivos, Feeney, da Divisão de Detecção Eletrônica, e Eve. Ouviu todos os relatórios, analisou-os com atenção e calculou possibilidades.

— Mesmo trabalhando em três turnos — informou Anne —, vamos levar pelo menos trinta e seis horas para limpar o local atingido. Os fragmentos encontrados indicam que foram usados dispositivos múltiplos, com explosivos de plaston e temporizadores sofisticados. Isso me leva a crer que foi um trabalho caro. Não estamos lidando com vândalos, nem com um grupo disperso. O mais provável é que se trata de uma operação organizada e bem financiada.

— E há probabilidade de você rastrear algum dos fragmentos?

Ela hesitou. Anne Malloy era uma mulher de baixa estatura, com o rosto cor-de-caramelo, olhos grandes e calmos em um lindo tom de verde. Seus cabelos louros estavam presos num rabo-de-cavalo e ela era conhecida por ser muito alegre e destemida.

— Não quero fazer promessas que não possa cumprir, comandante. Mas se houver algo para ser rastreado, nós o faremos. Antes disso, porém, temos que reunir os pedaços.

— Capitão...? — Whitney voltou a atenção para Feeney.

— Estou chegando às últimas camadas de proteção no computador de Armador. Devo conseguir entrar no sistema até o final da

Lealdade Mortal

tarde. Ele instalou um verdadeiro labirinto eletrônico, mas estamos avançando e vamos conseguir todos os dados que lá estiverem. Tenho alguns dos meus melhores homens vasculhando o equipamento na loja. Se, como acreditamos que seja o caso, ele tiver algo a ver com a explosão desta manhã, encontraremos a ligação.

— Tenente Dallas, de acordo com o seu relatório a vítima nunca teve ligação com grupos políticos nem se envolveu em atividades terroristas.

— Não, senhor. Ele sempre trabalhava sozinho. A maior parte das suspeitas de atividade criminosa que havia contra ele era na área de furtos, quebra de códigos de segurança e explosivos leves, sempre utilizados nessas áreas de atuação. Depois das Guerras Urbanas ele pediu baixa do Exército. Dizem que estava decepcionado com os militares, com o Governo e com as pessoas em geral. Estabeleceu-se como um artista na área de eletrônicos e trabalhava por conta própria, usando a loja de consertos como fachada. Na minha opinião, foi por essas mesmas razões que ele, depois de descobrir que não fora contratado para invadir um banco, mas para tomar parte de algo muito maior, entrou em pânico, tentou se esconder e foi morto.

— Isso nos deixa com um mago da eletrônica que pode ou não ter registrado as suas atividades, um grupo previamente desconhecido com propósitos ainda obscuros e um prédio de propriedade privada destruído com tanta violência que seus destroços ficaram espalhados por um raio de dois quarteirões.

Ele se recostou na cadeira e cruzou as mãos, antes de continuar:

— Cada um de vocês irá abordar um determinado ângulo, mas quero que coordenem todos os esforços. Seus dados devem ser compartilhados. Fomos informados de que o evento desta manhã foi apenas uma demonstração. Talvez da próxima vez eles não escolham um edifício desocupado em uma área pouco povoada. Quero este caso encerrado antes que comecemos a recolher pedaços de civis junto com os destroços. E quero relatórios atualizados até o fim da tarde.

— Senhor. — Eve deu um passo à frente. — Gostaria de entregar cópias dos dois discos e também dos relatórios à dra. Mira para análise. Seria útil um perfil detalhado do tipo de gente com o qual estamos lidando.

— Concedido. Para a mídia, quero que seja informado apenas que esta explosão foi um ato proposital que está sob investigação. Não quero nenhum vazamento de informação a respeito dos discos, nem da possível ligação da explosão com um homicídio. Trabalhem depressa — ordenou ele, dispensando-os.

— Normalmente — disse Anne quando os três seguiram pelo corredor lado a lado —, eu sairia no braço com você para ser designada como investigadora principal deste pequeno projeto, Dallas.

Eve olhou para a colega, mirando-a de cima a baixo, e fez cara de deboche.

— Pois eu iria acabar machucando você, Malloy.

— Ei, não conte com isso, porque eu sou pequena, mas dura na queda. — Ela exibiu o braço e flexionou o bíceps. — Nesse caso, porém, tenho que reconhecer que a bola caiu no seu lado da quadra e esses babacas entraram pessoalmente em contato com você. Sendo assim, vou ceder. — Como símbolo de seu altruísmo, ofereceu-se para que Eve subisse na passarela aérea na sua frente, e então piscou para Feeney antes de entrar.

— Coloquei meus melhores homens no local da explosão — continuou ela. — Estou fazendo malabarismo com o orçamento minguado para conseguir que eles trabalhem vinte e quatro horas por dia, mas isso não vai servir para acelerar o serviço do laboratório. Identificar e rastrear partes minúsculas e mil pedaços depois de uma explosão grande como aquela leva tempo. É preciso muita mão-de-obra especializada. Além de uma tremenda sorte.

— Vamos sincronizar o que vocês descobrirem com o que a minha equipe encontrar na loja de Armador e talvez consigamos um pouco dessa sorte — disse Feeney. — Quem sabe tenhamos ainda mais sorte e eu encontre nomes, datas e endereços no disco rígido do computador dele.

— Vai ser preciso muita sorte mesmo, mas eu não contaria com isso — avisou Eve, enfiando as mãos nos bolsos do casaco. — Se este é um grupo organizado e com bom fluxo financeiro, Armador não teria se ligado a eles, mas também não teria fugido sem mais nem menos, ao descobrir. Não, pelo menos enquanto eles estivessem pagando pelo seu trabalho. Só fugiu porque estava apavorado. Vou insistir com Ratso novamente para ver se ele esqueceu algum detalhe. O que significa a palavra Arlington para você, Feeney?

Ele encolheu os ombros, mas Anne enfiou o braço entre eles e agarrou a mão de Eve.

— Arlington? — perguntou ela. — Onde é que esse nome entra na história?

— Armador disse ao meu informante que temia um novo Arlington. — Eve olhou fixamente para os olhos preocupados de Anne. — Isso significa alguma coisa para você?

— Sim, nossa, como significa! Aliás, para qualquer pessoa da Divisão de Bombas e Explosivos. Em 25 de setembro de 2023 as Guerras Urbanas estavam praticamente encerradas. Havia um grupo radical de terroristas. Promoviam assassinatos, sabotagem, lidavam com explosivos. Matavam qualquer pessoa, dependendo do preço, e justificavam seus atos chamando-os de "revolução". Davam a si mesmos a denominação de Apolo.

— Puta merda! — sussurrou Feeney, lembrando-se do nome. — Minha Nossa Senhora!

— Que foi?! — Frustrada, Eve sacudiu o braço de Anne com força. — História não é o meu ponto forte. Quero uma rápida aula sobre o que aconteceu.

— Eles são os caras que assumiram a responsabilidade pela destruição do Pentágono. Ele ficava em Arlington, no estado da Virgínia. Utilizaram, na época, um novo material conhecido como plaston. Usaram o explosivo em quantidades tão grandes e em tantas áreas que o prédio foi literalmente vaporizado em pleno ar.

"Oito mil mortos, entre militares e civis, incluindo as crianças da creche que havia no local. Não houve sobreviventes."

Capítulo Sete

No apartamento de Peabody, Zeke limpava e consertava a máquina de reciclagem. Enquanto trabalhava, colocou para reproduzir no *tele-link* da cozinha a gravação de sua conversa com Clarissa Branson.

Da primeira vez que ele passou a gravação, disse a si mesmo que precisava apenas se certificar dos detalhes, do horário em que deveria se apresentar para o trabalho e do endereço.

Da segunda vez, repetiu a gravação porque tinha certeza de que deixara escapar algum detalhe fundamental das instruções.

Da terceira vez, as peças da máquina de reciclagem ficaram esquecidas e ele olhou para a tela atentamente, deixando a voz suave de Clarissa inundá-lo:

Estou certa de que temos tudo o que você vai precisar, em termos de ferramentas. Ela sorriu suavemente ao falar e isso fez o coração de Zeke disparar. *Basta pedir, se houver mais alguma coisa que você queira.*

Ele se envergonhou ao perceber o que realmente queria dela.

Antes de ceder à vontade de passar a gravação mais uma vez, ordenou ao *tele-link* que se desligasse. Sentiu um calor subir pelo pescoço ao pensar naquela tolice e na vergonha que era cobiçar a mulher de outro homem.

Ela o contratou para fazer um trabalho, lembrou a si mesmo. Isso era tudo o que havia entre eles. Tudo o que poderia haver. Ela era uma mulher casada, tão distante dele quanto a lua, e não fizera nada para atiçar o seu desejo.

No entanto, ao remontar a máquina de reciclagem com a energia renovada pela culpa, pensou nela.

— O que mais você tem para me dizer? — perguntou Eve.

Em vez de apertar todos em sua sala minúscula, ela os convocara para a sala de conferências. Peabody já espalhava fotos da cena do crime, bem como todos os dados disponíveis sobre o quadro. No momento, ele continuava quase vazio.

— Arlington é um fato histórico que todo policial que trabalha com explosivos e bombas deve estudar. — Anne experimentou o fedorento café que saiu do AutoChef da sala. — O grupo deve ter recrutado funcionários lá de dentro, provavelmente militares e civis. Em um lugar como o Pentágono não é assim tão fácil de alguém penetrar, e durante aquele período de guerra a segurança era reforçada. A operação foi muito hábil — continuou ela. — A investigação indicou que três dispositivos explosivos carregados de plaston foram colocados nos cinco lados da edificação, e outros mais nas instalações subterrâneas.

Agitada com o assunto, ela se levantou, olhando para o quadro enquanto andava pela sala de um lado para outro.

— Pelo menos um dos terroristas devia ter acesso irrestrito ao local, a fim de instalar as bombas subterrâneas — disse Anne. — Não houve nenhum aviso, ameaça, nem exigências. O conjunto de prédios foi pelos ares exatamente às onze da manhã, e a detonação foi feita por temporizadores. Milhares de vidas se perderam. Não foi possível identificar todas as vítimas, pois pouco sobrou delas.

— O que sabemos a respeito dessa organização, a Apolo? — perguntou Eve.

— Eles assumiram o ataque. Gabaram-se abertamente, afirmando que poderiam fazer tudo de novo, em qualquer lugar, a qualquer momento. E o fariam, a não ser que o presidente renunciasse e um representante escolhido por eles fosse empossado como líder do que eles chamavam de "a nova ordem".

— James Rowan — completou Feeney. — Existe um dossiê a respeito dele, mas não creio que você vá encontrar muitos dados lá. Era um sujeito do tipo paramilitar, estou certo, Malloy? Ex-agente da CIA com ambições políticas e muita grana. Todos imaginaram que ele fosse o cabeça do movimento e provavelmente o homem que tinha acesso ao interior do Pentágono. Só que alguém o apagou antes disso ser confirmado.

— Isso mesmo — confirmou Anne. — Todos assumiram que ele era o chefe dos terroristas e quem comandava. Depois de Arlington, ele veio a público através de transmissões de vídeo e discursos ao vivo. Era carismático, como acontece com muitos fanáticos. Instalou-se o pânico e houve muita pressão para que o governo cedesse, em vez de se arriscar a outra matança. Ao invés disso, porém, puseram a sua cabeça a prêmio. Cinco milhões de dólares, morto ou vivo. Sem perguntas.

— Quem o eliminou?

— Estes registros são sigilosos e estão selados — disse Anne, olhando para Eve. — Isso fazia parte do acordo. O quartel-general dele, uma casa nas proximidades de Boston, explodiu com ele dentro. Seu corpo foi identificado e a organização, sem líder, se dispersou. Alguns grupos dissidentes se formaram e conseguiram causar alguns danos aqui e ali, mas a maré das Guerras Urbanas havia mudado, pelo menos aqui nos Estados Unidos. No fim da década de 2020, todos os componentes do núcleo do grupo original estavam mortos ou presos. Durante a década seguinte, outros foram localizados e presos.

Lealdade Mortal 125

— E quantos deles conseguiram escapar? — especulou Eve.

— O homem que era o braço direito do líder nunca foi encontrado. Era um sujeito chamado William Henson. Trabalhara como chefe de campanha de Rowan, durante sua carreira política. — Anne passou a mão sobre o seu estômago ligeiramente enjoado e desistiu do café. — Acreditava-se que ele ocupava um dos mais altos cargos na hierarquia do Grupo Apolo. Isso, porém, nunca foi provado e ele desapareceu no mesmo dia em que Rowan foi pelos ares. Tem gente que especula que ele também estava na casa quando a bomba a destruiu, mas isso pode ser apenas uma ilusão infundada.

— E quanto aos esconderijos, o quartel-general, o arsenal que eles utilizavam?

— Foram todos descobertos, destruídos ou confiscados. Dizem que todos os locais foram encontrados, mas, se quer a minha opinião, isso não passa de uma imensa suposição. Muitos dos dados estão protegidos a sete chaves. Os boatos dizem que muitas das pessoas presas foram mortas sem julgamento ou torturadas. Há relatos de membros das famílias dos envolvidos que teriam sido aprisionados ilegalmente ou simplesmente executados. — Anne tornou a se sentar. — Talvez isso seja verdade. De qualquer modo, não deve ter sido bonito de se ver, e certamente as coisas não foram feitas segundo as regras.

Eve se levantou e analisou as fotos no quadro.

— Na sua opinião, Malloy, este episódio de hoje pode ter ligação com o que aconteceu em Arlington?

— Eu preciso avaliar as evidências com mais cuidado e pesquisar os dados disponíveis sobre o atentado de Arlington. — Anne bufou de leve. — Os nomes... ambos são figuras da mitologia grega... o discurso político, o material usado nos explosivos, tudo isso bate. No entanto, existem diferenças. O alvo não era uma instalação militar, houve um aviso e nenhuma vida se perdeu.

— De qualquer modo — murmurou Eve —, mande para mim qualquer dado que você encontrar a respeito, OK? Peabody,

Armador estava no exército durante as Guerras Urbanas. Vamos dar uma olhada bem minuciosa em sua ficha militar. Feeney, precisamos de tudo o que ele guardou naquele computador pessoal.

— Já estou correndo atrás. — Ele se levantou. — Deixe-me colocar McNab para pesquisar esse histórico militar. Ele consegue ultrapassar qualquer barreira eletrônica com facilidade.

Peabody abriu a boca para dizer alguma coisa, mas logo a fechou e apertou os lábios ao notar o olhar de advertência de Eve.

— Avise a ele para me enviar os dados assim que consegui-los. Vamos nessa, Peabody. Precisamos localizar Ratso.

— Eu também sei pesquisar históricos militares — reclamou Peabody enquanto elas se encaminhavam para a garagem. — É apenas uma questão de procurar nos canais certos.

— McNab consegue deslizar por esses canais com muito mais rapidez.

— Ele é um exibido, isso sim! — resmungou ela, e Eve girou os olhos com impaciência.

— Não me importo de trabalhar com exibidos, contanto que eles consigam resultados mais depressa. Você não é obrigada a gostar de todo mundo com quem trabalha, Peabody.

— Ainda bem!

— Merda, olha só aquilo! — Eve parou diante do carro muito amassado e chamuscado. Algum engraçadinho pregara um cartaz manuscrito no vidro traseiro estilhaçado do veículo. O cartaz dizia: "Tenham piedade. Acabem comigo logo de uma vez."

— Isso só pode ser coisa de Baxter e o seu doentio senso de humor. — Eve arrancou o cartaz com raiva. — O pior é que, se eu mandar esse traste amassado para a manutenção, eles vão conseguir piorar as coisas. — Eve se instalou atrás do volante. — Para piorar, vão levar um mês para me devolver o carro e nunca mais ele será o mesmo.

— Pelo menos os vidros você vai ter que trocar — observou Peabody, tentando enxergar através da janela do seu lado um quebra-cabeça de estilhaços ainda unidos.

— É... — Eve saiu com o carro, fazendo uma careta quando o veículo estremeceu todo. Olhando para cima, viu o céu passando atrás do buraco no teto. — Tomara que o controle de temperatura ainda esteja funcionando.

— Posso fazer um requerimento para substituição do sistema.

— Este veículo já *é* uma substituição, lembra? — Amarrando a cara, Eve seguiu rumo ao sul. — Eu já estava gostando dele. Vou sentir sua falta.

— Posso pedir a Zeke para que ele dê uma olhada.

— Pensei que ele fosse marceneiro.

— Ele é bom em qualquer coisa. Pode consertar o motor e depois você só precisa trocar os vidros e tapar o rombo do teto. Não vai ficar bonito, mas você vai escapar do pessoal da manutenção e do buraco negro das requisições oficiais.

Algo no painel começou a chocalhar de forma assustadora.

— Quando é que ele pode fazer isso?

— Assim que você quiser. — Ela lançou um olhar de soslaio para Eve. — Ele está louco para conhecer a sua casa. Eu contei a ele dos móveis antigos em madeira nobre que vocês têm, dos objetos de arte e do resto.

Eve se revirou no banco.

— Mas vocês não iam assistir a uma peça ou a um musical, esta noite?

— Posso ligar avisando para ele não comprar as entradas.

— Não sei se Roarke tem algum compromisso hoje à noite.

— Posso verificar com Summerset.

— Merda. Tudo bem, combinado.

— Tão amável o seu convite, senhora... — Alegremente, Peabody pegou o *tele-link* de mão, a fim de ligar para o irmão.

Elas encontraram Ratso no bar Brew, contemplando um prato onde fora servido algo com aparência de cérebro malcozido. Ele levantou a cabeça ao ver Eve entrar na cabine onde estava e sentar a seu lado.

— Eu pedi ovos mexidos. Por que eles não são amarelos? — perguntou Ratso.

— Vieram de uma galinha cinza — informou Eve.

— Ah... — Aparentemente satisfeito com a explicação, ele começou a comer. — E então, qual é a boa, Dallas? Já pegou os caras que eliminaram Armador?

— Estou investigando alguns lances. O que mais você conseguiu?

— Ninguém viu Armador naquela noite. Eu já esperava, porque normalmente ele não saía de casa depois de anoitecer. Só que Espetinho... Você conhece o Espetinho, não conhece, Dallas? Bem, ele usa Zoner, quando consegue alguma grana, e também trabalha como acompanhante licenciado, pelas ruas.

— Não me lembro de ter sido apresentada ao sr. Espetinho.

— Espetinho é um cara limpeza. Quase sempre cuida da própria vida, entende? Ele me contou que estava trabalhando na rua, naquela noite. Havia poucos clientes, porque fazia frio demais para alguém querer transar, sabe como é... Mas ele estava na *night*, dando um rolé pelas ruas, e viu uma van parada perto da loja do Armador. Uma van estalando de nova. Imaginou que pudesse ser alguém em busca de ação, mas não conseguiu ver ninguém no pedaço. Mesmo assim, ficou por ali mais um pouco para o caso de alguém aparecer em busca de uma espetada rápida. É por isso que o apelido dele é Espetinho, pois as espetadas dele são sempre rapidinhas.

— Vou me lembrar desse detalhe. Que tipo de van era essa?

Ratso remexeu os ovos desbotados e tentou parecer astuto.

— Bem, Dallas, eu disse a Espetinho que você estava querendo saber algumas coisas e que, se as informações fossem boas, pagaria por elas.

— Só que eu não pago até ouvi-las. Você não disse isso a ele?

— Disse, acho que disse. — Ratso suspirou. — Tudo bem, então... Ele contou que a van era uma dessas Airstreams modelo novo, toda incrementadona, preta. Tinha proteção antifurto por choque elétrico. — Ratso sorriu de leve. — Espetinho sabe disso

Lealdade Mortal

porque tentou arrombar o carro e levou um tremendo choque. Ficou lá, estremecendo todo, dançando e soprando a mão quando percebeu um movimento adiante na rua.

— Que tipo de movimento?

— Sei lá. Foi um barulho, gente berrando e pessoas se aproximando. Ele se agachou na esquina, com medo de que o dono da van o tivesse visto tentando arrombá-la. Então apareceram dois caras, um deles carregando um saco sobre os ombros. O outro, veja só, segurava um troço que Espetinho jura que lembrava uma pistola igual àquelas que aparecem em filmes e discos antigos. Jogaram o saco na mala, e o troço fez um barulhão quando caiu. Depois, entraram na van e foram embora.

Ele pegou mais uma garfada de ovos mexidos e engoliu tudo, ajudado pelo líquido cor-de-urina que bebeu de um copo.

— Eu estava justamente aqui pensando se devia ligar para você para contar esse lance, Dallas, e de repente você apareceu. — Sorriu para ela. — Talvez fosse o Armador dentro daquele saco. Talvez eles o tenham carregado no saco, acabaram com a raça dele e o jogaram no rio. Pode ser...

— Espetinho anotou a placa da van?

— Que nada... Espetinho não é muito esperto, entende? Disse que a mão dele estava ardendo por causa do choque e não pensou mais no assunto até eu aparecer perguntando sobre Armador.

— Uma van Airstream preta?

— Sim, com antifurto por choque. Ah, e ele disse também que havia um tremendo equipamento de som e vídeo no painel. Foi por isso que ele tentou arrombar. Espetinho, de vez em quando, também transa produtos eletrônicos, entende?

— Estou vendo que ele é realmente um cidadão respeitável.

— É... bem, ele vota e tudo o mais! E quanto às informações, Dallas? Elas foram úteis, não foram?

Eve pegou vinte fichas de crédito.

— Se isso me levar a algum lugar, trago mais vinte. Agora me conte uma coisa... O que você sabe a respeito da história de Armador no exército?

Os créditos sumiram no bolso do casaco imundo de Ratso.

— História como?

— O que fazia no exército? Ele alguma vez conversou com você a respeito?

— Não muito. Uma vez, quando estávamos bebendo, ele entornou mais do que o normal. Disse que derrubou um monte de alvos durante as Guerras Urbanas. Disse que os militares os chamavam de "alvos" porque não tinham coragem de chamá-los de "pessoas". Ele tinha a maior bronca do exército. Contou que ofereceu a eles o que tinha de mais valor na vida, e eles ficaram com tudo. Disse que acharam que podiam comprá-lo, mas ele pegou o dinheiro e eles que se fodessem. Queria que os policiais se fodessem também, mais a CIA e até o maldito presidente dos Estados Unidos. Mas ele só dizia essas coisas quando ficava muito mamado. Geralmente, não comentava nada.

— Alguma vez você ouviu alguma coisa a respeito de Apolo e Cassandra?

Ratso passou a mão sobre o nariz.

— Tem uma dançarina do Peek-A-Boo que se chama Cassandra. Ela tem peitos do tamanho de melancias.

— Não, essa é outra história. — Eve balançou a cabeça. — Faça algumas perguntas por aí, Ratso, mas seja discreto e tome cuidado. E quando souber de alguma coisa não fique em dúvida sobre me avisar ou não. Ligue logo.

— Tudo bem, só que estou com pouco capital operacional, entende?

Eve se levantou e atirou mais vinte fichas de crédito sobre a mesa.

— Não desperdice o meu dinheiro — avisou. — Peabody.

Lealdade Mortal

— Vou começar a pesquisa nas vans Airstream — disse ela. — Placas de Nova York e Nova Jersey.

— Mas que sacanagem! — exclamou Eve, correndo em direção ao carro. — Olhe só para esta merda! — exigiu, apontando o dedo para a sorridente cara vermelha que alguém pintara sobre o capô. — Não existe mais respeito. Não respeitam nem a propriedade do município.

Peabody tossiu e forçou o rosto a exibir uma expressão de desaprovação.

— É uma vergonha, senhora. Um absurdo!

— O que você disfarçou foi um risinho afetado, policial?

— Não, senhora, nada de risinhos afetados. Foi uma cara feia. Uma careta de indignação. Quer que eu vasculhe a área em busca de latas de tinta spray, tenente?

— Pare de puxar meu saco! — Eve bateu a porta do carro, e Peabody mal teve tempo de liberar a gargalhada que estava presa em sua garganta.

— Evito isso o tempo todo — murmurou ela. Em seguida, soltou um longo suspiro, tirou o sorriso da cara e sentou no banco do carona.

— Vamos terminar o turno trabalhando no meu escritório de casa. Não quero pagar o mico de estacionar essa *coisa* na garagem e virar alvo da chacota velada de todo o departamento.

— Por mim, está ótimo. A comida da sua casa é muito melhor. — E não havia perigo de McNab aparecer para exibir um dos seus números de sapateado profissional.

— Você sabe qual é o endereço de Lisbeth Cooke? Podemos dar uma passada lá e trocar umas palavrinhas com ela antes de irmos para a minha casa.

— Sim, senhora, a casa dela fica no caminho. — Peabody pesquisou. — Ela mora na rua 83, quase esquina com a Madison. Quer que eu ligue e avise da nossa visita?

— Não. Vamos pegá-la de surpresa.

Obviamente foi o que fizeram, mas Lisbeth Cooke não gostava de surpresas.

— Não sou obrigada a conversar com a senhora, tenente — avisou assim que abriu a porta. — Não sem o meu advogado presente.

— Então, chame-o — sugeriu Eve —, já que você tem algo a esconder.

— Não tenho nada a esconder. Já fiz uma declaração, fui interrogada pelo promotor, minha petição foi aceita pelo juiz e fim de papo.

— Já que as coisas são tão claras e simples, você não devia ficar tão incomodada por conversar comigo. A não ser que tudo o que declarou seja falso.

Os olhos de Lisbeth soltaram faíscas. Seu queixo se projetou para a frente. O orgulho, percebeu Eve, fora um alvo acertado.

— Eu não minto. Insisto em integridade, tanto para mim quanto para as pessoas com quem estou envolvida. Exijo honestidade, lealdade e respeito.

— Se for de outro modo, você os mata. Sim, essa parte já ficou esclarecida.

Algo cintilou nos olhos de Lisbeth e então seus lábios se apertaram e sua expressão ficou novamente fria e dura.

— O que a senhora quer?

— Só mais umas perguntinhas para completar o meu relatório sobre o caso. — Eve virou a cabeça meio de lado. — Você não inclui organização em suas exigências pessoais?

Lisbeth deu um passo para trás.

— Vou logo avisando, tenente, se eu sentir que a senhora passou dos limites, ligo para o meu advogado. Posso fazer uma queixa por assédio.

— Anote isso, Peabody. Não devemos passar dos limites com a sra. Cooke.

— Anotado, senhora.

— Não gosto do seu jeito, tenente.

Lealdade Mortal

— Puxa vida, agora você me magoou...

Eve analisou a sala de estar, a ordem absoluta e o bom gosto impecável. Estilo, refletiu. Aquela mulher tinha estilo, isso ela se viu obrigada a reconhecer. O ambiente era quase admirável, com o grupo estofado em formato aerodinâmico, verde-escuro com listas azuis, parecendo tão confortável quanto atraente, sem falar nas mesas com tampo em vidro fumê e nas marinhas com cores vivas.

Havia uma estante cheia de livros encadernados em couro, com lombadas ligeiramente desbotadas, num estilo que Roarke aprovaria, além de uma linda vista da cidade, emoldurada pelas cortinas totalmente abertas.

— Belo lugar. — Eve se virou para analisar a mulher muito bem arrumada, vestida com roupas caseiras, calças confortáveis em tom de amarelo-claro e uma túnica.

— Não creio que a senhora tenha vindo aqui para discutir as minhas habilidades para decoração, tenente.

— J. Clarence ajudou você a escolher os enfeites da sua casa?

— Não. O gosto de J. C. para decoração ficava a meio caminho entre o ridículo e o cafona.

Sem esperar pelo convite, Eve se sentou no sofá e esticou as pernas.

— Pelo visto, vocês não tinham muita coisa em comum.

— Ao contrário, muitas vezes gostávamos das mesmas coisas. E eu acreditei que ele possuía um coração grande, generoso e honesto. Estava errada.

— Duzentos milhões de dólares me parecem muita generosidade.

Lisbeth simplesmente se virou de costas e pegou uma garrafa de água de uma unidade de refrigeração embutida.

— Não estou falando de dinheiro — afirmou ela, despejando a água em um copo de cristal grosso, multifacetado. — Estou me referindo ao espírito. Entretanto, sou obrigada a reconhecer que J. C. era muito generoso em questões de dinheiro.

— Ele pagava para você dormir com ele.

O copo estalou no balcão de vidro quando Lisbeth o pousou com força.

— Certamente que não! O acordo financeiro que existia entre nós era algo separado de todo o resto e com o qual estávamos de acordo. Ele era bem convidativo para nós.

— Lisbeth, você arrancava um milhão por ano do sujeito.

— Eu não *arrancava* nada dele. Tínhamos um acordo, e parte dele incluía bônus monetários. Esse tipo de acordo é muitas vezes feito em relacionamentos em que um dos lados possui considerável vantagem financeira sobre o outro.

— E a sua vantagem financeira é ainda maior agora, já que ele morreu.

— Isso foi o que me contaram. — Ela pegou novamente o copo e observou Eve por cima da borda de cristal. — Eu não tinha conhecimento dos termos do testamento.

— Isso é difícil de acreditar. Vocês tinham não apenas um relacionamento íntimo, mas também de muito tempo e que incluía, como você mesma admitiu, pagamentos regulares em dinheiro. Quer dizer que você jamais conversou, nem mesmo questionou o que aconteceria no caso dele morrer?

— Ele era um homem robusto e saudável. — Ela tentou encolher os ombros com ar de desdém, mas o movimento saiu forçado. — Sua morte não era uma coisa na qual nos concentrássemos. Ele simplesmente me assegurou que eu ficaria protegida e eu acreditei nele.

Lisbeth pousou o copo, e um ar passional surgiu em seus olhos.

— Eu acreditei nele. Acreditei *de verdade*! E ele me traiu da forma mais insultante e intolerável. Se ele tivesse me procurado para dizer que queria colocar um ponto final no nosso relacionamento, eu iria me sentir infeliz, talvez zangada, mas teria aceitado.

— Fácil assim? — Eve levantou as sobrancelhas. — Sem mais pagamentos, sem mais nenhuma viagem sofisticada nem presentes caros? Nada mais de *fuque-fuque* com o chefão?

Lealdade Mortal

— Como a senhora ousa?! Como se atreve a rebaixar o que tínhamos a termos tão vulgares? A senhora não sabe de nada, *nadinha* do que acontecia entre mim e J. C. — Sua respiração começou a falhar e suas mãos se crisparam. — Tudo o que a senhora enxerga é o que está na superfície, porque não possui a capacidade de ver em profundidade. E quanto à senhora, que também faz *fuque-fuque* com Roarke e arrancou um bom casamento dele? Quantas viagens sofisticadas e presentes caros a senhora já recebeu, tenente? Quantos milhões por ano entram no seu bolso?

Com muito esforço, Eve se manteve sentada e controlada. O acesso de raiva colocara uma cor assustadora no rosto de Lisbeth e transformara seus olhos em bolas de gude brilhantes com um forte tom de verde. Pela primeira vez ela pareceu realmente alguém capaz de atravessar o coração de um homem com uma furadeira elétrica.

— Eu não matei Roarke — disse Eve, sem perder a tranqüilidade. — E agora que tocou no assunto, Lisbeth, por que você não exigiu casar-se legalmente com J. C.?

— Porque eu não quis! — afirmou ela. — Não acredito em casamento. Isso era um ponto no qual discordávamos, mas J. C. acatava meus sentimentos. Eu exijo respeito! — Ela deu três passos largos na direção de Eve, com os punhos cerrados, mas um movimento de Peabody a deteve.

Seu corpo tremeu todo, e as juntas dos seus dedos ficaram brancas devido à força com que fechara as mãos. Os lábios que ela arreganhara com um grunhido relaxaram aos poucos, e o vermelho-escuro de seu rosto começou a clarear.

— Você tem um detonador dentro do peito, Lisbeth — disse Eve, com suavidade.

— Eu sei. Parte do nosso acordo era que eu devia fazer terapia para controle da cólera. Vou começar o tratamento na semana que vem.

— Antes tarde do que nunca. Você alega que ficou fora de si ao descobrir que J. C. a traía. No entanto, não há indícios de outra mulher na vida dele. Seu assistente pessoal jura que não havia mais ninguém, além de você.

— Pois ele está enganado. J. C. o enganou, do mesmo modo que me enganou. Ou então ele está mentindo — acrescentou ela, dando de ombros. — Chris seria capaz de decepar a própria mão por J. C., de modo que mentir seria o de menos.

— Mas por que J. C. mentiria? Por que a trairia se, como acaba de reconhecer, tudo o que ele tinha a fazer era conversar com você e terminar o relacionamento?

— Não sei. — Ela passou a mão agitada pelos cabelos, perturbando a ordem perfeita dos fios. — Não sei — repetiu. — Talvez ele, no fundo, fosse como os outros homens e achasse mais excitante trair.

— Você não gosta muito dos homens em geral, não é?

— Dos homens como um todo, não.

— Muito bem. Como foi que você descobriu a respeito desta outra mulher? Quem é ela? Onde ela está? Como é possível que ninguém saiba dela?

— Alguém sabe — disse Lisbeth, com a voz firme. — Uma pessoa me enviou fotos deles juntos, discos com gravações de conversas entre eles. Conversas nas quais eles falavam de mim. Riam de mim. Nossa, eu seria capaz de matá-lo novamente!

Ela girou o corpo, foi até um armário, abriu uma gaveta com força e pegou lá dentro um pacote volumoso.

— Aqui está todo o material. Estas são cópias. Entreguei as originais para o promotor. Olhe só para ele, passando as mãos nela toda!

Eve deu uma olhada nas fotos e franziu o cenho. Eram fotos bem nítidas. O homem era claramente J. Clarence Branson. Em uma delas, ele aparecia sentado no que parecia ser um banco de parque em companhia de uma loura muito jovem que usava saia curta. Sua mão descansava sobre uma das coxas dela. Na foto seguinte, eles se beijavam com aparente paixão e a mão dele estava por baixo da saia dela.

Lealdade Mortal

As fotos seguintes pareciam ter sido tiradas em uma cabine privativa em um clube. Estavam granuladas, o que era de esperar, pois tinham sido copiadas de um disco de segurança. Um clube poderia até mesmo perder a licença para atividades sexuais, se a direção fosse pega gravando o que se passava nas cabines particulares.

De qualquer modo, granuladas ou não, elas claramente mostravam J. C. e a loura envolvidos em variados e agitados atos sexuais.

— Quando você recebeu isto?

— Já forneci todas as informações ao escritório da promotoria.

— Pois forneça-as para mim também — ordenou Eve, sem hesitar. Ela ia averiguar o porquê de a promotoria não ter nem ao menos se dado ao trabalho de passar aqueles suculentos detalhes para a investigadora primária.

— Elas estavam na minha caixa de correspondência quando eu cheguei em casa naquela noite, vindo do trabalho. Eu abri o pacote, vi as fotos e fui na mesma hora procurar J. C. para tirar satisfações. Ele negou tudo. Teve a cara-de-pau de negar tudo na minha frente, e disse que não sabia do que eu estava falando. Foi uma postura enfurecedora e insultante. Fiquei furiosa, cega de raiva. Agarrei a furadeira e...

Ela parou de falar na mesma hora, lembrando as instruções do advogado de defesa.

— Devo ter me descontrolado, nem me lembro direito do que passou pela minha cabeça, nem o que estava fazendo. Então, chamei a polícia.

— Você conhece esta mulher?

— Não, nunca a vi antes. Ela é jovem, não é? — Os lábios de Lisbeth tremeram um pouco antes de ela acabar a frase, dizendo com firmeza: — Muito jovem e muito... ágil.

— Por que você continua guardando este material? — perguntou Eve, colocando os discos e as fotos de volta na bolsa.

— Para me lembrar de que tudo o que tínhamos era uma farsa.

— Lisbeth pegou a bolsa e tornou a guardá-la na gaveta do armário.

— E também para me lembrar de que devo aproveitar bem cada centavo do dinheiro que ele me deixou. — Tornou a pegar o copo que largara sobre a mesa e o levantou em um brinde. — Vou aproveitar cada maldito centavo.

Eve entrou no carro, bateu a porta e refletiu por algum tempo.

— Tudo pode ter acontecido exatamente do jeito que ela contou. Droga! — Golpeou o volante com o punho. — Odeio isso!

— Podemos pesquisar a foto da mulher e tentar identificá-la. Quem sabe aparece alguma coisa?

— Sim, corra atrás disso quando tiver algum tempo livre. Depois que conseguirmos as malditas fotos. — Irritada com a situação, Eve saiu com o carro. — Não há jeito de provar que ela sabia do testamento ou que esse foi o seu motivo. O pior é que depois de vê-la em ação, ainda agora, a minha tendência é acreditar na sua história.

— Nossa, eu pensei que ela fosse arrancar a sua cara fora.

— Bem que ela queria... — Em seguida, Eve suspirou. — Terapia de controle da cólera — murmurou. — Não falta inventar mais nada.

Capítulo Oito

— O sistema caiu — resmungou Eve, afastando-se do *tele-link* de sua mesa. — O escritório da promotoria disse que nós não recebemos as fotos e os discos do caso Branson porque houve uma queda do sistema. *Aqui,* 6...! — reagiu, levantando-se da cadeira para andar de um lado para outro. — Queda do sistema é a substituição clássica para a frase "não estávamos a fim de trabalhar".

Ouvindo uma risadinha disfarçada, Eve deu meia-volta e fulminou Peabody com o olhar.

— Você está rindo de quê?!

— Do seu jeito com as palavras, senhora. Eu admiro o jeito que a senhora tem para lidar com as palavras.

Eve se deixou cair novamente na cadeira e se recostou.

— Peabody, já trabalhamos juntas tempo o suficiente para eu sacar quando você está me zoando.

— Ah. E esse tempo também é grande o suficiente para você apreciar o clima de compreensão e confiança que rola entre nós?

— Não.

Para ajudar a tirar o assunto de Branson da cabeça, Eve apertou as têmporas com as bases das mãos.

— Muito bem, de volta às prioridades — sentenciou ela. — Pesquise as vans enquanto eu vejo o quanto McNab consegue descobrir nos registros militares de Armador. E por que não recebi ainda uma caneca de café quente?

— Estava me perguntando a mesma coisa. — Para escapar de outro rugido de cólera, Peabody correu até a cozinha.

— McNab! — disse Eve, no segundo em que o viu na tela. — Desembuche!

— Consegui apenas o básico, até agora. Estou tentando escavar mais fundo. — Reconhecendo a vista da janela por trás de Eve, fez cara de tristeza. — Ei, vocês estão trabalhando em casa hoje? Por que eu não estou aí também?

— Porque, graças a Deus, você não mora aqui. Agora, vamos ao que interessa.

— Vou transmitir os dados para o seu computador pessoal, mas o resumo da ópera é o seguinte: Coronel Howard Bassi, reformado pelo exército. Alistou-se em 1997 e fez o curso de instrução para oficiais. Foi o melhor da turma. Como primeiro-tenente, trabalhou para a FTE — Força Tática Especial. A elite da tropa, grupo ultra-secreto. Estou trabalhando nesses dados, mas até agora só encontrei louvores e medalhas. E ele devia ter uma caixa delas. Vi também elogios a respeito de sua perícia com eletrônicos e explosivos. Ele chegou a capitão em 2006 e foi subindo de posto até ser promovido a coronel, por bravura, durante as Guerras Urbanas.

— Onde ele servia? Nova York?

— Sim, até ir para Washington em... espere um instante, a informação está por aqui... 2021. Foi obrigado a requisitar uma transferência especial familiar, porque a maioria dos militares, naquela época, não era autorizada a levar a família quando das transferências.

— Família? — Eve levantou a mão. — Que família?

— Ahn... os registros indicam que ele tinha uma esposa, Nancy, civil, e dois filhos, um casal. Ele conseguiu a transferência porque a sua mulher servia de ligação entre o exército e a mídia. Sabe como é, uma espécie de relações-públicas.

— Caramba! — Eve esfregou os olhos. — Faça uma busca nos nomes dos filhos, McNab.

— Certo, vai ser o meu próximo passo.

— Não, eu quero isso agora! Você está com o número das identidade deles aí. — Olhou para trás quando Peabody chegou com o café. — Faça uma pesquisa rápida no histórico dos familiares.

— Puxa, Dallas, eles não são velhos... — murmurou McNab, mas se virou para verificar os dados. — Caraca, Dallas, eles estão mortos! E morreram todos no mesmo dia!

— Em 25 de setembro de 2023, em Arlington, na Virgínia.

— Isso mesmo. — Ele suspirou. — Devem ter sido vítimas do atentado ao Pentágono. Puxa, Dallas, as crianças tinham só seis e oito anos. Dói no coração ver essas coisas...

— Dói mesmo. Aposto que Armador concordaria com você. Agora nós sabemos por que ele se voltou contra o Estado.

E também, pensou, o porquê de ele ter fugido. Como poderia esperar se manter a salvo, mesmo na sua pequena fortaleza imunda, se lutava contra o mesmo grupo que apagara do mapa as instalações militares mais seguras do país?

— Continue a busca, McNab — ordenou. — Veja se consegue achar alguém com quem ele trabalhou e que ainda esteja por aí, mesmo reformado. Alguém que tenha sido transferido na mesma época que ele e para a mesma unidade. Se ele trabalhava para a FTE, provavelmente participava das negociações com o grupo terrorista Apolo.

— Vou cair dentro. Oi, Peabody. — Ele ergueu e abaixou as sobrancelhas duas vezes, quando a ajudante de Eve apareceu no campo de visão da tela, enfiou a mão por baixo da camisa cor-de-rosa que usava e imitou um coração pulsando rápido.

— Babaca — resmungou Peabody, saindo de lado.

Franzindo o cenho, Eve desligou.

— Roarke acha que McNab tem uma quedinha por você.

— Ele tem uma quedinha por qualquer coisa que tenha seios — corrigiu Peabody. — Eu, por acaso, tenho um par deles. Já dei um flagra nele comendo com os olhos os peitos da Sheila, da seção de registros, e olha que os peitos dela nem são tão bonitos quanto os meus.

Pensativa, Eve olhou para os próprios seios e afirmou:

— Ele não olha para os meus.

— Olha sim, só que disfarça, porque tem quase tanto medo de você quanto de Roarke.

— *Quase* tanto? Agora você me desapontou. Onde estão os meus dados sobre as vans?

— Aqui. — Com um sorriso convencido, Peabody colocou o disco para rodar no sistema do escritório. — Usei o computador da cozinha para fazer a pesquisa. Achei cinqüenta e oito veículos, mas esses são só os que saíram de fábrica com sistema de antifurto por choque. Se contarmos os que foram instalados pelos proprietários, o número triplica.

— Vamos começar pelo número total. Verifique se alguém registou furto do veículo nas quarenta e oito horas anteriores ao assassinato. Se não encontrarmos nada, eliminamos os carros pertencentes a famílias. Não imagino uma mãe devotada levando os filhos no carro para a escolinha de futebol de tarde e depois o papai transportando cadáveres no mesmo carro à noite. Procure os carros registrados em nome de companhias e com donos do sexo masculino. Depois verificamos as mulheres, se não acharmos nada. Pode usar este computador aqui — disse Eve, levantando-se. — Preciso fazer umas ligações, mas posso resolver isso na sala ao lado.

Eve entrou em contato com Mira e marcou uma reunião para o dia seguinte. O mais próximo que ela conseguiu chegar de Feeney foi um e-mail em que ele avisava que estava resolvendo um caso prioritário e só podia receber mensagens de emergência.

Lealdade Mortal 143

Decidindo deixá-lo entregue ao que sabia fazer de melhor, Eve ligou para Anne Malloy, que estava no local da explosão.

— Oi, Dallas. O seu marido sexy acabou de sair daqui.

— Ah, é?... — Eve conseguiu ver, atrás de Anne, os destroços e o pessoal do esquadrão antibomba examinando tudo com o maior cuidado.

— Ele queria ver como andava o nosso trabalho por aqui, o qual, aliás, não avançou muito. Levamos alguns fragmentos para o laboratório e continuamos procurando por mais. Seu marido deu uma olhada no fragmento de um dos dispositivos e disse que se tratava de politex de alto impacto, elemento usado na indústria aeroespacial, provavelmente acionado por controle remoto. Pode ser que ele tenha razão.

Pode ser que ele tenha razão, pensou Eve. *Roarke raramente se enganava.*

— E o que essa possibilidade lhe diz? — quis saber Eve.

— Duas coisas — disse Anne. — Uma é que pelo menos alguns dos dispositivos foram fabricados por reciclagem de produtos da indústria espacial. A outra é que o seu marido tem um olho bom.

— Certo. — Eve passou a mão pelos cabelos. — Se ele estiver com a razão, você tem como rastrear o material?

— As possibilidades de localizar a origem aumentam. Vamos manter contato.

Eve se recostou e então, por curiosidade, pesquisou sobre politex e seus fabricantes.

Não se surpreendeu ao ver que as Indústrias Roarke eram uma das quatro companhias interplanetárias que fabricavam o produto. Mesmo assim, revirou os olhos, irritada. Reparou também que a Branson Ferramentas e Brinquedos era outra das quatro fábricas. Em menor escala, notou. Com fabricação apenas no planeta.

Por fim, resolveu economizar tempo e simplesmente pedir a Roarke um relatório detalhado sobre as outras duas companhias, e então dedicou as duas horas que se seguiram ao levantamento de registros antigos, garimpando-os e comparando-os com os dados recentes que McNab transmitira. Estava a ponto de voltar para a sua sala e cobrar de Peabody os resultados da pesquisa sobre as vans quando seu *tele-link* tocou.

— Aqui é a tenente Dallas falando...

— Oi, Dallas! — O sorriso deslumbrante de Mavis Freestone encheu a tela. — Veja só isso...!

Um pouco além da mesa, uma coluna de ar se agitou e então, num piscar de olhos, uma imagem holográfica de Mavis surgiu na porta da cozinha, usando altíssimos saltos rubi e pequenas plumas cor-de-rosa sobre os dedos dos pés. Vestia um roupão curto enfeitado com pequenas espirais nos mesmos tons de rosa e rubi, que se espalhavam a partir de um dos ombros e exibiam a tatuagem de um anjo prateado tocando uma harpa dourada.

Seus cabelos caíam em cachos grossos como salsichas de soja, em uma mistura de ouro e prata, e cintilavam com um brilho metálico.

— Mais que demais, não acha? — Ela riu, deu uns pulinhos e executou uma dança rápida e alegre. — Meu quarto aqui no hotel tem esse superaparelho de transmissão de hologramas instalado no *tele-link*. Como é que eu estou?

— Colorida. Gostei da tatuagem.

— Isso não é nada, olhe só esta aqui — convidou Mavis, abaixando o roupão à altura do ombro, do outro lado, a fim de revelar um segundo anjo com cauda sinuosa e sorriso malicioso, segurando um tridente. — Anjo bom de um lado, anjo mau do outro. Entendeu?

— Não. — Eve sorriu. — E então, como vai a turnê?

— Dallas, é muito *uau!* Estamos indo a toda parte, e as multidões ficam alvoroçadas quando eu me apresento. Roarke nos ofereceu os mais maravilhosos meios de transporte, e os hotéis são max.

— Max...?

— O máximo! Hoje eu vou a um centro musical para autografar discos. Temos um monte de entrevistas agendadas e depois vou

Lealdade Mortal

fazer um show no Dominant, aqui em Houston. Lotação esgotada! Ainda nem tive tempo de arrumar o cabelo.

— Mas vai conseguir — animou-a Eve, olhando para os cachos brilhantes.

— Nossa, eu não ia conseguir fazer tudo isso se Leonardo não tivesse vindo comigo. Ei, Leonardo, estou falando com Dallas! Venha aqui para dar um oi pra ela. — Mavis riu e bateu com os calcanhares um no outro, muito empolgada. — Pode vir, ela não vai se incomodar por você estar pelado.

— Vou me incomodar sim! — corrigiu Eve. — Você me parece feliz, Mavis.

— Além do feliz, Dallas. Estou totalmente D & D.

— Doidona e desorientada?

— Não. — Mavis tornou a rir e deu duas voltinhas com o corpo. — Deslumbrada e delirante. Isso é tudo que eu sempre quis e nem sabia. Quando voltar, vou beijar o rosto inteiro de Roarke.

— Aposto que ele vai gostar.

— Bem, garanto que *eu* vou — disse isso e caiu na gargalhada. — Leonardo diz que não tem ciúme de Roarke, e talvez até dê uns beijos nele também. E então, como andam as coisas por aí? — Antes de Eve ter chance de responder, Mavis colocou a cabeça meio de lado e suspirou. — Você não foi se consultar com Trina.

— Trina? — Eve empalideceu de leve e se remexeu na cadeira. — Que Trina?

— Ah, qual é, Dallas? Você me prometeu que ia dar uma passadinha lá para Trina dar um jeito em seu cabelo e no resto enquanto eu viajava. Aposto que você não vai a um salão de beleza há semanas!

— Acho que eu esqueci.

— Pois acho que você pensou que eu não fosse reparar. Mas tudo bem, depois que eu voltar, nós duas passamos lá para receber um tratamento completo.

— Não me venha com ameaças, garota.

— Sei que você vai acabar topando. — Mavis enroscou um dos cachos prateados com o dedo e então sorriu. — Oi, Peabody!

— Oi, Mavis! — Peabody chegou mais perto da imagem tridimensional. — Gostei do holograma!

— Roarke tem os melhores brinquedinhos eletrônicos. Nossa, tenho que vazar! Leonardo diz que está na hora de eu me aprontar. Olhem só isso! — Ela girou o corpo fazendo voar beijos em todas as direções e então desapareceu no ar.

— Como é que ela consegue se equilibrar em cima daqueles saltos? — perguntou Peabody.

— Esse é um dos muitos mistérios de Mavis. O que conseguiu na pesquisa da van?

— Acho que consegui identificá-la. É uma Airstream preta, ano 2058, toda equipada. — Mostrou a Eve uma lista impressa com todos os dados. — A licença saiu em nome da empresa Cassandra Unlimited.

— Bem na mosca!

— Mas eu verifiquei o endereço. É falso.

— De qualquer modo, é uma ligação com Armador e nos fornece um ponto de referência. Você investigou a empresa Cassandra Unlimited?

— Ainda não. Queria trazer isso aqui para você antes.

— Tudo bem. Vamos descobrir. — Eve girou a cadeira de frente para a mesa. — Computador, pesquisar e relacionar todos os dados disponíveis sobre a empresa Cassandra Unlimited.

Processando... Não existem dados relacionados com a Cassandra Unlimited.

— Claro... — murmurou Eve. — Bem que eu achei fácil demais. — Recostando-se por um momento, fechou os olhos e considerou a situação. — Muito bem, vamos tentar outra coisa... Pesquisar lista de todas as lojas e empresas com "Cassandra" no nome. Restringir a Nova York e Nova Jersey.

Processando...

— Você acha que eles usariam o nome? — perguntou Peabody.

— Acho que eles são espertos e um pouco arrogantes. Mas existe um modo de derrubá-los. Sempre existe.

Lealdade Mortal **147**

Dados completados. A lista é a seguinte: Cassandra Instituto de Beleza, no Brooklin, Nova York; Cassandra Delícias do Chocolate, em Trenton, Nova Jersey; Cassandra Eletrônicos, em Nova York, estado de Nova York.

— Parar! Quero todos os dados da Cassandra Eletrônicos.

Processando... Cassandra Eletrônicos, fica na rua Houston, 10092; a empresa foi fundada em 2049; não há registros financeiros nem dos empregados no banco de dados; ela é um ramo do Grupo Monte Olympus. Outros dados estão indisponíveis. A empresa utiliza um código de bloqueio considerado ilegal pelas leis federais e isto deverá ser denunciado automaticamente ao sistema CompuGuard.

— Sim, efetuar denúncia. Os dados estão lá. Devem estar em algum lugar. Verificar endereço da rua Houston.

Processando... Endereço inválido. Tal número não existe.

Eve se levantou e circulou pelo escritório.

— Mas eles colocaram estes dados no sistema. Por que se dariam ao trabalho de registrar as empresas, correr o risco de uma busca automática pelo CompuGuard ou uma investigação da Receita Federal?

— Pelo fato de serem arrogantes? — Peabody aproveitou a oportunidade para programar mais café no AutoChef.

— Exatamente! Eles não sabem que a van foi vista e identificada, mas deviam imaginar que eu iria fazer uma pesquisa sobre o nome Cassandra e tropeçaria neles.

Eve pegou, com ar distraído, o café que Peabody lhe ofereceu.

— Eles querem que eu perca o meu tempo nisso — continuou. — Se conseguiram inserir um bloqueio ilegal no banco de dados, é sinal de que possuem recursos financeiros e equipamentos de qualidade superior. Não estão preocupados com o CompuGuard.

— Mas todo mundo se preocupa com esse sistema — discordou Peabody. — Não há como deixar de ser rastreado por ele.

Eve tomou um pouco de café e pensou na sala secreta de Roarke, no seu equipamento não registrado e no seu inigualável talento para passar tranqüilamente através do olho onividente do CompuGuard.

— Pois eles conseguiram isso. — Foi tudo o que disse a Peabody. — Vamos passar este problema para a Divisão de Detecção Eletrônica. — Oficialmente, pensou Eve. Extra-oficialmente, ela perguntaria ao seu esperto marido sobre o que fazer. — Por enquanto, só nos resta esperar.

Ela tornou a se virar para a máquina e solicitou dados sobre as quatro empresas que fabricavam politex: Indústrias Roarke, Branson Ferramentas e Brinquedos, Grupo Eurotell e Fábrica Áries.

— Peabody, qual desses quatro lugares tem nome de um deus?

— Deus?... Ah, entendi! Áries. Ele deve ser o deus de alguma coisa. Pelo menos, é um dos signos do zodíaco.

— E ele é grego?

— Sim.

— Vamos ver se eles seguiram o padrão. — Eve ordenou que o sistema lhe informasse os dados da empresa, viu que a Fábrica Áries estava listada em um endereço inválido e que era igualmente ligada ao Grupo Monte Olympus.

— Bem, já vimos que eles acompanham o figurino direitinho. — Eve deu um passo atrás e se encostou na bancada. — Se eles seguem um padrão, podemos começar a fazer profecias. Como Cassandra — afirmou, com um sorriso sagaz.

Ela mandou Peabody transferir todos os dados e em seguida redigir um relatório atualizado. Então, colocando o sistema de comunicação em modo privativo, ligou para o escritório de Roarke.

— Preciso falar com ele — explicou Eve à assistente terrivelmente eficiente de Roarke. — Se ele estiver desocupado.

— Um momento, por favor, tenente. Vou passar para ele.

Com uma das mãos segurando o aparelho junto do ouvido, Eve foi silenciosamente até a porta e viu que Peabody trabalhava de forma dedicada no escritório. Sentindo uma leve fisgada de culpa, tornou a entrar. Ela não pretendia enganar sua assistente, disse a si mesma. Estava simplesmente evitando que Peabody entrasse na área de sombras que havia entre a lei e a justiça.

— Olá, tenente. Em que posso lhe ser útil?

Eve soltou o ar com força e entrou na área nebulosa que preferia evitar.

— Preciso de uma consulta.

— Ah, é? Uma consulta de que tipo?

— Do tipo extra-oficial.

Uma centelha de sorriso surgiu em seus lábios.

— Ah!

— Odeio quando você diz "ah" desse jeito.

— Eu sei.

— Escute, não posso explicar agora, mas se você não tiver nada agendado para hoje à noite...

— Mas eu tenho. *Nós* temos — lembrou-lhe. — Vamos receber visitas, a convite seu.

— A convite *meu?* — Sua mente ficou em branco. — Eu nunca convido ninguém. Você é que faz isso.

— Dessa vez não. Peabody e seu jovem irmão...? Lembrou agora?

— Ai, droga! — Passando a mão pelos cabelos, ela começou a andar em círculos. — Não vai dar para escapar disso. Não posso contar a verdade a Peabody e, se eu inventar alguma desculpa, ela vai fazer aquele bico que eu detesto. Não dá pra trabalhar direito quando ela amarra a cara.

Eve pegou o café e tomou um gole, fazendo uma careta, e perguntou:

— Nós vamos oferecer um jantar para eles e tudo o mais?

Ele riu, adorando o jeito dela.

— Eve, você é a maior das anfitriãs. Eu, pessoalmente, até que estou curioso em conhecer o irmão de Peabody. Partidários da Família Livre são pessoas muito relaxantes.

— Só que eu não estou muito no clima de relaxar. — Ela deu de ombros. — Tudo bem, em algum momento eles vão ter que ir embora.

— Certamente. Vou para casa daqui a umas duas horas. Quando eu chegar, teremos tempo para você me contar todo esse lance.

— Certo, vamos fazer assim, então. Você já ouviu falar de uma tal de Fábrica Áries?

— Não.

— Grupo Monte Olympus?

— Não. — Ele demonstrou interesse. — Mas Cassandra se encaixa nessa história, não é?

— Parece que sim. Já estou em casa e vou esperar você chegar — afirmou ela, desligando em seguida.

Eve resolveu o problema da presença de Peabody enviando-a de volta à central de polícia com o relatório atualizado e instruções de passar a Feeney e McNab tudo o que conseguira apurar.

Com a idéia de arejar a cabeça antes de resolver o resto do problema, foi para o andar de baixo. Uma rápida sessão de musculação iria ajudá-la a relaxar.

Summerset já estava na base da escada. Analisou a sua suéter folgada e as calças velhas com um ar frio e zombeteiro.

— Imagino que a senhora tem planos de vestir algo mais apropriado para o jantar desta noite.

— E eu imagino que você vai continuar sendo o pentelho que é pelo resto da vida.

O mordomo fungou com força, exibindo um ar de escárnio, e como sabia que ela detestava que ele fizesse aquilo agarrou-a pelo braço antes de ela ter a chance de passar direto por ele. Eve arreganhou os dentes e ele sorriu.

— Há uma mensageira vindo em direção à porta de entrada trazendo um pacote para a senhora.

— Uma mensageira? — Embora soltasse com força o braço das garras do mordomo, por uma questão de princípios, Eve imediatamente se virou para o lado e se colocou entre Summerset e a porta. Sua mão se moveu automaticamente para o coldre. — Você a examinou com cuidado?

Lealdade Mortal

— Naturalmente! — Intrigado, ele levantou uma sobrancelha.
— Trata-se do veículo de uma firma de entregas devidamente registrada. A pessoa que está dirigindo a pequena moto é uma jovem, e a
varredura eletrônica não mostrou a presença de armas.

— Ligue para a empresa e confirme a entrega! — ordenou Eve.
— Deixe que eu cuido da porta. — Deu um passo à frente e olhou
para trás por cima do ombro. — Você verificou se há explosivos?

Ele empalideceu um pouco, mas fez que sim com a cabeça.

— É claro. O sistema de segurança do portão é completo e preciso. Foi o próprio Roarke que o desenvolveu.

— Mesmo assim, ligue para a empresa e confirme a entrega! —
repetiu. — Faça isso lá dos fundos da casa.

Com os olhos sombrios, Summerset pegou seu *tele-link* portátil,
mas se colocou atrás da porta do salão principal. Não poderia permitir que Eve servisse de escudo para ele, como já fizera uma vez.*

Eve acompanhou a moto que se aproximava pelo monitor de
segurança. O logotipo da Zippy Entregas era visível, estampado
sobre o tanque de combustível. A jovem vestia o uniforme da firma,
em vermelho vivo, e usava óculos de proteção e capacete. Ela tirou
os dispositivos de segurança da cabeça assim que parou a moto e se
colocou ao lado dela, boquiaberta, observando a mansão.

Era muito jovem, notou Eve, e tinha bochechas de criança,
rechonchudas e rosadas. Seus olhos arregalados pareciam fascinados
com a imponência da casa e ela esticou o pescoço para enxergar melhor o alto do telhado, enquanto se aproximava da porta de entrada.

Tropeçou nos degraus e enrubesceu ao olhar em volta, preocupada por alguém reparar em seu jeito desastrado. Em uma das mãos,
carregava uma pequena caixa para discos eletrônicos. Com a outra,
ajeitou o paletó do uniforme e tocou a campainha.

— A entrega foi confirmada — disse Summerset, com uma voz
solene que fez Eve quase pular de susto.

---

* Ver *Vingança Mortal*. (N. T.)

— Eu mandei você ligar dos fundos da casa.

— Não recebo ordens da senhora. — Ele deu um passo à frente e esticou a mão para alcançar a maçaneta, mas deu um grito de dor, absolutamente chocado com o violento pisão que levou de Eve.

— Para trás! — ordenou ela. — Seu idiota, filho-da-mãe — resmungou, escancarando a porta com violência. Antes de a jovem ter chance de apresentar seus cumprimentos de praxe com ar alegre, Eve a puxou para dentro do saguão, empurrou-a de cara contra uma parede e a imobilizou, prendendo-lhe as mãos nas costas.

— Você tem nome?

— Si-si-sim, senhora. Sherry Combs. Meu nome é Sherry Combs — respondeu a jovem, com os olhos fechados e muito apertados. — Sou da Zippy. Tenho uma entrega. Por favor, dona, eu não carrego dinheiro algum comigo.

— Esse é o nome da entregadora, Summerset?

— Sim. Ela é apenas uma criança, tenente, e a senhora está aterrorizando a pobrezinha.

— Ela vai superar o trauma. Como foi que você recebeu este pacote, Sherry?

— E-e-eu... — Ela engoliu em seco, ainda de olhos fechados. — Eu estou de plantão hoje.

— Não, quero saber como foi que este pacote chegou até você.

— Ahn... ahn... ahn... Alguém deixou essa caixa lá. Eu acho. Isto é, tenho certeza. Puxa, não sei bem... Meu supervisor só me disse para trazer a encomenda até aqui, esse é o meu trabalho.

— Tudo bem. — Eve recuou um passo e deu um tapinha no ombro de Sherry. — É que temos recebido um monte de vendedores ultimamente — explicou ela, com um sorriso. — Detestamos vendedores! — Pegando um chip no valor de cinqüenta fichas de crédito, Eve o colocou sobre a palma suarenta da jovem. — Dirija com cuidado na volta.

— Bem... certo, obrigada... nossa! — Ela avançou em direção à porta, mas então se voltou para trás, quase em lágrimas. — Puxa...

olhe, madame... é que a senhora precisa assinar o recibo. Mas não é obrigada a assinar, se não desejar.

Eve simplesmente esticou o pescoço, chamando Summerset, e começou a subir as escadas com o pacote na mão. No caminho, ouviu-o sussurrar para a jovem:

— Mil perdões! Sinto muitíssimo! É que ela não tomou a medicação hoje.

Apesar de ver o endereço falso na etiqueta de remetente do pacote, Eve sorriu, mas sua alegria não durou muito. Seus olhos já estavam frios e focados ao entrar em seu escritório. Cobrindo as mãos com spray selante, ela abriu a embalagem, pegou o disco e o enfiou no drive do computador.

Somos Cassandra.
Somos os deuses da justiça.
Somos leais.
Tenente Dallas, esperamos que a demonstração desta manhã tenha sido suficiente para convencê-la do nosso poder e da seriedade de nossas intenções. Somos Cassandra e profetizamos que a senhora nos mostrará o devido respeito providenciando a libertação dos seguintes heróis, que estão injustamente aprisionados nas instalações semelhantes às da Gestapo que formam o complexo prisional de Kent, em Nova York: Carl Minnu, Milicent Jung, Peter Johnson e Susan B. Stoops.

Se estes patriotas que lutaram pela liberdade não forem soltos até o meio-dia de amanhã, seremos obrigados a sacrificar um dos marcos da cidade de Nova York. Um símbolo de excesso e de futilidade dentro do qual mortais olham boquiabertos para outros mortais. Entraremos em contato com a senhora ao meio-dia para confirmar a libertação requerida. Se nossa exigência não for cumprida, todas as vidas que se perderão no episódio serão responsabilidade sua.
Somos Cassandra.

Susan B. Stoops, pensou Eve. Susan B., a ex-enfermeira que envenenara quinze pacientes idosos em uma clínica de reabilitação na qual trabalhava, alegando que eram todos criminosos de guerra.

Eve fora a investigadora principal do caso, prendera a assassina e sabia que a enfermeira Susie B. cumpria nada menos que cinco penas de prisão perpétua na ala de deficientes mentais da Prisão Kent.

Ela tinha o pressentimento de que os outros "heróis da liberdade" tinham histórias similares.

Copiou o disco e ligou para o comandante Whitney.

— A situação não está nas minhas mãos, pelo menos por ora — disse Eve a Roarke, andando de um lado para outro, na sala de visitas. — Os chefões da política estão executando suas danças e contradanças. Eu espero as ordens. Espero o contato.

— Eles não vão concordar com os termos da mensagem.

— Não. Se computarmos o número de mortes provocadas pelos quatro que eles querem libertar, vamos chegar a mais de cem. Jung explodiu uma igreja, alegando que todos os símbolos religiosos não passavam de ferramentas da Direita hipócrita. Um coral de crianças ensaiava na hora da explosão. Minnu pôs fogo em uma cafeteria no SoHo, deixando mais de cinqüenta pessoas sem saída. Afirmou que o local era uma frente da Esquerda fascista. Johnson era um assassino de aluguel que matava qualquer pessoa pelo preço certo. Qual será a maldita ligação que existe entre eles?

— Talvez não exista ligação alguma. Pode ser apenas um teste. Será que o governador vai atender as exigências ou recusá-las?

— Eles sabem que o governador vai recusá-las. Além do mais, eles não nos deixaram nenhuma via de negociação.

— Então você tem que esperar.

— É. Que lugar de Nova York simboliza o excesso e a futilidade?

— Que lugar daqui não representa isso?

Lealdade Mortal

— Certo. — Eve franziu o cenho e começou a andar de um lado para outro. — Fiz uma pesquisa no nome Cassandra, essa tal grega. Descobri que ela recebeu o dom da profecia de Apolo.

— Sim. Eu diria que este grupo aprecia simbolismo. — Olhou na direção da porta de entrada ao ouvir vozes. — Deve ser Peabody chegando. Esqueça essa história por algumas horas, querida. Vai ser melhor para você.

Roarke se adiantou para cumprimentar Peabody, elogiou-a, dizendo que ela estava linda, e em seguida apertou a mão de Zeke. Ele era tão afável, pensou Eve. O traquejo social de Roarke e o jeito como ele conseguia modificar o seu comportamento de um instante para outro sem grandes sobressaltos a deixavam fascinada.

Ao lado de Zeke, que parecia meio desengonçado e exibia um sorriso estranho, obviamente lutando para não deixar o queixo cair, Roarke tornava o contraste entre eles ainda mais marcante.

— Ofereça o presente a ela, Zeke — sugeriu Peabody, dando-lhe uma cotovelada fraterna nas costelas.

— Ah, sim. Não é nada importante. — Ele exibiu um sorriso tímido para Eve e pegou um pequeno trabalho de entalhe no bolso. — É que Dee me disse que a senhora tinha um gato.

— Bem, tem um gato por aqui que nos deixa morar na casa dele. — Eve se viu sorrindo para uma peça lindamente entalhada, do tamanho de um polegar, que representava um gato adormecido. Era uma peça rústica e simples, mas admiravelmente bem executada. — Veja só... Dormir é o que ele sabe fazer melhor, depois de comer. Obrigada. É linda.

— Zeke faz entalhes.

— Só por diversão — acrescentou ele. — Vi o seu carro lá fora. Parece estar em mau estado.

— E você ainda não ouviu o barulho do motor...

— Posso dar uma olhada e tentar mexer nele.

— Eu agradeceria muito. — Ela já ia sugerir que ele fosse tratar disso naquele exato momento, mas percebeu o olhar de advertência de Roarke e quase mordeu as palavras. — Ahn... Ah... Deixe-me pegar um drinque para vocês primeiro.

Droga de etiqueta, pensou ela.

— Vou querer só um pouco d'água ou talvez um suco, obrigado. Há obras de arte lindíssimas nesta casa — disse ele a Roarke.

— Sim, há. Vamos mostrá-las a você, depois do jantar. — Ele ignorou a careta de Eve e sorriu. — A madeira usada na decoração é quase toda verdadeira. Aprecio os artesãos que constroem coisas para durar muito tempo.

— Não imaginei que tantas peças para decoração de interiores dos séculos 19 e 20 tivessem sobrevivido em uma área urbana como esta. Quando vi a casa dos Branson hoje, fiquei estupefato. Mas esta aqui...

— Você esteve na casa dos Branson? — Eve coçava a cabeça, em dúvida diante das muitas opções de sucos que Summerset preparara. Por fim, serviu algo rosado em um copo.

— Liguei para lá hoje de manhã, a fim de expressar minhas condolências e perguntar se eles não preferiam adiar o trabalho para o qual me contrataram. — Ele aceitou o copo com um sorriso de agradecimento. — Mas a sra. Branson disse que seria bom se eu pudesse passar lá para dar uma olhada nas coisas hoje mesmo à tarde, depois do funeral. Disse que o projeto ajudaria a distraí-los da dor que sentiam.

— Zeke contou que eles têm uma oficina totalmente equipada no subsolo. — Peabody ergueu as sobrancelhas para Eve. — Pelo visto, B. Donald tem alguns hobbies.

— Vem de família.

— Eu ainda não o conheci — acrescentou Zeke. — Foi a sra. Branson que me mostrou a oficina. — Ele passara algum tempo lá embaixo com ela, apenas alguns minutos, mas seu organismo continuava agitado pela emoção. — Vou começar amanhã, trabalhando no próprio local.

— Vai acabar consertando um monte de coisas — disse Peabody.

Lealdade Mortal

— Eu não me importo. Talvez seja melhor eu ir dar uma olhada no carro e ver se posso fazer alguma coisa. — Olhou para Roarke. — O senhor tem alguma ferramenta que possa me emprestar?

— Acho que tenho tudo o que você precisa. Receio, porém, que elas não sejam da marca Branson. Eu uso Steelbend.

— Branson é uma boa marca — disse Zeke, muito sério —, mas a Steelbend é melhor.

Lançando um sorriso ofuscante para a esposa, Roarke colocou a mão sobre o ombro de Zeke.

— Vamos até lá ver o que temos — convidou.

— Ele não é o máximo? — Peabody lançou um olhar afetuoso para o irmão que saía. — Vinte minutos depois de chegar à casa dos Branson ele já estava consertando um cano furado. Não há nada que Zeke não saiba consertar.

— Se ele conseguir manter meu carro longe das garras daqueles macacos da oficina na central, vou ficar grata a ele pelo resto da vida.

— Ele vai conseguir.

Peabody pensou em externar para Eve a sua mais recente preocupação. Algo nos olhos e na voz de Zeke, quando ele falava de Clarissa Branson. Apenas uma paixonite, disse Peabody a si mesma. A mulher era casada e um pouco mais velha que Zeke. Deve ser apenas uma paixonite, repetiu para si mesma, e decidiu que a tenente não era a pessoa mais indicada para compartilhar com ela suas tolas preocupações de irmã. Ainda mais em meio a uma investigação difícil.

Lembrando disso, Peabody suspirou.

— Sei que este não é um bom momento para estreitar laços sociais, Dallas — disse ela. — Assim que Zeke terminar, vamos cair fora.

— Mas nós vamos oferecer um jantar a vocês. Já que a comida está pronta — Eve apontou, de forma casual, para uma bandeja cheia de canapés maravilhosamente dispostos —, seria bom se alguém a comesse.

— Bem, já que você insiste... — Peabody pegou um dos canapés. — Teve notícias do comandante?

— Ainda não. Acho que não vamos ter novidades até amanhã. Aliás, foi bom você me lembrar. Vou precisar de você logo cedo na central, por volta das seis da manhã.

Peabody engoliu o canapé depressa para não engasgar.

— Seis horas da manhã... Que legal! — Soltou um longo suspiro antes de pegar outro canapé. — Parece que vamos ter mesmo que terminar a noite mais cedo.

Capítulo Nove

Caro camarada,

Somos Cassandra.

Somos leais.

Começou. Os estágios preliminares da revolução aconteceram precisamente conforme o planejado. Nossa destruição simbólica da propriedade do capitalista Roarke foi ridiculamente simples. Os policiais, lerdos e ineficientes, estão investigando. As primeiras mensagens da nossa missão já foram transmitidas.

Eles não compreenderão. Não alcançarão a magnitude do nosso poder e dos nossos planos. Nesse instante, correm de um lado para outro como ratos, em busca das migalhas que deixamos para eles.

A adversária que escolhemos investiga a morte de dois peões, mas não enxerga nada. Hoje, a não ser que estejamos enganados a seu respeito, ela irá para onde a conduzimos. Mas não enxergará o verdadeiro caminho a seguir.

Ele sentiria orgulho pelo que conseguimos aqui.

Depois que esta batalha sangrenta for vencida, tomaremos o lugar que era dele. Aqueles que se mantiveram fiéis ao grupo e a ele se juntarão a nós. Camarada, mal podemos esperar pelo dia em que ergueremos a nossa bandeira sobre a nova capital da nova ordem. Depois que todos os responsáveis pela morte do nosso mártir morrerem em meio à dor e ao terror.

Eles pagarão com medo, com dinheiro e com sangue. Um a um, cidade após cidade, nós, que somos Cassandra, destruiremos aquilo que eles veneram.

Reúna os fiéis hoje, camarada, e veja o noticiário. Ouvirei seus gritos de triunfo, apesar dos quilômetros que nos separam.

Somos Cassandra.

Zeke Peabody era um homem consciencioso. Sua crença era realizar um bom trabalho, dedicar todo o seu tempo à sua atividade, oferecer a ela toda a sua atenção e habilidade. Aprendera carpintaria com o seu pai, e tanto o pai quanto o filho se sentiram orgulhosos quando o menino se mostrou ainda melhor que seus antepassados.

Ele fora criado sob os preceitos da Família Livre, e os princípios da sua fé encaixavam-se nele como uma luva. Era tolerante com os outros; parte do seu conhecimento incluía a simples constatação de que a raça humana era constituída de indivíduos diferentes, que tinham o direito de trilhar seu próprio caminho.

Sua irmã, por exemplo, escolheu seu destino e resolveu ser uma policial. Nenhum membro da Família Livre jamais portara armas, nem usara uma delas contra outra criatura. Mas sua família tinha orgulho por Dee ter escolhido o seu caminho. Este, afinal, era o fundamento da Família Livre.

Um dos mais doces benefícios da encomenda que ele aceitara era a oportunidade que tinha de passar algum tempo em companhia da irmã. E sentira muita satisfação em vê-la em ação no meio que escolhera e também em explorar a cidade que ela escolhera como lar. Sabia também que a divertia ao arrastá-la com ele pela cidade, pelos pontos turísticos mais óbvios que havia no disco-guia.

Lealdade Mortal

Estava também muito satisfeito com a oficial superior da irmã. Dee escrevera para casa contando inúmeras histórias sobre Eve Dallas, e Zeke a imaginava como uma mulher complexa e fascinante. Mas vê-la ao vivo era ainda melhor. Ela possuía uma aura muito forte. Os brilhos trêmulos de violência que percebera o haviam preocupado, a princípio, mas o núcleo da aura da tenente cintilava de compaixão e lealdade.

Ele pensou em sugerir que ela tentasse fazer meditação, a fim de diminuir as cintilações fortes de sua aura, mas teve receio de ofendê-la. Algumas pessoas se magoavam com isso. Por fim, achou que talvez aquela nuvem escura fosse necessária para o tipo de trabalho que ela desempenhava.

Ele sabia aceitar estas coisas, mesmo sem compreendê-las por completo.

De qualquer modo, alegrava-se por saber que, depois que o seu trabalho terminasse, ele poderia voltar para casa muito satisfeito e contente, vendo que sua irmã encontrara o seu lugar e estava junto das pessoas que precisava acompanhar em sua caminhada.

Conforme lhe fora ordenado, dirigiu-se à entrada de serviço da mansão dos Branson. O criado que o recebeu era alto, tinha olhos frios e modos formais. A sra. Branson, que insistira em que ele a chamasse de Clarissa, o avisara de que todos os serviçais eram andróides. Seu marido os considerava mais discretos e eficientes do que os equivalentes humanos.

O criado lhe mostrou a oficina do subsolo, perguntou se precisava de alguma coisa e o deixou sozinho.

Ali, sem mais ninguém, ele sorriu como um menino.

A oficina era quase tão bem equipada quanto a que Zeke montara em casa. À sua volta, embora ele não tivesse a intenção de usá-los, havia as comodidades de um computador, um sistema de *telelinks*, um telão, um aparelho de realidade virtual e um tubo de relaxamento. Um andróide deixado ali para trabalhar como seu assistente estava em um canto, desligado.

Zeke passou as mãos sobre a peça de carvalho maciço com a qual seria maravilhoso trabalhar e pegou os projetos. Ele fizera tudo em papel e não em disco. Preferia criar seus desenhos em papel, com um lápis comum, tal como fizeram seu pai e seu avô.

Daquele jeito era mais pessoal, pensou Zeke, era mais como uma parte de si mesmo. Espalhando os diagramas com cuidado sobre a bancada, ele pegou sua garrafa de água da mochila e bebeu alguns goles, pensativo, enquanto visualizava o projeto surgindo, passo a passo.

Ofereceu o trabalho que executaria ao poder que lhe deram o conhecimento e a habilidade de criar e tirou as primeiras medidas da madeira.

Quando ouviu, ao longe, a voz de Clarissa, seu lápis vacilou sobre o papel. Um rubor já lhe subia pelo pescoço quando se virou para trás. O fato de não haver ninguém ali só serviu para ele enrubescer ainda mais. Ele andava pensando demais nela, censurou-se. Não tinha o direito de pensar na mulher de outro homem. Não importava o quão adorável ela fosse; não importava o quanto seus olhos grandes e sofridos o atraíssem.

E especialmente por causa disso.

Por estar perturbado, levou alguns instantes para perceber que os sons abafados que ouvira lhe chegavam aos ouvidos através dos antigos tubos de ventilação interna da casa. Eles deveriam estar lacrados, refletiu, pois já não serviam de nada. Resolveu perguntar a ela se queria que ele cuidasse disso, enquanto estivesse ali.

Não dava para distinguir as palavras, não que ele fosse tentar ouvir o que ela dizia, garantiu a si mesmo. Não queria nunca, nunca mesmo, se intrometer na privacidade de outra pessoa. Simplesmente reconheceu a voz dela pelo tom, pelo fluxo suave das suas palavras, e seu sangue correu mais depressa dentro das veias.

Riu consigo mesmo e voltou às medidas, assegurando-se de que não era errado admirar uma mulher por sua beleza e por seus modos gentis. Ao ouvir uma voz masculina se juntar à dela, assentiu com a cabeça. Era o marido. Sempre era bom ele se lembrar de que ela era casada.

E tinha um padrão de vida elevado, acrescentou para si mesmo, levantando a pesada tábua com uma força inesperada para alguém com o corpo alto, magro e desengonçado. O estilo de vida que ela desfrutava ficava a léguas de distância do dele.

Não obstante, ao colocar a tábua junto da serra, pronto para fazer os primeiros cortes, percebeu que o tom das vozes se modificara. Eram vozes enfurecidas, agora, em um tom mais baixo, mas emitidas de forma clara o bastante para ele distinguir algumas palavras.

— Sua vaca burra! Saia da minha frente!

— B. D., por favor. Pelo menos me escute...

— Para quê? Para ouvir mais choramingos? Você me dá náuseas!

— Eu só quero...

Ouviu-se um golpe, algo se espatifou, e Zeke recuou com o susto. Em seguida, veio a voz de Clarissa implorando:

— Não, não... Não faça isso.

— Então veja se você lembra quem é que manda por aqui, sua idiota!

Outro estrondo, o de uma porta batendo, seguido pelo som de um choro feminino convulsivo e sentido.

Ele não tinha o direito de ouvir as discussões íntimas de um casal, disse Zeke a si mesmo. Não tinha o direito de ir até lá em cima, a fim de confortá-la.

Mas, por Deus, como é que alguém podia ameaçar a sua companheira de existência de forma tão insensível e cruel? Ela deveria ser amada e embalada nos braços.

Desprezando a si mesmo só por imaginar uma coisa daquelas, por se ver subindo as escadas e apertando o corpo de Clarissa contra o seu, Zeke colocou os protetores de ouvido e devolveu-lhe a privacidade, que era um direito dela.

* * *

— Obrigada por modificar a sua agenda para vir até aqui.

Eve recolheu o casaco largado sobre a cadeira, de pernas bambas, e tentou não ficar lembrando o tempo todo que a sua sala minúscula e entulhada era completamente diferente do elegante consultório onde a dra. Mira recebia seus clientes.

— Sei que você está correndo contra o relógio, Eve. — Mira olhou em volta da sala. Estranho, analisou para si mesma, que ela jamais tivesse estado na sala de Eve antes. Duvidava muito que a dedicada tenente se desse conta de o quanto aquela salinha entulhada combinava com ela. Nada de enfeites nem objetos rebuscados. E pouquíssimo conforto.

Ela se sentou na cadeira que Eve lhe indicou, cruzou as pernas lisas como seda e levantou uma sobrancelha ao perceber que Eve continuava de pé.

— Eu devia ter ido até a senhora, doutora. Nem sequer tenho como oferecer aquele chá especial que a senhora tanto aprecia.

— Café seria ótimo. — Mira simplesmente sorriu.

— Isso eu tenho! — Ela se virou para o AutoChef, que fez pouco mais do que cuspir algumas gotas escuras. Eve deu um soco nele com a base da mão. — Ah, essa droga de redução de verbas! Qualquer dia desses eu vou pegar cada peça dessa sucata de equipamento com a qual eles me obrigam a trabalhar e vou varejar tudo pela janela. E tomara que todos os bundões da manutenção estejam reunidos lá embaixo na calçada na hora em que eu fizer isso.

Mira riu e olhou para a janela demasiadamente estreita com o vidro sujo.

— Eve, você vai ter dificuldades para conseguir espremer essas máquinas por aquela janela estreita.

— É, mas eu dou um jeito. Olhe, o café está saindo — informou Eve, ao ouvir o AutoChef tossir e zumbir mais alto. — O resto da equipe está trabalhando em suas respectivas áreas, mas vamos nos encontrar daqui a uma hora. Queria poder lhes passar alguma coisa a respeito da sua avaliação inicial.

Lealdade Mortal

— E eu gostaria de poder lhe oferecer mais do que trouxe. — Mira se recostou, aceitando a caneca de café que Eve lhe entregou. Eram apenas sete da manhã, mas mesmo assim a dra. Mira parecia elegante e resplandecia como uma taça de cristal. Seus cabelos negros estavam suavemente penteados para trás, exibindo-lhe o rosto sereno. Usava um de seus conjuntos discretos e bem talhados, dessa vez em um suave tom de verde-sálvia, ressaltado por um colar de pérolas.

Em seus jeans velhos e o surrado casaco de couro, Eve se sentiu inadequada, com os olhos ardendo e parecendo desleixada.

Ela se sentou, lembrando que Roarke também não descobrira quase nada e lhe dissera o mesmo que a doutora, nas primeiras horas daquela manhã. Ele procurara a noite toda, mas enfrentava equipamentos de primeira linha e mentes tão espertas e complexas quanto a dele. Poderia levar horas, ele explicara, ou até mesmo dias antes de conseguir quebrar os códigos dos intrincados programas de proteção e finalmente atingir o núcleo de Cassandra.

— Conte-me o que a senhora descobriu até agora — pediu Eve, de forma direta, a Mira. — Vai ser muito mais do que eu tenho no momento.

— Esta organização é exatamente isso — começou Mira. — Organizada. Minha suposição é de que o que eles pretendem executar já foi planejado meticulosamente. Queriam atrair a sua atenção, Eve, e conseguiram. Desejavam atrair a atenção dos dirigentes da cidade, e também conseguiram isso. Seus objetivos políticos, porém, me escapam por completo ao entendimento. As quatro pessoas para as quais estão exigindo libertação possuem valores diferentes na esfera política. No entanto, isso é um teste. Será que as suas exigências serão atendidas? Não creio que eles acreditem nisso.

— Mas eles nem ao menos nos ofereceram elementos para negociação.

— Negociação não é o objetivo deles. Capitulação sim. A destruição do prédio ontem de manhã foi apenas uma demonstração. Ninguém ficou ferido e eles podem se gabar disso. Em seguida, eles lhe oferecem a chance de manter as coisas assim. E, então, pedem algo impossível.

— Não consigo fazer ligação alguma entre os quatro nomes da lista. — Eve se sentou e pousou o tornozelo da perna direita sobre o joelho da esquerda. Passara várias horas, durante a madrugada, tentando encontrar conexões entre os nomes, enquanto Roarke pesquisava sobre Cassandra. — Não existe nenhum dogma político que os una, como a senhora disse. Não existem associações, nem membros, nem idades em comum, nem histórias semelhantes, pessoais ou criminais. Nada os liga uns aos outros. Eu diria que eles escolheram esses quatro nomes por sorteio, só por diversão. Estão pouco ligando se eles vão voltar às ruas ou não. É só uma cortina de fumaça.

— Concordo. Saber disso, porém, não diminui a ameaça do que virá em seguida. Esse grupo se autodenomina Cassandra, e a organização é uma subsidiária do Monte Olympus, de modo que o simbolismo está bem evidente. Poder e profecia, é claro, mas também um distanciamento entre eles e os mortais. A crença, a arrogância de que eles, ou quem quer que os lidere, têm o conhecimento superior e a habilidade de nos governar, pobres mortais. Talvez até se importem conosco, à maneira implacável e fria típica dos deuses. Poderão nos usar, como fizeram com Howard Bassi, sempre que tivermos o potencial de sermos úteis aos seus propósitos. E depois de acabarmos nossa tarefa seremos recompensados ou punidos, conforme acharem mais adequado.

— E quanto a essa nova república, o novo reino?

— Será o deles, é claro. — Mira tomou um pouco do café e deliciou-se ao perceber que se tratava da marca maravilhosa produzida por Roarke. — Uma ordem estabelecida sob os princípios deles, suas regras e sua gente. É o tom do discurso que me preocupa, mais até do que o conteúdo, Eve. Por trás de tudo senti a alegria de dizê-lo. "Somos Cassandra" — acrescentou, para exemplificar. — Trata-se de um grupo ou de uma pessoa que se imagina muitas? Se essa última opção for o caso, você está lidando com uma mente inte-

Lealdade Mortal

ligente, mas doentia. "Somos leais." Essa lealdade, podemos imaginar, é dedicada à organização, à missão. E ao grupo terrorista Apolo, do qual Cassandra herdou o dom da profecia.

— "Temos boa memória" — murmurou Eve. — Devem ter mesmo. O grupo terrorista Apolo foi desmantelado há mais de trinta anos.

— Você deve notar o uso constante do pronome no plural. Repare também nas frases declarativas curtas, sempre seguidas pelo jargão político, pela propaganda e pelas acusações. Não há nada de novo aí, nada de original. São declarações recicladas, muitas delas de mais de três décadas atrás. Mas não imagine que isso significa que eles não estejam mais avançados nas formas de operação. A fundação pode estar desgastada e ser pouco original, mas creio que as intenções do grupo e a sua capacidade operacional estão vivas e em boa forma. Eles procuraram você — continuou a doutora — porque a respeitam e possivelmente admiram, de soldado para soldado. Quando vencerem, como acreditam que acontecerá, sua vitória terá um gostinho especial pelo fato de seu oponente ser valoroso.

— Preciso saber qual é o alvo deles.

— Sim, sei que precisa. — Mira fechou os olhos por um instante. — Um símbolo. Mais uma vez, deve ser algo de valor. Um local de excesso, eles dizem, e de futilidade. Onde os mortais olham boquiabertos para outros mortais. Talvez um teatro.

— Ou uma boate, ou estádio. Pode ser qualquer coisa, do Madison Square Garden a uma espelunca sexual da avenida C.

— Mais provavelmente o primeiro do que a segunda. — Mira colocou o café de lado. — Trata-se de um símbolo, Eve, um marco da cidade. Algo que iria provocar impacto.

— O primeiro alvo foi um depósito vazio. Não provocou um grande impacto.

— Mas o local pertencia a Roarke — assinalou Mira, e viu Eve piscar os olhos. — Isso atraiu a sua atenção. Eles querem manter você focada nisso.

— A senhora acha que eles vão atacar outro dos seus prédios? — Eve se levantou. — Nossa, isso não diminui nem um pouco o campo de busca. Aquele homem é dono de quase toda essa droga de cidade.

— Isso incomoda você? — perguntou Mira, mas logo em seguida se deu conta do que perguntara e quase riu de si mesma. — Desculpe, Eve, foi uma pergunta instintiva, típica de psicóloga. Eu acho que essa é uma boa possibilidade, já que eles deram dicas de que talvez se foquem nas propriedades de Roarke. Claro que não é uma certeza, na verdade é pouco mais que um palpite, mas você terá que começar por algum lugar.

— Tudo bem, vou falar com ele.

— Concentre-se em prédios importantes, algo que transpire tradição.

— Certo, vou começar.

— Acho que não fui de muita ajuda. — Mira se levantou.

— Eu não lhe dei muito material para trabalhar, doutora. — Nesse instante, Eve enfiou as mãos nos bolsos. — Estou me sentindo meio como um peixe fora d'água. Estou acostumada a lidar com assassinatos diretos, não ameaças de destruição em massa.

— E os procedimentos são diferentes?

— Não sei. Ainda não me senti dentro da questão, estou rodeando o problema, antes de abordá-lo. Só que, enquanto estou nisso, tem alguém com o dedo no botão.

Ela tentou pegar Roarke em casa, antes de ele sair, e deu sorte.

— Faça-me um favor — pediu ela, assim que ele atendeu. — Trabalhe em casa hoje.

— Por algum motivo em particular?

Quem poderia garantir, pensou ela, que o saguão suntuoso, os teatros e salões do prédio onde funcionava o escritório principal de Roarke, no centro da cidade, não o transformavam no alvo perfeito?

O problema é que, se ela lhe falasse das suas suspeitas, ele iria para lá em dois tempos para fazer uma busca e vistoriar tudo pessoalmente. Ela não podia se arriscar.

— Eu não gosto de lhe pedir isso — disse Eve —, mas, se você conseguisse continuar trabalhando aí em casa naquele projeto de ontem à noite, isso seria de grande ajuda.

Ele analisou a expressão dela.

— Tudo bem — disse, por fim. — Acho que dá para ajeitar os meus horários. De qualquer modo, estou rodando um programa de pesquisa automática sobre o nome.

— Sim, mas você consegue fazer as coisas mais depressa quando trabalha nelas pessoalmente.

— Acho que isso foi quase um elogio. — Roarke levantou uma sobrancelha.

— Não comece a se inflar de orgulho não. — Ela recostou na cadeira e tentou parecer casual. — Escute, eu estou meio atolada de trabalho no momento, mas será que você pode me repassar alguns dados, agora?

— Dados de que tipo?

— A lista de suas propriedades em Nova York...?

— Todas? — O espanto o fez erguer as duas sobrancelhas.

— Eu já expliquei que estou meio atolada — disse Eve, com um tom seco. — Não posso esperar uma década, mais ou menos, até conseguir fazer o levantamento de tudo. Quero só os mais importantes, os muito antigos e atraentes.

— Por quê?

Por quê? Droga!

— É que estou fazendo uma pesquisa cruzada. Pontas soltas. Rotina.

— Querida Eve... — Ele não sorriu ao dizer isso e começou a tamborilar sobre a mesa.

— Que foi?

— Você está mentindo para mim.

— Não estou não. Puxa vida, é só uma mulher pedir alguns dados básicos para um cara, dados aos quais ela, sendo sua esposa, tem todo o direito de acessar, e ele a chama de mentirosa.

— Agora eu tenho certeza de que você está mentindo. Você vive se lixando para as minhas propriedades e odeia quando eu a chamo de minha "esposa".

— Não odeio não. É o *tom* que você usa que não me agrada. Ah, esqueça o assunto! Não é nada importante mesmo.

— Qual das minhas propriedades você acha que vai servir de alvo?

Ela bufou com força.

— Se eu soubesse, acha que não contaria para você? Escute, apenas me envie os dados, tá legal? Deixe-me fazer meu trabalho.

— Vou enviá-los. — Os olhos dele ficaram tão frios quanto a voz. — E se você souber ao certo qual é o alvo me avise. Estarei em meu escritório no centro da cidade.

— Droga, Roarke...

— Faça o seu trabalho, tenente, que eu vou fazer o meu.

Antes de ela ter chance de xingá-lo, ele desligou. Eve chutou a mesa.

— Sujeito chato, teimoso, filho-da-mãe! — Sem hesitar, Eve mandou os procedimentos regulamentares para o espaço e ligou pessoalmente para Anne Malloy.

— Preciso que você mande agora mesmo uma equipe especializada em explosivos para um edifício no centro da cidade. Quero que eles façam uma busca completa com varredura eletrônica.

— Você localizou o alvo?

— Não. — Eve disse isso entre dentes, mas forçou o maxilar a relaxar. — Trata-se de um favor, Anne. Desculpe por pedir. Mira acredita que uma das propriedades de Roarke será o alvo mais provável para o ataque que será efetuado agora de manhã. Ele está indo para o escritório, e eu...

— Diga o endereço — interrompeu Anne, falando depressa — e vamos agitar.

Eve fechou os olhos e procurou respirar devagar.

— Obrigada, Anne. Fico lhe devendo uma...

— Não, nada disso. Eu também tenho marido e faria a mesma coisa.

— Continuo lhe devendo, mesmo assim. Outros dados estão chegando — acrescentou ao ouvir a máquina apitar —, mas já temos por onde começar. Vou vasculhar as outras possibilidades e tentar diminuir a lista até a hora da nossa reunião.

— Cruze os dedos, Dallas — disse Anne, e desligou.

— Peabody! — chamou Eve, pelo comunicador. — Venha até a minha sala.

Tornando a sentar, passou os dedos pelos cabelos e pegou os dados que Roarke lhe enviara.

— Pronto, senhora — apresentou-se Peabody, entrando na sala. — Já peguei os relatórios sobre os discos do caso Cassandra. A análise não mostrou nada. São mídias normais, não foram marcadas nem possuem impressões digitais. Não há como rastrear a sua origem.

— Puxe uma cadeira — ordenou Eve. — Consegui uma lista de alvos em potencial. Vamos rodar um programa de probabilidades nela para ver se a encurtamos.

— Como foi que a senhora chegou especificamente a estes endereços?

— O palpite de Mira é que devemos procurar por uma boate ou teatro. Eu concordo com ela. Ela também acha que existe grande possibilidade deles escolherem novamente um dos lugares que pertencem a Roarke.

— Faz sentido — concordou Peabody, depois de um momento. Sentou-se ao lado de Eve, e seu queixo caiu ao ver a lista que ia aparecendo na tela. — Puxa vida! *Todos* esses lugares pertencem a ele?

— Não comece — murmurou Eve. — Computador, analisar os dados atuais, selecionar os locais considerados marcos ou símbolos tradicionais da cidade de Nova York e listar os escolhidos. Acrescentar também prédios famosos e locais históricos.

Processando...

— Boa idéia — disse Peabody. — Sabe de uma coisa? Eu estive em um monte desses lugares com Zeke. Teríamos ficado ainda mais impressionados se soubéssemos que você era a dona de tudo.

— O dono é Roarke.

Dados completados.

O computador foi tão rápido e eficiente que Eve olhou para a tela, meio desconfiada.

— Por que será que o sistema está funcionando tão bem hoje, Peabody?

— É melhor isolar. Bata na madeira três vezes quando fizer afirmações como essa, tenente. — As sobrancelhas de Peabody se uniram quando ela começou a analisar os nomes. — A lista continua imensa.

— Bem feito para ele. Quem mandou gostar de coisas antigas? O cara tem fixação por troços velhos. — Eve suspirou fundo. — Muito bem, estamos pensando em boates ou teatros... Mortais olhando boquiabertos para outros mortais... Computador, qual dos teatros dessa lista está apresentando peças ou musicais na data de hoje, em horário de matinê?

Processando...

— Eles querem gente lá dentro — murmurou Eve, enquanto o computador arrotava, sem muita consideração. — Vidas perdidas. Não apenas um grupo de turistas, nem alguns empregados. Eles querem a casa cheia. Pretendem causar impacto.

— Se você estiver certa, ainda temos tempo para impedi-los.

— Ou podemos também evacuar o lugar errado enquanto um bar no meio da cidade vai pelos ares. Muito bem, muito bem — concordou Eve com a cabeça ao ver os novos dados surgindo. — Assim é melhor, uma lista mais viável, melhor para se trabalhar. Computador, copie os dados atuais em um disco e imprima a lista.

Eve consultou o relógio e se levantou.

— Vamos levar esse material agora mesmo para a sala de conferências, Peabody. — Pegou a lista impressa e olhou para ela, incrédula. — Mas que diabos é isso aqui?

Lealdade Mortal

Peabody olhou por cima do ombro de Eve.

— Acho que é japonês. Eu avisei para você bater três vezes na madeira, Dallas.

— Pegue essa porra de disco. Se estiver em japonês também, Feeney pode passar a lista pelo tradutor eletrônico. Vou jogar tudo pela janela... — resmungou ela ao sair da sala. — Qualquer dia desses eu vou jogar tudo pela janela!

O disco apresentou a lista em mandarim, mas Feeney lidou com o problema e colocou os endereços no telão.

— O perfil preliminar feito pela dra. Mira — começou Eve —, bem como as análises que o sistema fez dos dados indicam que estes são os alvos mais prováveis. Todos eles são complexos voltados para o entretenimento, lugares famosos ou que estão no local onde marcos importantes da cidade foram destruídos. Todos têm programação para a tarde de hoje.

— Esse é um bom ângulo. — Anne enfiou as mãos nos bolsos de trás da calça enquanto analisava a tela. — Vou enviar equipes para fazer busca e varredura eletrônica nesses locais.

— De quanto tempo você vai precisar? — perguntou Eve.

— Cada segundo — respondeu ela, pegando o comunicador.

— Nada de homens uniformizados, quero todos à paisana, e os veículos também devem parecer civis — disse Eve, falando depressa. — Talvez eles estejam vigiando esses locais, não podemos entregar o jogo.

Assentindo com a cabeça, Anne começou a ladrar ordens no comunicador.

— Conseguimos passar pelos bloqueios de segurança do cofre de Armador — disse Feeney, informando-as a respeito dos progressos da sua divisão. — O velho canalha codificou todos os dados. Estou rodando um programa de decodificação, mas ele fez um trabalho excelente. Vai levar mais algum tempo.

— Vamos torcer para que haja algo que valha a pena ver nesses arquivos.

— McNab já rastreou alguns nomes conseguidos na máquina mais antiga de Armador. E marcamos alguns interrogatórios para hoje ao meio-dia.

— Ótimo.

— As equipes estão agindo. — Anne guardou o comunicador. — Vou entrar em campo. Aviso assim que descobrir alguma coisa. E, Dallas... — acrescentou ela, a caminho da porta. — Com relação àquele endereço sobre o qual conversamos mais cedo, o local está limpo.

— Obrigada.

— Disponha. — Anne lançou um sorriso para Eve.

— Vou trabalhar nos códigos, até aparecer mais alguma coisa para fazermos. — Feeney pegou o seu saquinho de amêndoas cobertas de açúcar. — Esse tipo de coisa acontecia o tempo todo durante as Guerras Urbanas. Na maior parte das vezes nós conseguíamos suprimir ou minimizar os ataques, mas eles contam com recursos em maior número e mais rápidos hoje em dia.

— Sim, mas nós também somos em maior número e mais rápidos.

— Tem toda razão, garota. — Ele lhe lançou um sorriso leve.

Eve esfregou os olhos ao se ver a sós com Peabody. As três escassas horas que ela conseguira dormir naquela noite ameaçavam enevoar seu cérebro.

— Acompanhe as coisas pelo computador, aqui mesmo da minha sala, Peabody. À medida que as equipes de Anne Malloy forem fazendo seus relatórios, vá ajustando a lista. Vou me reportar ao comandante Whitney e depois vou sair em campo. Mantenha-me atualizada.

— Eu poderia ser mais útil no trabalho de campo junto com você, Dallas.

Eve lembrou o quanto estivera perto de ver sua assistente ser morta uma vez, havia pouco tempo, e balançou a cabeça.

— Preciso de você aqui. — Foi tudo o que disse e saiu.

Lealdade Mortal

Uma hora depois, Peabody estava não apenas terrivelmente entediada, mas também muito irritada. Quatro prédios haviam sido marcados na lista como limpos, mas ainda havia uma dúzia à espera de vistoria, e faltavam apenas duas horas para o meio-dia.

Ela vagueou pela sala, bebendo café sem parar. Tentou pensar como um terrorista político. Eve conseguia fazer isso, conforme Peabody bem sabia. Sua tenente era capaz de se colocar na mente de um criminoso, caminhar como se fosse ele e visualizar uma cena sob o ponto de vista de um assassino.

Peabody invejava essa habilidade, embora por diversas vezes tivesse lhe ocorrido que aquilo não devia ser nada confortável.

— Se eu fosse um terrorista político, que local de Nova York procuraria destruir para servir de declaração?

Pontos turísticos badalados, pensou Peabody. O problema era que ela sempre evitara lugares daquele tipo. Viera para Nova York a fim de ser uma policial e sempre evitara visitar, deliberadamente — e por uma questão de orgulho, imaginava —, todos os lugares turísticos óbvios.

A verdade é que ela nunca estivera nem mesmo dentro do Empire State, nem do Metropolitan, até que Zeke...

Sua cabeça se elevou de repente e seus olhos se iluminaram. Ela ia ligar para Zeke. Ela sabia que ele estudara o seu disco-guia com os pontos importantes de Nova York de cabo a rabo e o conhecia de trás pra frente. Em que lugar ele, um ávido turista vindo do Arizona, iria assistir a uma matinê da Broadway num dia de semana?

Virou-se da janela e se preparou para correr na direção do *tele-link*, mas armou uma cara feia quando McNab entrou na sala.

— Oi, coisinha linda, eles deixaram você mofando aqui com trabalho burocrático também?

— Estou ocupada, McNab.

— Sei, dá pra notar. — Foi andando bem devagar até o AutoChef e apertou um botão. — Essa máquina não tem café.

— Então, vá procurá-lo em outro lugar. Isso aqui não é cafeteria. — Ela o queria fora dali por uma questão de princípios e também para não dar a ele a chance de sorrir de deboche quando ela ligasse para o irmão mais novo.

— Gosto daqui. — Em parte por querer saber e em parte por desejar irritá-la, ele se inclinou para a tela do monitor. — Quantos locais já foram eliminados?

— Caia fora daqui! Estou pesquisando coisas nessa máquina. Isso aqui é trabalho, McNab.

— Ei, por que está tão nervosinha hoje? Você e Charlie tiveram um arranca-rabo?

— Minha vida pessoal não lhe diz respeito. — Ela tentou exibir um ar de dignidade, mas algo nele sempre a impedia. Marchando com decisão até onde ele estava, deu-lhe uma cotovelada para afastá-lo dali. — Por que não vai brincar um pouco com a sua placa mãe?

— Acontece que eu sou parte dessa equipe. — Para irritá-la ainda mais, encostou o traseiro na mesa. — Além disso, minha patente na força é maior que a sua, amorzinho.

— Deve ser por algum defeito no sistema. — Ela cutucou-lhe o peito com o dedo. — E não me chame de "amorzinho". Meu nome é Peabody. Policial Peabody, e eu não preciso de um mané de bunda magra metido a esperto cheirando o meu cangote quando estou trabalhando.

Ele baixou a cabeça e fixou o olhar no dedo que ela mantinha em seu peito, cutucando-o. Quando tornou a levantá-la, ela ficou ligeiramente surpresa ao ver que seus olhos verdes, geralmente alegres e brincalhões, haviam se transformado em lanças de gelo.

— É melhor tomar cuidado comigo.

O tom gélido de sua voz pegou-a de surpresa também, mas ela fora longe demais para recuar.

— Cuidado por quê? — perguntou ela, e o cutucou alegremente mais uma vez.

— Por atacar fisicamente um oficial superior. Não posso mais tolerar seu jeito abusado sem tomar uma providência.

Lealdade Mortal

— *Meu* jeito abusado? Você é que aparece para xeretar nos meus assuntos toda vez que eu pisco o olho, e sempre vem cheio de comentários e piadinhas. Tenta dar palpites nos meus casos e...

— *Seus* casos, é? Agora você está com mania de grandeza.

— Os casos de Dallas são meus casos também. E não precisamos de você dando palpites por aqui. Não precisamos que apareça aqui o tempo todo com suas brincadeiras sem graça e piadinhas idiotas. E também *não preciso* responder a perguntas sobre o meu relacionamento com Charles, que é um assunto totalmente particular e não lhe diz respeito.

— Sabe do que é que você precisa, Peabody?

Já que ela elevara a voz e falava com ele aos gritos, McNab elevou a sua também e se levantou, colocando-se de frente, com os sapatos encostados nos dela, quase nariz com nariz.

— Não, McNab, do que você acha que eu preciso?

Ele não tinha a intenção de fazer aquilo. Não planejara o gesto. Bem, talvez tivesse planejado. De um jeito ou de outro o fez. Agarrou-a pelos braços, apertou-a com força e, de repente, sua boca fazia um excelente trabalho, devorando a dela.

Peabody emitiu um som, algo que parecia o *glub* de um nadador que engolira água sem querer. Em algum lugar por baixo do seu transbordamento de cólera, ele sabia que ela provavelmente ia lhe dar um tapa na cara assim que se recobrasse do choque. Mesmo assim, *que se dane*, ele ia curtir o momento por completo.

Ele a aprisionou entre a mesa e o próprio corpo, e curtiu o máximo que um homem poderia saborear daquele momento, em goles longos e gulosos.

Ela estava paralisada. Aquela era a única explicação racional para o fato de aquele sujeito abusado continuar grudado em sua boca, em vez de estar caído no chão com algum osso fraturado e sangrando.

Ela só estava sofrendo de algum tipo de colapso cerebral, ou então... Nossa, quem poderia imaginar que um idiotinha irritante sabia beijar tão bem daquele jeito?

O sangue simplesmente desapareceu da sua cabeça e a deixou zonza. Ela só descobriu que não estava realmente paralisada, quando seus braços se apertaram em volta dele e a sua boca começou a acompanhar o ritmo da ação com vida própria.

Seu corpo executava uma luta contra o dele que mais parecia uma dança e eles se agarraram com mais força, quase se mordendo. Alguém gemeu. Alguém praguejou. Então, os dois estavam olhando um para o outro com olhos arregalados, sem fôlego.

— O que... que diabos foi isso? — A voz dela saiu parecendo um grasnar.

— Não sei. — Ele respirou devagar e exalou o ar com força. — Mas vamos fazer de novo.

— Minha nossa, McNab! — A voz de Feeney explodiu na porta da sala quando ele pegou os dois tentando se desvencilhar um do outro, como dois coelhos. — Que diabos você está fazendo?

— Não estou fazendo nada. Nada — disse ele, com a voz ofegante, para em seguida tossir e piscar duas vezes para clarear a visão. — Não estou fazendo nada — disse pela terceira vez. — Nada mesmo, capitão.

— Minha Nossa Senhora do Fogaréu! — Feeney passou as duas mãos pelo rosto e as manteve lá. — Vamos todos fingir que eu não vi o que vi. Não vi nada, nadinha mesmo! Acabei de entrar aqui nesta sala. Compreenderam?

— Sim, senhor — assentiu Peabody, com voz decidida, rezando para que o rubor que sentia queimando-lhe o rosto desaparecesse antes do fim da década.

— Sim, senhor. — McNab deu um passo longo para o lado, afastando-se de Peabody.

Feeney baixou as mãos e analisou os dois. Ele já colocara no xadrez casais que pareciam se sentir menos culpados do que aqueles dois, pensou com um suspiro profundo.

— O alvo foi localizado — informou, por fim. — É o Radio City Music Hall.

Capítulo Dez

Ia dar tempo. Tinha que dar tempo, foi tudo o que Eve se permitiu pensar. Usava a vestimenta antitumulto: o colete à prova de balas e o capacete antiassalto com viseira reforçada. Tudo aquilo, ela bem sabia, adiantaria tanto quanto a pele nua, se não houvesse tempo.

Mas tinha de dar tempo. Aquela era a única opção viável para ela, para o esquadrão antibomba e para os civis que eles trabalhavam freneticamente para tirar do local.

O palco principal do Radio City Music Hall atraíra uma platéia compacta: turistas, moradores da cidade de Nova York, crianças em idade pré-escolar acompanhadas pelos pais e babás, grupos de alunos com professores e monitores. O barulho era grande e o público não estava apenas inquieto, mas também revoltado.

— Cada ingresso custou entre cem e duzentos e cinqüenta dólares, tenente. — A loura de um metro e oitenta, que se identificara como gerente do teatro, corria ao lado de Eve como um cavalo de guerra viking. A indignação e a agonia lutavam em sua voz: — A senhora faz idéia do quanto vai ser complicado conseguir reembolsar esse público, encaixar as pessoas em novas datas ou marcar um espetáculo extra? Estamos com lotação esgotada até o fim da temporada!

— Escute aqui, irmāzinha, o seu show vai realmente arrebentar se nós não conseguirmos fazer nosso trabalho em paz, e você vai ver seu palco ir pelos ares em tantos pedaços que alguns deles vão cair lá em Hoboken, Nova Jersey — afirmou Eve, dando uma cotovelada forte para colocar a mulher de lado, pegando o comunicador logo em seguida. — Malloy? Quero o status da operação!

— Múltiplos dispositivos foram descobertos, Dallas. Já localizamos e neutralizamos dois. A varredura eletrônica indicou outros seis. As equipes já se dispersaram por todo o local, fazendo buscas. O palco possui quatro elevadores, e cada um deles desce oito metros, até o subsolo. Detectamos pontos com possíveis bombas instaladas em todos eles e estamos agitando o máximo possível por aqui.

— Pois agitem mais rápido — ordenou Eve, enfiando o comunicador de volta no bolso e se virando para a mulher ao seu lado. — Caia fora daqui!

— Claro que não! Sou a gerente deste lugar.

— Não queira bancar o capitão desse navio que está afundando. — Como a mulher era uns vinte e cinco quilos mais pesada que a tenente e parecia irritada o bastante para garantir uma briga movimentada e divertida, Eve ficou tentada a arrastá-la para fora dali pessoalmente. Era uma pena ela estar sem tempo disponível para isso. Lamentando-se, fez sinal para dois policiais corpulentos e, indicando a mulher, levantou o polegar. — Retirem isso daqui! — Foi tudo o que disse e forçou caminho por entre a multidão ruidosa e inconformada por estar sendo evacuada do local.

Adiante, Eve conseguiu ver o palco gigantesco. Uma dúzia de policiais cobertos de equipamentos antitumulto estava enfileirada na borda do palco. Todos estavam prontos para impedir que alguém da platéia entrasse nos bastidores. As pesadas cortinas vermelhas permaneciam abertas e as brilhantes luzes do palco estavam todas acesas. Ninguém, pensou Eve, confundiria as figuras abrutalhadas com as famosas Rockettes.

Bebês choravam, idosos se queixavam e algumas meninas com uniforme de escola choramingavam baixinho, agarradas a bonecas Rockette compradas como suvenir.

A desculpa de um grande vazamento de água impedira o pânico, mas não servira para aumentar a cooperação dos civis.

As equipes de evacuação faziam progresso, mas não era fácil tirar milhares de pagantes do teatro aquecido sem eles terem assistido ao show e levá-los para o frio lá de fora. O saguão da casa de espetáculos estava completamente lotado.

E ainda havia inúmeras outras salas menores, corredores, vestíbulos. Atrás da área aberta ao público havia camarins, centros de controle, escritórios. Cada um daqueles locais tinha de ser esvaziado, revistado e protegido.

Se o pânico se instalasse ali, refletiu Eve, haveria centenas de vítimas antes de a multidão conseguir alcançar as portas de saída. Pegando um megafone, ela subiu em uma imensa mesa em estilo art déco e olhou para baixo, na direção da multidão que reclamava ao ser empurrada através do saguão grandioso, decorado em cristal estilizado e metal cromado.

Eve ligou o megafone.

— Somos do Departamento de Polícia da Cidade de Nova York — anunciou, fazendo a voz ecoar pelas paredes. — Agradecemos a sua cooperação. Por favor, não bloqueiem as saídas. Continuem a caminhar em direção à rua. — Ignorando os gritos e perguntas lançados em sua direção, repetiu as instruções mais duas vezes.

Uma mulher com colar de pérolas apertou os tornozelos de Eve e ameaçou:

— Eu conheço o prefeito. Vou contar a ele sobre o que está acontecendo aqui.

Eve concordou com a cabeça e lançou-lhe um sorriso gentil.

— Mande lembranças para o prefeito e, por favor, saia de forma ordenada. Desculpe por alguma inconveniência.

A palavra *inconveniência* deixou a multidão colérica. Os gritos aumentaram, enquanto os policiais guiavam com firmeza as pessoas através das portas. Eve acabara de colocar o megafone de lado a fim de pegar o comunicador e se informar novamente sobre o status da operação quando viu alguém entrando em vez de sair.

Seu sangue ferveu na mesma hora, enquanto Roarke deslizava com suavidade através da multidão, indo em direção a ela. Seus dentes começaram a ranger de raiva ao olhar para ele.

— Que diabo você acha que está fazendo?

— Assegurando-me de que o meu teatro... e a minha esposa — acrescentou, de propósito, para fazê-la rugir ainda mais — não voem pelos ares.

Ele pulou com agilidade sobre a mesa onde ela estava e pegou o megafone, pedindo:

— Posso...?

— Isso é propriedade da polícia, meu chapa.

— Então é de baixa qualidade, mas deve servir.

Então, bem-vestido como sempre e com voz suave, dirigiu-se à multidão agitada:

— Senhoras e senhores, os funcionários e artistas do Radio City Music Hall pedem desculpas por este contratempo. Todos os ingressos e despesas extras com transporte serão totalmente reembolsados. Uma data alternativa será marcada para uma apresentação especial da matinê cancelada, sem encargos adicionais, para qualquer espectador que queira assistir a ela. Agradecemos a sua compreensão.

O barulho continuou elevado, mas o tom de revolta diminuiu consideravelmente. Roarke teve vontade de explicar a Eve que o dinheiro falava mais alto.

— Você é mesmo muito hábil, não? — resmungou ela ao descer da mesa.

— Você não precisava que eles saíssem mais depressa? — perguntou ele, com simplicidade. — Como vai a operação?

Lealdade Mortal

183

Eve esperou até ele descer da mesa e entrou em contato com Anne.

— Já conseguimos evacuar cerca de cinqüenta por cento das pessoas — informou Eve pelo comunicador. — Isso está indo muito devagar. Como vão as coisas por aí?

— Igual a você. Conseguimos achar metade das bombas. Acabamos de desativar uma que estava instalada no console do órgão e continuamos trabalhando em outra no fosso da orquestra agora. Estamos quase conseguindo desarmá-la, e todos os outros se espalharam pelo teatro. Mas não temos pessoal suficiente.

Com o canto dos olhos, Eve notou que Roarke verificava alguma coisa em um rastreador de mão. Aquilo lhe provocou uma fisgada na barriga.

— Mantenha-me informada. Câmbio final. Quanto a você... — disse, virando-se para Roarke — ... caia fora!

— Não. — Ele nem se deu ao trabalho de olhar para ela, mas colocou uma das mãos em seu ombro para impedi-la de atacá-lo. — Uma das bombas está na passarela acima da platéia. Vou trabalhar nessa.

— O único trabalho que você vai ter é o de cair fora, e agora mesmo.

— Querida Eve, nós dois sabemos que não temos tempo para discussões. Se os terroristas estiverem com este prédio sob vigilância, já sabem que descobrimos o alvo e podem detonar as bombas a qualquer momento.

— É por isso mesmo que todos os civis... — disse ela, mas parou de falar porque ele lhe dera as costas e se misturara à multidão com rapidez. — Droga, droga, droga! — Lutando contra o pânico que começava a surgir dentro dela, Eve forçou a passagem e se lançou atrás de Roarke.

Alcançou-o no momento em que ele destrancava uma porta lateral e conseguiu passar por ela logo depois dele.

A porta bateu sozinha, trancou-se automaticamente e os dois se olharam com cara feia.

— Não preciso de você aqui! — disseram ao mesmo tempo. Roarke quase riu com isso.

— Deixe pra lá. Só não quero que você me atrapalhe — disse ele, movendo-se com rapidez por entre vãos e subindo estreitos degraus de metal para continuar pelos corredores cheios de curvas. Eve economizou saliva. Agora eles estavam naquilo até o pescoço para ganhar ou perder.

Dava para ouvir o eco das vozes, vindo de baixo, como um zumbido que saía das paredes grossas. Ali o teatro era simples e funcional, como um ator sem trajes especiais nem maquiagem.

Roarke subiu por outro lance de escadas, ainda mais estreitas que as anteriores, e saiu em um lugar que parecia o deque de um navio.

O lugar parecia flutuar acima dos assentos confortáveis e proporcionava uma visão geral do palco, mais abaixo. Como a altura não estava no topo de sua lista de coisas favoritas, Eve virou o rosto para o outro lado, onde viu uma quantidade maciça de complicados painéis de controle entre grossos rolos de cordas e equipamentos.

— Onde... — começou ela e perdeu a fala ao vê-lo dar um passo à frente onde não existia piso algum.

— Não demoro — prometeu ele.

— Minha nossa, Roarke. Espere!... — Ela se lançou no chão, foi até a ponta da plataforma e viu que, na verdade, ele não estava caminhando no ar. Pelo ângulo em que ela o via, porém, era como se estivesse. A passagem não tinha mais de sessenta centímetros de largura e atravessava o teatro de um lado a outro, como uma espécie de ponte, por entre refletores gigantescos, outras cordas, roldanas e vigas de metal.

Quando Eve pisou na passarela atrás dele, seus ouvidos começaram a zumbir. Ela seria capaz de jurar que seu cérebro estava solto dentro do crânio.

— Para trás, Eve, não seja teimosa!

— Cale a boca, simplesmente cale essa boca! Onde está a maldita bomba?

— Aqui. — Pelo bem de ambos, Roarke se recusou a pensar no medo que Eve tinha de altura e torceu para ela fazer o mesmo. Com agilidade, girou o corpo, se ajoelhou e se inclinou para fora de um jeito que fez o estômago de Eve dar uma cambalhota. — Está bem debaixo dessa passarela.

Ele passou o rastreador pelo local, enquanto Eve se agachava e ficava de quatro, agarrada com firmeza à plataforma. Manteve os dentes cerrados e se obrigou a olhar para Roarke. *Não olhe para baixo*, aconselhou a si mesma. *Não olhe para baixo.*

É claro que ela olhou para baixo.

A multidão diminuía agora e alguns atrasadinhos corriam, apressados pelos policiais. Os três especialistas do esquadrão anti-bomba que trabalhavam no fosso da orquestra pareciam bonequi-nhos, mas Eve conseguiu ouvir os gritos de triunfo que eles soltaram através do zumbido em seus ouvidos.

— Conseguiram desarmar mais uma.

— Hum. — Foi o único comentário de Roarke.

Com mãos suadas, Eve atendeu o comunicador, que apitava com uma mensagem de Anne.

— Dallas falando...

— Desarmamos mais duas. Estamos quase lá. Estou enviando uma equipe para a passarela que fica sobre a platéia e outra...

— Eu estou na passarela. Estamos trabalhando para desarmar esta aqui.

— Estamos...?

— Vá cuidar do resto. — Eve piscou para ajudar a clarear a vista e viu Anne andando a passos largos sobre o palco, levantando a cabeça. — Estamos com tudo sob controle aqui.

— Peço a Deus que estejam. Malloy desligando...

— Estamos *mesmo* com tudo sob controle, Roarke?

— Hum... Trata-se de um dispositivozinho danado de esperto! Seus terroristas têm muita grana, tenente. Feeney está fazendo falta aqui em cima — disse ele, com ar distraído, e então pegou uma minilanterna e a entregou a Eve.

— Aponte a luz nesta direção.

— Que direção?

— Bem aqui — indicou ele, e então levantou a cabeça e viu que ela estava pálida e suada. — Deite de barriga, querida, e respire fundo.

— Eu sei como respirar! — reagiu ela, e se deitou no chão. Seu estômago dava voltas, mas sua mão estava firme como rocha.

— Ótimo, muito bem! — Ele também se esticou no chão, colocando-se de frente para Eve, seus narizes quase se tocando, e começou a trabalhar com uma pequena ferramenta que cintilava sob as luzes que vinham lá de baixo. — Eles querem que eu corte essas pontas aqui, mas, se eu fizer isso, nós vamos ser reduzidos a pedaços pequenos e pouco atraentes. Os fios estão aqui só para enganar — explicou ele, com a maior naturalidade, ao mesmo tempo que removia, com todo o cuidado, uma tampa oculta. — Viu só? As pontas eram só um chamariz. Eles quiseram que isto aqui parecesse uma bomba comum quando, na realidade... ah, veja só esta belezinha... É um dispositivo altamente sofisticado, feito de plaston, com disparador por controle remoto.

— Puxa, que fascinante! — exclamou Eve, ainda mais ofegante. — Desarme logo esse troço!

— Normalmente eu admiro o seu estilo "vamos arrombar de uma vez", tenente, mas, se eu fizer as coisas desse jeito, nós dois vamos estar fazendo amor no céu hoje à noite.

— O céu não aceitaria nenhum de nós.

Ele sorriu.

— Para onde quer que fôssemos, então. É esse chip aqui que eu preciso soltar. Vire a luz mais um pouquinho. Isso, bem aí! Vou ter que usar as duas mãos, Eve, e vou precisar das suas também.

— Pra quê?!

— Para pegar o chip no ar, quando ele pular. Se eles foram tão espertos quanto eu imagino, usaram um chip de impacto. Isso significa que se essa belezinha cair lá embaixo vai destruir umas doze

Lealdade Mortal 187

fileiras de poltronas e abrir uma cratera no chão do meu teatro. Além, é claro, de nos sacudir para fora desse poleiro com o deslocamento de ar. Pronta?

— Ah, claro. Superpronta! — Eve enxugou a mão suada nos fundilhos e a trouxe de volta. — Então você acha que poderemos continuar transando depois de morrer, seja lá para onde formos?

— Ah, claro, com toda a certeza — afirmou ele, levantando a cabeça tempo o bastante para lançar-lhe um sorriso. Tomou a mão dela, apertou-a com força e tornou a se concentrar no chip. Você vai ter que se inclinar um pouquinho para fora. Mantenha os olhos fixos no que eu estou fazendo. E se ligue quando o chip pular...

Eve esvaziou a mente e lançou o corpo um pouco para fora, deixando a cabeça e os ombros sem apoio. Olhou fixamente para a pequena caixa preta, viu os fios coloridos e o verde-escuro do fundo da placa.

— É este aqui! — Ele encostou a ponta da espátula em um chip cinza, pouco maior que a ponta do dedo mindinho de um bebê.

— Estou vendo. Resolva logo isso.

— Não o aperte depois de pegá-lo. Seja gentil. No três, então... Um... dois. — Ele deslizou a ponta da espátula em volta do chip, apertando-o com suavidade. — Três! — A pecinha pulou, depois de soltar um estalo que pareceu uma bomba aos ouvidos de Eve. Caiu em cima de sua palma aberta e deu um pulinho. Ela fechou os dedos, sem apertar.

— Peguei!

— Agora, não se mexa.

— Não pretendo ir a lugar algum.

Roarke se colocou de quatro e pegou um lenço. Segurando a mão de Eve, ele abriu seus dedos com todo o carinho, pinçou o chip com os dedos e o colocou no centro do pano de seda, dobrando em seguida o lenço, com cuidado, para depois tornar a dobrá-lo.

— Não está tão protegido como deveria, mas é melhor que nada. — Guardou-o no bolso de trás da calça. — A não ser que eu sente em cima dele, está tudo bem.

— Veja lá, hein? Tome cuidado. Gosto muito dessa sua bundinha para vê-la explodir em mil pedaços. Agora, como é que a gente desce daqui?

— Podíamos ir andando de volta pelo mesmo caminho por onde viemos. — Um brilho surgiu em seus olhos no instante em que ele se colocou em pé. — Ou podemos descer de um jeito mais divertido.

— Não estou a fim de me divertir.

— Pois eu estou. — Pegando-a pela mão para ajudá-la a ficar em pé, ele estendeu a mão para pegar uma corda e a segurou com força. — Sabe qual era a matinê de hoje?

— Não.

— A remontagem da peça infantil favorita de várias gerações, *Peter Pan*. Segure firme, querida.

— Não inventa! — Mas Roarke já a puxara mais para perto e, em uma reação instintiva, os braços dela se agarraram com força em volta dele. — Vou matar você por isso!

— É fantástica a cena em que os piratas balançam até o palco, pendurados nessa corda. Respire fundo — sugeriu ele, antes de se largar no ar, dando uma risada.

Eve sentiu uma lufada de vento que arrancou seu estômago fora e o deixou lá atrás. Pelos seus olhos vidrados viu cores e formas passarem em um borrão. A única coisa que a impediu de dar gritos aterrorizados foi o orgulho, e mesmo assim ela quase não se segurou ao passar sobre o fosso da orquestra.

Então o maluco com quem ela, por algum motivo, se casara cobriu a sua boca com a dele, em um beijo ardente. Uma bola de desejo se acendeu dentro dela, misturada com terror. O efeito desses dois sentimentos bambeou-lhe os joelhos, que se dobraram sem firmeza assim que suas botas alcançaram o chão firme.

— Pode se considerar um homem morto. Você já era.

Ele tornou a beijá-la e deu uma risadinha junto dos lábios de Eve.

Lealdade Mortal

— Valeu a pena viver.

— Uma bela entrada em cena — elogiou Feeney, com o rosto amarrotado e cansado, caminhando na direção deles. — Agora, crianças, quando acabarem de brincar de Tarzan e Jane, ainda temos duas bombas para desarmar.

Eve deu uma cotovelada em Roarke, para afastá-lo dela, e conseguiu se manter em pé sem ajuda.

— Os civis foram evacuados?

— Sim, estão todos lá fora. Se os canalhas respeitarem o prazo, talvez consigamos. Já estamos bem perto, mas...

Ele parou de falar ao ouvir um estrondo surdo por baixo deles que fez o palco estremecer. Acima deles, as luzes e cabos balançaram loucamente.

— Caramba! Merda! — Eve pegou seu comunicador na mesma hora. — Anne Malloy? Quero um relatório completo. Anne...? Está me ouvindo?

Chiados e zumbidos encheram o ar, e Eve segurou com força o ombro de Feeney até ouvir um estalo em meio à estática.

— Malloy falando. Conseguimos conter os efeitos da bomba. Não há feridos nem baixas. O temporizador se armou sozinho e tivemos que cobrir o dispositivo e detoná-lo. Repito, não há feridos. A área sob o palco é que ficou arrasada.

— OK. Certo. — Eve esfregou a mão sobre o rosto. — Qual é o status da operação?

— Conseguimos desativar todas as outras, Dallas. O prédio está limpo.

— Vá direto para a sala de conferências da central depois de proteger o local para a perícia. Bom trabalho! — Desligou e lançou um olhar rápido para Roarke. — Fique junto de mim, meu chapa. — Lançando um amistoso aceno de cabeça para Feeney, afastou-se dali a passos largos. — Vamos precisar de todos os dados sobre a segurança deste teatro, além de uma lista completa de todas as pessoas que trabalham aqui. Técnicos, artistas, o pessoal da manutenção e da administração. Todos.

— Solicitei uma lista com os dados completos de todo mundo assim que soube que o alvo era este local. A relação já deve estar à sua espera na central.

— Ótimo. Agora você pode voltar a comprar os seus planetas. Fique fora do meu caminho. E me entregue aquele chip.

— Que chip? — perguntou ele, erguendo uma sobrancelha.

— Não seja metido a esperto! Quero o chip de impacto, ou sei lá como o troço se chama.

— Ah, *aquele* chip... — Parecendo cooperar, ele pegou o lenço no bolso e o desdobrou com todo o cuidado. Não havia nada dentro. — Puxa, acho que devo tê-lo perdido em algum lugar.

— *Aqui*, seu engraçadinho — reagiu Eve, com um gesto feio. — Me entregue a porcaria desse chip, Roarke! É uma prova!

Sorrindo suavemente, ele balançou o lenço no ar e encolheu os ombros.

Ela chegou junto dele até seus sapatos se tocarem.

— Me entregue essa porcaria de chip, Roarke! — repetiu ela, sibilando de raiva. — Se você não me der, vou mandar deixar você pelado até a peça aparecer.

— Vocês não podem me deixar pelado aqui sem um mandado. A não ser, é claro, que você queira me revistar sem roupa pessoalmente, e nesse caso eu estaria disposto a abrir mão de alguns dos meus direitos civis.

— Esta é uma investigação oficial.

— Mas o alvo era propriedade minha... Duas vezes. E foi a minha mulher também... Duas vezes. — Seus olhos ficaram muito frios. — Você sabe onde me achar se precisar de mim, tenente.

Ela o agarrou pelo braço.

— Se esse "minha mulher" é o seu novo jeito de dizer "minha esposa", continuo não gostando da nova expressão.

— Eu sabia que você não ia gostar. — Deu-lhe um carinhoso beijo na testa. — Nos vemos em casa.

Lealdade Mortal

Ela nem se deu ao trabalho de fazer cara feia. Em vez disso, entrou em contato com Peabody para avisá-la de que toda a equipe estava a caminho da central.

Clarissa entrou quase correndo na oficina onde Zeke trabalhava nas ranhuras e encaixes de uma peça que estava sobre a bancada. Ele levantou a cabeça, surpreso, e notou que os olhos dela estavam arregalados e o rosto vermelho.

— Você soube do que aconteceu? — perguntou ela. — Alguém colocou uma bomba no Radio City Music Hall.

— O teatro? — O cenho de Zeke se franziu e ele colocou as ferramentas de lado. — Por quê?

— Não sei. Por dinheiro ou algo assim, imagino. — Ela passou a mão pelos cabelos. — Ah, vejo que você não está com o telão ligado. Pensei que tivesse visto o noticiário. Eles ainda não deram muitos detalhes, só que o prédio foi vistoriado e não há mais perigo.

Ela balançou as mãos no ar como se não soubesse o que fazer com elas.

— Não queria interromper o seu trabalho — desculpou-se.

— Está tudo bem. Aquele é um lugar tradicional, muito antigo e lindíssimo. Por que alguém iria querer destruí-lo?

— As pessoas são muito cruéis. — Ela passou a ponta dos dedos ao longo das tábuas lixadas que estavam em uma pilha sobre a bancada auxiliar. — Às vezes não há motivos para o que as pessoas fazem. Elas simplesmente o fazem. Eu costumava ir ao show de Natal que é apresentado lá, todos os anos. Meus pais me levavam. — Ela sorriu de leve. — São boas recordações. Acho que foi por isso que eu fiquei tão abalada ao saber da notícia. Bem, agora vou deixá-lo trabalhando em paz.

— Estava mesmo na hora de eu fazer um intervalo. — Ela parecia solitária... e mais que isso. Zeke tinha certeza. Por educação, evitou olhar além dela e explorar a sua aura. Já conseguia ver o bastante em seu rosto. Ela usara muitos cosméticos para disfarçar, mas a marca roxa em sua face ainda era visível, bem como os olhos vermelhos de tanto chorar.

Zeke abriu sua mochila e pegou uma garrafa de suco.

— Aceita um pouco...? — ofereceu a ela.

— Não... Sim! Sim, acho que aceito. Você não precisava trazer o próprio lanche, Zeke. O AutoChef aqui de baixo está bem abastecido.

— É que eu costumo trazer meu próprio lanche de casa. — Sentindo que ela precisava daquilo, lançou-lhe um sorriso. — Tem copos por aqui?

— Ahn...? Ah, claro. — Ela abriu uma porta e saiu da oficina.

Ele procurou não prestar atenção nela, mas não conseguiu. Era um prazer especial vê-la se movimentar, com nervos que pareciam à flor da pele sob um exterior de formosa graça. Ela era tão pequena, tão linda.

E tão triste.

Tudo dentro dele lutava para confortá-la.

Ela voltou com dois copos altos, transparentes, colocou-os sobre a bancada e pôs-se a apreciar o trabalho dele.

— Você já fez tanta coisa! Eu nunca acompanhei etapa por etapa a fabricação de algo feito à mão, mas pensei que levasse muito mais tempo.

— É só uma questão de foco no que está sendo feito.

— Você ama o seu trabalho. — Ela olhou para ele com os olhos um pouco mais brilhantes e o sorriso um pouco mais largo. — Dá para notar. Eu me apaixonei pelo seu trabalho assim que tive contato com ele, levada pela emoção pura que percebi nele.

Ela parou de falar e riu de si mesma.

— Pensar algo assim é ridículo. Estou sempre dizendo alguma coisa ridícula.

— Não, não é. Pelo menos no que me diz respeito. — Zeke pegou um dos copos que enchera e ofereceu-o a Clarissa. Ele não se sentiu com a língua presa nem terrivelmente envergonhado junto dela, como muitas vezes acontecia ao lidar com mulheres. Ela precisava de um ombro amigo, e isso fazia toda a diferença. — Meu pai me ensinou que, quando colocamos algo de nós mesmos no trabalho, o recebemos de volta em dobro.

— Que simpático. — Seu sorriso se apagou um pouco. — É tão importante ter uma família. Sinto saudades da minha. Perdi meus pais há doze anos, mas ainda tenho saudade deles.

— Sinto muito.

— Eu também. — Ela provou a bebida, parou e tornou a prová-la. — Puxa, isto aqui está delicioso. O que é?

— Trata-se de uma das receitas de minha mãe. É o suco de várias frutas, com predominância de manga.

— Puxa, é uma delícia! Eu bebo café demais. Faria melhor se tomasse sucos como este.

— Posso trazer-lhe uma jarra, se quiser.

— Que amabilidade, Zeke. Você é um homem gentil. — Ela colocou a mão sobre a dele. Quando seus olhos se encontraram, ele sentiu o coração pular dentro do peito e cair no chão. Nesse instante, ela retirou a mão e desviou o olhar. — Estou sentindo... ahn, um cheirinho delicioso. De madeira.

Tudo o que ele conseguia sentir era o perfume dela, tão suave e delicado quanto a sua pele. As costas de sua mão, no ponto em que ela o tocara, começaram a latejar.

— A senhora se machucou, sra. Branson.

— Como? — perguntou ela, virando-se rapidamente.

— Seu rosto está com uma mancha roxa.

— Oh. — Uma onda de pânico encheu seu olhar e ela levou a mão ao local onde a marca aparecia sob a maquiagem. — Ah, não foi nada. Eu... tropecei, hoje de manhã. Sou meio desastrada, me movimento depressa demais sem olhar para onde vou. — Colocou o copo de lado, mas tornou a levantá-lo. — Eu pedi para você me chamar de Clarissa. Sra. Branson é um tratamento formal demais.

— Posso preparar um ungüento para a sua contusão... Clarissa.

Os olhos dela se encheram d'água, quase a ponto de transbordar.

— Não foi nada, mas obrigada, de qualquer modo. Agora eu devo ir embora para deixar você trabalhar em paz. B. D. detesta quando eu interrompo o que ele está fazendo.

— Pois eu aprecio companhia. — Ele deu um passo à frente. Era fácil imaginar-se esticando a mão e tomando-a nos braços, simplesmente para embalá-la, apenas isso. Mesmo que fosse apenas isso, porém, ele sabia que seria pedir demais. — Você gostaria de ficar?

— Eu... — Uma lágrima solitária transbordou e escorreu-lhe pelo rosto, de forma maravilhosa. — Sinto muito, sinto muitíssimo. Não estou em meu normal hoje. Foi o meu cunhado... acho que o choque... e tudo o mais. Não fui nem capaz de... B. D. detesta demonstrações públicas de emoção.

— Você não está em público.

De repente ele estava esticando os braços e envolvendo-a, e viu que o corpo dela cabia ali como se tivesse sido feito sob medida. Ele simplesmente a manteve ali, quietinha, apenas isso. E lamentou consigo mesmo por ser tão pouco.

Ela chorou baixinho, quase em silêncio, com o rosto enterrado contra o peito de Zeke e os punhos apertados contra as suas costas. Ele era alto, forte e sua gentileza era inata. Como ela imaginou que seria.

Quando as lágrimas diminuíram, ela suspirou uma e depois outra vez.

— Você é adorável — murmurou ela —, e paciente, por deixar uma mulher que mal conhece chorar assim em seu ombro. Eu sinto muito, de verdade. Acho que não me dei conta de que havia tanta coisa represada dentro de mim.

Ela relaxou um pouco e lhe ofereceu um sorriso molhado. Seus olhos brilharam com as lágrimas no instante em que elevou o corpo para pousar um beijo no rosto dele, de leve.

— Obrigada. — Ela tornou a beijar-lhe o rosto, do mesmo modo suave, mas seus olhos estavam sombrios e seu coração golpeava-lhe o peito.

Lealdade Mortal

As mãos que ela mantinha fechadas de encontro às costas dele se abriram, acariciando-o, e sua respiração ficou ligeiramente mais ofegante no instante em que seus lábios se abriram de leve.

Então, de algum modo, sem refletir nem pensar, os lábios dele se encontraram com os dela. De forma tão natural quanto respirar, suave como uma promessa sussurrada. Ele a puxou para junto de si e ela também, em um beijo que fez Zeke girar de forma delicada até não haver mais tempo nem espaço para ele, exceto o aqui e o agora.

Ela sentiu-se derreter junto de Zeke, músculo por músculo, osso por osso, parecendo tão perdida naquele momento mágico quanto ele. De repente, porém, estremeceu com violência de encontro a ele.

Ela recuou, muito vermelha, com os olhos arregalados de choque.

— A culpa foi... a culpa foi toda minha. Desculpe. Não estava raciocinando direito. Sinto muito.

— Não, a culpa foi minha. — Ele parecia tão pálido quanto ela estava enrubescida, e também muito abalado. — Perdoe-me.

— Você está apenas sendo gentil. — Ela pressionou a mão contra o próprio coração, como se tentasse impedi-lo de saltar para fora do peito. — Esqueci como são essas coisas. Por favor, Zeke, não vamos mais pensar nisso.

Manteve os olhos grudados nos dela e assentiu com a cabeça bem devagar, enquanto sua pulsação lembrava o barulho de mil tambores.

— Se é isso o que você quer...

— É como as coisas devem ser. Eu deixei de ter escolhas há muito tempo. Preciso ir. Gostaria apenas... — Ela desistiu de completar a frase e balançou a cabeça com força. — Preciso ir — repetiu e saiu dali correndo.

Sozinho, Zeke espalmou as mãos sobre a bancada, inclinou-se para a frente e fechou os olhos. Em nome de Deus, o que ele estava fazendo? Por Deus, o que fizera?

Caíra de quatro, completamente apaixonado por uma mulher casada.

Capítulo Onze

— Senhora. — No instante em que Eve entrou na sala de conferências, Peabody se colocou de pé. A tensão era visível em seus lábios comprimidos. — Chegou outra mensagem para a senhora.

— Cassandra? — Eve tirou o casaco.

— Não tirei o disco da embalagem, mas o examinei com cuidado. Não tem perigo.

Assentindo com a cabeça, Eve pegou o pacote e o girou na mão. Era idêntico ao primeiro.

— O resto da equipe já está a caminho — informou Eve. — Onde está McNab?

— Como é que eu vou saber?! — Essa frase saiu quase como um grasnado, o que fez Eve olhar para trás, a tempo de ver Peabody enfiando as mãos nos bolsos para depois tirá-las e cruzar os braços diante do peito. — Não sou babá dele e não ligo a mínima para onde possa estar.

— Pois encontre-o, Peabody — disse Eve, com o que imaginou ser um tom de admirável paciência. — E traga-o aqui.

Lealdade Mortal 197

— Ahn... O oficial superior dele é quem deveria convocá-lo.

— Pois a *sua* oficial superior está mandando que você localize o bunda-magra e o traga até aqui. Agora! — Irritada, Eve se largou sobre uma cadeira e abriu o pacote. Examinou o objeto prateado por alguns segundos e o enfiou no drive do computador. — Rodar disco!

Processando... O conteúdo é um arquivo de texto, conforme apresentado a seguir...

Somos Cassandra.

Somos os deuses da justiça.

Somos leais.

Tenente Dallas, apreciamos muito os acontecimentos desta manhã. Não estamos desapontados, em absoluto, por termos escolhido você como nossa adversária. Em menos tempo do que o exigido por nossa mensagem você conseguiu localizar o alvo descrito. Ficamos satisfeitos em reconhecer os seus talentos.

Talvez você imagine que saiu vencedora desta batalha. Embora devamos congratulá-la pelo seu trabalho decisivo e ágil, devemos também informá-la de que o trabalho da manhã foi apenas um teste. Uma rodada preliminar.

A primeira leva de especialistas da polícia entrou no prédio-alvo exatamente às onze horas e dezesseis minutos. A remoção dos espectadores começou oito minutos depois. Você chegou ao local doze minutos depois do processo de evacuação ter sido iniciado.

A qualquer momento, durante todo o processo, o alvo poderia ter sido destruído. Mas nós preferimos apenas observar.

Achamos interessante o fato de Roarke ter se envolvido pessoalmente no evento. Sua chegada foi um bônus inesperado e nos permitiu avaliar o trabalho que vocês desempenharam juntos. A tira e o capitalista.

Perdoe-nos por acharmos divertido o seu medo de altura. Ficamos, porém, muito impressionados ao ver que, apesar desse pormenor, você executou com precisão as suas tarefas de ferramenta do Estado fascista. Não esperávamos menos que isso de você.

Ao ativar o temporizador do último dispositivo, o nosso intuito foi oferecer-lhes tempo para que ele fosse detonado com o máximo de segurança. A tenente Malloy poderá confirmar que sem esse tempo extra e sem as precauções de segurança que foram tomadas várias vidas seriam perdidas, bem como grandes prejuízos materiais seriam infligidos.

Não seremos tão benevolentes com o próximo alvo.

Nossas exigências deverão ser atendidas em quarenta e oito horas. Além das demandas iniciais, exigimos agora o pagamento de sessenta milhões de dólares em títulos ao portador, em papéis no valor de cinqüenta mil dólares cada. Os capitalistas, verdadeiros donos do poder ao forrar os bolsos e torturar as massas, devem pagar agora na moeda que eles adoram.

Assim que a confirmação da libertação dos nossos compatriotas for ratificada, daremos instruções mais detalhadas sobre como a penalidade monetária deverá ser cumprida.

Para mostrar o nosso firme compromisso com a causa, uma pequena demonstração do nosso poder será dada, precisamente, às quatorze horas desta tarde.

Somos Cassandra.

— Uma demonstração? — Eve olhou para o relógio. — Em dez minutos. — Pegou o comunicador. — Malloy, você ainda está no prédio-alvo?

— Sim, só para garantir.

— Tire todo mundo daí imediatamente e esperem lá fora por uns quinze minutos. Depois, faça outra varredura eletrônica no local.

— Este lugar está limpo, Dallas.

— Faça o que eu disse, mesmo assim. Depois dos quinze minutos, peça a Feeney para enviar uma equipe de especialistas. Esse lugar aí está cheio de grampos. Eles acompanharam todos os nossos movimentos. Vamos precisar que todos os grampos sejam localiza-

Lealdade Mortal

dos e recolhidos para análise, mas saiam daí por ora e fiquem fora do prédio até depois das quatorze horas.

Anne abriu a boca, mas logo desistiu de fazer perguntas e concordou com a cabeça.

— Positivo, Dallas. Estarei na central em trinta minutos.

— Você acha que alguma das bombas não foi localizada pelos sensores? — quis saber Peabody, quando Eve desligou.

— Não, mas não quero arriscar. Não podemos examinar todos os prédios da cidade. Eles querem nos mostrar o quanto são poderosos e cruéis. Então vão fazer alguma coisa ir pelos ares. — Eve se afastou da mesa e caminhou até a janela. — E não há nada que eu possa fazer para detê-los.

Observou a vista de Nova York, os prédios antigos com revestimento de tijolinhos, e os novos, revestidos de aço, as multidões que lotavam as passarelas aéreas e calçadas, o tráfego frenético e nervoso das ruas, o ribombar de tudo isso pelo ar.

Servir e proteger, pensou. Esse era o seu trabalho. Essa era a sua promessa. E agora tudo o que podia fazer era observar e esperar.

McNab entrou na sala e procurou olhar para todos os lugares, menos para Peabody. Preferiu fingir que ela não estava ali.

— Mandou me chamar, tenente?

— Veja o que consegue com este disco que eu acabei de rodar. Faça cópias do texto, uma para mim e outra para o comandante. Como estão as tentativas com o código dos arquivos de Armador?

— Acabei de decifrá-lo. — McNab permitiu a si mesmo um sorriso convencido e lançou um olhar malicioso, meio de lado, para Peabody. Ele segurava um disco, orgulhoso, e tentou não demonstrar irritação ao ver que Peabody virou a cara para o outro lado e começou a examinar as unhas.

— Por que diabos você não avisou isso logo que chegou? — reclamou Eve, indo até onde ele estava e arrancando o disco de sua mão.

Insultado, McNab abriu a boca, mas tornou a fechá-la com força ao perceber, com o canto dos olhos, o risinho debochado de Peabody.

— Tinha acabado de decifrá-lo quando fui chamado — disse ele, com firmeza. — Ainda não tive tempo de ler todo o conteúdo dos arquivos — continuou, enquanto Eve colocava o disco para rodar. — Uma rápida olhada, porém, mostrou que ele especificou todos os materiais que utilizou, todos os dispositivos que construiu, e pode crer que há o bastante deles para riscar do mapa um país do Terceiro Mundo...

Ele fez uma pausa e se colocou, deliberadamente, do outro lado da mesa de Eve, ao notar que Peabody se aproximava do monitor.

— ... Ou uma grande cidade — completou em seguida.

— Quase cinco quilos de plaston — leu Eve.

— Menos de trinta gramas já seriam suficientes para arrasar meio andar da central de polícia — disse McNab. Quando Eve se aproximou do telão, ele deu mais um passo para o lado, a fim de se afastar ainda mais de Peabody, e ela fez o mesmo.

— Temporizadores, controles remotos, ativação de dispositivos por voz, movimento e impacto. — Eve sentiu um friozinho na barriga. — Eles não esqueceram nada. Possuem um monte de sensores, material de segurança e brinquedinhos para vigilância. Armador montou um tremendo arsenal para eles.

— E eles o remuneraram regiamente por isso — murmurou Peabody. — Aqui estão registrados todos os custos, os honorários e os lucros obtidos em cada encomenda, tudo listado direitinho ao lado de cada um dos aparelhos fabricados.

— O cara era um incrível homem de negócios. Armas... — Os olhos de Eve se estreitaram. — Ele também forneceu armas para eles. E estas aqui são do tempo das Guerras Urbanas.

— Ah, é isso que esses códigos indicam? — Interessado, McNab se aproximou. — Não sabia que diabo eram esses números aqui e não tive tempo de pesquisar. Cinqüenta unidades de ARK-95?

— Armas específicas para dispersar tumultos, e são de uso militar. Uma única tropa conseguiria tomar um quarteirão cheio de saqueadores, atordoando-os ou eliminando-os em pouco tempo.

Roarke tinha uma delas em sua coleção. Eve já a testara e se impressionara com a vibração que a arma transmitia aos braços ao ser acionada.

— Para que eles precisariam de armas? — especulou Peabody.

— Quando você começa uma guerra, arma as tropas. Não se trata de uma porcaria de declaração política. — Ela se afastou da mesa. — Isso é fumaça. Eles querem a cidade e não se importam muito se sobrarem apenas ruínas. — Bufou com força. — Mas que diabos eles querem fazer com tantas armas?

Ela se virou para continuar a pesquisa pelo monitor. Sem perceber, tanto Peabody quanto McNab se moveram ao mesmo tempo e seus ombros se tocaram. Eve olhou para trás com cara feia, sem entender, ao notar que os dois pularam cada um para um lado naquele exato momento.

— Mas o que está rolando aí atrás, hein? — quis saber Eve.

— Nada... senhora. — Peabody voltou sua atenção para Eve, enquanto um vermelho forte tomava conta do seu rosto.

— Pois então pare de dançar e entre em contato com o comandante. Peça-lhe que venha se juntar a nós para um relatório atualizado o mais rápido que puder. E informe-o do novo prazo.

— Prazo? — perguntou McNab.

— Recebemos um novo comunicado, com a promessa de outra demonstração às quatorze horas. — Eve olhou para o seu relógio. — Faltam menos de dois minutos. — Não há nada a fazer, pensou, a não ser cuidar do que vai acontecer depois. Voltou-se para a tela.

— Temos a descrição dos dispositivos que Armador fabricou e o número total. Não sabemos, porém, se ele era o único fornecedor do grupo. Por essa lista aqui podemos calcular que ele recebeu mais de dois milhões de dólares, em espécie, durante um período de três meses. Imagino que tenham recolhido todo o dinheiro quando o apagaram.

— Ele sabia que planejavam eliminá-lo — informou McNab, dando uma olhada no arquivo. — Vá para a página 17. Tem uma espécie de diário lá.

Eve fez o que lhe fora sugerido, enfiou as mãos nos bolsos e leu.

É tudo culpa minha, unicamente minha. Quando nos concentramos no dinheiro, não enxergamos o resto. Os canalhas me envolveram, e me envolveram por completo. Isso aqui não se trata de um ataque a banco. Dá para explodir a Casa da Moeda inteira com o material que eu disponibilizei para eles. Talvez seja questão de grana, talvez não. De qualquer modo, estou pouco ligando.

Pelo menos, estava pouco ligando até começar a raciocinar. Até começar a lembrar. É sempre melhor não lembrar. Quando se teve esposa e filhos e eles voaram pelos ares, não se deve ficar pensando nisso pelo resto da vida.

Só que estou pensando nisso agora. Imagino que o que está sendo planejado seja um outro Arlington.

Os dois imbecis com quem estou tratando acham que eu sou velho, ganancioso e burro. Só que eles se enganam. Ainda tenho massa cinzenta suficiente para perceber que não são eles que estão orquestrando esta operação. Não são mesmo! Força bruta é tudo o que eles representam. Músculos mecanizados sem visão. Assim que percebi que havia algo por trás de tudo, adicionei um pequeno bônus em um dos transmissores. A partir daí, tudo que precisei fazer foi me sentar, aguardar e ouvir.

Agora sei quem são e o que pretendem. Canalhas!

Eles vão ter que me liquidar. É a única maneira de se garantirem. Qualquer dia desses, um dos safados vai entrar aqui e cortar a minha garganta.

Preciso desaparecer. Já forneci material suficiente e eles podem me dispensar na primeira oportunidade. Preciso recolher o que con-

Lealdade Mortal

seguir e desaparecer de verdade, ir para bem longe. Eles não conseguirão entrar na minha casa, pelo menos por ora, e também não têm cérebro bastante para acessar esses dados. Este arquivo é minha cópia de segurança. As provas e o dinheiro vão comigo.

Por Deus, estou apavorado!

Forneci a eles material suficiente para mandar esta cidade inteira para o inferno e eles vão utilizá-lo. Logo.

Por dinheiro. Por poder. Por vingança. E também, que Deus nos ajude, por pura diversão.

É um jogo, nada mais que isso. Um jogo disputado em nome dos mortos.

Tenho que desaparecer. Tenho que cair fora. Preciso de tempo para pensar, para entender as coisas. Minha nossa, talvez eu seja obrigado a procurar a polícia. Os velhos tiras canalhas.

Mas, antes disso, vou desaparecer. Se vierem atrás de mim, carrego os dois fantoches que vierem me pegar junto comigo.

— É isso aí... — Eve cerrou os punhos. — Isso é tudo. Ele tinha nomes, tinha dados. Por que o velho teimoso não guardou todas as informações em seu computador? — Ela girou o corpo e começou a andar de um lado para outro. — Em vez disso, o idiota levou tudo com ele, tudo que conseguira contra eles. E quando eles o liquidaram, pegaram tudo.

Ela foi até a janela. A vista de Nova York não se alterara. Já eram duas e cinco da tarde.

— Peabody, preciso de tudo o que pudermos encontrar sobre o Grupo Apolo. Todos os nomes, todos os incidentes e atentados de responsabilidade deles.

— Sim, senhora.

— McNab! — chamou Eve, virando-se para trás, mas parou na mesma hora, quando viu Feeney irromper na sala, parecendo muito abalado e com olhos sombrios. — Meu Deus, Feeney, qual foi o local atingido?

— O Hotel Plaza. O salão de chá inteiro. — Ele foi lentamente até o AutoChef e digitou um pedido de café nos controles. — Eles explodiram tudo e levaram as lojas do saguão; aliás, quase todo o saguão também. Malloy seguiu direto para o local. Ainda não temos estimativa de vítimas.

Ele tomou o café de uma vez só, como se fosse remédio.

— Vão precisar de nós, Dallas — disse por fim.

Eve nunca vivenciara a guerra. Pelo menos, não o tipo de guerra que assassinava em massa, de forma indiscriminada. Sua relação com a morte fora sempre mais pessoal, mais individual. De certa forma, mais íntima. Um corpo, sangue, um motivo, humanidade.

O que via ali não demonstrava intimidade. A destruição completa efetuada a distância apagava até mesmo o odioso laço entre assassino e vítima.

Havia o caos, o soar das sirenes, os gemidos dos feridos, os gritos de horror dos espectadores que assistiam a tudo de perto, entre fascinados e chocados.

A fumaça continuava a subir por entre os escombros do que antes fora uma das elegantes entradas do famoso hotel, a que dava para a Quinta Avenida, e fazia arder os olhos e a garganta. Blocos de concreto e tijolos, pedaços de madeira e metal, resquícios brilhantes de mármore e pedra se misturavam de forma terrível a fragmentos de carne e poças de sangue.

Eve distinguiu pedaços esfarrapados de roupas coloridas, membros decepados, montes de cinzas. E um único pé de sapato... preto, com uma fivela de prata. Um sapato de criança, pensou, e se abaixou para examiná-lo, sem conseguir evitar. Era um sapato brilhante que pertencia, talvez, a uma garotinha lindamente vestida para tomar chá. Agora, o objeto se mostrava fosco e exibia respingos de sangue.

Ela tornou a se levantar e ordenou ao coração que se acalmasse e à mente que clareasse, para não perder a objetividade, e começou a circular pelo local, por entre os escombros e as vidas perdidas.

Lealdade Mortal

— Dallas!

Eve se virou e viu Nadine, de salto alto e meias finas, tentando abrir caminho entre os escombros.

— Vá para trás do cordão de isolamento, Nadine. É lá que a imprensa deve ficar.

— Ninguém instalou um cordão de isolamento. — Nadine levantou a mão para ajeitar o cabelo, mas o vento o jogou novamente sobre o seu rosto. — Dallas. Meu santo Cristo! Eu participava de um almoço daqueles com discurso, no Waldorf, quando soube do que houve aqui.

— Dia cheio! — resmungou Eve.

— Sim. Pra todo mundo. Não pude acompanhar a história do Radio City Music Hall porque tinha o compromisso do almoço, mas a emissora me manteve a par de tudo. Que diabos está acontecendo? Soube que foi você quem comandou a evacuação do local. — Fazendo uma pausa, olhou para a destruição à sua volta, antes de continuar. — Aquilo não foi um cano arrebentado coisa nenhuma. Nem isso aqui...

— Não tenho tempo para você agora, Nadine.

— Dallas. — Nadine agarrou Eve pelo braço e a segurou com firmeza. Seus olhos, ao olhar para Eve, estavam abalados de tanto horror. — As pessoas precisam saber — disse ela, baixinho. — Elas têm o direito de saber.

Eve sacudiu o braço para soltá-lo. Já avistara a câmera por trás de Nadine e o microfone sem fio preso em sua lapela. Todos tinham o seu trabalho. Eve sabia disso, compreendia a situação.

— Não tenho nada a acrescentar ao que você está vendo aqui, Nadine. Esta não é a hora nem o local para declarações. — Tornando a olhar para o sapato de criança com fivela de metal, acrescentou: — Estas mortes falam por si.

Nadine acenou para fazer recuar o seu operador de câmera. Levantando a mão, cobriu o microfone e falou com suavidade:

— Você está certa, Eve, mas eu também tenho razões profissionais para estar aqui. No momento, porém, nada disso importa. Se houver algo que eu possa fazer por você ou alguma fonte que você queira que eu acione, é só me dizer. Dessa vez é grátis.

Concordando com a cabeça, Eve se afastou. Viu os paramédicos correndo e um grupo deles trabalhando, muito agitados, em torno de uma massa de sangue que parecia ter sido um dos porteiros do hotel. A maior parte do pobre homem fora lançada a quase cinco metros de distância da entrada.

Eve imaginou se alguém conseguiria encontrar o seu braço.

Afastou-se e entrou na cratera negra onde antes funcionava o saguão.

Os sprinklers haviam sido acionados automaticamente; poças de líquidos diversos se formavam nos escombros e escorriam por eles. Seus pés chapinharam enquanto ela seguia em frente. O fedor era terrível, insuportável. Sangue fresco e coagulado misturado com fumaça. Ela fez questão de não pensar nos tipos de material que cobriam o chão, obrigou-se a ignorar os dois rapazes da equipe de emergência que viu chorando enquanto marcavam os corpos e saiu em busca de Anne.

— Vamos precisar de turnos extras no necrotério e nos laboratórios para começar a identificar as vítimas. — Sua voz estava rouca, e ela pigarreou para limpá-la. — Será que você pode conseguir isso na central, Feeney?

— Sim. Que horror, Dallas! Eu trouxe a minha filha aqui no dia em que ela fez dezesseis anos. Porcos desalmados! — Pegando o comunicador, ele se afastou dali.

Eve foi em frente. Quanto mais ela se aproximava do centro da explosão, o ponto zero, pior a situação ia ficando. Eve já estivera no Hotel Plaza uma vez, com Roarke. Lembrava a opulência do lugar e a elegância. As cores discretas, as pessoas lindas, os turistas de olhos arregalados, as jovens empolgadas, os grupos de pessoas carregadas com bolsas de compras que lotavam as mesas para experimentar a antiga tradição do chá no Plaza.

Ela foi caminhando com dificuldade e então olhou com frieza para o centro enegrecido da cratera.

Lealdade Mortal

— Eles nem tiveram chance de escapar — comentou Anne, colocando-se ao lado de Eve. Seus olhos estavam úmidos e furiosos.

— Não tiveram a mínima chance, Dallas. Uma hora atrás havia pessoas aqui, sentadas em lindas mesas, ouvindo um violinista, bebendo chá ou vinho e comendo tortas geladas.

— Você sabe o material que eles utilizaram?

— Havia crianças. — A voz de Anne se elevou e falhou. — Havia bebês em carrinhos. Isso não significou nada para eles. Nadinha!

Eve podia ver tudo, bem demais até. Sabia que aquelas imagens a assombrariam, em sonhos, mas se virou e fixou os olhos em Anne.

— Não podemos ajudá-los. Não podemos voltar atrás no tempo para salvá-los. Está feito. Tudo o que podemos fazer agora é ir em frente para impedir o próximo ataque. Preciso do seu relatório.

— Você quer seguir os procedimentos oficiais? — Em um movimento brusco que Eve não se deu ao trabalho de impedir, Anne a agarrou com as duas mãos pela blusa. — Você consegue ficar parada aqui vendo tudo isso, pensando apenas em seguir as normas, como sempre?

— Os terroristas estão fazendo isso — disse Eve, baixinho. — Seguir as normas é tudo o que importa para eles. Se quisermos impedi-los, vamos ter que agir da mesma forma.

— Então procure um andróide para fazer o relatório para você. Aproveite e vá para o inferno!

— Tenente Malloy... — Peabody deu um passo à frente e colocou a mão no braço de Anne.

Eve se esquecera de que Peabody estava ali e balançou a cabeça.

— Não se meta, policial. Posso requisitar um andróide se você não puder me fornecer um relatório, tenente Malloy.

— Você obterá seu relatório quando eu tiver alguma coisa para relatar — reagiu Anne. — No momento, não quero nem vê-la na minha frente! — Empurrou Eve de lado e começou a caminhar a esmo entre os destroços.

— Ela agiu de forma errada, Dallas, muito errada — disse Peabody.

— Não importa. — Aquilo machucava, percebeu Eve, e machucava muito. — Ela vai conseguir se recompor. Quero que corte esta cena na edição final da gravação, Peabody. Ela não é pertinente ao caso. Vamos precisar das máscaras e de visores do kit de serviço. Não vamos conseguir trabalhar sem equipamento especial.

— O que vamos fazer aqui?

— A única coisa que podemos fazer, no momento. — Eve esfregou os olhos que começavam a arder. — Ajudar a equipe de emergência a remover os corpos.

Aquele era um trabalho miserável e pavoroso, o tipo de atividade que uma pessoa jamais conseguiria arrancar da memória, a não ser que se desligasse por completo.

Não era com pessoas que ela estava lidando, disse Eve a si mesma, mas apenas com pedaços, provas. Sempre que sentia o seu escudo começar a falhar ou quando o horror de tudo aquilo começava a abalar seus alicerces, Eve se recompunha, tentava limpar a mente e seguia em frente com o trabalho.

Já escurecia quando ela saiu de lá, em companhia de Peabody.

— Você está bem? — perguntou Eve.

— Vou ficar. Nossa, Dallas... minha nossa!

— Vá para casa, tome um calmante ou, quem sabe, um porre. Ligue para Charles e saia para transar com ele. Faça o que for preciso para tirar isso da cabeça.

— Talvez eu faça as três coisas. — Peabody tentou sorrir, sem entusiasmo, mas, ao avistar McNab vindo na direção delas, empinou o corpo como se fosse um mastro.

— Preciso de um drinque. — Ele olhou diretamente para Eve, de propósito. — Preciso de um monte de drinques. Quer que eu vá para a central?

— Não. Já encaramos muita coisa por hoje. Apresente-se às oito da manhã.

Lealdade Mortal 209

— Tá legal. — Então, seguindo os conselhos que dera para si mesmo o dia todo, obrigou-se a olhar para Peabody e ofereceu: — Você quer uma carona até em casa?

— Eu... bem... — Inquieta, ela começou a mexer os pés. — Não, ahn... não.

— Aceite a carona, Peabody. Você está em um estado lastimável. Não há razão para enfrentar o transporte público a essa hora.

— É que eu não quero... — Diante dos olhos confusos de Eve, ela enrubesceu como uma colegial. — Talvez fosse melhor... — Ela engasgou e pigarreou para limpar a garganta. — Obrigada pelo convite, McNab, mas eu estou bem.

— É que você me parece muito cansada, só isso. — Eve notou, com certa surpresa, que McNab também ficou vermelho. — Foi muito duro lá dentro.

— Estou numa boa. — Ela baixou a cabeça e ficou olhando para os sapatos. — Estou ótima.

— Então, tudo bem — disse McNab. — Vamos nos ver às oito da manhã. Até mais, pessoal.

Com as mãos nos bolsos e os ombros curvados, ele foi embora.

— O que está acontecendo aqui, Peabody?

— Nada. Nenhum lance. — Ela levantou a cabeça muito depressa e, apesar de tentar, não conseguiu evitar e ficou olhando para McNab, que se afastava. — Não há lance nenhum. Nadinha. Não está acontecendo nada. — Pare, ordenou a si mesma, mas continuou a balbuciar: — Zip... Zero a zero, não tem nada rolando aqui. Olhe, veja só, tenente! — Respirando com alívio diante da distração que surgiu de repente, Peabody viu Roarke sair de uma limusine. — Parece que você vai conseguir uma carona. E cheia de classe, por sinal.

Eve olhou para o outro lado da avenida e analisou a figura de Roarke por entre as luzes piscantes vermelhas e azuis.

— Pegue o meu carro e vá para casa, Peabody. Pode deixar que eu consigo transporte para a central, amanhã de manhã.

— Sim, senhora — disse ela, mas Eve já atravessava a rua.

— Você teve um dia abominável, tenente. — Roarke levantou a mão e começou a acariciar o rosto dela, mas Eve recuou.

— Não. Não me toque. Estou imunda. — Ela olhou para Roarke, sabendo que ele ia ignorar o pedido, e abriu pessoalmente a porta do carro. — Pelo menos ainda não. Certo? Por Deus, ainda não.

Ela entrou. Roarke se acomodou ao seu lado, ordenou ao motorista que os levasse para casa e em seguida levantou o vidro interno para lhes dar privacidade.

— Agora? — perguntou ele, baixinho.

Sem dizer nada ela girou o corpo, lançou-se sobre ele e chorou.

Ajudaram muito tanto as lágrimas quanto o homem que a compreendia bem o bastante para não oferecer mais nada até elas acabarem de cair. Ao chegar em casa, ela tomou uma ducha quente, bebeu o vinho que Roarke lhe servira e agradeceu por ele não dizer nada.

Comeram no quarto. Ela tinha certeza de que não conseguiria fazer nada lhe descer pela garganta. A primeira colherada de sopa, porém, alcançou o seu estômago como uma bênção.

— Obrigada. — Dando um pequeno suspiro, ela recostou a cabeça de encontro às almofadas do sofá, na saleta de estar. — Obrigada por me deixar algum tempo calada. Eu precisava disso.

Ela precisaria mais que algum tempo, pensou Roarke, analisando seu rosto pálido e seus olhos fundos, mas eles dariam um passo de cada vez.

— Eu passei pelo local, um pouco mais cedo — disse ele e esperou os olhos dela se abrirem, antes de prosseguir: — Estava disposto a fazer tudo o que estivesse ao meu alcance para ajudar você, mas os civis foram impedidos de entrar.

— Isso mesmo. — Eve tornou a fechar os olhos. — Eles não podiam entrar.

Lealdade Mortal

Mas ele vira, ainda que de relance, a carnificina, os horrores e ela no meio de tudo. Ele vira Eve comandando a ação com as mãos firmes e os olhos sombrios, cheios do pesar que ela imaginava esconder de todos.

— Não invejo o seu trabalho, tenente.

Ela quase sorriu.

— Não dá para acreditar nisso, pois você vive se metendo nele. — Com os olhos ainda fechados, estendeu a mão para ele. — O hotel é seu, não é? Eu ainda não tive chance de verificar.

— Sim, é um dos meus prédios. E as pessoas que morreram eram minhas também.

— Não. — Os olhos dela se abriram depressa. — Elas não eram.

— Eram apenas suas, Eve? Os mortos são de sua exclusiva propriedade? — Ele se levantou, inquieto, e se serviu de um conhaque que não queria tomar. — Não desta vez. O porteiro que perdeu um dos braços, e que talvez ainda perca a vida, era um bom amigo. Eu o conheço há mais de dez anos, trouxe-o de Londres porque o sonho dele era morar em Nova York.

— Sinto muito.

— Os garçons, os músicos, os funcionários do balcão de recepção e os mensageiros, todos morreram trabalhando para mim. — Ele se virou para trás, e uma fúria feroz e gélida surgiu em seus olhos. — Cada hóspede, cada turista que passeava pelo local, cada uma daquelas pessoas estava sob o meu teto. Por Deus, isso as transforma em *minhas* vítimas.

— Você não pode se responsabilizar. Não pode mesmo — repetiu ela ao ver os olhos dele brilharem. Levantando-se, pegou-o pelo braço. — Roarke, não é em você nem em nada seu que eles estão interessados. É na missão que eles propuseram a si mesmos. É no poder.

— Não me importa o interesse deles, o que me importa é encontrá-los.

— Mas é tarefa minha encontrá-los, e eu vou fazê-lo.

Ele pousou o cálice de conhaque, pegou-lhe o queixo e perguntou:

— E você acha que vai conseguir me deixar de fora?

Ela queria ficar furiosa, e em parte estava mesmo, ainda mais pelo jeito possessivo com que ele lhe forçava o rosto a permanecer imóvel. Mas havia muito mais em jogo ali, havia muito a perder. E ele era uma fonte valiosa demais.

— Não — respondeu ela, simplesmente.

A força dele diminuiu e seu polegar acariciou a covinha do queixo dela.

— Já é um progresso — murmurou.

— Vamos tentar compreender um ao outro — propôs ela.

— Ora, mas certamente que sim...

— Não comece com esse papo comigo! — Nesse instante, ela bufou: — "Mas certamente que sim" uma ova! Você está parecendo um daqueles esnobes de sangue azul, e nós dois sabemos que você passou a infância brigando por um espaço nos becos de Dublin.

— Viu? — Ele sorriu. — Já estamos começando a nos entender. Você não se importa se eu me colocar à vontade para ouvir o sermão com mais conforto? — Ele tornou a se sentar, pegou um cigarro, acendeu-o e bebeu um pouco do conhaque, enquanto ela soltava fumaça de raiva.

— Você está a fim de me irritar?

— Não muito, se bem que não é necessário muito esforço para isso. — Deu uma tragada e soprou uma fumaça perfumada. — Na verdade, não preciso de sermão, sabia? Sei os pontos principais de cabeça. Tais como: isto é trabalho seu e eu não devo me intrometer, não devo investigar nenhum ângulo por conta própria e assim por diante.

— Se você conhece as regras, por que não as cumpre?

— Porque não quero e, se as seguisse, você não teria conseguido os dados de Armador decodificados. — Ele sorriu novamente quando ela abriu a boca de espanto. — Consegui a façanha no fim da

Lealdade Mortal

manhã e coloquei algumas pistas no computador de McNab. Ele já estava perto, mas eu fui mais rápido. Não é necessário você contar isso a ele — acrescentou Roarke. — Eu detestaria baixar o moral do rapaz.

Eve franziu o cenho.

— Agora, eu imagino que você espere que eu lhe agradeça.

— Na verdade, tinha esperança de que sim. — Apagando o cigarro, colocou de lado o conhaque que mal provara. Porém, ao esticar a mão para tocar nela, Eve cruzou os braços sobre o peito.

— Pode esquecer, meu chapa. Tenho muito trabalho pela frente.

— E vai me pedir para ajudá-la, mesmo se sentindo relutante. — Enganchou os dedos no cinto dela e a puxou, até que ela despencou por cima dele. — Antes disso, porém... — Ele esfregou a mão de forma carinhosa e persuasiva sobre a boca de Eve. — Preciso de você.

O protesto dela não seria muito consistente, mesmo. Diante daquelas palavras, então, ela se derreteu e passou os dedos pelos cabelos dele.

— Talvez eu possa perder alguns minutos com você.

Ele riu, puxou-a mais para perto e trocou de posição com ela.

— Você está com pressa então, tenente? Pois muito bem.

Sua boca se esmagou contra a dela, de forma quente, faminta, quase a mordendo, o que fez o pulso dela acelerar tanto, que pareceu rugir. Eve não esperava por aquilo, mas a verdade é que nunca sabia ao certo o que ele conseguiria dela com um toque, uma simples mordida ou um olhar.

Todo o horror, o pesar e a tristeza que ela enfrentara naquele dia se dissolveram diante da necessidade premente de se unirem um ao outro.

— Estou com pressa — afirmou ela. — Muita pressa. — Ela agarrou o cós das calças dele. — Roarke... dentro de mim. Venha para dentro de mim.

Ele arriou-lhe as calças confortáveis que ela vestira ao sair do banho. Com as bocas ainda se devorando, ergueu-lhe os quadris. E mergulhou nela.

Lançou-se no centro do calor e na umidade, sentindo-se bem-vindo. O corpo dele estremeceu uma vez ao engolir o gemido dela. Então ela começou a se movimentar por baixo dele, conduzindo-o, impondo um ritmo frenético que a rasgou no instante em que alcançou o clímax, antes mesmo de ele conseguir respirar com mais calma.

Ela se apertou em volta dele como um torno, e pareceu explodir por dentro, quase o arrastando para o abismo sensorial junto com ela. Respirando com dificuldade, ele elevou a cabeça e olhou para ela. Deus, como ele amava aquele rosto quando ela se deixava abandonar!... Os olhos escuros embaçados pelo orgasmo, a pele vermelha de excitação, a boca de lábios cheios que se suavizava e se entreabria. A cabeça dela tombou para trás, exibindo sua garganta comprida e macia, onde um pulsar violento era visível.

Ele a saboreou bem ali. Carne. Pele escorregadia. Eve.

E a sentiu excitar-se mais uma vez, de forma rápida e constante, seus quadris batendo contra os dele como pistões a cada elevar do corpo, a respiração ofegante todas as vezes que a maré de prazer a levava.

Dessa vez, quando a onda se formou, pronta para quebrar, ele se enterrou ainda mais fundo dentro dela e deixou que os dois fossem inundados pelo oceano de sensações.

Ele despencou sobre ela e soltou um suspiro longo, um pouco entrecortado, enquanto seu corpo ainda estremecia de prazer.

— Agora, vamos trabalhar — propôs ele, logo em seguida.

Capítulo Doze

— Não vamos fazer as pesquisas aqui só para evitar sermos detectados pelo CompuGuard, o sistema de segurança do governo.

Eve estava de pé no meio da sala secreta de Roarke no instante em que ele se sentou diante do console de controle geral do seu equipamento não registrado e ilegal.

— Hummm. — Foi a resposta dele.

— Estou falando sério. A questão mais importante aqui não é essa. — Os olhos dela se estreitaram.

— Se você está dizendo, eu acredito.

Eve apertou os lábios em um sorriso fino.

— Pode enfiar seus comentários debochados você sabe bem onde, espertinho. O motivo de escolher trabalhar aqui é que eu desconfio que Cassandra possui tantos brinquedinhos ilegais quanto você, e eles devem ter o mesmo menosprezo pela privacidade alheia. Pode ser que eles consigam acessar o meu computador aqui de casa ou o da central, e eu não quero dar chance para eles xeretarem nada da investigação.

— Grande história, muito bem contada. — Roarke se recostou e assentiu com ar grave. — Agora, se já acabou de tranqüilizar a sua admirável consciência, por que não vai pegar um pouco de café para nós?

— Odeio quando você arma esse risinho de deboche.

— Mesmo quando eu estou com a razão?

— Especialmente nesse caso. — Ela foi até o AutoChef. — Estou lidando com um grupo que não sabe o que é consciência, tem acesso a muitos recursos financeiros, seguidores com habilidades técnicas fabulosas e um gostinho especial por penetrar em sistemas aparentemente seguros. — Ao trazer as canecas para o console, tornou a sorrir. — Isso tudo me faz lembrar de alguém.

— É mesmo? — perguntou Roarke com um tom neutro, aceitando o café que ela lhe oferecia.

— É por isso que eu quero usar todas as opções que você tiver para me oferecer. Dinheiro, recursos, habilidades e o cérebro de criminoso que você tem aí dentro. — Apontou para a cabeça de Roarke.

— Querida Eve, eles estão agora e sempre a seu serviço. Por falar nisso, fiz alguns progressos sobre a Monte Olympus e suas subsidiárias.

— Conseguiu alguma coisa? — Eve se colocou em estado de alerta. — Por que diabos não me contou logo?

— Havia outras questões mais urgentes. Você precisava de uma hora para relaxar — lembrou-lhe. — Eu precisava de você...

— Isso era prioritário — começou Eve, mas parou de falar e balançou a cabeça. Reclamar ia ser perda de tempo. — O que conseguiu?

— Pode-se dizer que nada.

— Mas você acabou de me dizer que encontrou algo novo.

— Não, eu disse que havia feito alguns progressos, e esses progressos não significam nada. Eles não são nada. Nem mesmo existem.

— Mas é claro que existem. — Uma onda de frustração envolveu Eve. Ela detestava charadas. — Eles apareceram em toda parte.

Lealdade Mortal

Possuem companhias de eletrônica, empresas de armazenagem de produtos, complexos de escritórios e fábricas.

— Tudo isso existe apenas nos registros — explicou ele. — Pode-se dizer que a Monte Olympus é uma empresa virtual. Só que na vida real ela não é nada, nem mesmo existe. Não há prédios comerciais, nem filiais, nem empregados, nem clientes. Tudo é fachada, Eve.

— Uma fachada virtual? Mas qual a finalidade disso? — De repente ela descobriu e praguejou. — Uma distração, um desperdício de tempo. Só para nos fazer gastar energia, sei lá... Eles sabiam que faríamos uma busca completa a partir do nome Cassandra e que chegaríamos à tal da Monte Olympus e depois a outras empresas fantasmas. Acabei perdendo um tempo precioso rastreando o que nunca existiu, para começo de conversa.

— Você não perdeu tanto tempo assim — assinalou Roarke. — E quem quer que tenha montado o labirinto, aliás, um labirinto muito complexo e bem estruturado, ainda não sabe que você desvendou o golpe.

— Eles acham que eu continuo investigando — concordou ela, balançando a cabeça devagar. — Então eu devo continuar a busca por intermédio da Divisão de Detecção Eletrônica. Vou pedir a Feeney e ao pessoal da DDE que continue a pesquisa em fogo lento para que Cassandra pense que ainda estamos entrando em becos sem saída.

— Isso vai fazer aumentar a confiança deles enquanto você se concentra em outras áreas.

Eve soltou uma espécie de grunhido de concordância e, tomando o café, começou a andar de um lado para outro.

— Muito bem, dá para seguir esse esquema. Agora, eu preciso que você me consiga tudo o que puder a respeito do Grupo Apolo. Incumbi Peabody disso, mas ela terá que percorrer os canais tradicionais e não vai achar todos os dados, pelo menos não tão rápido. Eu não quero apenas o perfil do grupo — acrescentou Eve, tornando a se virar para Roarke. — Quero o que está por baixo. Preciso compreendê-los para tentar obter uma percepção melhor de Cassandra.

— Então é por aí que temos que começar.

— Preciso de nomes, Roarke, nomes dos membros conhecidos, vivos ou mortos. Preciso saber onde estão e o que aconteceu com eles. Depois vou precisar dos nomes e endereços de membros das famílias, amantes, cônjuges, irmãos, filhos e netos.

Eve fez uma pausa, e sua expressão era totalmente profissional, com simplesmente olhos de tira.

— No seu pequeno diário, Armador mencionou a palavra *vingança* — continuou ela. — Quero os nomes dos sobreviventes e também dos entes queridos. E também de todos os que tiverem relação de parentesco com James Rowan, o porta-voz do Grupo Apolo.

— O FBI tem esses arquivos. Devem estar lacrados, mas eles certamente os têm. — Roarke levantou uma sobrancelha, divertindo-se com a óbvia relutância que percebeu no rosto de Eve. — Isso vai levar algum tempo.

— Estamos com uma leve pressão, em termos de tempo. Você poderia passar tudo o que descobrir para um dos computadores auxiliares? A partir daí, poderei rodar um programa comparativo de identidades, para ver se consigo achar alguma ligação entre pessoas que trabalharam ou ainda trabalham nos três prédios-alvo.

Ele concordou com a cabeça e se dirigiu para uma máquina à esquerda do console principal.

— Pode se servir. Eu manteria o foco nos funcionários do escalão mais baixo — sugeriu ele. — As verificações de segurança são mais irregulares lá.

Ela se pôs a trabalhar e passou os vinte minutos seguintes revendo tudo o que descobriu sobre o bombardeio do Pentágono. No centro de controle, Roarke se dedicou à questão de contornar os sistemas de segurança do FBI e penetrar nos arquivos lacrados.

Ele sabia o caminho, pois já o percorrera antes, e atravessou os

Lealdade Mortal

níveis fortemente codificados como uma sombra na escuridão. De vez em quando, só por diversão, verificava o que a poderosa agência do governo mantinha no arquivo denominado "Roarke".

O arquivo que levava o seu nome era surpreendentemente pequeno para conter os dados de um homem que fora, fizera e comprara tudo o que ele havia sido, feito e comprado. Por outro lado, ele sabia que apagara ou destruíra pessoalmente grande parte daqueles dados ou pelo menos os modificara quando ainda adolescente. Os arquivos do FBI, da Interpol, da Scotland Yard e do CIPC — Centro Internacional de Pesquisas Criminalísticas — não continham nada que ele não quisesse divulgar.

Aquilo era, ele gostava de pensar, uma questão de privacidade.

Roarke lamentou um pouco o fato de, desde que conhecera Eve, nenhuma daquelas agências ter razões para acrescentar fatos novos e interessantes sobre as suas atividades.

O amor o fizera andar na linha, com uma ou outra incursão pelas sombras.

— Dados chegando... — murmurou ele, e Eve levantou a cabeça.

— Mas já?

— Só o FBI — comentou ele e se recostou na cadeira depois de ordenar que os dados fossem exibidos no telão. — Ali está o homem que você procura. James Thomas Rowan, nascido em Boston, no dia 10 de junho de 1988.

— Eles raramente parecem loucos — murmurou Eve, analisando a imagem. Um rosto bonito, másculo, boca quase sorridente e olhos azul-claros. Os cabelos escuros eram mesclados com um grisalho distinto que lhe emprestava um ar de executivo ou político bem-sucedido.

— Jamie, como era conhecido entre os amigos, veio de uma família solidamente estabelecida na Nova Inglaterra. — Roarke virou a cabeça meio de lado ao ler os dados. — Puro dinheiro ianque. Boas escolas preparatórias, Harvard, administrador na área de ciências. Provavelmente foi preparado para seguir a carreira política.

Cumpriu serviço militar na Força Tática Especial e trabalhou durante algum tempo para a CIA. Seus pais morreram, mas possui uma irmã viva, Julia Rowan Peterman.

— Mãe profissional, aposentada — leu Eve. — Mora em Tampa, na Flórida. Vamos verificar.

Ela se levantou, não apenas para esticar as pernas, mas também para dar uma olhada mais de perto no telão.

— Ele se casou com Monica Stone em 2015. Tem dois filhos: Charlotte, nascida em 14 de setembro de 2016, e James Júnior, nascido em 8 de fevereiro de 2019. Onde está Monica?

— Apresentar dados atualizados sobre Monica Stone Rowan — ordenou Roarke ao sistema — e separar a tela em duas.

Pela idade da mulher que apareceu na imagem, Eve percebeu que a foto devia ser recente. Era sinal de que o FBI a mantinha sob vigilância. Ela provavelmente fora uma mulher atraente um dia. Os ossos ainda pareciam fortes, mas os vincos que sulcavam profundamente a região em torno da boca e dos olhos, bem como a boca em si e os próprios olhos, exibiam grande amargura. Seus cabelos estavam grisalhos e pareciam cortados sem cuidado.

— Ela mora no Maine. — Eve apertou os lábios. — Sozinha e está desempregada. Recebe pensão de mãe profissional aposentada. Aposto que está um frio de rachar no Maine nessa época do ano.

— Você vai precisar usar ceroulas para ir até lá, tenente.

— É. Talvez valha a pena enfrentar um pouco de frio para conversar com Monica. Onde estão os filhos?

Roarke pediu os dados, e Eve ergueu as sobrancelhas ao vê-los.

— Supostamente mortos. Todos dois? E na mesma data? Consiga-me mais alguma coisa, Roarke.

— Espere só, você vai ver — acrescentou ele ao se inclinar para atender ao pedido de Eve — que as datas da morte deles coincidem com a data em que James Rowan foi morto.

— Em 8 de fevereiro de 2024. Estou vendo.

— Explosão. Os federais fizeram sua casa ir pelos ares, embora, na versão que veio a público, ele mesmo é que a explodiu. — Ele tornou a olhar para o telão, com o rosto sem expressão, mas determinado. — Aqui está a confirmação disso. A hora, a unidade designada para o serviço e a autorização para a ação. Parece que os filhos estavam na casa com ele.

— Você está me dizendo que o FBI fez a casa dele ir pelos ares a fim de liquidá-lo e também matou seus dois filhos?

— Rowan, seus filhos, a mulher que ele tomara como amante, além de dois dos seus soldados mais graduados e três outros membros do Grupo Apolo. — Roarke se levantou e foi pegar mais café. — Leia só o arquivo, Eve. O FBI estava de olho nele. Todos estavam sendo caçados desde que o grupo assumiu a responsabilidade pela destruição do Pentágono. O Governo Federal queria vingança e estava furioso.

Ao pegar mais café, também trouxe uma caneca para Eve.

— Ele havia se escondido, vivia mudando de um lugar para outro. Usava novos nomes e novos rostos, quando necessário. — Roarke se posicionou atrás dela, enquanto lia os dados. Mesmo assim, conseguia gravar seus vídeos e colocá-los no ar, e se manteve um ou dois passos à frente dos seus perseguidores por vários meses.

— Com os filhos — murmurou ela.

— De acordo com estes arquivos, ele os mantinha sempre em sua companhia. Até que o FBI o localizou, cercou sua casa, entrou e fez o trabalho. Queriam eliminá-lo e desarticular o grupo. Foi o que fizeram.

— Mas não precisava ser feito desse jeito.

— Não. — Os olhos dele se encontraram com os dela. — Em uma guerra, é muito raro que qualquer dos dois lados pense nos inocentes.

Por que eles não ficaram em companhia da mãe? Esse foi o primeiro pensamento que veio à cabeça de Eve, mesmo a contragosto. Por outro lado, o que sabia ela a respeito de mães?, lembrou a si mesma. Sua própria mãe a abandonara nas mãos do homem que a espancara e estuprara durante toda a sua infância.

Será que a mulher que a colocara no mundo levava nos olhos a mesma amargura que a mulher na tela? Será que tinha aquela mesma cara fechada?

O que importava tudo isso?

Deixando o pensamento de lado, bebeu mais um pouco do líquido na caneca. Pela primeira vez o café de Roarke, sempre da mais alta qualidade, lhe deixou um gosto amargo na boca.

— Vingança — disse ela. — Se Armador estava certo e isso foi, em parte, o motivo de sua morte, talvez tenhamos encontrado a raiz de tudo. — *Somos leais* — murmurou ela. — Cada mensagem que eles enviavam começava com esta frase. Leais a Rowan? À sua memória?

— Uma dedução lógica.

— Henson. Feeney disse que um sujeito chamado William Henson era um dos homens mais importantes do grupo de Rowan. Temos uma lista de mortos aqui?

Roarke colocou a lista no telão.

— Minha nossa! — disse baixinho. — Há centenas de mortos.

— Pelo que eu soube, o governo os caçou durante anos. — Rapidamente, Eve investigou os nomes. — Não foram muito seletivos com relação a isso. O nome Henson não está aqui.

— Não. Vou fazer uma pesquisa em separado para ele.

— Obrigada. Mande o que conseguir para o meu computador e continue procurando mais dados.

Ele a deteve quando Eve se mexeu e passou a mão nos cabelos dela.

— Isso abalou você. As crianças.

— Não — corrigiu Eve. — Simplesmente me fez lembrar de como é não ter escolha, de como é ter a própria vida nas mãos de alguém que vê você como um objeto a ser usado ou descartado, conforme a necessidade.

— Algumas pessoas amam, Eve, com muita energia — disse Roarke, pressionando os lábios sobre a testa dela. — Outras não.

Lealdade Mortal

— Sim. Bem, vamos descobrir o que Rowan e seu grupo amavam com tanta energia.

Ela se virou para trabalhar no computador secundário.

A resposta àquilo, pensou, estava na série de declarações que o Grupo Apolo divulgara em um período de três anos.

Somos os deuses da guerra.

Cada declaração começava com essa frase. Arrogância, violência e poder, pensou Eve.

Determinamos que o governo é corrupto, um veículo inútil para os governados, usado para exploração das massas, supressão das idéias e perpetuação da futilidade. O sistema é falho e deve ser erradicado. De sua fumaça e cinzas um novo regime surgirá. Fique a nosso lado você que acredita em justiça, honra, no futuro das nossas crianças que gritam por comida e conforto, enquanto os soldados de um governo condenado destroem nossas cidades.

Somos Apolo, utilizaremos suas próprias armas contra eles. E triunfaremos. Cidadãos do mundo, quebrem as correntes que lhes foram impostas pelas instituições estabelecidas, com suas barrigas gordas e mentes embotadas. Nós lhes prometemos liberdade.

Atacar o sistema, decidiu, convocar o homem comum por meio do intelecto. Justificar o assassinato em massa de inocentes e prometer um novo caminho.

Somos os deuses da guerra.
Hoje, ao meio-dia, nossa ira desceu sobre as instalações militares conhecidas como Pentágono. O símbolo da estrutura da força militar deste governo fraco foi destruído. Todos lá dentro eram culpados. Todos lá dentro estão mortos.
Mais uma vez exigimos a rendição incondicional do governo, através de uma declaração do chamado Comandante-em-chefe,

abrindo mão de todo o seu poder. Exigimos que todo o pessoal militar e todos os membros das forças policiais deponham suas armas.

Somos Apolo e prometemos clemência para os que assim procederem nas próximas setenta e duas horas. E aniquilação para os que continuarem a fazer oposição a nós.

Aquela era a declaração mais arrasadora, notou Eve. Fora transmitida seis meses antes de a casa de Rowan ser destruída, com todos os seus ocupantes.

O que ele queria?, perguntou-se ela. O que desejava aquele deus autoproclamado? O que todos os deuses queriam? Adulação, medo, poder e glória.

— Você gostaria de governar o mundo? — perguntou Eve a Roarke. — Ou ao menos o país?

— Por Deus, não! Seria trabalho demais para pouca remuneração, além de pouco tempo de sobra para curtir o meu reino. — Ele olhou para trás. — Prefiro muito mais ser dono da maior porção do mundo que me seja humanamente possível. Quanto a governá-lo? Eu dispenso, muito obrigado.

Ela riu um pouco e colocou os cotovelos sobre o balcão.

— Pois ele queria. Se tirarmos a bravata, tudo o que ele desejava era ser presidente, rei ou déspota. Não importa o termo. Não foi por dinheiro — acrescentou. — Não consegui encontrar uma única exigência que envolvesse dinheiro. Nada de resgates, nem termos de negociação. Simplesmente se rendam, seus porcos, policiais fascistas. Renunciem e tremam de medo, seus políticos gordos.

— Ele veio de família rica — assinalou Roarke. — Muitas vezes tais pessoas não conseguem apreciar os encantos do dinheiro.

— Talvez. — Eve voltou ao arquivo pessoal de Rowan. — Ele concorreu à prefeitura de Boston duas vezes. Perdeu duas vezes. Depois, concorreu a governador, mas também não conseguiu se eleger. Se quer saber minha opinião, ele estava simplesmente pau da vida. Revoltado e louco. Esta combinação geralmente é letal.

Lealdade Mortal 225

— O motivo dele é importante, neste momento?

— Não dá para termos uma visão completa do quadro sem isso. Quem está apertando os botões de Cassandra tem ligação com ele. Só que eu não creio que eles estejam revoltados com alguma coisa.

— São apenas loucos, então?

— Não, apenas loucos eles não são... Ainda não descobri o que mais eles são.

Eve se remexeu na cadeira, flexionou os ombros e começou a fazer comparações entre os nomes que Roarke repassara para o seu computador.

Foi um processo lento e tedioso, que dependia mais do sistema que do usuário. A mente de Eve começou a vagar enquanto analisava os nomes, os rostos e os dados que rolavam pela tela.

Acabou cochilando sem perceber. Não sabia que sonhava ao se ver caminhando com dificuldade através de um rio de sangue.

Crianças choravam. Corpos se empilhavam no chão, e os que ainda tinham rosto imploravam por ajuda. A fumaça fazia seus olhos e sua garganta arderem, enquanto tropeçava nos feridos. Eram muitos, pensou, em desespero. Era gente demais para salvar.

Mãos agarraram-lhe os tornozelos, e muitas delas eram apenas ossos. Faziam-na tropeçar, até que ela se viu caindo, caindo sem parar em uma cratera preta onde havia ainda mais corpos empilhados como achas de lenha, destroçados e mutilados como bonecas despedaçadas. Alguma coisa a puxava para baixo e continuava a puxar, até que ela se viu afundando em um mar de gente morta.

Ofegante e choramingando, ela tentava voltar, agarrando-se e se arrastando com as mãos, de forma frenética, pelas laterais escorregadias do buraco, até seus dedos ficarem em carne viva.

Viu-se de volta à fumaça, ainda engatinhando, lutando para conseguir respirar, tentando limpar a mente do pânico, a fim de conseguir fazer alguma coisa. Fazer o que precisava ser feito.

Alguém chorava baixinho, suavemente. Eve tropeçou e seguiu em frente através da névoa cerrada e fedorenta. Viu uma criança, uma menininha encolhida no chão, com o corpo em posição fetal, balançando-se sem parar em busca de conforto, enquanto chorava.

— Está tudo bem, menininha. — Ela tossiu com força para limpar a garganta, ajoelhou-se e pegou a criança no colo. — Vamos sair daqui.

— Não há para onde ir — sussurrou a menina em seu ouvido.

— Já chegamos lá.

— Mas vamos sair. — Elas tinham de sair, era tudo em que Eve conseguia pensar. O terror lhe subia pela pele como formigas, e gélidas garras de caranguejo beliscavam-lhe a barriga por dentro. Ela pegou a criança no colo e começou a levá-la através da fumaça.

Seus corações martelavam um contra o outro, batucando em uníssono. E os dedos da menininha apertaram os ombros de Eve como arames finos no instante em que vozes começaram a deslizar através da névoa:

— Eu preciso de uma dose! Por que não temos dinheiro para comprar ao menos uma dose?

— Cala essa boca!

Eve parou, petrificada. Não reconhecera a voz da mulher, mas a outra, a voz masculina que respondera com raiva e escárnio, essa ela sabia a quem pertencia. Era a voz que vivia nos seus sonhos e nos seus terrores.

A voz do seu pai.

— Cala você a porra dessa boca, seu canalha! Se você não tivesse me engravidado, para começo de conversa, eu não estaria enfiada neste buraco em sua companhia, nem dessa pirralha que não pára de chorar.

Com a respiração ofegante, carregando a criança rígida como pedra nos braços, Eve continuou quase se arrastando, sempre em frente. Viu duas pessoas, um homem e uma mulher, pouco mais que sombras em meio à fumaça. Mas ela o reconheceu. Os ombros largos e fortes, a inclinação da cabeça.

Eu matei você, era só o que ela conseguia pensar. *Eu matei você, seu filho-da-puta. Por que não continua morto?*

— Eles são monstros — sussurrou a criança em seu ouvido. — Monstros nunca morrem.

Mas eles morriam sim. Se você insistisse com vontade, eles morriam.

— Você devia ter se livrado dela enquanto tinha chance — disse o homem que fora pai de Eve, dando de ombros. — Agora é tarde demais, amorzinho.

— Quisera Deus que eu tivesse feito isso. Nunca quis ter essa pentelhinha. Agora você me deve uma, Rick. É melhor você me pagar uma dose, senão eu...

— Não me ameace!

— Que merda! Eu fiquei enfurnada aqui neste buraco o dia todo com essa criança chorona. Você me *deve* uma!

— Aqui está o que eu lhe devo! — Eve se encolheu e recuou ao som de um punho em contato com osso e do grito agudo que se seguiu.

— Aqui está o que eu devo a vocês duas!

Ela ficou paralisada enquanto ele golpeava a mulher e a estuprava. Ao perceber que a criança que apertava com força entre os braços era ela mesma, começou a gritar.

— Eve, pare com isso. Vamos lá, acorde! — Roarke saltara de sua cadeira ao ouvir o primeiro grito e já a pegara no colo quando ela gritou pela segunda vez. Mesmo assim, ela se debatia.

— Sou eu! — Ela o golpeava e chutava. — Sou eu e não consigo escapar.

— Consegue sim! Você já escapou. Está comigo agora. — Sacudindo-a, apertou um botão e fez uma cama embutida sair da parede. — Pode acordar, você está de volta, está comigo. Entendeu?

— Estou bem. Me solta! Estou bem.

— Nem pensar! — Ela continuava tremendo no momento em que ele se sentou na beira da cama e a embalou nos braços. — Relaxe agora. Segure em mim com força e tente relaxar.

— Eu adormeci, apenas isso. Dei uma cochilada por um minuto. — Ele a afastou um pouco para trás para analisar seu rosto. Foi a compreensão que viu nos olhos dele, aqueles olhos lindos, e também a paciência que percebeu neles que a fizeram relaxar, por fim. — Oh, meu Deus... — Rendendo-se, ela pressionou o rosto sobre o ombro dele. — Meu Deus, meu Deus... Por favor, me dê apenas um minutinho.

— Todo o tempo que precisar.

— Acho que não me desliguei do que aconteceu hoje. De tudo. Todas aquelas pessoas... O que restou delas. Não posso deixar isso atrapalhar o meu trabalho, senão é impossível realizá-lo.

— É por isso que você é atacada pelas lembranças, quando fica tensa.

— Talvez. De vez em quando.

— Querida Eve. — Ele deslizou os lábios sobre os cabelos dela. — Você sofre por todos eles. Sempre foi assim.

— Se eles não representarem pessoas para mim, de que adianta?

— Nada. Não para você. Eu amo quem você é. — Ele a colocou novamente para trás e a beijou no rosto. — Mesmo assim, isso me preocupa. Quanto você ainda pode dar sem se abater?

— O que for necessário. Mas não foi só isso. — Ela respirou fundo, duas vezes, para se acalmar. — Não sei se foi apenas um sonho ou uma lembrança real. Simplesmente não sei.

— Conte-me tudo.

E ela o fez, porque com ele conseguia. Contou do instante em que encontrou a criança, das vagas figuras em meio à fumaça. Relatou tudo o que ouviu e o que viu.

— Você acha que era a sua mãe?

— Não sei. Preciso me levantar. Tenho que me movimentar. — Ela esfregou as mãos nos braços quando ele a soltou. — Talvez tenha sido... como é mesmo que eles chamam isso? Projeção ou transferência. Que inferno! Andei pensando a respeito de Monica Rowan. Que tipo de mulher entregaria os filhos a um homem como

Lealdade Mortal

James Rowan? É como eu disse... Isso me fez lembrar de mim mesma.

— Não sabemos o que ela fez.

— Pois bem, as crianças estavam com ele, como eu estava com meu pai. Provavelmente isso foi tudo. Nunca tive nenhuma lembrança dela. Não tenho nada dela.

— Você já se lembrou de outras coisas — assinalou ele e se levantou para aquecer-lhe os braços. — Essa pode ser mais uma delas, Eve. Converse com Mira.

— Ainda não estou pronta para isso. — Ela recuou na mesma hora. — Não estou pronta. Vou saber quando estiver. Se estiver.

— Isso consome você. — E o consumia também vê-la sofrer daquele jeito.

— Não, isso não determina a minha vida. Simplesmente me atrapalha, às vezes. Lembrar dela, se é que existe alguma coisa para lembrar, não vai me ajudar a conseguir paz, Roarke. Para mim, ela está tão morta quanto ele.

Isso, pensou Roarke, observando-a voltar ao trabalho, não era estar morta o bastante.

— Você precisa dormir um pouco.

— Ainda não. Dá para agüentar por mais uma hora.

— Ótimo! — Ele foi até onde Eve estava e a colocou sobre os ombros antes mesmo de ela ter chance de piscar.

— Ei!

— Se você agüenta por mais uma hora, acho que vai dar... — decidiu ele. — Você me apressou, mais cedo.

— Nós não vamos transar.

— Tudo bem, eu transo sozinho e você fica só deitada, quietinha. — Ele se jogou na cama com ela.

Havia algo de miraculoso no jeito com que o corpo dele se ajustava ao dela. Mas Eve não estava a fim de analisar aquele pequeno milagre.

— Qual a parte do "não" que você não entendeu?

— Você não disse não. — Ele baixou a cabeça e acariciou-lhe o rosto com o nariz. — Você disse que nós não íamos transar, o que é completamente diferente. Se você tivesse dito "não" — os dedos dele desabotoaram-lhe a blusa, com habilidade —, é claro que eu respeitaria a sua vontade.

— Tudo bem, me escute um instantinho.

Antes de ter chance de falar, a boca dele estava colada à dela, macia, sedutora e maravilhosamente ágil. As mãos dele se moviam e deslizavam, apalpando-a toda. Ela não conseguiu conter o gemido.

— Tudo bem. — Ela desistiu e suspirou quando os lábios dele percorreram uma trilha quente ao longo de sua garganta. — Seja um animal, então!

— Obrigado, querida. Eu adoraria.

Ele aproveitou cada minuto da hora seguinte, enquanto os computadores trabalhavam. Ele lhe deu prazer e também a si mesmo, sabendo que, no instante em que o corpo dela ficasse frouxo debaixo do seu, ela iria deslizar tranqüilamente em um sono profundo.

E pelo menos naquela noite não haveria mais sonhos.

Ainda estava escuro no aposento quando ela acordou, e a única iluminação era a que vinha do console e das telas cintilantes. Piscando depressa, com o cérebro ainda enevoado, ela se sentou e viu Roarke diante dos controles.

— Que horas são? — Ela não percebeu que estava nua até colocar as pernas para fora da cama.

— Seis horas. Alguns dos nomes bateram com os informados, tenente. Eu os copiei em disco e imprimi a lista.

— Você dormiu? — Ela começou a procurar pelas calças e viu o roupão cuidadosamente dobrado, colocado aos pés da cama. Roarke não se esquecia de um único detalhe.

— Dormi. Levantei há pouco. Imagino que você vá direto para a central, agora de manhã.

Lealdade Mortal 231

— Vou. Temos uma reunião de equipe às oito em ponto.

— O relatório sobre Henson ou pelo menos o que existe a seu respeito está impresso.

— Obrigada.

— Tenho um monte de coisas para resolver hoje, mas você pode ligar, se precisar de mim. — Ele se levantou, parecendo sombrio e perigoso à meia-luz, com a sombra da barba por fazer e o roupão preto preso à cintura por um laço frouxo. — Há alguns nomes na lista comparada que eu reconheço.

Eve pegou a lista que ele lhe entregou e comentou:

— Era esperar demais que você não conhecesse ninguém.

— Paul Lamont foi o nome que me chamou mais atenção. Seu pai lutou nas Guerras Francesas antes da família imigrar para cá. O pai de Paul era muito habilidoso e transmitiu boa parte dos seus conhecimentos ao filho. Paul é membro da equipe de segurança em uma das minhas empresas aqui em Nova York, Autotron. Fabricamos andróides e vários produtos eletrônicos de pequeno porte.

— Vocês são amigos?

— Ele trabalha para mim e nós... desenvolvemos um ou dois projetos juntos, vários anos atrás.

— Não exatamente o tipo de projetos que uma boa policial deva conhecer.

— Exato. Ele está na Autotron há mais de seis anos. Não temos tido mais contato desde que trabalhamos juntos naquele período.

— Hã-hã. — Eve assentiu com a cabeça. — E quais são essas tais habilidades que o papai Lamont passou para o filhinho?

— O pai de Paul era sabotador. Especializado em explosivos.

CAPÍTULO TREZE

Peabody não dormira bem. Foi se arrastando para o trabalho com os olhos pesados e o corpo um pouco dolorido, como se estivesse com alguma virose. Também não comera nada na véspera. Apesar de ter um apetite excelente, às vezes até exagerado demais, imaginou que pouca gente conseguiria comer com vontade depois de passar várias horas etiquetando pedaços de corpos.

Mas ela conseguiria superar o problema. Aquele era o seu trabalho e ela aprendera, nos meses em que vinha trabalhando com Eve, a canalizar todos os pensamentos e energias para a tarefa a ser executada.

O que era mais difícil de aceitar, e ainda por cima acrescentava uma camada de irritação à sua fadiga, era o fato de que grande parte de seus pensamentos — nem todos puros — e muita da sua energia estiveram concentradas em McNab, durante a noite.

Ela não conseguira conversar com Zeke. Muito menos sobre aquela súbita e esquisita compulsão por McNab, pelo amor de Deus! E também não se animara a falar sobre o atentado ao Hotel Plaza.

Lealdade Mortal

Ele também lhe pareceu distraído, um pouco distante, pensou Peabody, e os dois tinham se evitado na noite anterior e novamente naquela manhã.

Ela ia compensá-lo por aquilo depois, prometeu a si mesma. Ia descolar algumas horas livres naquela noite especialmente para levá-lo a uma boate da moda, a fim de comerem algo e ouvirem um pouco de música. Zeke adorava música, e um programa assim faria bem a ambos, decidiu, ao descer da passarela rolante e massagear a nuca rígida.

Ao virar na direção da sala de conferências, Peabody deu de cara com McNab. Ao recuar de susto, ele colidiu com dois guardas que vinham atrás dele e acabaram derrubando um funcionário de outro departamento. Ninguém pareceu aceitar muito bem o seu pedido de desculpas, e McNab estava com o rosto afogueado e muito suado quando conseguiu encarar Peabody.

— Você, ahn, está indo para a reunião? — perguntou ele.

— Sim. — Ela ajeitou o paletó da farda. — Agora mesmo.

— Eu também. — Eles ficaram parados, olhando-se fixamente por um momento, enquanto as pessoas passavam à sua volta.

— Conseguiu descobrir mais alguma coisa sobre o Grupo Apolo? — quis saber ele.

— Não muito. — Ela limpou a garganta, puxou outra vez o paletó, tornando a ajeitá-lo, e finalmente conseguiu se mover. — A tenente já deve estar à minha espera.

— Sim, é mesmo. — Ele acompanhou o passo dela. — Você conseguiu dormir à noite?

Ela pensou em corpos brilhantes e aquecidos fazendo coisas ousadas... e olhou para a frente.

— Mais ou menos — disse.

— Eu também. — Seu maxilar chegou a doer quando ele rangeu os dentes, mas não conseguiu deixar de dizer: — Escute, a respeito do que aconteceu ontem...

— Esquece! — cortou Peabody.

— Já esqueci. Mas se você vai andar por aí toda travada por causa daquilo...

— Vou andar do jeito que quiser e trate de manter as mãos longe de mim, seu boçal, ou eu arranco seus pulmões fora para fazer uma gaita-de-foles.

— O mesmo vale para você, amoreco. Eu preferia beijar o cuzinho de um gato de beco a repetir aquilo.

A respiração de Peabody se acelerou.

— Aposto que isso faria mais o seu estilo.

— Pelo menos é melhor do que uma tira cheia de onda e metida a gostosa.

— Babaca!

— Idiota!

Os dois entraram ao mesmo tempo em uma sala vazia, fecharam a porta. E pularam um em cima do outro.

Ela mordeu o lábio dele. Ele chupou a língua dela. De repente, ela o pressionou de encontro à parede. Ele conseguiu enfiar a mão por baixo da farda engomada dela e apertou-lhe o traseiro. Os gemidos que lhes saíram da garganta ao mesmo tempo formaram um som único e torturante.

Então foi ela que se viu de costas para a parede, enquanto ele enchia as mãos com os seios dela.

— Puxa vida, você tem um corpaço! — elogiou ele. — É uma escultura!

Ele a beijava como se pudesse devorá-la inteira. Como se todo o universo estivesse centrado naquele sabor. A cabeça dela parecia girar tão depressa que não dava para acompanhar os próprios pensamentos. De algum modo os botões brilhantes de sua farda se abriram e os dedos dele começaram a acariciar-lhe a pele nua.

Quem poderia imaginar que aquele cara tivesse dedos tão habilidosos?

— Não podemos continuar! — Enquanto dizia isso, ela arranhava-lhe a garganta com os dentes.

Lealdade Mortal 235

— Eu sei. Vamos parar. Só mais um pouquinho. — O aroma dela, de roupa engomada e sabonete, o deixava louco. Ele estava abrindo o seu sutiã quando o *tele-link* atrás deles tocou, provocando um grito abafado dos dois.

Ofegantes como cães, com as roupas amarfanhadas e os olhos esbugalhados, os dois ficaram olhando um para o outro com uma espécie de horror.

— Puxa! — ele conseguiu exclamar.

— Para trás, para trás! — Ela o empurrou com tanta força que ele quase se desequilibrou, e em seguida começou a ajeitar as próprias roupas. — É a pressão. É o estresse. Deve haver alguma explicação, porque isso *não pode* estar acontecendo.

— Exato, é isso mesmo. Se eu não transar com você, acho que vou morrer.

— Se você morresse, eu me livraria desse problema. — Ela abotoou a blusa errado, praguejou e tornou a desabotoá-la para começar tudo de novo.

Observando-a, ele sentiu a língua ficar áspera.

— Transar seria o maior de todos os erros.

— Concordo plenamente. — Ela acabou de abotoar o uniforme e o encarou com firmeza. — Onde vai ser?

— Na sua casa?

— Lá não pode... Meu irmão está passando alguns dias comigo.

— Na minha casa, então. Depois do nosso turno de hoje. Vamos resolver logo esse problema, e a coisa se encerra por aqui, certo? Acabamos com esse tesão e voltamos ao normal.

— Combinado. — Assentindo rapidamente com a cabeça, ela se agachou e pegou o quepe. — Coloque sua camisa para dentro das calças, McNab.

— Acho que essa não é uma boa idéia. — Ele sorriu. — Dallas pode se perguntar por que será que eu estou com uma ereção do tamanho do Estado de Utah.

Peabody riu com cara de deboche e ajeitou o quepe, afirmando:

— Do tamanho de Utah só se for o seu ego...

— Gata, vamos ver se você vai continuar pensando assim depois do expediente.

Peabody sentiu um formigamento entre as coxas, mas empinou o nariz com desprezo.

— Não me chame de "gata" — disse a ele ao abrir a porta para sair.

Ela manteve a cabeça levantada e olhou o tempo todo para a frente ao caminhar pelo corredor até a sala de conferências.

Eve já estava lá, o que provocou uma fisgada de culpa em Peabody. Três quadros haviam sido pregados na parede e a tenente estava ocupada, prendendo no último deles alguns dados impressos sobre o caso.

— Que bom vocês aceitarem o convite para vir até aqui — disse Eve, com um tom seco, sem se virar.

— Eu fiquei presa no... tráfego. Quer que eu a ajude a prender isso, senhora?

— Não, já acabei. Pegue café e programe o telão para reproduzir cópias impressas. Não vamos usar discos nessa apresentação.

— Pode deixar que eu preparo o telão — ofereceu-se McNab. — E vou querer café também. Então não vamos usar discos, tenente?

— Não. Vou relatar os dados mais recentes quando a equipe estiver toda reunida.

Todos se puseram a trabalhar em silêncio. Um silêncio tão profundo, na verdade, que Eve sentiu um calafrio na espinha. Aqueles dois deviam estar implicando um com o outro, refletiu ela, e olhou para trás.

Peabody trouxera café para McNab sem reclamar, e só isso já era muito estranho. O pior é que ela sorriu para ele, ao imprimir o material que pegou nos discos. Bem, não foi exatamente um sorriso, analisou Eve, mas chegou perto.

— Vocês tomaram pílulas de felicidade hoje de manhã? — perguntou ela e franziu o cenho ao ver que os dois ficaram vermelhos.

Lealdade Mortal

— O que está acontecendo aqui? — quis saber, mas balançou a cabeça quando Anne Malloy e Feeney entraram na sala. — Deixa pra lá...

— Dallas — chamou Anne, ainda da porta. — Posso falar com você um instantinho?

— Claro.

— Não demorem — sugeriu Feeney. — O comandante Whitney e o secretário de Segurança estão vindo para cá.

— Vai ser rapidinho. — Anne respirou fundo quando Eve chegou junto dela, na porta. — Queria me desculpar por ontem, Dallas. Não havia motivo para tratar você daquele jeito.

— Era uma cena de crime muito dura.

— Sim, mas eu já testemunhei outras dessas cenas terríveis. — Ela olhou para a sala e começou a falar um pouco mais baixo: — Eu não lidei muito bem com a situação e isso não tornará a acontecer.

— Não se martirize por causa disso, Anne. Você não fez nada grave.

— Para mim foi grave. Você está liderando esta investigação e conta com todos nós. Eu falhei ontem e você precisa saber a razão. Estou novamente grávida.

— Ah. — Eve piscou e se mexeu um pouco para o lado. — Isso é bom?

— Para mim, é muito bom. — Rindo de leve, Anne pousou a mão sobre a barriga. — Estou com quase quatro meses e vou comunicar o fato ao comandante da minha divisão daqui a umas duas semanas. Já engravidei outras vezes e nunca deixei que isso interferisse no meu trabalho. Ontem, porém, isso aconteceu. Foram as crianças que me deixaram abalada, Eve, mas já superei o problema.

— Ótimo. Você não está se sentindo... estranha, nem nada desse tipo?

— Não, estou bem. Quero apenas esconder o fato por mais algumas semanas. Assim que eles descobrirem, vão começar os bolões de apostas e as piadinhas. — Ela levantou os ombros. —

Pretendo encerrar este caso antes de espalhar a notícia. Tudo bem para você?

— Claro. Lá vêm os chefões — murmurou. — Entregue a Peabody o seu relatório e os discos com as provas. Vamos utilizar apenas material impresso.

Eve se manteve na porta, em posição de sentido.

— Comandante. Secretário Tibble. — Cumprimentou ela.

— Tenente. — Tibble, um homem alto, muito corpulento e com olhos penetrantes acenou com a cabeça ao passar por Eve e entrar na sala. Olhou para os quadros e então, como sempre costumava fazer, cruzou as mãos atrás das costas. — Por favor, todos podem se sentar. Comandante Whitney, poderia fechar a porta?

Tibble esperou. Era um homem paciente e muito meticuloso; tinha a cabeça alerta de um patrulheiro aliada a talento administrativo. Analisou a equipe que Whitney reunira sem demonstrar aprovação nem desaprovação.

— Antes de começarem a fazer seus relatórios, quero lhes comunicar que o prefeito e o governador solicitaram uma equipe de técnicos federais especializados em antiterrorismo para ajudar nesta investigação.

Ele notou o momento em que os olhos de Eve se acenderam para logo em seguida se estreitarem e aprovou o controle que ela demonstrou.

— Isto não é uma represália ao nosso trabalho — explicou ele. — Trata-se de um reconhecimento da gravidade da situação. Tenho outra reunião agendada para esta manhã, a fim de discutir os progressos da investigação e tomar a decisão final sobre se essa equipe federal deve realmente ser convocada.

— Senhor... — Eve manteve a voz firme e as mãos sobre os joelhos. — Se eles forem convocados, qual das duas equipes irá liderar a investigação?

— Se os federais assumirem, o caso vai ser deles. — Suas sobrancelhas se ergueram. — Vocês apenas prestarão assistência. Acredito

Lealdade Mortal

que isso não seja do seu agrado, tenente, nem de ninguém da sua equipe.

— Não, senhor, não é.

— Muito bem, então. — Ele foi até uma cadeira e se sentou. — Convençam-me de que esta investigação deve continuar nas mãos de vocês. Tivemos três atentados a bomba em nossa cidade nas últimas quarenta e oito horas. O que já descobriram e até onde chegaram?

Eve se levantou e foi até o primeiro quadro.

— Chegamos ao grupo terrorista Apolo.

Ela começou a apresentação a partir daí e seguiu, passo a passo, exibindo todos os dados recolhidos.

— William Jenkins Henson. — Ela fez uma pausa no momento em que o rosto quadrado, de olhos duros, encheu a tela. Eve não tivera tempo de analisar com atenção os dados que Roarke desencavara para ela e prosseguiu devagar: — Ele trabalhou como diretor de campanha para Rowan e, de acordo com nossas fontes, era muito mais que isso. Acredita-se que atuou como uma espécie de general na revolução pregada por Rowan, oferecendo-lhe assistência e aconselhamento em estratégia militar, bem como escolhendo alvos, treinando e disciplinando tropas. Como Rowan, ele adquiriu experiência trabalhando no exército e no serviço secreto. A princípio, acreditava-se que ele havia morrido na explosão que destruiu o quartel-general de Rowan, em Boston, mas várias testemunhas alegam tê-lo visto depois disso, o que enfraquece a hipótese de morte. Ele nunca foi localizado.

— E você acredita que ele faça parte do atual grupo terrorista, Cassandra? — perguntou Whitney, analisando o rosto na tela e em seguida olhando para Eve.

— Existem ligações e creio que Henson faz parte de uma delas. Os arquivos do FBI a respeito de Henson continuam abertos. — Trocando as imagens, ela relatou as informações sobre o labirinto de falsas empresas que fora introduzido nos bancos de dados.

— Apolo — continuou ela —, Cassandra, Monte Olympus, Áries, Afrodite e assim por diante. Todas essas empresas têm ligações umas com as outras. A manipulação dos bancos de dados feita por especialistas, a alta qualidade dos materiais utilizados nos explosivos, o emprego do trabalho avulso de um ex-combatente para fabricar o equipamento, o tom e o conteúdo das suas transmissões, tudo isso ecoa a postura do grupo original e nos remete a ele.

Como parecia tolice o que ia dizer em seguida, Eve respirou fundo antes de continuar:

— Na mitologia grega, Apolo deu a Cassandra o dom da profecia. Até que, certo dia, os dois se desentenderam e ele determinou que ela continuaria com o dom de predizer o futuro, mas ninguém mais acreditaria nela. Na minha opinião, o foco principal aqui é o fato de ela ter recebido o poder dele. A nossa Cassandra não se importa se acreditamos nela ou não. Ela não tenta salvar ninguém e sim destruir.

— Essa é uma teoria interessante, tenente, e muito lógica. — Tibble se recostou, ouviu tudo, observou os fatos e as imagens do telão. — Você descobriu as ligações e tem pelo menos os motivos parciais. Foi um bom trabalho. — Então, olhou de volta para Eve. — A equipe antiterrorismo do FBI ficaria muito interessada em saber como você conseguiu grande parte dessas informações, tenente.

Eve nem piscou.

— Utilizei todas as fontes que me foram disponibilizadas, senhor.

— Estou certo que sim. — Ele cruzou as mãos. — Como eu disse, fez um bom trabalho.

— Obrigada. — Ela passou direto pelo segundo quadro e foi para o terceiro. — A atual linha de investigação confirma nossas conclusões de que existe uma ligação entre o velho Grupo Apolo e Cassandra. Armador também acreditava nisso e, apesar de quaisquer provas que ele tenha reunido nessa área terem sido provavelmente destruídas a essa altura, a hipótese da ligação se sustenta. As táticas utilizadas pelos dois grupos são similares. No relatório da dra. Mira,

Lealdade Mortal

ela afirma que as crenças políticas do grupo Cassandra são idéias recicladas do antigo Grupo Apolo. Seguindo este raciocínio, creio que as pessoas que formaram o Grupo Cassandra possuem ligações ou já integraram o Grupo Apolo.

Tibble levantou a mão e perguntou:

— É possível que algumas pessoas tenham estudado as atividades do Grupo Apolo, como você fez, tenente, e tenham escolhido imitar o máximo possível a antiga organização?

— Não é impossível, senhor.

— Se tudo isso for uma imitação — assinalou Feeney —, nossa tarefa vai ser mais difícil.

— Mas mesmo imitadores têm que ter uma ligação — insistiu Eve. — O Grupo Apolo foi basicamente desmantelado quando Rowan e alguns dos líderes do movimento foram mortos. Isso aconteceu há mais de trinta anos, o público não teve acesso aos fatos e soube apenas de detalhes incompletos a respeito de Rowan e de sua organização. Sem uma ligação direta, quem iria se importar com isso? Tudo aconteceu há muitos anos, faz uma vida. Rowan não se tornou nem mesmo uma mancha nos livros de história, porque jamais ficou provado, segundo a mídia, que ele era o chefe do Grupo Apolo. Os arquivos que poderiam esclarecer esse ponto estão lacrados. Apolo assumiu a responsabilidade por alguns atentados a bomba e também por Arlington, e essencialmente desapareceu logo em seguida. Existe uma ligação — terminou ela. — Não creio que seja uma cópia, senhor, mas uma questão pessoal. As pessoas que dirigem Cassandra assassinaram centenas de pessoas ontem. E fizeram isso para provar que conseguiam fazê-lo. As bombas do Radio City foram um chamariz, um teste. O Hotel Plaza foi o alvo, desde o princípio. E isso também nos remete ao discurso do Grupo Apolo.

Apontando com a cabeça para a tela, novamente, Eve trocou a imagem.

— O primeiro prédio que Apolo assumiu ter destruído era um depósito vazio próximo do que era chamado, na época, de Distrito de Colúmbia. A polícia local foi alertada e não houve vítimas. Em seguida, alguém forneceu pistas de que havia explosivos instalados no Kennedy Center, um teatro. Todas as bombas, com exceção de uma, foram desativadas e o prédio foi evacuado a tempo, com sucesso. A bomba que explodiu provocou danos mínimos e deixou poucos feridos. Isso, porém, foi seguido quase que de imediato por uma explosão no saguão do Hotel Mayflower. Nenhum aviso foi dado. As vítimas foram em grande número. Apolo assumiu a responsabilidade pelos três incidentes, mas apenas o último foi divulgado pela mídia.

Whitney se inclinou para a frente, analisando a tela.

— Qual foi o ataque seguinte? — perguntou.

— O recém-inaugurado Estádio U-Line, durante um jogo de basquete. Quatorze mil pessoas foram mortas ou feridas. Se Cassandra seguir o modelo, estou pensando no Madison Square Garden ou no Estádio Pleasure Dome. Se mantivermos todas as informações fora dos bancos de dados da polícia e restritas a esta sala, não há como Cassandra saber da situação real das nossas investigações. Devemos nos manter um passo à frente deles.

— Obrigado, tenente Dallas. Tenente Malloy, agora queremos ouvir o seu relatório a respeito dos explosivos.

Anne se levantou e foi até o quadro do meio. Os trinta minutos que se seguiram foram dedicados a análises técnicas: dados sobre eletrônica, gatilhos, temporizadores, controles remotos e materiais utilizados, bem como fatores de detonação e alcance do impacto.

— Partes dos dispositivos ainda estão sendo recolhidas na cena do atentado e levadas para análise no laboratório — concluiu ela. — A essa altura, já ficou claro que lidamos com dispositivos intrincados, feitos à mão. Plaston parece ser o material de escolha. A análise ainda está incompleta, bem como a localização dos controles remotos que detonaram esses explosivos, mas parece que são de longo alcance. Não são brinquedos nem artefatos domésticos, mas de uso militar com alto nível de complexidade. Concordo com a opinião da tenente Dallas a respeito da ação deles no Radio City. Se esse

Lealdade Mortal

grupo terrorista quisesse realmente explodi-lo, agora só restaria pó naquele local.

Ela se sentou, dando lugar a Feeney.

— Esta é uma das câmeras de vigilância que a minha equipe recolheu no Radio City. — Ele exibiu uma unidade redonda pouco maior que uma bola de pingue-pongue. — É espantosamente bem feita. Localizamos e recolhemos vinte e cinco destas, na cena do crime. Eles nos observaram ao vivo o tempo todo, acompanharam cada passo que dávamos e poderiam ter nos mandado para o inferno em um estalar de dedos.

Ele recolocou a minicâmera no saco lacrado de onde a pegara, antes de continuar:

— A DDE está trabalhando com Malloy e seu pessoal, a fim de desenvolver um detector de bombas mais sensível e de maior alcance. Enquanto isso, sem insinuar que os federais não tenham gente competente, afirmo que nós também temos. Independentemente disso, esta aqui é a *nossa* cidade. Além do mais, este grupo entrou em contato com Dallas. Eles a escolheram. Se ela sair do comando e nós com ela, vamos modificar o equilíbrio da situação, e, se isso acontecer, tudo pode ir por água abaixo.

— Sua observação foi registrada — disse o secretário Tibble. — Quanto à sua opinião, Dallas? Tem alguma idéia do porquê de este grupo ter contatado você, especificamente?

— Apenas conjecturas, senhor. Roarke é dono ou está ligado aos alvos, até o momento. E eu estou ligada a Roarke. Eles devem estar achando isso divertido. Armador se referiu a toda a operação como um jogo, e eu acho que eles estão curtindo esse jogo. Ele também falou de vingança.

Ela tornou a se levantar e apresentou a imagem de Monica Rowan na tela.

— Esta mulher, senhores, é a que teria mais motivos para acalentar desejos de vingança. Além disso, como viúva de Rowan, seria a pessoa mais provável de ter ligações pessoais e conhecimento da estrutura interna do grupo.

— Você e sua auxiliar, tenente, estão liberadas para ir imediatamente até o Maine — disse Tibble. — Comandante? Algum comentário?

— Esta equipe conseguiu levantar uma impressionante quantidade de provas e probabilidades em curto espaço de tempo. — Whitney se levantou. — Na minha opinião, uma equipe federal é desnecessária.

— De minha parte — atalhou Tibble, levantando-se também —, creio que a tenente e seus colaboradores me deram muita munição para brigar com os políticos. Dallas, você permanecerá como responsável até segunda ordem. Espero atualizações do caso a cada etapa. Esta é a nossa cidade, capitão Feeney — acrescentou ele, ao se virar para a porta. — Vamos mantê-la a salvo.

— Uau! — McNab soltou um enorme suspiro quando a porta tornou a fechar. — Escapamos por pouco.

— E se quisermos manter esse caso em nossas mãos, que é o lugar dele, vamos ter que ralar muito. — Eve sorriu para ele de leve. — Sua vida social acaba de escorrer pelo ralo, meu chapa. Vamos precisar daquele rastreador de bombas de longo alcance. E quero uma varredura completa em cada estádio e complexo esportivo, em todos os bairros de Nova York e em Nova Jersey também.

— Puxa, Dallas, com o nosso equipamento e o pessoal disponível vamos levar uma semana para fazer isso — reclamou McNab.

— Pois temos apenas um dia — rebateu ela. — Entre em contato com Roarke. — Ela enfiou as mãos nos bolsos. — Há uma grande possibilidade dele ter algum brinquedinho que sirva para o que vocês querem.

— Grande idéia! — McNab esfregou as mãos de contentamento e sorriu para Anne. — Espere só até você ver os equipamentos que esse cara tem.

— Feeney, há algum modo de bloquear esse computador aqui? Ou turbiná-lo? Ou, melhor ainda, arrumar um equipamento novinho em folha, sem registro e protegido contra hackers?

Lealdade Mortal 245

O rosto amarrotado de Feeney se iluminou e ele sorriu para Eve dizendo:

— Acho que dá para improvisar uma engenhoca desse tipo. Não que nós costumemos trabalhar com equipamentos sem registro na DDE.

— Claro que não. Peabody, venha comigo.

— Ei, a que horas vocês vão voltar? — gritou McNab.

Eve deu meia-volta e ficou olhando fixamente para ele, enquanto Peabody queria apenas se tornar invisível.

— Vamos voltar assim que terminar o que vamos fazer, detetive. Acho que você tem o bastante com o que se ocupar enquanto isso.

— Ah, sim, claro... Perguntei por perguntar, só pra saber. — Ele exibiu um sorriso tolo. — Façam boa viagem.

— Não vamos lá para comer lagostas — murmurou Eve, balançando a cabeça e saindo.

— Mas será que estaremos de volta antes do fim do nosso turno, senhora?

Eve vestiu o casaco enquanto caminhava rumo ao elevador.

— Escute, Peabody. Se você marcou algum encontro quente com alguém, vai ter que esfriar seus hormônios.

— Não, eu não perguntei por causa disso. Ahn... Eu queria avisar Zeke, caso precise trabalhar depois do turno, apenas isso. — Na mesma hora ela se sentiu envergonhada por só ter se lembrado do irmão naquele momento.

— Vamos levar o tempo que for preciso. E ainda temos que ir a outro lugar antes de viajarmos para o Maine.

— Quer dizer que não vamos pegar um daqueles superjatos particulares de Roarke? — Quando Eve simplesmente olhou para ela com cara de poucos amigos, Peabody encolheu os ombros. — Não, já vi que não. É que eles são muito mais velozes do que os jatos das empresas aéreas.

— E você está preocupada apenas com a velocidade, certo, Peabody? — Eve entrou no elevador e apertou o botão da garagem.

— Não tem nada a ver com poltronas largas e macias, uma cozinha muito bem abastecida ou um telão com variadas opções de vídeos, certo?

— Um corpo confortável produz uma mente mais alerta.

— Essa desculpa foi fraca. Você normalmente faz melhor quando tenta me convencer de alguma coisa. Está meio fora de foco hoje, Peabody.

— Nem me fale... — reagiu ela, lembrando o encontro selvagem com McNab na sala vazia.

Zeke trabalhava com afinco, de forma precisa, esforçando-se para se concentrar na madeira e prestar atenção no que fazia.

Sabia que sua irmã não dormira bem na noite anterior. Ele a ouvira se mexendo muito no quarto, andando de um lado para outro, enquanto ele também não conseguia pegar no sono, no sofá-cama da sala. Pensara em ir até ela para meditar um pouco em sua companhia ou preparar-lhe um calmante orgânico, mas não conseguiria encará-la.

Sua cabeça estava inundada por imagens de Clarissa, do jeito como ela se sentira aconchegada em seus braços e da doçura dos seus lábios. Ele sentia vergonha disso. Acreditava piamente na santidade do matrimônio. Um dos motivos de nunca ter se envolvido em uma relação mais séria era ter prometido a si mesmo que, no dia em que jurasse fidelidáde a uma mulher, ele a manteria por toda a vida.

Não encontrara ninguém que amasse o bastante para fazer tal promessa.

Até agora.

E ela pertencia a outro homem.

Alguém que não a apreciava, pensou, como fizera a noite toda. Alguém que a maltratava e a fazia infeliz. Um juramento é para ser quebrado quando causa dor.

Não, ele não conseguiria conversar com Dee enquanto pensamentos daquele tipo lhe enchessem a cabeça. E também não conseguiria deixar de pensar em Clarissa tempo bastante para proporcionar conforto à sua irmã.

Ele vira relatos dos bombardeios no noticiário da noite. Ficara horrorizado. Compreendia que nem todos abraçavam os princípios da Família Livre, baseados em *Não fazer mal a ninguém*. Sabia que alguns seguidores da doutrina da Família Livre mudavam algumas das idéias básicas para adequá-las ao seu estilo de vida, e, afinal de contas, sua crença era flexível.

Ele sabia que a crueldade existia. Sabia que assassinatos aconteciam todo dia. Mas nunca assistira à terrível indiferença em relação à vida que fora exibida no telão de sua irmã, na noite anterior.

Gente capaz de coisas como aquela era subumana. Ninguém com alma, entranhas e coração poderia destruir vidas daquela forma. Ele acreditava nisso e agarrava-se à idéia de que coisas daquele tipo eram aberrações, mutações do ser humano e que o mundo evoluíra para além da aceitação da morte em massa.

Fora um choque o instante em que avistara Eve se movendo em meio à carnificina. Seu rosto parecia sem expressão, lembrou; suas roupas estavam manchadas de sangue. Ele percebeu que ela estava exausta e afetada por tudo aquilo, mas achou-a, de certo modo, corajosa. Então lhe veio à cabeça que a sua irmã também devia estar por lá, em meio a todo aquele horror.

Eve dera declarações apenas a uma repórter, uma mulher linda, sofisticada e com pesar estampado nos olhos muito verdes:

"Não tenho nada a acrescentar ao que você está vendo aqui, Nadine", dissera ela à repórter. "Esta não é a hora nem o local para declarações. Estas mortes falam por si."

E quando sua irmã voltara para casa com o mesmo olhar de esgotamento no rosto, ele a deixara ficar sozinha.

Tinha a esperança de ter feito aquilo pelo bem dela e não dele mesmo. Ele não gostaria de conversar sobre o que ela vira e fizera. Não queria nem pensar naquilo. Também não queria pensar em Clarissa. E embora conseguisse controlar sua mente para bloquear as imagens da morte não conseguiu fazer o mesmo com a mulher.

Ela se manteria afastada dele agora, avaliou. Ficariam longe um do outro e era melhor assim. Ele terminaria o trabalho com o qual se comprometera e voltaria para o Arizona. Faria jejum e meditaria muito até livrar o organismo da presença dela.

Talvez acampasse no deserto por alguns dias até sua mente e seu coração readquirirem equilíbrio.

Então os sons chegaram pelos dutos de ventilação. A risada zangada do homem, as súplicas suaves da mulher.

— Já disse que eu quero trepar! É só para isso que você serve mesmo.

— Por favor, B. D., não me sinto bem esta manhã.

— Estou pouco me lixando para o que você está sentindo. Sua obrigação é abrir as pernas para mim sempre que eu quiser.

Ouviu-se um ruído surdo e, em seguida, um grito bruscamente interrompido. Então, barulho de vidro se quebrando.

— De joelhos. Fique de joelhos, sua piranha!

— Você está me machucando. Por favor...

— Use essa boca para fazer algo melhor do que reclamar. Isso... Isso mesmo... Mas demonstre um pouco mais de empolgação, pelo amor de Deus! É mesmo um milagre eu conseguir me excitar com você. Mais depressa, sua piranha. Sabe onde é que eu estava com o meu pau ontem à noite? Sabe onde é que eu coloquei o que você tem na boca agora? Naquela operadora de *tele-link* que eu acabei de contratar. Ela fez por merecer o salário.

Ele gemia agora, grunhindo como um animal, e Zeke fechou os olhos, rezando para aquilo acabar.

Mas não acabou, apenas mudou, com os sons de Clarissa chorando baixinho e então implorando. Ele a estava estuprando, não havia como interpretar errado aqueles sons.

Zeke se viu de repente ao pé da escada, chocado ao ver um martelo preso firmemente em sua mão. O sangue rugia violentamente em seus ouvidos.

Lealdade Mortal

Meu Deus, meu bom Deus, o que ele estava fazendo?

Quando colocou o martelo de volta sobre a bancada, com a mão trêmula, os sons diminuíram. Havia apenas um choramingo distante agora. Lentamente, Zeke subiu os degraus.

Aquilo tinha de parar. Alguém precisava pôr um fim à agonia. Mas ele enfrentaria Branson com as mãos vazias, como um homem.

Passou pela cozinha. Nenhum dos dois empregados robóticos que trabalhavam no local prestou atenção nele. Movendo-se pelo largo corredor e indo adiante, passou por lindos aposentos e seguiu rumo a um lance de escadas.

Talvez ele não tivesse o direito de interferir, pensou, mas ninguém tinha o direito de tratar outro ser humano como Clarissa era tratada.

Ele seguiu pelo corredor da direita, calculando qual dos quartos ficaria acima da oficina no subsolo. A porta estava encostada; ele conseguiu ouvi-la chorando lá dentro. Colocando as pontas dos dedos, com todo o cuidado, em contato com a madeira envernizada da porta, ele a abriu devagar. E a viu encurvada sobre a cama, seu corpo despido já começando a se encher de marcas roxas.

— Clarissa?

Ela levantou a cabeça, os olhos se arregalaram e seus lábios inchados tremeram.

— Por Deus, não. Não quero que você me veja assim. Vá embora!

— Onde ele está?

— Não sei. Foi embora. Por favor, por favor... — Ela apertou o rosto contra os lençóis amarfanhados.

— Ele não pode ter ido embora. Acabei de subir pela escada principal.

— Há uma passagem lateral. Ele sempre usa essa porta e já saiu, graças a Deus. Se ele tivesse visto você subindo até aqui...

— Isso precisa parar. — Ele foi até a cama, pegou uma das pontas do lençol e o usou para envolver Clarissa. — Você não pode permitir que ele a maltrate desse jeito.

— Ele não pretendia... é meu marido — disse ela, soltando um suspiro tão desesperado que rasgou o coração de Zeke. — Não tenho para onde ir. Não tenho a quem recorrer. Ele não me maltrataria assim se eu não fosse tão lenta e burra. Se eu só fizesse o que ele diz. Se eu...

— Pare com isso! — A reação foi mais forte do que ele planejara e, quando colocou a mão no ombro dela, Clarissa se encolheu toda. — O que aconteceu aqui não foi culpa sua e sim dele.

Ela precisava de terapia, pensou Zeke. Precisava de uma limpeza interna. Um lugar seguro onde ficar. Tanto seu corpo quanto sua auto-estima haviam sofrido duros golpes, e coisas desse tipo danificavam a alma.

— Eu quero ajudá-la — anunciou Zeke. — Posso levá-la para longe daqui. Você pode ficar no apartamento de minha irmã até decidirmos o que fazer. Existem programas de ajuda, pessoas com as quais você pode conversar. A polícia — acrescentou. — Você precisa dar queixa.

— Não, nada de polícia! — Ela apertou o lençol com mais força e lutou para se recompor. Seus olhos violeta-escuros brilhavam de medo. — Ele me mataria se eu fizesse isso. E ele conhece muita gente da força policial. Gente graúda. Não posso chamar a polícia.

Ela começou a tremer e ele a acalmou:

— Tudo bem, isso não é importante, no momento. Deixe-me ajudá-la a se vestir. Deixe-me levá-la a um curador... um médico — corrigiu ele, lembrando-se de onde estava. — Depois veremos o que fazer.

— Oh, Zeke. — Sua respiração tornou-se instável no momento em que ela pousou a mão sobre o ombro dele. — Não há nada a ser feito. Não percebe que para mim isso é o fim da linha? Ele nunca me deixará partir. Já me disse isso. Ele me avisou sobre o que faria se eu tentasse escapar, e não sou forte o bastante para lutar contra ele.

— Pois eu sou. — Ele a enlaçou com os braços, acalentando-a.

— Você é tão jovem. — Ela balançou a cabeça. — Eu não.

Lealdade Mortal

— Isso não é verdade. Você simplesmente se julga indefesa por ter estado todo esse tempo sozinha. Mas você não está mais sozinha agora. Vou ajudá-la. Minha família também.

Acariciou seus cabelos soltos e emaranhados, que lhe pareceram uma nuvem suave sob seus dedos.

— Em casa, na minha casa — continuou ele, mantendo a voz em um sussurro tranqüilizador. — Lá é muito calmo. Você não se lembra do quanto o deserto é grande, aberto e silencioso? Você poderá se curar lá.

— Eu me senti quase feliz durante aqueles poucos dias. Todo aquele espaço. As estrelas. Você. Se eu pudesse acreditar que existe uma chance...

— Então me dê essa chance. — Suavemente, pegou-a pelo queixo e levantou-lhe a cabeça ligeiramente para trás. As marcas roxas que viu no rosto dela quase lhe partiram o coração. — Eu amo você.

Lágrimas lhe encheram os olhos.

— Não pode. Você não sabe o que eu fiz.

— Nada do que ele tenha obrigado você a fazer importa. E também não importa o que eu sinto e sim o de que você necessita. Você não pode ficar na companhia dele.

— Não posso arrastar você para dentro disso, Zeke. Não está certo.

— Não vou abandonar você. — Ele pressionou os lábios sobre os cabelos dela. — Depois que você estiver a salvo, se desejar que eu vá embora, eu irei. Mas só depois de colocá-la a salvo.

— A salvo. — Ela mal conseguiu balbuciar as palavras. — Já deixei de acreditar que eu pudesse ficar a salvo. Se existir uma chance... — Ela recuou e olhou nos olhos dele. — Preciso de tempo para pensar.

— Clarissa...

— Preciso ter certeza de que eu consigo ir adiante com isso. Preciso de tempo. Por favor, tente compreender e me dê pelo menos o dia de hoje. — Ela fechou a mão sobre a dele. — Ele não pode me machucar mais do que já fez. Por favor, me dê o dia de hoje para que eu possa olhar dentro de mim mesma e ver se encontro algo de valor para lhe oferecer. Ou a qualquer outra pessoa.

— Eu não estou pedindo nada.

— Mas eu sim. — Seus lábios tremeram em um sorriso. — Eu sim, finalmente. Você poderia me dar o telefone de onde eu posso encontrá-lo? Quero que você vá embora, agora. B. D. não vai voltar até amanhã de tarde e eu preciso desse tempo para ficar só.

— Certo, mas só se você me prometer que, independentemente do que decidir, vai me ligar.

— Eu ligo. — Ela pegou uma pequena agenda eletrônica na mesinha-de-cabeceira e a entregou a ele. — Vou ligar para você hoje mesmo, à noite. Eu prometo. — Depois que Zeke digitou o seu número, ela pegou o aparelho e tornou a guardá-lo na gaveta. — Por favor, vá embora agora. Preciso ver quantos pedaços de mim mesma eu consigo recolher sozinha.

— Não estarei longe — garantiu-lhe ele.

Ela esperou até ele alcançar a porta.

— Zeke? Quando eu conheci você no Arizona... quando eu vi você, quando olhei para você... algo dentro de mim que eu julgava morto pareceu renascer. Não sei se é amor. Não sei se eu ainda tenho amor dentro de mim para oferecer a alguém, mas, se houver, ele será seu.

— Vou cuidar de você, Clarissa. Ele nunca mais vai magoá-la.

Abrir a porta e deixá-la sozinha foi a coisa mais difícil que ele fizera em toda a sua vida.

Capítulo Quatorze

Eve olhou com cara feia para o seu carro arrasado ao caminhar pela garagem. Não que a sua aparência a incomodasse muito. Desde que Zeke e Roarke haviam mexido nele, a lata velha até que funcionava a contento. Mas continuava sendo uma lata velha.

— É patético uma tenente da Divisão de Homicídios ter que andar pelas ruas dirigindo uma ruína ambulante como esta enquanto os palhaços da Divisão de Drogas Ilegais conseguem carrões último tipo. — Lançou um olhar guloso para o brilhante modelo aerodinâmico preparado para enfrentar qualquer tipo de terreno que estava parado duas vagas depois do seu carro.

— Ele só precisa de uma lanternagem, uma mão de tinta e nova blindagem — comentou Peabody, abrindo a porta.

— O que me incomoda é a raiz do problema. Os policiais de homicídios sempre ficam com o lixo. — Eve bateu a porta com força, o que foi um erro, pois ela tornou a se abrir sozinha, meio torta. — Ah, só me faltava essa!

— Eu notei esse defeitinho ontem à noite, ao levar seu carro para a minha casa. Basta levantar um pouco a porta e dar uma sacudida nela para encaixá-la de volta. Zeke pode consertar isso na primeira oportunidade que tiver. Eu me esqueci de avisar a ele, ontem à noite.

Eve levantou as duas mãos e respirou várias vezes, bem devagar.

— Tudo bem — resignou-se. — Reclamar não vai adiantar nada.

— Mas a senhora tem um jeitinho tão meigo de reclamar das coisas, tenente.

Eve olhou para Peabody meio de lado enquanto tentava prender a porta.

— Assim está melhor, Peabody. Eu já estava começando a me preocupar com você. Não ouvia uma piadinha sua há dois dias.

— É que eu ando meio fora de ritmo — murmurou Peabody, apertando os lábios. Ainda conseguia sentir o gostinho de McNab.

— Está com algum problema? — perguntou Eve, depois de prender a porta.

— Eu... — Ela queria dizer alguma coisa, mas era humilhante demais. — Não, tudo bem. Estou ótima. Qual é a nossa primeira parada?

Eve ergueu as sobrancelhas. Era raro Peabody dispensar um convite para se abrir. Lembrando a si mesma que a vida pessoal de sua auxiliar não lhe dizia respeito, Eve saiu da vaga.

— Vamos para a Autotron — respondeu. — Descubra o endereço.

— Eu sei onde é. Fica a poucos quarteirões da minha casa, no lado oeste. Nona Avenida, esquina com a Rua 12. Quem vamos encontrar lá?

— Um sujeito que gosta de bombas.

Eve explicou tudo a Peabody durante a viagem.

Ao embicar na garagem da Autotron, o segurança da guarita olhou longamente para o carro e veio na direção dele a passos largos, a fim de ler o distintivo que Eve exibiu pela janela.

— Sua entrada já foi liberada, tenente, e sua vaga está reservada. É a de número 36 do nível A, logo depois da subida, à sua direita.

— Quem me liberou? — Eve se perguntou por que se dera ao trabalho de indagar aquilo.

— Roarke. Pegue o primeiro conjunto de elevadores até o oitavo andar. Alguém vai recebê-la.

Os olhos dela brilharam por um instante, mas ela entrou com o carro.

— Ele realmente não sabe quando deve permanecer fora dos meus assuntos — comentou Eve.

— Bem, pelo menos isso agiliza as coisas e nos economiza tempo.

Eve teve vontade de argumentar que não tinha pressa alguma, mas seria uma mentira tão grande que resolveu não dizer nada e soltou fagulhas, reclamando:

— Se Roarke já tiver interrogado Lamont, vou dar um nó na língua dele.

— Posso assistir? — Peabody sorriu no instante em que Eve deu uma freada brusca e estacionou o carro. — Viu só? Já estou recuperando o ritmo.

— Pois volte a perdê-lo. — Irritada, Eve bateu a porta sem lembrar o defeito e praguejou com vontade quando ela despencou e bateu no piso de concreto. — Filha-da-mãe! — reagiu ela, chutando o metal com vontade, pois lhe pareceu apropriado, para em seguida reerguer a porta com cuidado, a fim de encaixá-la na dobradiça. — Não diga nem uma palavra, Peabody! — advertiu Eve e se lançou em largas passadas rumo ao elevador.

Peabody entrou na cabine, cruzou as mãos atrás das costas e demonstrou um imenso interesse nos números dos andares que se acendiam à medida que elas subiam.

O oitavo andar era um escritório amplo e arejado. A recepção estava lotada de empregados atarefados e executivos trajados com roupas caras e cheias de estilo. A decoração era toda em tons de azul-marinho e cinza, com um surpreendente contraste de flores silvestres vermelhas que enfeitavam a parte de baixo das janelas e estavam presentes também no console central do saguão.

Eve lembrou que Roarke tinha uma predileção especial por flores nos locais de trabalho... aliás, em qualquer lugar. Seu escritório pessoal no centro da cidade vivia abarrotado de flores.

Ela mal saiu do elevador e nem pegara o distintivo quando um homem alto com um terno preto de corte discreto veio em sua direção com um sorriso educado.

— Tenente Dallas. Roarke está à sua espera. A senhora e sua auxiliar queiram me acompanhar, por favor.

Algo a fez sentir vontade de mandá-lo dizer ao seu chefe para manter o lindo nariz longe dos assuntos dela, mas Eve conseguiu se segurar. Precisava conversar com Lamont e, se Roarke decidira facilitar o acesso a ele, reclamar ia lhe custar mais tempo e energia do que tinha disponível.

Ela o acompanhou através dos cubículos, seguindo por salas sofisticadas, com mais flores, até entrarem pelas portas duplas que davam para uma espaçosa sala de conferências.

A mesa no centro era de madeira maciça, em cor clara, combinando com as cadeiras de espaldar e assento azuis. Uma rápida olhada no ambiente mostrou que ali havia todo o conforto e a tecnologia de ponta que ela esperava de qualquer coisa na qual Roarke colocasse as mãos ou emprestasse seu nome.

Em um canto viam-se um máxi AutoChef e uma unidade de refrigeração, bem como um centro de comunicações totalmente equipado, um console de entretenimento ainda mais sofisticado e uma janela larga blindada e escurecida para proteger o ambiente da luz que vinha lá de fora.

No enorme telão que ocupava totalmente uma das paredes, um gráfico girava e se transformava. O homem na ponta da mesa afastou os olhos do telão, levantou uma das sobrancelhas e lançou para a sua esposa um sorriso charmoso.

— Tenente... Peabody. Obrigado, Gates. — Ele esperou até as portas se fecharem e então fez um gesto na direção delas. — Sentem-se. Aceitam um café?

Lealdade Mortal

— Não quero me sentar nem tomar porcaria de café nenhum...
— começou Eve.

— ... Mas eu aceito um cafezinho sim — emendou Peabody, para em seguida se encolher diante do olhar de desaprovação de Eve. — Embora, pensando melhor...

— Sente! — ordenou Eve. — Quieta!

— Sim, senhora. — Ela se sentou e ficou calada, mas lançou um olhar simpático para Roarke, antes de tentar permanecer cega, surda e invisível.

— Por acaso eu lhe pedi para você liberar a minha entrada no prédio? — reclamou Eve. — Por acaso eu lhe pedi para estar aqui na hora em que eu fosse interrogar Lamont? Estou no meio de uma investigação extremamente delicada e os federais estão doidos para puxar o meu tapete. Não quero que o seu nome apareça nos relatórios mais do que o estritamente necessário. Dá para você entender isso?

Ela marchou na direção de Roarke enquanto falava e cutucou o ombro dele com o indicador.

— Puxa, eu adoro quando você me dá uma bronca dessas. — Ele simplesmente sorriu quando ela rangeu os dentes com raiva. — Por favor, não pare.

— Isso não é uma piada, Roarke. Será que você não tem mundos para conquistar, pequenas nações industriais para comprar ou assuntos para tratar?

— Tenho sim. — O humor desapareceu dos seus olhos, deixando-os sombrios e intensos. — Este é um deles. Da mesma forma que o hotel onde muitas pessoas morreram ontem também era um deles. E se algum dos meus empregados pode ter ligação com o caso, isso é um assunto tanto meu quanto seu, tenente. Achei que isto já tinha ficado claro.

— Você não pode se culpar pelo que aconteceu ontem.

— Se eu disser que o mesmo vale no seu caso, você vai me ouvir?

Eve olhou fixamente para Roarke por um instante, desejando que ele não visse o lado dela com tanta clareza.

— Você interrogou Lamont? — quis saber ela.

— Não, para evitar encrenca. Simplesmente reorganizei minha manhã, liberei a entrada de vocês e providenciei para que Lamont ficasse no laboratório. Ainda não estive com ele. Imaginei que você quisesse reclamar um pouco comigo antes de vê-lo.

Para não parecer tão previsível, Eve resolveu fazer algo inesperado.

— Vou tomar um café com calma, antes de você chamar Lamont.

Roarke passou os dedos pelas pontas dos cabelos dela, antes de se virar para servir o café. Eve se sentou em uma cadeira e olhou para Peabody com cara amarrada, perguntando:

— O que você está olhando?

— Nada, senhora... — De forma intencional, Peabody desviou o olhar para o lado oposto. Era fascinante vê-los juntos, refletiu. Um curso completo sobre o cabo-de-guerra que era a relação de um casal. E era linda a forma como ambos se olhavam, como se adivinhassem os pensamentos um do outro. Na verdade, dava para ver.

Ela não imaginava como seria ter um tipo de ligação como aquela em sua vida. Tão intensa que um leve roçar de dedos sobre os cabelos valia por uma declaração de amor simples e completa.

Ela deve ter soltado um suspiro, porque Roarke deixou a cabeça tombar ligeiramente para o lado ao servir-lhe o café.

— Cansada, Peabody? — perguntou ele, em um murmúrio, colocando a mão em seu ombro.

Peabody julgava aceitáveis a onda de rubor e a leve excitação que sentia todas as vezes que olhava para aquele rosto espetacular. Mas sabia que Eve não iria gostar nem um pouco se ela tornasse a suspirar.

— Dormi pouco — explicou ela e baixou a cabeça, tentando se concentrar no café.

Ele deu um carinhoso apertão em seu ombro, fazendo-lhe o coração disparar, e em seguida tornou a olhar para Eve.

— Lamont já vai subir. Gostaria de ficar aqui enquanto você conversa com ele. E... — continuou ele, levantando a mão — antes

Lealdade Mortal

que você me avise o porquê de eu não poder permanecer na sala durante um interrogatório oficial deixe-me lembrá-la de que eu não apenas sou o patrão dele, mas também o conheço há muitos anos. Vou perceber se ele estiver mentindo.

Eve tamborilou sobre a mesa. Conhecia aquele olhar de Roarke... frio, enigmático, controlado. Ele analisaria tudo e absorveria cada detalhe com a experiência de um tira veterano.

— Tudo bem, mas observe apenas. Não faça perguntas nem comente nada, a não ser que eu peça.

— Combinado. Você já foi liberada para ir ao Maine?

— Sim. Vamos pegar um vôo regular para lá, assim que sairmos daqui.

— Meu jato está no aeroporto. Vá nele.

— Vamos pegar um vôo regular — repetiu Eve, mesmo notando que Peabody levantou a cabeça e seus olhos demonstraram toda a esperança de um filhote que fareja o leite materno.

— Não seja teimosa — disse Roarke, sem se alterar. — O jato vai levar você até lá na metade do tempo, sem as frustrações de um vôo comum. Além do mais, você pode aproveitar a viagem e trazer algumas lagostas para o jantar.

A expressão *vá sonhando...* chegou na ponta da língua de Eve, mas ela tornou a engolir as palavras quando ouviu uma batida na porta.

— Vai começar o show — murmurou Roarke, recostando-se na cadeira. — Entre!

Lamont tinha bochechas redondas, lisas, olhos azuis muito animados e a tatuagem de uma flecha em chamas ao lado do queixo, detalhe que não aparecia na foto de sua ficha funcional. Seu cabelo um pouco mais comprido que o da foto formava redemoinhos castanhos que lhe desciam até o queixo e lhe davam um ar ligeiramente angelical, em vez do aspecto jovem e conservador que Eve vira no computador, na véspera.

Ele vestia um guarda-pó por cima de uma camisa branca abotoada até em cima, junto do seu pomo-de-adão, e calças pretas estreitas. Eve percebeu que suas botas eram feitas à mão e muito caras, semelhantes às que Roarke tinha em seu closet gigantesco.

Ele lançou um olhar educado na direção de Eve e se demorou um pouco mais ao analisar o uniforme de Peabody para em seguida dedicar toda a sua atenção a Roarke.

— O senhor queria me ver? — Sua voz tinha um quase imperceptível sotaque francês, como um discreto sabor de tomilho em uma sopa leve.

— Esta é a tenente Dallas, do Departamento de Polícia de Nova York. — Roarke não se levantou nem indicou uma cadeira. Foi o seu modo implícito de passar o controle da situação para Eve. — Ela precisa falar com você.

— Sim...? — O sorriso educado deu lugar a um leve ar de especulação.

— Sente-se, sr. Lamont. Preciso lhe fazer algumas perguntas. O senhor tem direito à presença de um advogado, se desejar.

Ele piscou duas vezes, lentamente, e perguntou:

— E eu preciso de um advogado?

— Não sei dizer, sr. Lamont. Precisa?

— Não vejo por que precisaria. — Ele se sentou e se ajeitou na poltrona, até se sentir confortável. — Do que se trata?

— Bombas — respondeu Eve, lançando-lhe um sorriso suave. — Pode começar a gravar, Peabody — acrescentou e recitou para Lamont os seus direitos e deveres. — O que o senhor sabe a respeito do atentado a bomba ao Hotel Plaza, ontem?

— Apenas o que vi no noticiário. Eles atualizaram a contagem dos mortos. O número já passa de trezentos.

— Alguma vez na vida o senhor trabalhou com plaston, sr. Lamont?

— Sim.

— Então o senhor sabe que material é esse.

— Obviamente. — Ele se mexeu de leve na poltrona. — É um elemento leve, elástico e altamente instável, normalmente usado

Lealdade Mortal

como detonador em explosivos. — Ele empalidecera um pouco desde que se sentara, mas manteve os olhos firmes nos de Eve. Agora eles já não pareciam tão animados. — Os explosivos que fabricamos aqui na Autotron, para contratos com o governo e também para empresas particulares, geralmente utilizam diminutas quantidades de plaston.

— O seu conhecimento de mitologia grega está em dia?

— Como disse? — Os seus dedos apertaram a ponta da mesa e relaxaram um pouco para em seguida voltarem a apertá-la.

— O senhor conhece alguém chamado Cassandra?

— Acredito que não.

— Conhece Howard Bassi, cujo apelido é Armador?

— Não.

— O que faz em suas horas de lazer, sr. Lamont?

— Minhas... minhas horas de lazer?

Eve tornou a sorrir. A mudança de ritmo o desequilibrara, como ela pretendia.

— Hobbies, esportes, atividades de entretenimento. Roarke não o mantém trabalhando aqui dentro vinte e quatro horas por dia, sete dias por semana, não é verdade?

— Eu... não. — Seu olhar se lançou na direção de Roarke, mas voltou logo em seguida. — Eu... pratico um pouco de squash.

— Em equipe ou sozinho?

Ele levantou uma das mãos e a esfregou sobre a boca.

— Geralmente sozinho — respondeu.

— Seu pai fabricava bombas durante a Guerra Francesa — continuou Eve. — Ele trabalhava em equipe ou sozinho?

— Eu... ele trabalhava para o Exército de Reforma Social. Acho que era uma equipe.

— Ah... eu achava que ele era freelancer. Sabe como é... aquele que trabalha para quem paga mais.

O rosto de Lamont ficou vermelho de repente.

— Meu pai era um patriota — afirmou ele.

— Fazia sabotagem por uma boa causa. Os terroristas muitas vezes fazem referências a si mesmos como patriotas. — Eve mantinha a voz impassível, mas viu a raiva surgir nos olhos dele pela primeira vez. — O senhor acredita em fazer sabotagens por uma boa causa, sr. Lamont? Acredita em sacrificar inocentes por uma causa honrada e justa?

Ele ia dizer alguma coisa, mas mudou de idéia e permaneceu calado. Por fim, depois de inspirar profundamente, afirmou:

— Guerra é um assunto diferente. No tempo do meu pai, o nosso país havia sido tomado por burocratas exploradores. A segunda revolução na França era necessária para devolver ao povo o poder e a justiça que eram seus por direito.

— Então... — Eve sorriu de leve — assumo que a sua resposta seja "sim".

— Eu não fabrico bombas por nenhum tipo de causa. Eu as fabrico para utilização em minas e demolição de prédios velhos. Edifícios vazios. Ou para testes militares e contratos — disse ele, um pouco mais calmo. — A Autotron é uma empresa respeitável e bem conceituada.

— Aposto que sim. O senhor gosta de fabricar bombas?

— Não fabricamos bombas aqui. — O tom parecia um pouco mais mordaz agora e o sotaque francês se intensificara. — Nossos dispositivos são altamente sofisticados e avançadíssimos, tecnologicamente falando. Produzimos o melhor que existe no mercado.

— Desculpe, então. O senhor gosta de fabricar dispositivos sofisticados e tecnologicamente avançados?

— Sim. Adoro o meu trabalho. A senhora gosta do seu?

Ele parecia um pouco mais arrogante, agora, notou Eve. Aquilo era interessante.

— Eu aprecio os resultados do meu trabalho, sr. Lamont. E quanto ao senhor?

— Eu acredito em utilizar bem a minha capacitação profissional.

— Eu também. Obrigada, sr. Lamont. Isso é tudo.

Lealdade Mortal   263

O pequeno sorriso que se formara no rosto dele desapareceu.

— Estou dispensado?

— Sim, obrigada. Pode encerrar a gravação, Peabody. Obrigada por nos deixar usar a sua sala, Roarke.

— Nós, da Autotron, sempre temos prazer em colaborar com a polícia. — Levantando uma sobrancelha, olhou para Lamont, dizendo: — Creio que a tenente já terminou, Lamont. Você está livre para voltar ao trabalho.

— Sim, senhor. — Ele se levantou, com o corpo meio duro, e saiu da sala.

— Ele estava mentindo — disse Eve, sentando-se.

— Ah, sim — concordou Roarke. — Estava mesmo.

— Mentindo a respeito de quê? — perguntou Peabody, sem conseguir se segurar.

— Ele reconheceu o nome Cassandra e sabia a respeito de Armador. — Com ar pensativo, Eve coçou o queixo. — Pareceu-me um pouco abalado, a princípio, mas logo depois ficou mais à vontade. E não gosta de tiras.

— Um sentimento comum — assinalou Roarke. — Assim como também é um erro comum subestimar certos tiras. Ele achou que tinha você na palma da mão, quase no fim da conversa.

— É um amador — reagiu Eve, bufando de escárnio e se levantando. — Peabody, mande alguém seguir o nosso amigo Lamont. Roarke, vou precisar que você...

— Já sei!... Vai precisar que eu pegue os registros dele, mande fazer uma revisão nos seus equipamentos, verifique requisições de materiais e faça um inventário completo. — Ele se levantou. — Isso tudo já está sendo providenciado.

— Exibido!

Ele a tomou pela mão e, como apreciá-la trabalhando o deixava de bom humor, mordiscou-lhe os nós dos dedos antes de ela ter chance de impedir.

— Pode deixar que eu vou ficar de olho nele — garantiu.

— Mas mantenha-se longe da investigação — ordenou ela. — Quero que ele pense que se saiu bem na nossa entrevista. Peabody... — Ela girou o corpo e pigarreou com força ao pegar sua ajudante com cara de quem sonhava acordada. — Ei, Peabody, acorde!

— Sim, senhora! — Ela piscou, deu um pulo e quase derrubou a cadeira. Ver a boca habilidosa de Roarke demorando-se sobre os dedos de Eve a fizera imaginar o que McNab estaria preparando para ela, mais tarde.

— Permaneça na Terra, Peabody, por favor. Nos falamos depois — acrescentou ela, olhando para Roarke.

— Sim, não desapareça. — Ele foi até a porta para acompanhar as duas, mas, antes disso, pegou Peabody pelo braço e a segurou um instante. — Ele é um homem de sorte — murmurou em seu ouvido.

— Hein? Quem?

— O sujeito com quem você estava sonhando ainda agora.

Ela sorriu feito uma idiota e afirmou:

— Ainda não, mas ele vai ser um homem de sorte sim...

— Peabody!

A auxiliar de Eve girou os olhos com impaciência e apressou o passo, a fim de acompanhar a sua tenente.

— Pegue o jatinho, tenente — gritou Roarke.

Eve olhou para trás por sobre o ombro e o viu, alto, lindo, no centro da porta dupla. Desejou ter um tempinho de sobra e também um pouco de privacidade para voltar correndo e dar um beijo rápido naqueles lábios maravilhosos.

— Talvez eu faça isso — disse ela, encolhendo os ombros ao entrar no elevador.

Eve pegou o jatinho, tanto para ganhar tempo quanto para se livrar dos beicinhos de Peabody. Foi uma decisão acertada. Fazia um frio brutal no Maine. Naturalmente, ela se esquecera das luvas e enfiou as mãos nos bolsos do casaco na hora de sair do avião e enfrentar o vento cortante.

Lealdade Mortal 265

Um funcionário do aeroporto, vestindo um macacão reforçado e apropriado para o clima, apareceu de repente e entregou a Eve um cartão eletrônico.

— O que é isso?

— O seu transporte, tenente Dallas. Seu veículo está na área verde do estacionamento, segundo piso, vaga número cinco.

— Roarke — resmungou ela, enfiando o cartão no bolso junto com os dedos congelados.

— Deixe-me mostrar-lhe o caminho — ofereceu ele.

— Sim, por favor.

Eles caminharam pela pista até chegar ao terminal, aquecido. O setor de aeronaves particulares estava tranqüilo, de forma quase reverente se comparada ao barulho alto e constante da área aberta ao público, lotada por pessoas que se acotovelavam, segurando alimentos e presentes.

Eles subiram pelo elevador até a área verde, onde Eve se viu diante de um elegante veículo último tipo, aéreo e terrestre, que fazia os carrões preparados para qualquer tipo de terreno, especialmente aqueles destinados aos detetives da Divisão de Drogas Ilegais, parecerem brinquedos de criança.

— Caso a senhora prefira outra marca ou modelo, estamos autorizados a atendê-la — disse-lhe o homem.

— Não, esse aqui está ótimo. Obrigada. — Ela esperou até ele se afastar antes de resmungar entre dentes: — Ele precisa parar com essas coisas.

— Por quê? — perguntou Peabody, passando a mão sobre o reluzente pára-lama com ar sonhador.

— Porque sim! — Foi a única resposta que veio à cabeça de Eve enquanto ela introduzia um cartão para abrir a porta. — Consiga-nos um mapa para o endereço de Monica Rowan.

Peabody se acomodou no banco do carona e esfregou as mãos enquanto analisava o painel.

— Mapa aéreo ou terrestre?

Eve lançou-lhe um olhar frio como aço.

— Terrestre, Peabody.

— Pela terra ou pelo ar, eu aposto que esta máquina arrebenta! — Ela se inclinou para analisar o sistema computadorizado que havia a bordo. — Uau! E ela veio toda *equipada*!

— Quando esse ataque típico de menina de dezesseis anos acabar, policial, providencie a droga da rota.

— Uma mulher nunca deixa de ter dezesseis anos — murmurou Peabody, mas obedeceu a ordem.

O monitor embutido no painel respondeu de imediato ao seu comando, oferecendo um mapa detalhado com o melhor caminho.

A senhora deseja indicações orais durante a jornada?, perguntou o computador, com uma voz de barítono.

— Acho que conseguimos nos virar sozinhas, meu chapa — respondeu Eve, encaminhando-se para a saída.

Como desejar, tenente Dallas. Esta jornada compreenderá um total de dezesseis quilômetros e meio. O tempo estimado para completá-la a esta hora do dia, em um dia de semana como o de hoje e dentro dos limites de velocidade permitidos para o percurso é de doze minutos e oito segundos.

— Ah, mas eu aposto que conseguimos chegar lá em menos tempo. — Peabody lançou um sorriso curto para Eve. — Certo, tenente?

— Não estamos aqui para apostar corrida com ninguém. — Eve conduziu o veículo lentamente, de maneira correta, através do estacionamento e acompanhou vagarosamente o tráfego na região em torno do aeroporto até atravessar os portões de saída. Foi quando viu diante de si uma rodovia comprida, larga e bem pavimentada. Como, afinal de contas, era humana, pisou fundo o acelerador.

— Puxa vida! Quero um carro desses! — gritou Peabody, sorrindo muito empolgada ao ver o cenário passar depressa como um borrão. — Quanto será que custa uma beleza dessas?

Lealdade Mortal

Este modelo está à venda por cento e sessenta e dois mil dólares, mais impostos, emplacamento e outras despesas.

— Caraca!

— Continua se sentindo com dezesseis anos, Peabody? — Dando uma gargalhada curta, Eve tomou a pista da direita e diminuiu a marcha para pegar a saída indicada.

— Continuo, sim, e quero um aumento de soldo.

Assim que saíram da rodovia, começaram a aparecer sinais de trânsito, centros comerciais e hotéis simples, típicos dos bairros residenciais. O tráfego tanto terrestre quanto aéreo se intensificou, mas os veículos continuaram a manter uma velocidade constante e uma distância segura uns dos outros.

Nesse instante, Eve sentiu falta de Nova York, com suas ruas tumultuadas, vendedores grosseiros e pedestres hostis.

— Como é que as pessoas agüentam morar em lugares como este? — perguntou a Peabody. — É como se alguém tivesse usado a gravação de um paraíso turístico e em seguida clonado o lugar em cada cidadezinha do país. Elas são todas iguais.

— Tem gente que gosta de tudo assim, igualzinho. É confortador. Quando eu era menina, fizemos uma viagem até o Maine. Fomos visitar o parque nacional de Mount Desert Island.

Eve estremeceu.

— Parques nacionais são aqueles lugares cheios de árvores, excursionistas e insetos esquisitos?

— Até parece que não temos insetos em Nova York.

— Pois eu prefiro uma barata honesta e que me pareça familiar.

— Então vá até o meu apartamento. Lá tem tantas dessas que elas até promovem festas.

— Reclame com o síndico.

— Ah, sei, e você acha que adianta?

Eve virou à direita e diminuiu a marcha à medida que a rua se estreitava. As residências geminadas em grupos de duas e três eram antigas e surgiram enfileiradas, com ar triste. Os gramados pareciam igualmente desolados e exibiam o verde-amarelado típico do inverno nos locais em que a neve derretera. Eve parou junto do meio-fio, ao lado de uma calçada com pavimento rachado, e desligou o motor.

Jornada completada em nove minutos e quarenta e oito segundos. Por favor, não se esqueça de digitar o código de segurança ao bater a porta.

— Daria para diminuir esse tempo em mais dois minutos, pelo menos, se tivéssemos vindo pelo ar — comentou Peabody, ao saltar.

— Tire esse sorrisinho da boca e exiba cara de tira. Monica está nos espiando pela janela. — Eve seguiu pela calçada esburacada e malcuidada até alcançar a porta da casa.

A espera foi longa, embora Eve calculasse que Monica estava em uma janela a três passos da porta. De qualquer modo, não esperava boas-vindas calorosas. E não as obteve.

A porta se abriu uns poucos centímetros, e um olho cinza muito sério olhou pela fresta.

— O que quer aqui? — perguntou uma voz.

— Sou a tenente Dallas, do Departamento de Polícia de Nova York, e estou acompanhada por minha auxiliar. Temos algumas perguntas a lhe fazer, sra. Rowan. Podemos entrar?

— Não estamos em Nova York, a senhora não possui autoridade alguma nesta cidade e não temos nada a tratar.

— Tenho algumas perguntas — repetiu Eve — e eu obtive autorização para vir até aqui. Seria mais fácil para a senhora mesma, sra. Rowan, se nossa entrevista ocorresse neste local e agora em vez de sermos obrigadas a levá-la para Nova York.

— Vocês não podem me obrigar a ir até Nova York.

Eve nem se deu ao trabalho de suspirar e recolocou no bolso o distintivo que exibira para Monica.

— Podemos obrigá-la sim — retrucou —, mas preferíamos não lhe causar esta inconveniência. Não tomaremos muito do seu tempo.

— Não gosto da polícia em minha casa — reclamou ela, mas abriu a porta. — Não quero que vocês toquem em nada.

Lealdade Mortal

Eve entrou em um espaço que o arquiteto provavelmente batizara, brincando, de saguão. Tratava-se de pouco mais de um metro quadrado de piso coberto de linóleo esfregado com vigor e desbotado.

— Limpem os pés. Limpem os pés sujos de tiras antes de pisarem em minha casa.

De forma respeitosa, Eve deu um passo atrás e limpou suas botas no capacho. Isso lhe deu aquele instante extra para analisar Monica Rowan.

A imagem dos arquivos lhe era fiel. A mulher à sua frente tinha feições duras, olhos sombrios, acinzentados. Aliás, olhos, pele e cabelos tinham todos a mesma tonalidade sem vida. Ela vestia uma roupa de flanela dos pés à cabeça, e o calor do sistema de aquecimento que permeava toda a casa começou a causar desconforto em Eve, que estava de jeans e casaco de couro.

— Bata a porta! Vocês já estão aumentando a minha conta de aquecimento deixando o calor escapar. Sabem quanto custa aquecer um lugar como este? A companhia que fornece o serviço é administrada por fantoches do governo.

Peabody limpou os pés, entrou, fechou a porta e colou em Eve, quase a atropelando. Monica continuava em pé, impassível, com os braços cruzados sobre o peito.

— Pergunte o que quer saber e caia fora.

A hospitalidade ianque fora para o espaço, refletiu Eve.

— Aqui está meio apertado, sra. Rowan. Não poderíamos ir até a sala para sentarmos um pouco?

— Então seja rápida, porque tenho mais o que fazer. — Virando-se, ela guiou as visitantes até a minúscula sala de estar.

O lugar era tristemente vazio, com uma única poltrona e um sofá pequeno, cobertos por plástico transparente. Dois abajures ainda exibiam as proteções originais em volta das cúpulas. Eve decidiu que não tinha tanta vontade de se sentar, afinal.

As cortinas estavam quase fechadas, separadas por um pequeno espaço, uma fresta de alguns centímetros por onde entrava a única luz do ambiente.

Havia exaustores para aspirar e reciclar o ar, mas não se via pó. Eve imaginou que uma única partícula de poeira que entrasse ali logo trataria de fugir correndo, horrorizada. Uma dúzia de bibelôs absolutamente limpos, representando figuras com caras felizes, parecia dançar sobre as mesinhas. Um modelo barato de gato robótico se levantou do tapete, com um rangido metálico, deu um miado enferrujado e voltou a se acomodar.

— Pergunte o que quer saber e vá embora. Preciso acabar de limpar a casa.

Assim que Peabody começou a gravar a entrevista, Eve recitou a versão atualizada e revisada dos direitos e deveres da mulher que ia interrogar.

— A senhora compreende quais são os seus direitos e obrigações, sra. Rowan?

— Compreendo apenas que a senhora veio até a minha casa sem ser convidada e está interrompendo o meu trabalho. Quanto ao representante que a senhora citou, eu não preciso de nenhum advogado safado metido a bondoso para me dar assistência. São todos umas marionetes do governo em busca de gente honesta para explorar. Vamos logo com isso.

— A senhora era casada com James Rowan.

— Até o dia em que o governo o assassinou e aos meus filhos.

— A senhora não morava mais com o sr. Rowan quando ele morreu.

— Mas não deixei de ser esposa dele por causa disso, não é?

— Não, senhora, não deixou. Poderia me dizer por que estava separada dele e de seus filhos?

— Esse é um assunto pessoal relacionado ao meu casamento. — Os braços de Monica se apertaram mais sobre o peito. — Jamie estava com a cabeça muito cheia de problemas. Era um grande homem. É dever de uma esposa se colocar atrás das necessidades e desejos do marido.

Eve simplesmente levantou uma sobrancelha ao ouvir isso.

Lealdade Mortal

— E seus filhos? A senhora levou em consideração as necessidades e desejos deles?

— Ele precisava das crianças perto dele. Jamie as adorava.

Mas não pensava o mesmo a seu respeito, não é verdade?, refletiu Eve.

— E quanto à senhora, sra. Rowan, adorava seus filhos?

Aquela não era uma pergunta pertinente, e na mesma hora Eve se aborreceu consigo mesma por tê-la deixado escapar.

— Eu lhes dei a vida, não dei? — Monica inclinou a cabeça para a frente, de forma agressiva. — Carreguei os dois em minha barriga durante nove meses e os dei à luz em meio a dor e sangue. Cumpri minhas obrigações para com eles. Mantive-os limpos, alimentados, e o governo me pagou uma merreca por todo esse trabalho. Qualquer tira, naquela época, ganhava mais do que uma mãe profissional. Quem a senhora acha que pulava da cama no meio da noite quando eles acordavam aos berros? Quem os limpava depois? Não havia nada mais sujo do que aqueles fedelhos, que viviam imundos. Uma mulher precisa se matar de trabalhar para conseguir manter sempre limpa uma casa que tem crianças.

O amor materno também acabara de ir para o espaço, pensou Eve, mas lembrou a si mesma que aquilo não vinha ao caso.

— A senhora tinha medo das atividades do seu marido e da sua associação com o grupo terrorista Apolo?

— Propaganda oficial e mentiras. Mentiras do governo. — Ela parecia cuspir as palavras. — Jamie era um grande homem. Um herói. Se tivesse sido presidente, este país não teria virado a bagunça que é, cheio de prostitutas e sujeira pelas ruas.

— A senhora trabalhava com ele?

— O lugar da mulher é em casa, cuidando da limpeza, preparando refeições decentes e criando os filhos. — Ela apertou os lábios em um sorriso de escárnio. — Vocês duas, provavelmente, gostariam de ser homens, mas eu sei o porquê de Deus ter colocado as mulheres na Terra.

— Seu marido conversava com a senhora sobre o trabalho dele?

— Não.

— A senhora conheceu alguma das pessoas com as quais ele trabalhava?

— Eu era a esposa dele. Fornecia uma casa limpa para ele e para as pessoas que acreditavam nele.

— William Henson acreditava nele.

— William Henson era um homem brilhante e leal.

— A senhora sabe onde eu poderia encontrar esse homem brilhante e leal?

Monica sorriu e apertou ainda mais os lábios, com ar astuto.

— Os assassinos do governo o caçaram e mataram, como fizeram com todos os que demonstravam lealdade.

— É mesmo? Eu não tenho dados que confirmem a sua morte.

— Foi um complô. Uma conspiração. Uma operação secreta. — Pequenas gotas de saliva voavam de sua boca. — Eles arrancavam pessoas honestas de suas casas e jogavam-nas em celas, onde passavam fome e eram torturadas. E executadas.

— A senhora foi arrancada de casa, sra. Rowan? Foi trancada? Torturada?

Os olhos de Monica se estreitaram.

— Eu não tinha nada que eles quisessem.

— Poderia me dar os nomes das pessoas que acreditavam em seu marido e continuam vivas?

— Isso tudo aconteceu há mais de trinta anos. As pessoas aparecem e desaparecem.

— E quanto às esposas dos simpatizantes? Seus filhos? A senhora deve tê-los conhecido, socialmente.

— Havia uma casa para cuidar. Eu não tinha tempo para eventos sociais.

Eve deu uma olhada em volta da sala. Não havia nem mesmo um telão ou centro de entretenimento.

— A senhora se mantém atualizada com o noticiário, sra. Rowan? Sabe das últimas notícias?

Lealdade Mortal 273

— Cuido apenas da minha vida. Não preciso saber o que outras pessoas estão fazendo.

— Nesse caso, talvez a senhora não saiba que ontem um grupo terrorista chamado Cassandra bombardeou o Hotel Plaza, em Nova York. Centenas de pessoas morreram. Muitas delas eram mulheres e crianças.

Os sombrios olhos cinza pareceram cintilar, mas logo tornaram a ficar opacos.

— Essas pessoas deveriam estar em suas casas, onde era o lugar delas — afirmou ela.

— Não lhe causa preocupação que um grupo de terroristas esteja matando pessoas inocentes? Nem que todos acreditem que esse grupo tenha ligações com o seu marido morto?

— Ninguém é inocente.

— Nem mesmo a senhora, sra. Rowan? — Antes de ela ter chance de responder, Eve foi em frente: — Alguém do grupo Cassandra entrou em contato com a senhora?

— Eu me mantenho afastada de tudo. Não sei de nada a respeito do seu hotel bombardeado, mas, se quer a minha opinião, o país ficaria bem melhor se aquela cidade inteira fosse pelos ares. Já lhe dediquei todo o tempo que tinha disponível. Quero que saia da minha casa agora ou vou exigir a presença do meu advogado.

Eve fez mais uma tentativa:

— O seu marido e o grupo dele nunca exigiram dinheiro, sra. Rowan. O que eles fizeram, fizeram por lealdade às suas crenças. Cassandra está mantendo a cidade refém por dinheiro. James Rowan aprovaria isso?

— Não sei de nada a esse respeito. Agora, quero que vá embora.

Eve pegou um cartão no bolso e o colocou sobre a mesinha, diante do bibelô de uma mulher risonha.

— *Se e quando* a senhora se lembrar de mais alguma coisa que nos possa ser útil, peço-lhe que entre em contato através deste cartão. Obrigada por seu tempo.

As duas policiais se dirigiram para a porta de saída com Monica em seus calcanhares. Ao chegarem lá fora, Eve inspirou fundo para pegar um pouco de ar fresco.

— Vamos voltar para as prostitutas e a sujeira das ruas, Peabody.

— Ah, vamos logo. — Ela estremeceu o corpo, para criar efeito.

— Preferia ter sido criada por lobos raivosos a ter uma mulher dessas como mãe.

Eve olhou para trás e viu um lúgubre olho cinza as acompanhando pela fresta entre as cortinas.

— Qual é a diferença?

Monica as viu ir embora e esperou até o carro arrancar. Voltou e pegou o cartão que Eve lhe dera. Aquilo poderia ser um grampo eletrônico disfarçado, avaliou. Jamie a treinara muito bem. Correu até a cozinha, jogou o cartão no triturador da pia e ligou a máquina.

Satisfeita, foi até o *tele-link* preso na parede. Ele poderia estar grampeado também. Tudo poderia estar. Tiras imundos. Arreganhando os lábios, pegou um misturador de sinais em uma gaveta e o prendeu ao *tele-link*.

Ela fizera o seu trabalho, não fizera? E sem reclamar. Já estava mais do que na hora de receber uma compensação. Digitou um número no aparelho.

— Quero a minha parte — disse, entre dentes, assim que atenderam do outro lado. — Duas tiras acabaram de sair daqui e me encheram de perguntas. Eu não lhes contei nada. Mas talvez conte, da próxima vez. Tenho algumas coisas para dizer à tenente Dallas, da polícia de Nova York, e ela terá interesse em ouvir. Quero a minha parte, Cassandra — repetiu, pegando um trapo com desinfetante e limpando com força uma pequena mancha que descobrira no balcão da cozinha. — Eu fiz por merecer.

Capítulo Quinze

Caro camarada,
Somos Cassandra.
Somos leais.

Acredito que os informes que lhe enviamos já tenham chegado e que sejam do seu agrado. Os próximos passos do nosso plano estão em curso. Como nos jogos de xadrez que costumávamos jogar naquelas noites longas e silenciosas, os peões às vezes são sacrificados pela rainha.

Neste momento existe um pequeno problema que eu gostaria de pedir-lhe para resolver por nós, uma vez que o nosso tempo é limitado e devemos nos manter concentrados nos eventos que virão a seguir. O momento exato de agir será um elemento vital nos próximos dias.

Anexados a esta mensagem estão os dados solicitados para uma execução há muito adiada. Este é um assunto que tínhamos a esperança de resolver por conta própria, em um momento futuro, mas as circunstâncias exigem sua implementação imediata.

Não há razão para preocupação.

Devemos ser breves em nossos contatos. Lembre-se de nós na reunião desta noite. Cite o nosso nome.
Somos Cassandra.

Zeke ficou o dia todo no apartamento da irmã, temeroso de ir até a delicatéssen da esquina para comprar tofu e perder a ligação de Clarissa, ao mesmo tempo que repreendia a si mesmo por não ter lhe informado o número do seu *tele-link* de bolso.

Manteve-se ocupado. Havia pequenas tarefas e muitos reparos a fazer no apartamento, consertos que sua irmã vivia adiando. Desentupiu o ralo da cozinha, consertou um vazamento, lixou a porta do quarto e as esquadrias das janelas, que estavam empenadas, e consertou o temperamental interruptor do banheiro.

Se tivesse pensado nisso, teria levado para Nova York alguns dispositivos para melhorar o sistema de iluminação. Lembrou a si mesmo de resolver aquilo antes de voltar para o Arizona.

Se houvesse tempo. Se ele e Clarissa não estivessem viajando para o oeste naquela mesma noite.

Por que ela não ligava?

Ao se pegar olhando fixamente para o *tele-link*, resolveu sair da sala e foi para a cozinha, tentando se concentrar na máquina de reciclagem. Ele a desmontou, limpou-a por dentro e tornou a montá-la.

Então ficou olhando para o vazio, imaginando como seria quando ele levasse Clarissa para casa.

Não havia dúvidas de que sua família a receberia muito bem. Além de ser um dos fundamentos da Família Livre oferecer abrigo e conforto aos necessitados, sem questionar nada nem impor condições, Zeke conhecia o coração dos que o haviam criado. Seus pais eram abertos e generosos.

Mesmo assim, sabia que os olhos de sua mãe eram sagazes e ela descobriria os sentimentos dele, não importa o quanto ele tentasse escondê-los. E sabia também que ela não aprovaria o seu envolvimento romântico com Clarissa. Podia ouvir os conselhos de sua mãe como se ela estivesse na sala com ele, naquele momento:

Ela tem que se curar, Zeke. Precisa de tempo e espaço para descobrir o que está dentro dela. Ninguém conhece o próprio coração, depois de ele ter sido tão maltratado. Coloque-se de lado e seja apenas seu amigo. Você não tem direito a mais do que isso. Nem ela.

Zeke sabia que sua mãe estaria certa ao falar essas coisas. Do mesmo modo que sabia que, por mais que tentasse seguir seus conselhos, ele já estava apaixonado demais para se afastar.

Porém, seria cuidadoso com Clarissa; seria gentil; iria tratá-la do jeito que ela merecia ser tratada. Iria convencê-la a fazer terapia, e isso a ajudaria a recuperar sua auto-estima; ele a apresentaria aos seus, para que ela pudesse descobrir o que significava o conceito de família.

Ele seria paciente.

E depois que ela se recuperasse, ele faria amor com ela de forma doce e suave, para que ela pudesse compreender a beleza de uma relação homem/mulher e se esquecesse da dor e dos receios.

Ela tinha tanto medo. As marcas roxas na pele iriam desaparecer, mas ele sabia que as marcas no coração e na alma poderiam se disseminar e causar dor. Só por isso ele queria que Branson pagasse. Envergonhou-se por sua sede de vingança; aquilo ia contra tudo o que acreditava. Mas quanto mais lutava para se concentrar apenas em Clarissa e no quanto ela ia desabrochar, longe da cidade, como uma flor do deserto, mais o seu sangue clamava por justiça.

Ele queria ver Branson em uma cela, sozinho e amedrontado. Queria ouvi-lo implorar por misericórdia, como Clarissa fizera.

Disse a si mesmo que era tolice desejar algo desse tipo, pois a vida de Branson não afetaria em nada a felicidade de Clarissa e a sua recuperação, depois que ela se afastasse dele. Sua crença nos preceitos da Família Livre, segundo os quais cada um deveria buscar o seu destino sem interferências externas e que a insistência do homem em julgar e punir seus semelhantes só servia para atrapalhar a ascensão nos planos espirituais, estava sendo duramente testada.

Ele sabia que já julgara B. Donald Branson e sabia também que queria vê-lo punido. Uma parte de si mesmo, que Zeke jamais suspeitara existir, ansiava por lhe aplicar aquele castigo.

Ele lutou para enterrar aquela ânsia ou apagá-la, mas viu suas mãos se fecharem, formando punhos cerrados, ao olhar mais uma vez para o *tele-link* e torcer para que Clarissa ligasse.

Quando o aparelho tocou, ele deu um pulo de susto e voou para atender a ligação:

— Sim, alô.

— Zeke. — O rosto de Clarissa encheu a tela. Sua face estava úmida de lágrimas recém-vertidas, mas ela abriu os lábios em um sorriso trêmulo. — Por favor, venha.

O coração dele pareceu inchar e pular-lhe até a garganta.

— Já estou indo.

Peabody ansiava para a reunião de final de turno acabar logo. A verdade, admitiu para si mesma, é que ela estava ansiosa. Demais. McNab, sentado do outro lado da mesa, na sala de conferências, lançava-lhe uma piscadela de vez em quando e batia com a ponta do pé contra a perna dela, como que para lembrá-la do que ia acontecer depois que eles conseguissem cair fora da central.

Como se ela pudesse esquecer.

Ela passou por alguns maus momentos, refletindo se teria perdido a razão por completo e que talvez devesse cancelar tudo. Era uma tortura tentar se concentrar no trabalho.

— Se tivermos sorte — dizia Eve, andando de um lado para outro pela sala —, Lamont vai fazer um movimento hoje à noite ou tentará se encontrar com alguém. Colocamos dois homens na cola dele. Minha primeira impressão sobre Monica Rowan é que ela é basicamente doida, mas já dei instruções a Peabody para grampear seu *tele-link* de casa e também o portátil. Normalmente não conseguiríamos um mandado para isso, mas o governador está assustado e vai pressionar o juiz.

Parou de falar por um momento e enfiou as mãos nos bolsos. Trazer o nome de Roarke à baila em questões oficiais sempre a deixava irritada.

— Além de tudo isso — continuou —, tenho esperanças de que Roarke consiga trazer algumas provas de dentro da Autotron sem colocar Lamont mais em alerta do que já está.

— Se houver alguma coisa — afirmou Feeney, balançando a cabeça —, Roarke vai achar.

— É... bem, vou verificar com ele daqui a pouco. McNab?

— O quê? — Ele foi pego no meio de uma piscadela para Peabody e começou a tossir para disfarçar. — Ahn, desculpe. Sim, senhora?

— Você está com algum tique nervoso?

— Tique? — Ele olhou para todo lado, menos para Peabody, que tentava transformar uma gargalhada em espirro. — Não, tenente.

— Então quem sabe você consiga nos animar com o seu relatório.

— Meu relatório? — Como, diabos, um sujeito era capaz de pensar direito quando todo o seu sangue insistia em lhe escapar do cérebro e correr para a virilha? — Depois de entrar em contato com Roarke para lhe pedir um rastreador de longo alcance, levei Driscol, da Divisão de Explosivos, até o laboratório na Tróia, empresa de segurança. Foi quando me encontrei pessoalmente com Roarke e o seu chefe de laboratório. Eles demonstraram um rastreador que ainda está em fase de desenvolvimento. Puxa vida, galera... o aparelho é uma beleza, tenente!

Começando a se empolgar, ele se inclinou para a frente.

— Ele pode rastrear, fazer triangulação e consegue atravessar uma parede de aço de quinze centímetros de espessura, com alcance de quinhentos metros. Driscol quase se mijou de emoção.

— Podemos deixar Driscol e seus problemas de bexiga fora do relatório — disse Eve, de forma seca. — O equipamento está em condições operacionais?

— Eles ainda não fizeram os ajustes finais, mas está pronto sim. É mais sensível e poderoso do que qualquer coisa que tenhamos disponível aqui na polícia de Nova York. Roarke ordenou turnos de vinte e quatro horas para a fabricação contínua do produto. Podemos ter quatro deles prontos amanhã de manhã, talvez cinco até.

— Anne, isso vai ser suficiente?

— Se os aparelhos forem tão sensíveis quanto Driscol informou ... e pelo que vi, ele realmente deve ter se mijado de empolgação... dará para cobrirmos uma boa área. Coloquei equipes rastreando estádios e ginásios esportivos o dia todo. Não achamos nada, mas o trabalho é lento mesmo. O pior é que estou com pouco pessoal disponível, pois ainda há muita gente trabalhando no Plaza.

— Nosso problema é tempo — interpôs Eve. — Se Cassandra acompanhar o cronograma usado pelo Grupo Apolo, ainda temos alguns dias, mas não podemos contar com isso. Nesse momento já providenciamos tudo o que é possível. Minha sugestão é todos nós irmos para casa, agora. Vamos tentar ter uma boa noite de sono a fim de estarmos ligados e com força total para cair dentro logo pela manhã.

Peabody e McNab deram um pulo da cadeira, como que impulsionados por molas, o que fez Eve olhar para os dois com cara feia.

— Vocês também estão com problemas de bexiga?

— Eu... preciso ligar para o meu irmão — disse Peabody.

— Eu também. Quer dizer... — McNab riu, meio nervoso. — Preciso fazer uma ligação.

— Lembrem-se de que todos estamos de prontidão, até a crise acabar. — Balançou a cabeça assim que os viu sair da sala, quase correndo. — O que está acontecendo com esses dois, nos últimos dias?

— Eu não vi nada e não sei de nada — Feeney apressou-se a responder, enquanto se levantava. — Se o mandado chegar, vou mandar instalar os grampos.

— Você não viu nada de quê? — quis saber Eve, mas Feeney já saía porta afora. — Tem alguma coisa esquisita por aqui.

Lealdade Mortal

— É que todo mundo está muito nervoso — explicou Anne, também se levantando. — Ah, que alegria! Hoje é a minha vez de preparar o jantar lá em casa. Nos vemos de manhã, Dallas.

— Certo. — Com ar distraído, Eve pegou o casaco e, sozinha na sala, virou-se para analisar os quadros uma última vez.

O apartamento de McNab ficava a três quarteirões dali. Eles percorreram a distância em passo rápido, com o vento fustigando-lhes o rosto e um princípio de geada espetando-lhes a pele.

— Vamos combinar como vão ser as coisas — começou Peabody. Ela decidiu que precisava tomar o controle da situação desde o princípio, para evitar desastres.

— Eu tenho uma idéia muito boa de como elas vão ser — afirmou McNab. Quando estavam a uma distância segura da central, ele acariciou o traseiro dela com a mão.

— Vai ser um evento único e sem bis. — Embora lhe agradasse a mão dele onde estava, Peabody deu-lhe um tapa, afastando-a. — Vamos ao seu apartamento, fazemos o que temos que fazer e pronto. Depois disso, cada um vai pro seu lado e as coisas voltam a ser como antes.

— Tá legal. — Àquela altura, McNab aceitaria qualquer coisa, até mesmo tirar a roupa toda naquele frio e caminhar plantando bananeira pelado por toda a Times Square, só para poder arrancar Peabody de dentro daquele uniforme.

— Deixe-me ligar para meu irmão — disse ela, pegando o *telelink* portátil em seu bolso — para avisar a ele que vou me atrasar um pouco.

— Avise que você vai se atrasar muito. — Com essa sugestão, ele mordiscou a ponta da orelha dela enquanto a empurrava através da pequena portaria do seu prédio.

Um calor circulou por dentro dela, quase tão irritante quanto excitante.

— Zeke ainda não chegou em casa. Fique longe da câmera, ouviu? Não quero que meu irmão saiba que eu parei para dar uma rapidinha com um magricela da DDE.

Sorrindo, McNab deu um passo para trás.

— Você tem um jeitinho realmente romântico, coisinha linda.

— Cale a boca. Zeke... — disse ela, quando o bipe para deixar mensagem apitou. — Estou meio atrasada e vejo que você também ainda não chegou. Devo ir para casa daqui a mais ou menos uma hora...

Ela parou de falar e McNab, ainda rindo, levantou dois dedos.

— ... Talvez um pouco mais. Podemos ir a uma boate que eu acho que você vai curtir, caso queira. Torno a ligar quando estiver a caminho de casa.

Ela guardou o *tele-link* ao entrar em um elevador que rangia muito.

— Vamos acabar logo com isso, McNab. Não quero que ele fique especulando onde eu posso estar.

— Certo. Então, vamos começar logo de uma vez. — Ele a agarrou com força, empurrou-a de encontro à parede da cabine e suás bocas se fundiram antes de ela ter chance de reclamar.

— Ei, espere! — ela conseguiu dizer, quando os dentes dele se fecharam com força em seu pescoço. — Esse elevador não tem câmeras de segurança?

— Sou da DDE. — Os dedos ágeis de McNab já abriam os botões do casacão de Peabody. — Acha que eu moraria em um lugar sem câmeras de segurança?

— Então, pode parar! Espere! Isso é ilegal!

Ele sentiu o coração dela martelando em ritmo frenético sob a sua mão.

— Dane-se a lei! — Virando-se para o painel, ele digitou alguma coisa e fez o elevador parar entre dois andares.

— Que diabos você está fazendo?

Lealdade Mortal

— Vamos curtir uma das minhas dez maiores fantasias. — Ele pegou no bolso um minikit de ferramentas e começou a trabalhar no painel de controle.

— Aqui? *Aqui?!* — Só de pensar naquilo, Peabody sentiu o sangue circular mais rápido pela cabeça. — Sabe quantas leis municipais nós vamos violar?

— Depois de acabarmos, prendemos um ao outro. — Suas mãos estavam trêmulas. Quem poderia imaginar? Mas ele gemeu de satisfação ao ver a luz da câmera de segurança apagar. Depois de desativar o sistema de alarme, ele largou as pequenas ferramentas no chão e girou o corpo na direção dela.

— McNab, isso é loucura!

— Eu sei. — Ele arrancou o próprio casaco com força e o atirou longe.

— Gosto disso.

— Sabia que você ia gostar. — Ele sorriu, tornando a agarrá-la.

Uma camada de gelo brilhava sobre as calçadas no momento em que Zeke conseguiu escapar dos engarrafamentos e chegou à mansão Branson. O gelo caía como se fossem agulhas minúsculas e brilhava sob as luzes das ruas.

Pensou no calor de sua casa, sob o sol forte e um céu claro. E em como Clarissa iria se curar mais depressa lá.

Ela abriu-lhe a porta pessoalmente. Seu rosto estava pálido e exibia marcas de lágrimas. Sua mão tremeu de leve ao buscar a dele.

— Você demorou tanto!

— Sinto muito. — Ela soltara os cabelos, que ondulavam suavemente, e ele sentiu vontade de encostar seu rosto neles. — Com esse tempo, tudo fica mais lento. Não sei como as pessoas conseguem morar aqui.

— Eu não quero mais morar nesta cidade. — Ela fechou a porta e se encostou nela. — Estou apavorada, Zeke, e cansada de me sentir apavorada.

— Pois não precisa mais se sentir assim. — De forma gentil, sentindo-se inundado de amor, ele emoldurou o rosto dela com as mãos. — Ninguém mais vai magoá-la. Vou tomar conta de você.

— Eu sei. — Ela fechou os olhos. — Acho que eu soube desde o momento em que conheci você que a minha vida ia mudar. — Ela levantou as mãos e o segurou pelos punhos. — Você está gelado. Venha para perto do fogo.

— Quero levar você embora daqui, Clarissa.

— Sim, e eu... estou pronta para ir. — Mesmo assim, ela caminhou até a sala de estar e se colocou ao lado da lareira, tremendo um pouco. — Já fiz uma mala. Está lá em cima. Nem sei direito o que coloquei lá dentro. — Inspirou fundo e se recostou em Zeke, quando ele colocou as mãos em seus ombros. — Deixei um bilhete para B. D. Quando ele chegar em casa amanhã e ler o que escrevi, não sei o que poderá fazer, Zeke. Não sei do que ele é capaz e tenho medo do que fiz ao colocar você entre nós.

— Mas eu quero ficar entre vocês. — Ele a virou de frente para ele, e seus olhos calmos a fitaram com intensidade. — Quero ajudá-la.

Ela apertou os lábios.

— Por pena...

— Não, por amar você.

Lágrimas voltaram a lhe umedecer os olhos, brilhando como orvalho em violetas silvestres.

— Eu amo você, Zeke. Parece impossível, inacreditável mesmo, que eu possa ter este sentimento. Mas tenho. É como se eu estivesse esperando por você. — Os braços dela envolveram-no pela cintura, e sua boca se voltou na direção da dele. — É como se eu conseguisse suportar tudo e sobrevivesse só porque tinha que esperar por você.

Lealdade Mortal 285

A boca dele se movimentou suavemente em direção à dela para acalmá-la como se fosse uma promessa. Quando ela apoiou a cabeça de encontro ao coração dele, Zeke a puxou para mais perto e simplesmente a manteve aninhada ali.

— Vou pegar a sua mala. — Ele roçou os lábios sobre seus cabelos. — Depois, vamos embora daqui.

— Sim. — Ela levantou o rosto e sorriu para ele. — Sim, vamos embora daqui. Corra, Zeke.

— Pegue um casaco. Está frio lá fora.

Ele saiu e subiu a escada. Seu coração começou a martelar com mais força. Ela ia embora com ele. Ela o amava. Aquilo era um milagre. Ele encontrou a mala sobre a cama e viu o envelope com o nome do marido sobre o travesseiro.

Fora preciso muita coragem para fazer aquilo. Um dia ela conseguiria compreender quanta coragem havia dentro dela.

Ele já estava descendo a escada, de volta, quando a ouviu gritar.

Encostada em um dos cantos do elevador, praticamente nua, Peabody respirava com dificuldade. McNab enterrara o rosto em sua garganta, com a respiração ofegante, e Peabody se lembrou da velha chaleira de sua mãe.

Eles haviam se empurrado e puxado, arrancado as roupas um do outro, tinham se mordido e se apalpado, arranhando-se mutuamente. E fizeram tudo isso quase sem sair do lugar.

Aquela fora, admitiu Peabody para si mesma assim que seu cérebro se reconectou com o mundo, a experiência mais incrível de toda a sua vida.

— Nossa... — Os lábios dele formaram a palavra junto da garganta de Peabody, e a pulsação dela tornou a acelerar. — Nossa, Peabody...

Ele achou que não conseguiria se mover dali nem se alguém lhe encostasse uma arma de atordoar na cabeça. O corpo dela... Uau!...

O corpo dela era fantástico: maduro e exuberante, o tipo de corpo no qual um homem tinha vontade de mergulhar fundo. Se eles conseguissem ficar na horizontal, era exatamente isso que ele pretendia fazer. Afogar-se ali dentro.

Ela estava com os braços apertados em volta dele. Não conseguia largá-lo. Do mesmo modo que não conseguia se lembrar do que eles haviam feito, nem de como conseguiram fazê-lo. Os últimos dez minutos eram um borrão indefinido, uma névoa sexual. Um rápido passeio pela loucura.

— Precisamos sair daqui.

— É... — Mas ele continuava a acariciar o pescoço dela com a ponta do nariz, em um gesto que Peabody achava doce e assustador. Então, ele se afastou um pouco dela, piscou e a olhou fixamente. Seus olhos a revistaram de cima a baixo, tornaram a subir para em seguida baixarem mais uma vez.

— Puxa, você está linda!

Peabody sabia que aquilo era ridículo. Seu sutiã estava pendurado apenas por uma das alças. Ela ainda vestia uma das meias e o sapato, mas suas calças estavam arriadas até os tornozelos. Não tinha idéia de onde sua calcinha poderia estar, mas imaginou que ela provavelmente havia virado farrapo.

E as dezenas de abdominais que fazia todos os dias ainda não haviam conseguido deixar sua barriga reta.

Apesar disso, ela sentiu uma espécie de emoção travessa lhe subir pela espinha diante do tom de aprovação na voz dele e no calor de seus olhos.

— Você também está muito bem.

Ele era magro, dava quase para contar suas costelas, e sua barriga era reta como uma tábua. Normalmente isso a teria incomodado. Naquele instante, porém, olhando para ele, vendo seus compridos cabelos louros em total desalinho e os pêlos que começavam a se arrepiar em sua pele clara, por causa do frio que fazia dentro do elevador, ela se pegou sorrindo.

Ele sorriu de volta.

— Eu ainda não acabei — avisou ele.

— Ótimo, porque eu também não.

Zeke correu escada abaixo, arrastando a mala de Clarissa. Ao entrar na sala, viu que ela estava esparramada no chão, com uma das mãos sobre o rosto. Por entre os dedos abertos uma horrível marca vermelha se destacava em contraste com a pele clara.

B. Donald Branson estava sobre ela, oscilando para a frente e para trás, com os olhos vidrados e furiosos.

— Para onde você pensa que vai? — Ele agarrou o casaco no chão e o sacudiu diante dela. — Eu não dei permissão para você sair de casa. Acha que pode se esgueirar e fugir enquanto eu estou fora, sua piranha?

— Fique longe dela. — Embora a fúria fizesse seu sangue borbulhar, a voz de Zeke era calma.

— Ora, ora... — Branson se virou, quase tropeçou e Zeke sentiu o fedor de uísque. — Isso não é lindo? A prostituta e o faz-tudo. — Empurrou o peito de Zeke. Dê o fora da minha casa!

— É o que pretendo fazer. Com Clarissa.

— Zeke, não! Ele não queria dizer isso, B. D. — Ela se colocou de joelhos, como uma mulher rezando. — Eu ia... ia apenas dar uma volta lá fora. Só isso.

— Piranha mentirosa. Então você ia se apossar do que me pertence, não é? — Tornou a empurrar Zeke. — Ela lhe contou com quantos homens já trepou?

— Isso não é verdade. — A voz de Clarissa se rasgou em um soluço. — Eu nunca... — Parou de falar, encolhendo-se toda quando Branson se virou na direção dela.

— Cale a porra dessa boca, não estou falando com você! Achou que podia fazer algumas horas extras enquanto eu estava fora? — zombou de Zeke. — Que falta de sorte eu ter cancelado a minha viagem, ou será que você já comeu a minha mulher? Não...? — Ele riu, empurrando Zeke um pouco mais. — Se tivesse comido, saberia que ela é muito ruim de cama. Bonita, mas péssima de transa. Mesmo assim, ela é minha!

— Não é mais.

— Zeke, não, por favor. Quero que você vá embora, agora. — Os dentes dela batiam. — Vou ficar bem. Por favor, vá embora.

— Nós vamos embora — disse Zeke, com toda a calma, enquanto se abaixava para pegar o casaco dela. Não viu o braço de Branson voar em sua direção. Não esperava violência. Mas, quando o punho cerrado entrou em contato com o seu queixo, a dor se irradiou com força, como se soltasse fagulhas. Através do zumbido que sentiu nos ouvidos, percebeu que Clarissa tornara a gritar.

— Não o machuque. Por favor, B. D., não o machuque. Eu não vou embora. Juro que eu... — Soltou mais um grito quando ele a agarrou pelos cabelos.

Tudo aconteceu depressa, em uma espécie de névoa vermelha. Zeke pulou para a frente, com a mão espalmada, agarrando Clarissa com o outro braço. Branson perdeu o equilíbrio e caiu para trás quando seus sapatos escorregaram sobre o piso encerado. Caiu com força e ouviu-se um estalo forte quando seu crânio bateu contra a base de mármore da lareira.

Petrificado, Zeke continuou em pé, com o braço em torno de Clarissa para ampará-la, enquanto olhava, horrorizado, para o sangue que saía da cabeça de Branson, formando uma poça escura.

— Meu bom Deus! Sente-se aqui, sente-se quietinha aqui. — Ele só faltou carregá-la no colo até uma poltrona e a acomodou antes de correr até Branson. Seus dedos tremiam quando ele os colocou levemente sobre a garganta do homem caído.

— Não há pulso. — Ele aspirou com força todo o ar que conseguiu, abriu a camisa de Branson e começou a massagear-lhe o coração. — Chame uma ambulância, Clarissa.

Lealdade Mortal

Mas Zeke sabia que era tarde demais. Olhos arregalados o encaravam e o sangue continuava a escorrer. Quando ele se focou sobre o corpo, não conseguiu ver aura alguma.

— Ele está morto. Está morto, não está? — Ela começou a tremer, com os olhos imensos colados nos de Zeke, e suas pupilas contraídas pareciam furos de alfinete devido ao choque. — O que vamos fazer? O que vamos fazer?

Uma sensação de azia e náusea atacou o estômago de Zeke quando ele se levantou. Matara um homem. Abandonara todos os seus princípios e tirara uma vida.

— Vamos ter que chamar uma ambulância. E a polícia.

— A polícia não! Não, não, não. — Ela começou a balançar o próprio corpo para a frente e para trás, o rosto branco e tenso. — Eles vão me prender. Vão me mandar para a prisão.

— Clarissa. — Zeke fez questão de se agachar diante dela e tomar as suas mãos, embora se sentisse sujo e cruel. — Você não fez nada. Fui eu que o matei.

— Você... você... — Subitamente, ela o enlaçou e o apertou. — Por minha causa. Tudo por minha causa.

— Não, por causa dele mesmo. Você precisa ser forte agora.

— Forte. Sim. — Ainda trêmula, ela se recostou devagar, mas seus olhos não se afastaram dos dele. — Eu vou ser forte. Eu vou. Preciso pensar. Eu sei... mas... eu me sinto meio enjoada. Eu queria... Será que você poderia pegar um pouco d'água para mim?

— Temos que ligar para a polícia.

— Sim, sim, eu farei isso. Faremos isso. Mas preciso me recuperar um instantinho antes, por favor. Você poderia pegar um pouco d'água para mim?

— Tudo bem. Fique quietinha aqui.

As pernas dele pareciam de borracha, mas ele se obrigou a movê-las. Sua pele estava fria e escorregadia como o gelo das ruas lá fora.

Ele matara um homem.

Os dois empregados da cozinha mal olharam para Zeke quando ele entrou. O rapaz foi obrigado a se apoiar no portal por um segundo antes de entrar. Já nem se lembrava do motivo de ter ido até a cozinha, mas conseguia ouvir, como se estivesse acontecendo de novo, o nauseante estalo da cabeça de Branson no momento em que ela bateu no mármore da lareira.

— Água. — Ele conseguiu pronunciar a palavra. Sentiu cheiro de carne assando e molho apurando o sabor em fogo brando. A sensação de enjôo voltou à sua garganta. — A sra. Branson pediu que eu viesse pegar um pouco d'água para ela.

Sem dar uma palavra, um dos andróides uniformizados foi até a unidade de refrigeração. Zeke observou com fascinação, sem dizer nada, a habilidade com que o robô servia água em um copo de vidro grosso, cortava uma fatia de limão fresco e a adicionava à bebida, acompanhada de gelo.

Como as suas mãos tremiam, ele se viu obrigado a segurar o copo com as duas, conseguiu fazer um aceno com a cabeça, à guisa de agradecimento, e voltou para a sala.

A água entornou pela borda do copo e molhou as costas das suas mãos no instante em que ele viu Clarissa de quatro no chão, limpando tudo com um pano, de forma desesperada.

Não havia corpo algum ao lado dela.

— O que você fez? O que está fazendo? — Em pânico, ele pousou o copo sobre a mesinha de centro e correu para ela.

— O que precisa ser feito. Estou sendo forte e fazendo o que precisa ser feito. Deixe-me terminar.

Ela lutou com ele, empurrando-o e chorando. O cheiro de sangue estava fortíssimo.

— Pare. Pare com isso. Onde ele está?

— Desapareceu. Desapareceu e ninguém precisa saber como nem para onde.

— Do que você está falando? — Zeke arrancou o trapo ensangüentado das mãos dela e o atirou com força sobre o piso da lareira. — Por Deus, Clarissa, o que você fez?

Lealdade Mortal

— Mandei o andróide levá-lo embora. — Seus olhos estavam muito vermelhos e brilhantes como se estivesse com febre. — Mandei o andróide levá-lo embora e colocá-lo no carro. Ele vai jogar o corpo no rio. Nós vamos limpar o sangue. E depois vamos fugir. Vamos simplesmente fugir e esquecer o que aconteceu aqui.

— Não, não, não vamos.

— Não vou deixar que eles ponham você na prisão. — Ela esticou o braço e pela camisa. — Não vou deixar você ser trancafiado por causa disso. Eu não agüentaria. — Baixando a cabeça, encostou-se no peito dele e o agarrou. — Não agüentaria...

— Precisamos enfrentar tudo. — Ele pôs as mãos nos braços dela, com carinho. — Se eu não enfrentar isso, jamais poderei me olhar no espelho. — Quando ela quase desabou sobre ele, Zeke a colocou de volta na poltrona.

— Você vai ligar para a polícia, então? — perguntou ela, sem querer acreditar.

— Vou.

Eles finalmente foram para a cama. Peabody não estava bem certa de como haviam conseguido ir do elevador do prédio até o apartamento e a cama sem se matarem, mas era ali que estavam. Os lençóis pareciam úmidos, amarfanhados, e mesmo naquele instante, quando McNab saía de cima de Peabody e rolava para o lado, sem forças, o corpo dela continuava a irradiar calor como uma fornalha.

— Ainda não acabei com você — avisou ele, no escuro, com uma voz arrastada.

Peabody sorriu com ar debochado e logo em seguida soltou uma gargalhada feliz.

— Eu também não — garantiu ela. — Será que ficamos malucos?

— Mais umas duas vezes e talvez consigamos nos livrar desse tesão.

— Mais umas duas vezes e vamos cair mortos.

McNab se aproximou dela e começou a acariciar-lhe um seio. Ele tinha dedos magros e compridos, e ela estava começando a apreciá-los muito.

— Eu topo. Vamos?

— Acho que sim.

Ele se colocou novamente por cima dela e substituiu os dedos pela língua.

— Adoro seus seios.

— Puxa, obrigada.

— Não, eu quis dizer... Hummm. — Ele começou a chupá-los, lentamente, provocando um leve tremor de excitação na barriga. — Eu *realmente* adoro os seus seios.

— São meus de verdade. — Ela teve vontade de morder a língua e agradeceu pela escuridão que ocultou seu rubor quando ele riu entre dentes, com a boca ainda sobre ela. — Isto é, não são siliconados nem nada.

— Eu sei, Dee. Pode acreditar, não há como melhorar o que a Mãe Natureza cria.

Puxa, ela preferia que ele não a tivesse chamado de Dee. Aquilo tornava tudo mais pessoal e mais... íntimo, quando era — tinha de ser — de outra forma. Peabody começou a dizer isso a ele, mas suas mãos já passeavam sobre ela, mais devagar dessa vez, apenas deslizando ao longo das suas costelas.

— Nossa, você é tão... feminina. — Ele sentiu uma necessidade urgente de beijá-la; seria um beijo longo e elaborado. Quando levantou a cabeça e se preparou para ordenar às luzes que se acendessem para poder vê-la melhor, o *tele-link* tocou.

— Merda! Acender luzes! É o seu ou o meu?

De repente, os dois eram novamente tiras. Ela se atirou na direção do bolso do casaco.

— Acho que é o meu — disse ela. — Mas não deve ser da emergência, porque é o portátil. Bloquear sinal de vídeo externo! —

Lealdade Mortal

Ordenou, tirando os cabelos da frente do rosto. — Atender... Aqui é Peabody falando.

— Dee. — O rosto de Zeke encheu a minitela. No instante em que ele soltou o ar, depois de prendê-lo por um segundo, o coração de Peabody parou. Ela já vira aquele olhar atordoado e vidrado em muitos outros rostos.

— O que houve? Você está ferido?

— Não. Não. Dee, preciso que venha até aqui. Preciso que você chame Dallas e venha até a casa de Clarissa Branson. Eu acabei de matar o marido dela.

Eve terminara de ler a lista impressa que Roarke lhe entregara e se recostou na cadeira do escritório, em casa.

— Quer dizer então que Lamont anda roubando material da Autotron, um pouquinho de cada vez, nos últimos seis meses?

— Sim, e sem deixar pistas. — Doía, doía muito saber que ele vinha pagando um salário para o filho-da-mãe o tempo todo. — Ele tem uma certa autonomia na empresa e suas requisições dificilmente seriam questionadas. Ele simplesmente solicitava um pouco além do exigido para fabricar os artefatos e obviamente desviava o que vinha a mais.

— Que era enviado para Armador, eu imagino. Isso já é o bastante para enquadrá-lo por roubo de material perigoso, na melhor das hipóteses. É tudo o que eu preciso para rebocar o traseiro dele para a sala de interrogatório e arrancar-lhe tudo.

Roarke analisava a brasa cintilante na ponta do seu cigarro.

— Será que você não conseguiria adiar isso mais um pouco, só para eu ter o prazer de despedi-lo pessoalmente?

— Não, e acho que isso vai me economizar o trabalho de tirar você da cadeia por agressão para em seguida enfiar Lamont em uma cela de segurança, longe do seu alcance. Mesmo assim, agradeço muito por sua ajuda.

— Como disse...? — Ele se virou para ela. — Se eu pegar meu minigravador você poderia repetir esse agradecimento, só para ficar registrado?

— Rá-rá... Não deixe isso subir à sua cabeça. — De forma distraída, Eve esfregou as têmporas, tentando dissipar uma dor de cabeça que começava. — Precisamos descobrir qual é o próximo alvo. Vou mandar prender Lamont daqui a pouco para deixá-lo de molho na cela por algum tempo, mas é pouco provável que ele saiba o "onde" e o "quando".

— Mas é bem capaz de saber algo sobre "quem". — Roarke deu a volta na mesa, ficou em pé diante dela e começou a massagear pontos de tensão em seus ombros. — Você precisa deixar esse assunto um pouco de lado, tenente. Dê à sua mente uma chance para descansar.

— Sim, tá legal. — Eve deixou sua cabeça tombar para a frente, enquanto as mãos dele faziam maravilhas. — Por quanto tempo mais você consegue fazer isso?

— Por tempo indeterminado, se estivermos nus.

Ela riu e, para animá-lo, começou a desabotoar a blusa.

— Bem, vamos conferir se isso é verdade... Droga! — reagiu ela, tornando a abotoar a blusa depressa ao ouvir o comunicador tocar. — Dallas falando...

— Nossa, Dallas... Puxa vida!

— Peabody! — Ela se levantou de um pulo.

— É o meu irmão. É Zeke... meu irmão!

Eve esticou o braço, apertou a mão de Roarke com força e forçou a voz a assumir um tom de comando:

— Conte tudo, Peabody. Fale de forma rápida e objetiva.

— Ele disse que acabou de matar B. Donald Branson. Está na casa dele agora. Eu vou para lá.

— Encontro você lá. Mantenha-se firme, Peabody. Não faça nada até eu chegar. Entendeu? Não faça nada até eu chegar lá!

— Sim, senhora. Dallas...

Lealdade Mortal

— Estarei lá em cinco minutos. — Eve desligou e saiu correndo em direção à porta.

— Vou com você — avisou Roarke.

Ela começou a protestar, mas então lembrou o terror que viu nos olhos de Peabody.

— Vamos em um dos seus carros, pois, assim, chegaremos mais depressa.

Capítulo Dezesseis

Eve não ficou surpresa ao ver que chegara ao local indicado antes de Peabody, mas sentiu-se grata por isso. Bastou olhar a sala da mansão, o sangue espalhado no piso junto à lareira e o jeito possessivo e protetor de Zeke, que mantinha o braço em volta do ombro de Clarissa, para o estômago de Eve revirar de forma dolorosa.

Merda, Peabody, pensou. *Que confusão dos diabos!*

— Onde está o corpo?

— Eu me livrei dele. — Clarissa se levantou, mas suas pernas estavam visivelmente bambas.

— Sente-se, Clarissa — disse Zeke, com carinho, recostando-a de volta na poltrona. — Ela está em estado de choque. Precisa receber cuidados médicos.

Deixando a compaixão de lado e, pelo menos por um instante, se esquecendo das marcas roxas que notara no rosto de Clarissa, Eve deu um passo à frente e perguntou:

— Você se livrou dele?

— Sim. — Ela respirou fundo e segurou as mãos com força. — Depois de... depois que eu mandei Zeke sair da sala para pegar um

Lealdade Mortal

pouco d'água para mim. Olhou para o copo, que continuava sobre a mesa sem ter sido tocado; a água que transbordara dele estragava o acabamento da madeira.

— Quando Zeke saiu — continuou ela —, mandei um dos nossos empregados robóticos carregá-lo para fora e levá-lo de carro para longe daqui. Eu mesma programei o andróide. Eu... eu sei como fazer isso. Dei-lhe instruções para jogar o corpo no rio. Mandei que ele o atirasse por cima da ponte sobre o East River.

— Ela estava muito abalada — começou Zeke. — Não pensou direito. Tudo aconteceu tão depressa que eu...

— Zeke, eu quero que você se sente. Bem ali. — Eve apontou para o sofá.

— Ela não fez nada. Fui eu que fiz. Eu o empurrei. Eu não pretendia... Ele estava machucando Clarissa.

— Sente-se, Zeke. Roarke, será que você poderia levar a sra. Branson até o quarto dela? Ela precisa se deitar por alguns minutos.

— É claro. Venha comigo, Clarissa.

— Não foi culpa dele. — Ela recomeçou a chorar. — A culpa foi minha. Ele estava só tentando me ajudar.

— Tudo bem — murmurou Roarke. — Eve vai cuidar de tudo, venha comigo agora. — Lançando um olhar longo e silencioso para Eve, ele levou Clarissa dali.

— Ainda não estamos registrando nada oficialmente, Zeke. Não... — Apressou-se ela, balançando a cabeça com força. — Não diga nada até ouvir o que eu tenho a lhe dizer. Preciso saber de tudo, de cada detalhe, de cada passo do que aconteceu. Não quero que você deixe de me contar coisa alguma.

— Eu o matei, Dallas.

— Eu mandei você calar a boca. — Droga, por que será que as pessoas nunca a ouviam?, pensou. — Vou ler os seus direitos e depois nós vamos conversar. Você pode pedir um advogado antes de falar comigo, mas eu estou lhe dizendo neste instante, como amiga da sua irmã, para não fazer isso, pelo menos não de imediato. Você me conta tudo agora e depois nós partimos para o interrogatório formal. Só então você chama o advogado. Vou começar a gravar tudo daqui a pouco e, quando eu fizer isso, você precisa ficar me olhando direto nos olhos. Entendeu? Não fuja das perguntas, não enrole e não hesite. Vejo legítima defesa aqui, vejo um acidente, mas, ao se livrar do corpo, Clarissa colocou vocês dois em perigo.

— Mas ela só...

— Calado, droga! — Frustrada, Eve passou as mãos pelos cabelos. — Existem formas de justificar algo assim. É para isso que existem os advogados. E também os testes psicológicos que vou exigir. Neste momento, porém, no primeiro registro, você tem que me contar tudo, sem deixar nada de fora. Não imagine que ao tentar amenizar certos detalhes você vai proteger Clarissa, porque não vai. Só vai tornar as coisas piores.

— Vou lhe contar tudo o que aconteceu. Tudo. Mas você vai ter que levá-la? Ela morre de medo da polícia. É tão frágil. Ele a machucava. Será que você não pode levar apenas a mim?

Ela se inclinou na direção de Zeke e se sentou na ponta da mesinha de centro para ficar de frente para ele. Minha nossa, ele era pouco mais do que um menino.

— Você confia na sua irmã, Zeke?

— Sim.

— E ela confia em mim. — Eve ouviu o som de vozes alteradas no saguão e se levantou. — Deve ser ela. Você vai conseguir segurar essa barra?

Ele fez que sim com a cabeça e se colocou de pé quando Peabody irrompeu na sala.

— Zeke! Meu Deus, Zeke, você está bem? — Ela quase se atirou nos braços dele, mas de repente deu um passo para trás e passou as mãos sobre ele, pelo seu rosto, ombros e peito. — Você está ferido?

— Não. Dee... — Ele encostou a testa na dela. — Sinto muito. Sinto muito de verdade.

Lealdade Mortal

— Tudo bem, está tudo certo, vamos acertar tudo, vamos cuidar de tudo. Precisamos chamar um advogado.

— Não. Ainda não.

Peabody girou o corpo para Eve, com os olhos úmidos e aterrorizados.

— Ele precisa de representação legal. Puxa, Dallas, ele não pode ficar detido, ele não vai para a prisão.

— Controle-se, Peabody — ralhou Eve. — Isso é uma ordem. — As lágrimas já começavam a escorrer pelo rosto de sua ajudante e Eve sentiu um momento de pânico. *Por favor, por favor, não desabe agora, não se descontrole.* — Isso é uma ordem, policial. Sente-se.

Eve reparara na presença de McNab com o canto dos olhos, mas não parou para pensar no porquê de ele estar ali.

— McNab, pegue o gravador de Peabody. Você vai servir como meu ajudante provisório neste caso.

— Dallas...

— Você não pode fazer isso, Peabody — interrompeu Eve. — Não pode. McNab?

— Sim, senhora. — Ele se aproximou e se inclinou na direção de Peabody. — Segure essa barra, certo? Agüente firme. — Pegou o minigravador preso no colarinho dela e o prendeu na gola da sua camisa cor-de-rosa toda amarfanhada. — Pode começar, tenente.

— Gravação iniciada. Aqui é a tenente Eve Dallas, na cena da ocorrência, a residência de B. Donald Branson. Estou registrando um depoimento de Zeke Peabody, a fim de obter dados relacionados com a morte de B. Donald Branson. — Tornando a se sentar na mesinha de centro, manteve os olhos fixos nos dele e leu seus direitos. Ambos ignoraram o gemido abafado de Peabody.

— Zeke, conte-me o que aconteceu.

Ele respirou fundo.

— É melhor começar do princípio. Tudo bem?

— Tudo bem.

Ele agiu como Eve lhe aconselhara, fitando-a com firmeza, sem desviar o olhar. Contou do primeiro dia em que trabalhara na mansão, falou do que ouvira e da sua posterior conversa com Clarissa.

Sua voz tremia de vez em quando, mas Eve simplesmente balançava a cabeça e o incentivava a continuar. Ela queria emoção na voz dele, além da óbvia angústia em seus olhos. Queria tudo registrado enquanto as emoções estavam recentes.

— Ao descer a escada carregando a mala dela, ouvi um grito. Ela estava no chão, chorando, com uma das mãos no rosto. Ele gritava com ela, muito bêbado, berrava sem parar. Ele a agredira. Eu precisava impedi-lo.

De forma inconsciente, ele estendeu a mão para a irmã, que a segurou com força.

— Tudo o que eu queria era tirá-la daqui, levá-la para longe dele. Não... isso não é verdade.

Ele fechou os olhos por um momento. Não deixe nada de fora, havia sido o conselho de Eve.

— Eu queria que ele fosse punido — continuou Zeke. — Queria que ele pagasse pelo que fazia com ela, mas sabia que o mais importante era tirá-la dali e levá-la para um lugar seguro. Ele a segurou pelos cabelos e a levantou do chão. Machucou-a só pelo prazer de fazer isso. Eu a amparei e o empurrei para trás. Foi nesse instante que ele... que ele caiu.

— Você avançou para impedi-lo de agredir Clarissa. — Era a primeira vez que Eve falava alguma coisa desde o começo do relato. Ela manteve a voz calma, firme e sem expressão. — Avançou depois que ele tornou a agredi-la. Você o empurrou e ele caiu? Foi isso?

— Sim, ele caiu, caiu para trás. Eu o vi, mas parecia petrificado, não consegui me mover, não consegui pensar. Seus pés escorregaram com o impulso do corpo para trás e ele caiu com força. Eu ouvi... oh, bom Deus... eu ouvi quando a cabeça dele bateu na pedra. E então começou a sair muito sangue. Verifiquei sua pulsação, mas não havia nada. Seus olhos estavam abertos, fixos, arregalados, e sua aura desapareceu.

Lealdade Mortal

— Sua o quê?!

— Sua aura. Sua energia vital. Eu não conseguia vê-la.

— Certo. — Aquele era um detalhe que seria melhor deixar de lado. — O que fez, então?

— Disse para a Clarissa que precisávamos chamar uma ambulância. Eu sabia que era tarde demais, mas me pareceu a coisa certa a fazer. E também chamar a polícia. Ela tremia muito, aterrorizada. Continuava se culpando. Eu disse que ela precisava ser forte e ela pareceu se controlar um pouco. Ela disse que queria água. Pediu só um instante para se acalmar e que eu lhe trouxesse um pouco d'água. Se eu soubesse o que ela pensava em fazer...

Ele parou de falar de repente e fechou a boca, apertando os lábios.

— Zeke, você precisa terminar o relato. Acabe a história. Você não vai ajudar Clarissa em nada se acobertá-la.

— Ela fez isso por mim. Temia por mim. Ficou em choque, entende? — Seus suaves olhos cinzentos pareciam implorar a Eve por compreensão. — Ela simplesmente entrou em pânico e imaginou que se não houvesse um corpo ou se ela limpasse o sangue tudo ficaria bem. Ele a machucara — murmurou Zeke — e ela estava com medo.

— Explique o que aconteceu. Você foi buscar água.

Ele suspirou, concordou com a cabeça e terminou a história.

Eve se recostou, analisando a situação. Deliberando.

— Muito bem, obrigada. Você precisa ir até a central para um depoimento completo.

— Eu sei.

— McNab, ligue para a emergência e informe o homicídio ocorrido neste endereço. — Eve lançou um olhar duro para Peabody ao vê-la pular do sofá. — Presumo que tenha sido legítima defesa. Vamos precisar de uma equipe aqui. E outra externa, dragando o rio. Zeke, vou chamar dois guardas para levá-lo à central. Você não está preso, mas não poderá ser dispensado até o local da ocorrência ter sido protegido, analisado e termos a sua declaração completa.

— Posso ver Clarissa antes de ir?

— Não é uma boa idéia. McNab! — Fazendo um gesto com a cabeça, ela mandou que ele ficasse na sala com Zeke. — Peabody, você vem comigo.

As duas seguiram por um corredor e não disseram nada ao ver Roarke saindo de um dos quartos e fechando a porta devagar.

— Ela está dormindo — informou ele.

— Por pouco tempo. Peabody, recomponha-se e me escute. Acompanhe o seu irmão. Vou mandar que ele seja levado para a sala de interrogatório e não para a carceragem. E você vai conversar com ele, explicar que ele precisa aceitar o teste com o detector de mentiras e também o exame psiquiátrico e o teste de personalidade. Mira vai fazer isso. Vou pedir urgência e ela o atenderá amanhã mesmo. Vamos contratar um advogado para levá-lo para casa ainda hoje. Pode ser que ele seja obrigado a usar um bracelete de localização até recebermos os resultados dos testes, mas sua versão da história é convincente e vai se sustentar bem.

— Não me tire do caso, Dallas.

— Você nem chegou a entrar. Não force a barra — disse Eve, em um sussurro feroz, quando Peabody protestou. — Vou cuidar do seu irmão. Se eu deixar você trabalhar no caso, vai parecer estranho. Já vai ser complicado eu conseguir que me ponham como investigadora principal.

Peabody lutava para segurar as lágrimas, mas ia desabar a qualquer momento.

— Você foi boa com ele, Dallas. Você o mandou para interrogatório só com o relato inicial, sem intervenção do advogado. Foi legal em fazer isso.

Eve enfiou as mãos nos bolsos.

— Ora, por Deus, Peabody, não foi nada. Até um cego consegue enxergar que ele é capaz de tropeçar no próprio pé para não pisar numa formiga. Ninguém vai questionar legítima defesa aqui.

Lealdade Mortal

— Se encontrarem o corpo. O maldito corpo, lembrou a si mesma.

— Ele vai ficar bem.

— Eu devia ter tomado conta dele. — Nesse momento, Peabody começou a chorar, com soluços altos e descompassados. Sem saber o que fazer, Eve olhou para Roarke e abriu os braços.

Compreensivo, ele recebeu Peabody em seus braços.

— Está tudo bem, querida. — Ele a consolou. Fez cafuné em seu cabelo e embalou-a um pouco, enquanto observava o ar sofrido de sua mulher. — Deixe que Eve tome conta do seu irmão agora. Deixe-a cuidar dele.

— Preciso conversar com Clarissa. — Eve sentia uma fisgada no estômago toda vez que Peabody soluçava. — McNab vai proteger o local enquanto espera pelos guardas. Você consegue... lidar com isso? — perguntou a Roarke.

Ele fez que sim com a cabeça e continuou a murmurar coisas no ouvido de Peabody enquanto Eve entrava no quarto onde Clarissa dormia.

— Sinto muito. — A voz de Peabody saía abafada pelo peito de Roarke.

— Não pense assim. Você tem todo o direito a uma boa crise de choro.

Mas Peabody balançou a cabeça e tentou limpar as lágrimas do rosto.

— Dallas nunca desaba desse jeito.

— Peabody... — Ele levantou-lhe a cabeça pelo queixo. — Ela desaba sim.

Eve mexeu todos os pauzinhos que conseguiu e usou todos os contatos que tinha. Argumentou, justificou, debateu e quase ameaçou. Por fim, foi indicada com investigadora principal no caso da morte de B. Donald Branson.

Reservou duas salas de interrogatório, deixou Zeke e Clarissa em áreas separadas, colocou a ira divina sobre a equipe da cena da ocorrência e o pessoal do laboratório, atormentou o grupo que dragava o East River em busca do corpo, mandou McNab vasculhar a memória do andróide de Branson e chegou à central com uma dor de cabeça lancinante.

Enfim, conseguiu tudo o que queria.

Seu último passo antes de ouvir os depoimentos foi ligar para a casa de Mira, a fim de pedir para Zeke e Clarissa serem testados logo na manhã seguinte.

Ela começou com Clarissa. Imaginava que, depois que o choque inicial passasse, ela iria querer um advogado, que certamente a mandaria ficar calada. Seu instinto de preservação era capaz de apagar qualquer preocupação que ela tivesse em relação a Zeke.

Mas, quando entrou na sala de interrogatório, Clarissa estava sentada, pálida e calma, as mãos segurando firme um copo d'água. Eve mandou o guarda sair e fechou a porta.

— Zeke está bem? — perguntou Clarissa.

— Sim, ele está bem. E você? Sente-se melhor?

Clarissa girou o copo entre as mãos, mas não o levou aos lábios.

— Tudo parece um pesadelo. É tão irreal. B. D. morto... Ele está morto, não está?

Eve foi até a mesa e puxou uma cadeira.

— É difícil afirmar isso a essa altura. Não temos um corpo.

— Foi minha culpa. — Clarissa estremeceu e fechou os olhos com força. — Eu não sabia o que fazia. Acho que não estava raciocinando direito.

— Pois agora é uma boa hora para começar a raciocinar. — Eve afastou da voz toda compaixão. Um ar de simpatia só ia servir para levar a interrogada às lágrimas mais uma vez. Ela ligou o gravador, recitou as informações de praxe e se inclinou para a frente. — O que aconteceu ontem à noite, Clarissa?

— Eu liguei para Zeke. Ele apareceu. Íamos sair juntos. Íamos fugir.

— Você e Zeke tinham um caso?

Lealdade Mortal

— Não. — Ela elevou os olhos sombrios, brilhantes e belos. — Não, nós nunca... Apenas nos beijamos, uma vez. E nos apaixonamos um pelo outro. Sei que isso parece ridículo, pois mal nos conhecíamos. Simplemente aconteceu. Ele era bom para mim, gentil. Eu queria me sentir segura. Queria apenas me sentir segura. Eu liguei e ele foi até mim.

— Para onde vocês iam?

— Arizona. Eu acho. Não sei ao certo. — Ela levou a mão à testa e passou os dedos de leve sobre a pele. — Qualquer lugar, contanto que fôssemos embora. Eu fiz a mala, e Zeke subiu até o quarto para buscá-la. Então eu peguei o meu casaco. Estava indo embora, ia embora com Zeke. Então, B. D. chegou. Eu não imaginei que ele fosse chegar.

Sua voz começou a ficar mais aguda e seus ombros tremiam.

— Ele não devia voltar para casa ontem à noite. Estava bêbado e viu que eu segurava o casaco de sair. Ele me agrediu. — Sua mão foi até o rosto, onde a contusão era brutal. — Zeke apareceu, disse para B. D. não me bater e se afastar de mim. Mas B. D. disse coisas horríveis e começou a empurrar e gritar com Zeke. Não me lembro exatamente. Ele ficou ali, berrando e empurrando Zeke, e de repente me agarrou pelos cabelos e me arrastou. Acho que eu gritei. Zeke o empurrou. Zeke o empurrou porque ele estava me machucando. E ele caiu. Houve um som terrível, e o sangue começou a escorrer pelo piso de mármore junto à lareira. Sangue... — repetiu ela, curvando-se sobre o copo.

— Clarissa, o que Zeke fez então depois que o seu marido caiu? Depois do sangue?

— Ele... não tenho certeza.

— Pense. Puxe pela memória e tente lembrar.

— Ele... — As lágrimas começaram a derramar e pingar sobre a mesa, em gotas solitárias. — Ele fez com que eu me sentasse e foi acudir B. D. Ele me pediu para chamar uma ambulância. Mandou que eu corresse, mas eu não conseguia me mover. Simplesmente não conseguia. Sabia que ele estava morto. Dava para ver... Todo aquele sangue, seu olhos. Ele estava morto. Chamar a polícia. Zeke me disse que tínhamos que chamar a polícia. Fiquei com muito medo. Disse a ele que precisávamos fugir. Afirmei que tínhamos que fugir, mas ele não quis, e disse que íamos ligar para a polícia.

Ela parou de falar, tremendo, e olhou para os olhos de Eve.

— B. D. conhece todo mundo na polícia — continuou, quase em um sussurro. — Uma vez ele me disse que, se eu contasse a alguém, se algum dia eu fosse à polícia por apanhar dele, eu seria presa. Eles me estuprariam e me deixariam trancafiada. Ele conhece a polícia.

— Você está na polícia agora — disse Eve, com a voz fria. — Você foi estuprada e presa?

As pálpebras de Clarissa tremeram.

— Não, mas...

— O que houve depois que Zeke a avisou de que ia chamar a polícia?

— Eu pedi que ele fosse até a cozinha. Pensei que se eu conseguisse ao menos fazer com que ele... saísse dali por alguns instantes... Pedi que ele me pegasse um pouco d'água e, assim que ele saiu da sala, chamei o andróide. Programei-o para que levasse o... o corpo de carro até o rio e o atirasse lá. Depois, tentei limpar o sangue. Havia tanto sangue...

— Foi um trabalho rápido. Rápido e esperto.

— Tive que ser rápida. E esperta. Zeke ia voltar a qualquer momento... Ele ia tentar me dissuadir. Ele me impediu de limpar tudo. — Baixou a cabeça. — E agora estamos aqui.

— Por que você está aqui?

— Ele chamou a polícia. Ele a chamou e eles vão prendê-lo. Foi culpa minha e agora ele vai para a prisão.

Não, pensou Eve, ele não vai.

— Há quanto tempo você está casada com B. Donald Branson, Clarissa?

— Há quase dez anos.

— E você afirma ter sofrido abusos por parte dele durante todo esse tempo? — Eve se lembrou do jeito que Clarissa enrijecera o corpo, quando Branson colocou o braço em torno do ombro dela, na leitura do testamento. — Ele a machucava fisicamente?

— Não o tempo todo. — Ela limpou o rosto com a mão. — Não no começo. No começo, tudo estava bem. Mas eu não conseguia fazer direito o que ele queria. Sou meio burra e não conseguia fazer nada certo. Ele ficava zangado. E me batia... Dizia que precisava me bater para eu aprender a fazer as coisas. Para me mostrar quem é que mandava.

Lembre-se de quem é que manda aqui, garotinha. Lembre-se sempre.

O estômago de Eve pareceu se contorcer quando ela ouviu aquelas palavras ecoando em sua cabeça, acompanhadas do medo pegajoso que tinha quando era criança.

— Você é uma mulher adulta. Por que não o abandonou?

— E eu iria para onde? — Os olhos de Clarissa se encheram de desespero. — Qual o lugar para onde eu poderia ir sem que ele me achasse?

— Amigos, família. — Ela não tivera nada disso, pensou Eve. Não tivera ninguém.

Clarissa balançou a cabeça para os lados.

— Eu não tinha amigos, e toda a minha família se foi. As pessoas que eu conhecia... as que ele me deixava conhecer... achavam que B. D. era um grande homem. Ele me batia quando queria e me estuprava quando tinha vontade. A senhora não sabe o que é isso, tenente. Não tem como imaginar como é viver assim, sem saber o que o homem ao seu lado vai fazer em seguida, sem saber como ele vai se comportar ao voltar para casa.

Eve se levantou, caminhou na direção do vidro espelhado por dentro que dava para o corredor e olhou para o próprio rosto. Ela sabia como era, e sabia exatamente. A lembrança e a sensação só serviriam para diminuir a sua objetividade.

— E agora — perguntou Eve — que ele nunca mais vai entrar pela porta?

— Sinto que ele não pode mais me machucar — disse ela, com simplicidade, e Eve deu meia-volta. — Vou ter que viver sabendo que fiz um homem bom, um homem gentil, ser responsável por sua morte. Qualquer chance que Zeke e eu tivéssemos de ficar juntos e felizes morreu também esta noite.

Ela colocou a cabeça sobre a mesa áspera. Seu pranto, pensou Eve, lembrava o som de um coração partido.

Eve terminou a gravação, saiu e deu instruções para uma policial conduzir Clarissa para o centro médico até o amanhecer.

Encontrou McNab ao lado da máquina de venda automática, franzindo a testa diante das escolhas.

— E quanto ao andróide? — perguntou a ele.

— Ela fez um bom trabalho ao programá-lo. Ele seguiu todas as ordens. Analisei tudo e rodei o programa para a frente e para trás. Ela determinou as ordens com precisão... Recolher o corpo junto da lareira, transportá-lo até o carro, dirigir até o rio e atirá-lo da ponte. Não há mais nada registrado. Ela apagou os dados anteriores da memória do robô.

— Por acidente ou de propósito?

— Não dá para saber. Ela devia estar agitada e nervosa. É comum gravar uma programação nova por cima da antiga, quando a pessoa está com muita pressa.

— É. Quantos empregados trabalhavam na casa?

— Quatro — afirmou McNab, consultando suas anotações.

— E algum deles ouviu ou viu alguma coisa?

— Dois estavam na cozinha na hora em que tudo aconteceu. A criada pessoal estava no andar de cima e o vigia, no depósito fora da casa.

— No depósito fora da casa, com esse tempo?

— São todos andróides. Os Branson não tinham empregados humanos, apenas andróides. Todos de qualidade superior.

— Faz sentido. — Eve esfregou os olhos cansados. Resolveu que pensaria no assunto depois e repassaria todas aquelas informações mais tarde. A prioridade era livrar Zeke de qualquer acusação formal.

Lealdade Mortal

— Muito bem, vou trabalhar mais um pouco com Zeke. Peabody está lá dentro com ele?

— Sim, e o advogado também. Não dá para evitar tudo isso novamente?

Eve deixou cair os braços, e seu olhar era frio.

— Não dá não. Temos que seguir as regras. Temos que caminhar certinho sobre a linha, nesse caso. Precisamos documentar cada passo. Essa história vai chegar à mídia logo cedo. "Magnata do ramo de ferramentas e brinquedos morto pelo amante da mulher. O principal suspeito é irmão de uma policial ligada à Divisão de Homicídios. A investigação está parada. O corpo sumiu."

— Tá legal, tá legal — concordou McNab, levantando a mão. — Já saquei o tamanho da encrenca.

— A única forma de evitar esse quadro é chegarmos na frente da mídia. Precisamos provar que foi legítima defesa, temos que fazer isso bem depressa. E precisamos achar o maldito corpo. Vá procurar a equipe do laboratório — ordenou Eve, ao parar na porta da sala de interrogatório. — Se eles ainda não tiverem nada, faça pressão.

Peabody levantou a cabeça no instante em que Eve entrou. Sua mão continuava agarrada na de Zeke. Do outro lado da mesa estava o advogado, que Eve reconheceu. Ele trabalhava para Roarke.

Seu lado humano agradeceu por isso, mas o lado profissional ficou furioso. *Mais uma sombra sobre o caso*, pensou, pessimista. *O marido da investigadora principal foi quem arranjou um advogado. Fabuloso.*

— Doutor — cumprimentou ela.

— Como vai, tenente?

Sem olhar para Peabody, Eve se sentou à mesa, ligou o gravador e deu início aos trabalhos.

Trinta minutos depois, quando Eve saiu da sala, Peabody saiu correndo atrás dela.

— Tenente... senhora... Dallas!

— Não tenho tempo para bater papo com você.

Peabody conseguiu ultrapassar Eve e se colocou no caminho dela.

— Tem sim.

— Que ótimo! — Preparada para a batalha, Eve entrou no toalete, foi direto para a pia e torceu para que a água saísse fria. — Diga logo o que tem a dizer e me deixe voltar ao trabalho, Peabody.

— Obrigada.

Desconcertada pela palavra dita em tom calmo, Eve levantou o rosto sem enxugá-lo.

— Obrigada pelo quê?

— Por cuidar de Zeke.

Lentamente, Eve desligou a torneira, sacudiu o excesso de água das mãos e foi secá-las. O aparelho ligou automaticamente, emitindo um zumbido desagradável em meio a jatos de ar frio.

— Tenho muito trabalho pela frente, Peabody. Se você veio me agradecer pelo advogado, errou de alvo. Isso foi coisa de Roarke, e eu não gostei muito da idéia.

— Deixe-me agradecer a você.

Eve não esperava por aquilo. Estava pronta para enfrentar raiva e acusações. *Por que você o pressionou daquele jeito? Por que tentou, o tempo todo, fazer com que ele se contradissesse? Como pôde ser tão cruel?*

O que recebeu, porém, foi um ar de gratidão e os olhos tristes no rosto abalado de Peabody. Eve passou as mãos no rosto e fechou os olhos.

— Minha nossa...

— Sei que você foi muito dura com ele, Dallas. Sei também o quanto a história dele ficou mais forte por você ter agido assim. Eu temia que você... — Ela teve que forçar a inspiração e começou a respirar devagar. — Depois que esfriei a cabeça, fiquei com medo de que você desse espaço para ele e ficasse mais branda, do jeito que eu ficaria. Mas você pegou pesado. Por tudo isso, obrigada.

Lealdade Mortal

— De nada. — Eve deixou as mãos caírem ao longo do corpo.
— Ele não vai se dar mal por isso, pode ter certeza.

— Eu sei. Confio em você.

— Não faça isso. — Eve falou as palavras entre dentes e se virou.

— Preciso desabafar. Minha família é a coisa mais importante
que eu tenho na vida. Mesmo eu morando longe deles, isso não significa que não sejamos unidos. Depois dela vem o meu trabalho. —
Fungando, ela passou a mão por baixo do nariz, de forma impacien
te. — Você representa o trabalho.

— Não, não represento.

— Representa sim, Dallas. Você é tudo o que existe de certo
nesse trabalho. É também a melhor coisa que me aconteceu desde
que eu conquistei meu distintivo. Confio em você por saber que
posso confiar.

O coração de Eve estremeceu. A parte de trás dos seus olhos
começou a arder e ela sentiu que ia chorar.

— Não tenho tempo para ficar aqui de sentimentalismos com
você. — Antes de sair a passos largos rumo à porta, Eve parou por
um instante e cutucou o peito da auxiliar. — Policial Peabody, seu
uniforme está fora do regulamento.

Quando a porta se fechou, Peabody olhou para baixo e viu que
o terceiro botão do paletó da farda estava pendurado, preso por um
fiapo. McNab, lembrou ela, não conseguira arrancá-lo de vez.

— Droga! — reagiu ela, indignada, e acabou de arrancar o
botão.

Pareceu a Eve que havia um grupo de sapateado dentro da sua
cabeça, dançando impiedosamente. Por um momento, pensou em
tomar um analgésico, mas entrou em sua sala e deu de cara com
Roarke.

Ele estava sentado na cadeira gasta de Eve e vestia um terno
muito elegante. Pendurara o sobretudo igualmente elegante no cabi-
de horrível do canto da sala. Seus olhos pareciam mais claros, sua
voz era suave, alerta, e tratava sabe-se lá de que tipo de negócios um
executivo poderia tratar às onze da noite.

Por uma questão de princípios, Eve deu um tapa no par dos macios sapatos italianos que pareciam perfeitamente à vontade, apoiados no tampo da mesa. Ela não os empurrou, mas conseguiu fazer valer o seu protesto.

— Vou ter que ligar mais tarde para você, a fim de acertar esses detalhes — disse ele ao *tele-link*, levantando a cabeça ao ver Eve. Seus olhos astutos perceberam tudo. A fadiga, a dor de cabeça e as emoções conflitantes que brincavam em seu rosto. — Estou em reunião agora.

Desligou e deixou os pés deslizarem para o chão, de forma preguiçosa.

— Sente-se, tenente.

— Esta é a minha sala. Sou eu quem dá as ordens por aqui.

— Hã-hã — concordou ele, levantando-se para ir até o AutoChef, onde, sabendo que ela iria reclamar, programou uma sopa quente em vez de café.

— Não precisava ficar me esperando — disse ela.

— Claro que não.

— Era melhor você ter ido para casa. Não sei bem a que horas vou poder sair. Talvez eu fique acampada por aqui.

Nem pensar, pensou Roarke, mas não disse nada, simplesmente se virou e passou-lhe a sopa.

— Quero café.

— Você é uma menina crescida e já deve saber que não dá para conseguir tudo o que quer. — Passando junto dela, foi até a porta e a fechou. Eve se mostrou irritada:

— Se há uma coisa que eu dispenso por aqui, é uma boca esperta.

— E vai abrir mão da sua? — Ele ergueu uma sobrancelha. — Eu gostava tanto dela.

— Olhe, eu posso chamar dois guardas maiores do que gorilas. Eles estarão aqui em trinta segundos e vão adorar passar a noite chutando o seu lindo traseiro.

Roarke se sentou na cadeira diante da mesa, esticou as pernas o máximo que era possível em um lugar tão apertado e analisou o rosto dela.

— Sente-se, Eve, e tome a sua sopa.

Fazendo força para não atirar a tigela longe, ela acabou se sentando.

— Acabei de massacrar Zeke. Por trinta minutos eu o golpeei sem cessar e não lhe dei nem tempo de respirar. "Você queria apenas trepar com uma mulher casada, e então matou o marido dela para tirá-lo do seu caminho. Ele era rico, não era? Agora, é ela que vai ficar rica. Isso vai ser muito conveniente para você, Zeke. Você ganha a mulher, fica com a grana, e tudo o que Branson recebe é um lindo funeral." Isso tudo eu disse antes de me tornar cruel.

Roarke não disse nada, simplesmente esperou que ela colocasse tudo para fora. Eve tomou um pouco de sopa. Sua garganta ardia e aquilo era melhor que nada.

— Depois que eu acabei de arrasar com ele — continuou —, Peabody me seguiu até o banheiro e me agradeceu por tudo. Parece até piada!

Roarke se levantou porque ela deixara a cabeça tombar sobre as mãos. Quando tentou tocar em seus ombros, ela se encolheu e pediu:

— Não faça isso. Não agüento mais demonstrações de compreensão por hoje.

— Que pena... — Ele baixou os lábios até fazê-los tocar a parte de trás da cabeça dela. — Você vem treinando Peabody há meses. Acha que ela não sabe como a sua mente funciona?

— Nesse momento, nem *eu mesma* sei como ela funciona. Clarissa me disse que o marido a surrava quando queria e estuprava sempre que tinha vontade. Por anos. Ao longo de muitos anos.

Os dedos de Roarke se apertaram sobre os ombros dela antes de ele conseguir controlá-los e abrandá-los.

— Sinto muito, Eve.

— Já ouvi essa história muitas vezes, de testemunhas, suspeitos e vítimas. Consigo lidar com isso. Consigo lidar bem com o assunto. O problema é que toda vez, toda santa vez, é como se eu levasse, de repente, um soco na boca do estômago. Toda vez...

Por um instante ela se permitiu deixar-se recostar nele, em busca de conforto.

— Vou ter que continuar trabalhando aqui. — Ela se levantou e saiu de perto dele. — Você não devia ter convocado um dos seus advogados de elite, Roarke. Vai pegar mal. A história toda já está muito, muito esquisita.

— Ela chorou no meu ombro. A valente e durona Peabody. Você acha que eu devia lhe virar as costas?

Eve balançou a cabeça para os lados.

— Tudo bem — cedeu ela, apertando os olhos com os dedos e torcendo para a dor de cabeça ir embora. — Vamos lidar com isso. Vou ligar para Nadine.

— Agora?

Expirando com força, Eve se virou para ele. Seus olhos estavam novamente alertas.

— Vou dar uma entrevista exclusiva a ela, bem aqui em minha sala, agora. Ela virá correndo e vamos poder sair um pouco do sufoco. — Eve foi até o *tele-link* fazer a ligação. Vá para casa, Roarke.

— Eu vou, mas só quando você for.

CAPÍTULO DEZESSETE

Roarke a forçou a ir para casa. Pelo menos, ela o deixou pensar assim. Zeke fora liberado sob fiança e foi instruído a se apresentar no consultório da dra. Mira às nove da manhã. Clarissa foi internada no quarto particular de uma clínica de luxo, onde a sedaram para que passasse a noite em paz.

Eve colocara um guarda na porta do quarto.

A reportagem de Nadine foi ao ar à meia-noite. Exibia o ritmo urgente que se esperava do relato de um trágico acidente, mas nada que fugisse à rotina. Foi como Eve esperava.

A cena do crime estava preservada e seria devidamente analisada na manhã seguinte. O corpo continuava em algum lugar nas profundezas do East River e não havia mais nada a ser feito, por ora.

Assim, às duas da manhã, ela tirou as roupas que usara o dia todo e se preparou para cair em sua própria cama.

— Eve...? — Roarke certificou-se de que o coldre e a arma dela estavam fora de alcance. Quando ela virou a cabeça, ele a agarrou pelo queixo e enfiou um analgésico forte em sua boca. Antes de ela ter chance de cuspi-lo fora, as mãos habilidosas de Roarke desceram com rapidez e apertaram o traseiro nu de sua esposa, ao mesmo tempo que ele esmagava sua boca de encontro à dela.

Ela engasgou, engoliu, por instinto, e sentiu a língua dele dançando suavemente sobre a dela.

— Isso foi golpe baixo. — Ela o empurrou com força e tossiu de leve. — Um ato desprezível.

— Mas funcionou. — Ele acariciou-lhe o rosto e a empurrou de leve para trás, fazendo-a cair novamente na cama. — Você vai se sentir muito melhor quando acordar.

— Quando eu acordar logo depois do café, vou te encher de porrada.

— Hum. Mal posso esperar. — Ele se deitou na cama ao lado dela e a aninhou encaixada nele. — Agora, durma.

— Garanto que você não vai achar isso tão divertido quando a sua cabeça estiver quicando pelo chão do quarto. — Mas ela se deixou envolver pelos ombros dele e caiu no sono.

Quatro horas depois, acordou exatamente na mesma posição. A fadiga a venceu e ela dormira como uma pedra. Piscou e, ao olhar para trás, viu que ele já estava de olhos abertos, fitando-a.

— Que horas são? — perguntou ela, com a voz rouca.

— Passa um pouco das seis. Fique aqui por mais alguns minutos.

— Não, preciso começar a agitar as coisas daqui de casa. — Ela pulou por cima dele e foi cambaleando até o banheiro. Debaixo do chuveiro, ela esfregou os olhos antes de abrir a água e reconheceu, meio a contragosto, que a dor de cabeça desaparecera. — Jatos em força total a trinta e oito graus.

A água saiu de seis jatos fortes em volta do boxe, soltando vapor. Ela deu um gemido baixo, de puro prazer, deixando a água escorrer pelos cabelos, mas estreitou os olhos quando Roarke entrou ao lado dela.

— Se você mandar a água ficar mais fria, vai se ver comigo!

— Não, resolvi cozinhar um pouco nessa água fervendo, junto com você. — Ofereceu a ela uma das canecas de café que trouxera, divertindo-se ao notar seus olhos desconfiados e satisfeito por eles não exibirem sinais de dor. — Eu também vou trabalhar em casa hoje, por algumas horas.

Roarke tomou um gole de café da sua caneca e a colocou sobre uma prateleira elevada, acima dos jatos massageadores que saíam em um ritmo estável.

— Quero que você me mantenha atualizado a respeito dos dois casos que tem para resolver — exigiu ele.

— Vou lhe contar o que puder, e quando puder.

— Parece justo. — Roarke encheu as mãos com sabonete líquido e começou a deslizá-las sobre o corpo de Eve.

— Pode deixar que eu me esfrego. — Ela deu um passo para trás porque sentiu o sangue começando a se agitar debaixo da pele. — Hoje não tenho tempo para brincadeiras aquáticas.

Ele foi na direção dela, e suas mãos brilhantes deslizaram sobre o ventre de Eve, o torso e os seios, o que a fez estremecer.

— Eu já disse... — reagiu ela, ao sentir a boca dele baixar sobre o seu ombro, em leves mordidas — ... para parar com isso!

— Adoro quando você fica assim molhadinha... — Ele pegou a caneca de Eve antes que ela a deixasse cair no chão e a colocou na prateleira, ao lado da sua — ... adoro quando fica escorregadia... — Virou o corpo dela e a empurrou de frente para a parede, onde a água escorria em meio ao vapor — ... e relutante. Vamos decolar — murmurou ele junto de seu ouvido, enquanto seus dedos deslizavam para dentro dela, entrando e saindo em um ritmo lento, de suave abandono.

A cabeça dela tombou para trás e seu corpo assumiu o controle da situação.

— Droga! — A exclamação dela saiu como um gemido de prazer contido que se espalhou do centro do seu corpo até as pontas dos dedos.

— Pode transbordar, querida. — Ele passou a língua para cima e para baixo na lateral da sua garganta e Eve não teve escolha.

As mãos dela estavam abertas sobre os azulejos molhados, e seu corpo pulsava. A água continuava a cair sobre ambos como agulhas quentes e ele sentiu o momento exato em que o orgasmo a rasgou por dentro.

Era uma limpeza interna que a purgava, pensou ele.

Ela ainda estava ofegante quando ele a virou de frente e cobriu-lhe um dos seios com a boca faminta.

Eve não tinha como resistir ao que ele lhe proporcionava. A cada vez ela se sentia indefesa, atônita. E grata. Enterrou os dedos nos cabelos dele, enroscando-os, enredando-os naquela espessa rede de seda preta, ao mesmo tempo que as fortes fisgadas de desejo em sua barriga acompanhavam a fome insaciável da boca dele, que continuava passeando sobre ela.

As mãos dele, ensaboadas e habilidosas, percorriam-na toda, levando-a além do que pensava suportar. Colocavam-na exatamente onde ele a queria e do jeito que precisava dela... trêmula, gemendo o nome dele, embebida no próprio prazer.

As unhas que ela enterrou nas suas costas deixaram-no ainda mais animado e o pulsar desabalado do coração dela contra o seu o excitou visivelmente. Mas ele queria mais. Queria tudo. *Agora* era o que ele conseguia pensar, enquanto violavam a boca um do outro.

— Quero você. — A respiração dele estava ofegante no instante em que ele a agarrou pelos quadris. — A toda hora. Sempre. Minha.

Os olhos dele estavam em um tom de azul ardente e selvagem. Isso foi tudo o que ela conseguiu ver. Era excessiva a necessidade desesperada e infinita que ela tinha dele. No entanto, por algum motivo, ela nunca se saciava.

— Você é minha! — Ele colocou a boca novamente sobre a dela e, quando a penetrou com força, os batimentos rápidos do seu coração entraram em compasso com os dela.

* * *

Lealdade Mortal

Eve era obrigada a admitir que quatro horas de sono, sexo selvagem, molhado e depois uma refeição quentinha ajudavam muito a deixar a mente e o corpo em ponto de bala. Às sete e quinze ela já estava em seu escritório de casa, pronta para começar o dia com a cabeça leve e alerta, os músculos em forma e a energia a toda.

O casamento trazia uma série de benefícios secundários que ela nunca considerara.

— Você parece... descansada, tenente.

— É melhor eu estar mesmo. Quero trabalhar aqui por pelo menos meia hora, antes de ir para a central. Continuamos com o caso Cassandra em aberto e quero que as energias de Peabody permaneçam focadas nessa direção.

— Enquanto você faz malabarismos no caso de Zeke, com a outra mão.

— Tiras estão sempre fazendo malabarismos. — Eve tinha algumas idéias bem definidas sobre aonde ir, nessa área em particular. — Vou dividir as tarefas de McNab em duas frentes. Podemos deixá-lo trabalhando um pouco no caso Branson até acertarmos as coisas. Ajudou muito tê-lo por perto ontem à noite. — Ela parou e franziu o cenho, com estranheza. — Como será que ele foi parar lá, por falar nisso? Ainda não tive tempo de descobrir.

— Pois eu diria que isso é óbvio. — Quando Eve olhou para ele, sem expressão, Roarke deu uma gargalhada. — E você ainda se intitula detetive. Ele estava com Peabody.

— Com Peabody? Fazendo o quê? Os dois estavam fora de serviço.

Roarke olhou para Eve por um momento e constatou que ela estava realmente por fora. Dando uma risadinha, foi até onde ela estava, pegou-a pelo queixo e passou o polegar sobre a covinha que havia ali.

— Eve, eles estavam fora de serviço e *dentro* um do outro.

— Dentro um do outro? — Ela pensou por um instante e reagiu: — Sexo? Você acha que eles estavam transando? Isso é ridículo.

— Por quê?

— Porque... porque sim. Peabody acha McNab um pé no saco. E ele faz de tudo para irritá-la. Eu sei que você suspeitava que rolava um certo... interesse romântico entre eles, mas estava enganado, Roarke. Ela anda muito ocupada, saindo com Charles Monroe, e ele está... — Parando de falar, Eve lembrou os lances estranhos, as trocas de olhares, os silêncios e rubores. — Caramba! — Foi tudo o que conseguiu dizer. — Minha nossa, eles estão transando! Eu não preciso de mais esse problema nas minhas mãos.

— E por que você se importaria com isso?

— Porque sim. Os dois são da polícia. Os dois são tiras e, droga, ela é a *minha* tira, a minha ajudante. Quando uma merda dessas entra em jogo, atrapalha tudo. Eles vão ficar trocando olhares melosos por algum tempo e, quando a coisa der errado, vão começar a se atracar e trocar tapas.

— Por que você tem tanta certeza de que não vai dar certo?

— Porque não vai. Nunca dá. Sua energia e seu foco ficam prejudicados justamente na hora em que deveriam ser canalizados para o trabalho. Quando você começa a misturar sexo, romance e sabe Deus mais o que com trabalho, todo mundo sai perdendo. Eles não tinham nada que estar fazendo sexo. Tiras não deviam...

— Ter vida pessoal? — terminou ele, com a voz fria. — Não deviam ter sentimentos e opções individuais?

— Eu não quis dizer isso. Não com essas palavras. A verdade, porém, é que eles estariam melhor sem nada disso — acrescentou, em um murmúrio.

— Muito obrigado.

— Isso não tem relação conosco. Não estou falando de nós.

— Quer dizer que você não é tira e nós não misturamos sexo, romance e sabe Deus mais o que com trabalho?

Ela tocara num ponto sensível, Eve reconheceu; preferia ter mordido a língua.

Lealdade Mortal

— O que eu disse tem relação com dois tiras que trabalham na minha equipe e estão no meio de duas investigações muito complicadas.

— Uma hora atrás eu estava dentro de você, e você estava agarrada em volta de mim. — A voz dele estava ainda mais fria. Bem como seus olhos. — Aquilo tinha a ver conosco e as investigações continuaram lá, muito complicadas ou não. Por quanto tempo mais você vai continuar achando que estaria melhor sem tudo isso em sua vida?

— Não foi nada disso que eu quis dizer. — Ela se levantou, surpresa ao sentir que estava nervosa.

— Não foi?

— Não ponha palavras na minha boca, nem pensamentos na minha cabeça. Não tenho tempo para uma crise conjugal agora.

— Ótimo, porque eu não tenho paciência para isso.

Quando ele virou as costas e saiu, fechando com força a porta divisória entre o escritório dele e o dela, Eve levantou a mão, formando um punho. Então, como a raiva se recusou a crescer e superar a culpa, levantou o outro punho e golpeou as próprias têmporas.

Expirando com força, foi até a porta, abriu-a e olhou para ele. Roarke já se colocara atrás de sua mesa e a ignorou.

— Não foi aquilo que eu quis dizer — repetiu ela. — Mas talvez tudo seja parte do mesmo problema. Eu sei que você me ama, mas não entendo por quê. Fico olhando para você e não consigo compreender o motivo de você me amar. Eu não devia estar nesse papel, e sei que morreria se um dia você viesse a descobrir isso.

Ele fez menção de se levantar, mas ela balançou a cabeça.

— Não — impediu ela. — Não tenho tempo agora. Estou falando sério. Vim apenas dizer isso e garantir que o que você entendeu não foi o que eu quis dizer. Peabody... já a machucaram antes; ela ficou muito magoada por gostar de um tira... um outro tira, em um outro caso. Não quero ver aquilo tornar a acontecer. Foi isso. Apenas isso. Vou para a central. Manterei contato, caso haja alguma coisa que você deva saber.

Ela saiu rápido. Ele poderia tê-la impedido de ir, mas ficou onde estava e a deixou partir.

Mais tarde, disse a si mesmo, ele trataria daquele assunto com ela. E ela ia tratar daquilo com ele.

Eve entrou a passos largos na central. O astral elevado e brilhante com que ela começara o dia se enevoara um pouco. Ela achou que era melhor assim. Trabalharia melhor, mais alerta e focada, se estivesse um pouco irritada. Assim que avistou Peabody, ela ergueu o queixo e apontou com o dedo indicador para a sua sala.

Eve podia ver sinais de uma noite infeliz, passada em claro, no rosto de sua ajudante. Era o que esperava. Segurou a porta até Peabody passar e então a fechou.

— A partir de agora, tire Zeke da cabeça. Estamos cuidando do caso e você tem trabalho a fazer.

— Sim, senhora, mas...

— Ainda não acabei de falar, policial. Se você não garante que pode contar com toda a energia e concentração necessárias no caso Cassandra, quero que se afaste da equipe e peça licença temporária da corporação. Agora!

Peabody chegou a abrir a boca, mas tornou a fechá-la antes de soltar algum desaforo. Quando conseguiu se controlar, concordou com a cabeça, em um movimento rápido.

— A senhora terá o melhor de mim, tenente. Vou desempenhar bem o meu trabalho.

— Lembrarei disso. Lamont deveria ter vindo para cá ontem à noite. Providencie para que seja trazido para interrogatório. E quando os rastreadores da empresa de segurança chegarem aqui quero ser informada. — Mantenha-a ocupada, pensou Eve. Ela precisa ficar atolada em tarefas desagradáveis. — Entre em contato com Feeney e veja se o mandado para grampear as comunicações de Monica Rowan já foi emitido. Você dormiu com McNab?

— Sim, senhora. O quê?!

Lealdade Mortal

— Merda. — Eve enfiou as mãos nos bolsos, foi até a janela e voltou. — Merda. — Parou e as duas ficaram se olhando. — Peabody, você ficou maluca?

— Foi um lapso momentâneo. O fato não se repetirá. — Era isso que ela pretendia dizer a McNab na primeira oportunidade.

— Você não está... apaixonada por ele, nem nada desse tipo, está?

— Foi um lapso — insistiu Peabody. — Um lapso momentâneo provocado por inesperados estímulos físicos. Não quero falar disso, senhora.

— Ótimo, porque eu não quero nem mesmo *pensar* nisso. Vá pegar Lamont.

— Agora mesmo.

Adorando a oportunidade de escapar, Peabody saiu correndo.

Eve se virou para o *tele-link* e começou a repassar as mensagens recebidas. Quando o nome de Lamont apareceu em uma delas, ela praguejou e socou o monitor.

— Por que eu não recebi esta transmissão na hora em que ela foi enviada? — perguntou ela ao computador.

Devido a um lapso no sistema, todas as transmissões enviadas entre a zero hora e 6h50min foram colocadas em modo de espera.

— Lapso no sistema. — Ela tornou a socar a máquina, só pelo prazer de fazer isso. — Estamos cheios de lapsos por aqui ultimamente. Transmita o relatório completo sobre Lamont e imprima o arquivo.

Processando...

Enquanto a máquina imprimia o que fora pedido, em meio a soluços metálicos, Eve ligou para Peabody pelo comunicador e informou:

— Não precisa se dar ao trabalho de procurar Lamont. Ele está no necrotério.

— Sim, senhora. O correio acabou de chegar e trouxe mais um disco com outra mensagem gravada.

Os nervos de Eve se retesaram ainda mais.

— Encontro você na sala de conferências. Reúna o resto da equipe. Vamos trabalhar.

A embalagem foi testada e liberada. O disco foi copiado e protegido. Eve se sentou diante do computador e colocou o disco no drive.

— Rodar arquivo e imprimir — ordenou ela.

Somos Cassandra
Somos leais.
Somos os deuses da justiça.
Estamos acompanhando os seus esforços. Eles nos divertem. Como estamos nos divertindo, vamos lhe dar um último aviso. Nossos compatriotas devem ser soltos. Até esses heróis readquirirem a liberdade, haverá terror... Pelo governo corrupto, pelos militares fantoches, pela polícia fascista e pelos inocentes que eles liquidam e condenam. Exigimos um pagamento como compensação pelos assassinatos e pelas prisões dos justos. O preço agora é de cem milhões de dólares, em títulos ao portador.

A confirmação da libertação dos profetas políticos injustamente aprisionados deve ser feita até as dezesseis horas de hoje. Aceitaremos como confirmação uma declaração pública de cada um dos indivíduos da lista, transmitida ao vivo em rede nacional. Todos devem dar seu depoimento. Se um deles sequer não for libertado, vamos destruir o próximo alvo.

Somos leais e temos boa memória.

O pagamento deverá ser efetuado às dezessete horas. A tenente Dallas deverá entregar pessoalmente a quantia solicitada e sozinha. Os títulos deverão ser colocados em uma pasta preta comum. A tenente Dallas deverá se dirigir à Grand Central Station, plataforma 19 rumo oeste, onde ficará aguardando contato.

Lealdade Mortal

Se aparecer em companhia de alguém, for seguida, rastreada ou tentar fazer ou receber qualquer ligação no local determinado, será executada e o alvo, destruído.

Somos Cassandra, profetas da nova ordem.

— Extorsão — murmurou Eve. — Eles estão fazendo isso pelo dinheiro. O objetivo é grana, e não os palhaços psicopatas da lista. Uma declaração pública ao vivo, em rede nacional. Qualquer criança de dez anos sabe que conseguiríamos forjar isso.

Ela se levantou para andar pela sala e pensar.

— Isso é uma nuvem de fumaça. A questão principal é o dinheiro. E eles vão explodir o alvo, quer consigam a grana ou não. Porque querem fazê-lo.

— De qualquer jeito — assinalou Feeney —, isso deixa você na linha de tiro e coloca algum alvo desconhecido em contagem regressiva.

— Você consegue instalar um grampo em mim que eles não consigam descobrir?

— Eu não sei o que são capazes de descobrir.

— Faça o melhor que puder. — Eve se virou para Anne. — Você tem uma equipe que possa trabalhar com os rastreadores topo de linha que estão chegando?

— Um dos gênios que trabalham para Roarke vai nos dar instruções daqui a vinte minutos. Depois disso, saímos em campo.

— Encontre o alvo. Deixe que eu cuido da entrega do dinheiro.

— Você não vai até lá sozinha. — Dessa vez foi Feeney que se levantou. — O comandante Whitney não vai autorizar.

— Eu não disse que ia sozinha, mas é melhor pensarmos em como fazer para dar essa impressão — explicou ela. — Vamos precisar de cem milhões de dólares em títulos falsos. — Exibiu um sorriso fino e sem humor. — Acho que eu conheço uma pessoa que pode nos fornecer isso a tempo.

— Mande lembranças minhas a Roarke — disse Feeney, com um sorriso sagaz.

Eve lhe lançou um olhar neutro e pediu:

— Preciso que você converse com Whitney e me prepare um grampo esperto.

— McNab e eu vamos trabalhar nisso.

— Eu preciso de McNab... por alguns minutos.

Feeney fixou os olhos nela, em seguida fitou seu detetive eletrônico e concordou com a cabeça.

— Pode deixar que eu consigo outro técnico para trabalhar nisso até eu acabar de conversar com o comandante. — Ele pegou a cópia impressa. — Preciso testar o equipamento em você pelo menos uma hora antes.

— Pode deixar que eu apareço. Peabody, você fica comigo. Encontre-me na garagem, junto do meu carro, em cinco minutos. McNab. — Ela fez sinal para ele, chamando-o com a ponta do dedo.

— Quero que você vá verificar como andam as coisas com Mira — disse a ele, enquanto caminhavam em direção à sua sala. — Procure saber como vai o teste de Zeke. Depois, quero que faça pressão junto ao Cabeção, no laboratório. Eu adoraria fazer isso, mas não quero envolver Peabody mais do que ela já está envolvida.

— Entendi.

— Ameace-o e, se isso não funcionar, suborne-o. Entradas para o jogo de futebol devem funcionar. Consigo dois lugares no camarote VIP para o próximo fim de semana.

— É mesmo? — Os olhos dele ficaram brilhantes. — Puxa, Dallas, por que você não compartilha isso com os amigos? O time dos Huds vai enfrentar os Rockets nesse dia. Se eu convencer Cabeção com outra arma, talvez ameaçando chutar o traseiro dele, posso ficar com as entradas?

— Você está me pedindo propina, detetive?

Como ela havia parado com os olhos sérios e a boca apertada, ele se recompôs depressa, perguntando:

— Por que você está pau da vida comigo, Dallas?

— Porque você transou com a minha auxiliar no meio de uma investigação complicada?

Lealdade Mortal

Os olhos dele soltaram fagulhas.

— Ela precisa da sua permissão para namorar, tenente?

— Não se trata apenas de comer pizza e assistir a um vídeo, McNab. — Entrando em sua sala, Eve pegou o casaco pendurado no suporte.

— Ah, quer dizer, então, que ela só precisa da sua permissão quando vai para a cama com alguém?

— Você está sendo insubordinado, detetive — reagiu Eve, virando-se para ele.

— E a senhora está passando dos limites, tenente.

Aquilo a deixou surpresa, Eve teve de admitir. Ela perdeu o ritmo ao vê-lo parado ali, com os olhos gélidos e ferozes, o corpo preparado para a luta e os dentes arreganhados. Ela pensava nele, *quando* pensava nele, como um bom tira, com mente alerta e excelente olho para detalhes, além de ser perito em eletrônica. Como pessoa, Eve o achava um homem ligeiramente fútil, muito vaidoso, com língua afiada, que falava demais e não levava nada além do seu trabalho a sério.

— Não venha me dizer que eu passei dos limites, McNab. — Tentando se controlar, ela vestiu o casaco bem devagar. — Peabody levou um chute na bunda, dado por um tira bonito, há poucos meses.* Não quero ver isso acontecer novamente. Ela é importante para mim.

— Ela é importante para mim também. — As palavras saíram antes dele conseguir impedir e McNab teve vontade de morder a língua. — Não que ela se importe com isso. Ela me deu um fora hoje de manhã, então não há com o que se preocupar. — Ele chutou a cadeira de Eve com força, atirando-a longe. — Droga!

— Que droga mesmo, McNab! — A raiva que ela represara tão bem se transformara em nervoso. — O que está acontecendo aqui, afinal? Você não está apaixonado por ela, está? — A resposta dele foi

---

* Ver *Eternidade Mortal*. (N. T.)

um olhar longo e sofrido. — Eu sabia! Eu bem que sabia! No fundo, eu sabia!

— Provavelmente é apenas uma paixonite — murmurou ele. — Vou superar.

— Pois então supere. Supere, ouviu? Este não é o momento certo. Nunca é, em casos desse tipo, mas dessa vez *mais do que nunca*. Esqueça o lance, certo? — Eve não esperou pela resposta dele, queria apenas que ele compreendesse. — O irmão dela está no meio do fogo, temos bombas explodindo por toda a cidade. Tenho um corpo no necrotério e outro no fundo do rio. Não posso me dar ao luxo de ter dois membros da minha equipe tropeçando nas cordas das suas harpas românticas.

McNab se surpreendeu com a expressão e riu com vontade.

— Puxa, gostei da comparação.

— Sim, eu sei. — Eve lembrou o jeito que Roarke olhara para ela naquela manhã. — Detesto ter que fazer isso, McNab, mas preciso de vocês totalmente ligados.

— Eu estou ligado.

— Pois continue assim — disse ela e saiu.

Imaginando que não havia mais nada que pudesse piorar a sua fama de agressiva e insensível naquela manhã, pois desde que acordara ofendera e magoara pessoas de quem gostava, Eve ligou para Roarke enquanto ia para a garagem.

Summerset atendeu e a reação instintiva dela foi ranger os dentes, o que era muito melhor do que se sentir culpada.

— Roarke. — Foi tudo o que ela disse.

— Ele está atendendo a outra ligação no momento.

— Isso aqui é assunto de polícia, seu zarolho idiota. Chame-o!

As narinas de Summerset se inflaram de indignação e o astral de Eve melhorou um pouco ao ver aquilo.

— Vou ver se ele está disponível para atender à sua ligação, tenente.

Lealdade Mortal

A tela apagou. Mesmo sabendo que o mordomo era desaforado o bastante para desligar na cara dela, Eve contou até dez. E mais dez. Já estava quase no trinta quando Roarke apareceu.

— Tenente. — Sua voz estava controlada e o sotaque irlandês lhe pareceu mais frio do que musical.

— O departamento de polícia precisa de cem milhões de dólares em títulos ao portador falsos... Eles devem ser convincentemente falsos, mas não o bastante para serem descontados em um banco. Devem vir em certificados no valor de dez mil dólares cada.

— Qual é o seu prazo final?

— Seria ótimo se você os enviasse até as quatorze horas.

— Você vai recebê-los. — Ele esperou um instante. — Deseja algo mais?

Sim, quero dizer que sinto muito e que sou uma idiota. O que você esperava de mim?

— É só isso. O departamento...

— Agradece muito, eu sei. Estou participando de uma conferência interplanetária; então, se você não deseja mais nada no momento...

— Não, é só isso. Avise-me quando o pacote estiver pronto e eu mando alguém buscar.

— Eu aviso.

Ele desligou sem dizer mais nada e ela franziu o cenho.

— Certo — resmungou ela. — Essa doeu. Foi bem na mosca. — Colocou o *tele-link* na bolsa.

Na mesma hora, ela se lembrou do que dissera a McNab: Esqueça o assunto. Ela fez de tudo para seguir o próprio conselho, mas alguma coisa deve ter transparecido em seu rosto. Peabody ficou calada quando Eve entrou no carro. E as duas foram até o necrotério sem trocar uma palavra.

* * *

O Instituto Médico-Legal parecia tão lotado quanto um bar de hotel durante uma convenção dos Shriners. Os corredores transbordavam de técnicos, assistentes dos legistas e equipes médicas que haviam sido transferidas dos hospitais locais para auxiliar durante a crise que se instalara. O fedor de gente viva e morta enchia o ar.

Eve conseguiu encontrar um membro da equipe do necrotério que conhecia.

— Chambers, onde está Morris? — Ela tinha esperança de bater um papo de cinco minutos com o chefe dos médicos-legistas.

— Ele está enterrado até o pescoço em trabalho. O bombardeio do hotel nos trouxe um monte de clientes, literalmente. Muitos deles estão em pedaços. É como montar um gigantesco quebra-cabeça.

— Bem, eu preciso ver um dos hóspedes que deram entrada aqui hoje de manhã. Lamont. Paul Lamont.

— Puxa, Dallas, estamos trabalhando à base de prioridades aqui. Temos primeiro que identificar todos esses cadáveres.

— Ele está ligado ao caso.

— Tudo bem, tudo bem. — Obviamente contrariado, Chambers foi depressa até o computador e fez uma pesquisa por nome. — Ele está na área D, gaveta 12. Estamos na fase de colocá-los nas prateleiras, a fim de embalá-los e congelá-los.

— Preciso dar uma olhada nele, ver seus objetos pessoais e o relatório de entrada do corpo.

— Que seja rápido, então. — Os sapatos dele estalavam sobre o piso ao longo do corredor. Ele parou na porta da área D, enfiou o cartão na ranhura e entrou, acompanhado de Eve. — Gaveta 12 — repetiu ele, como para lembrá-la. — Simplesmente use o seu cartão mestre e deixe que eu cuido do resto.

Eve digitou um código no painel da gaveta, que se abriu automaticamente em meio a uma névoa gelada, trazendo Lamont. Ou o que restara dele.

— Eles acabaram com ele — murmurou Eve, observando o corpo desfigurado e com membros mutilados.

Lealdade Mortal

— É mesmo. Aqui diz que o veículo que o atropelou, uma van Airstream preta, fez a curva e foi direto para cima dele, que estava parado na calçada. Ainda nem examinamos o corpo, só o guardamos. Ele não é prioridade.

— Não, ele pode esperar. — Eve tornou a fechar a gaveta. — O que ele tinha nos bolsos?

— Uns cinqüenta e poucos dólares em fichas de crédito, um relógio, identidade e cartões-chave, um tubo de drops de hortelã, um *tele-link* portátil, agenda eletrônica... Ah, e uma arma, uma espécie de canivete. — Ele examinou a lâmina comprida e estreita. — Acho que está acima do tamanho permitido por lei.

— Sim, por meio metro, mais ou menos. Preciso do *tele-link* e da agenda.

— Por mim, tudo bem. Assine aqui e pode levá-los. Escute, Dallas, eu preciso voltar agora. Detesto deixar os clientes esperando.

Eve assinou a requisição de retirada e perguntou:

— Esses objetos já foram examinados pela perícia?

— Sei lá! Divirta-se.

Eve se virou para Peabody assim que as portas duplas da área D se fecharam.

— Vamos examinar isso agora mesmo e temos que gravar tudo.

Peabody balançou o kit de serviço que trazia pendurado no ombro.

— Aqui? Você não prefere fazer esse trabalho em outro lugar?

— Por quê?

— Bem, é que estamos cercadas de gente morta.

— E você ainda diz que pretende ser detetive de homicídios...

— É que eu gosto mais de lidar com um de cada vez. — Mesmo assim, ela abriu o kit e se pôs a trabalhar. — As impressões digitais estão muito boas.

— Vamos identificá-las depois de verificarmos o *tele-link* e a agenda. Provavelmente as digitais são de Lamont.

Eve pegou o *tele-link* portátil e o analisou com cuidado. Era um modelo topo de linha, muito sofisticado e complexo. Lembrou os sapatos caros que Lamont usava.

— Quanto será que Roarke paga de salário para esses caras? — Eve apertou o botão de recuperação de chamadas dadas e recebidas nas últimas vinte e quatro horas. — Anote os números que aparecerem. Vamos ter que rastrear todos eles.

Ela observou os números que começaram a surgir no display e apertou os lábios. O vídeo fora bloqueado, mas as vozes saíram altas e claras:

"Alô."

"Eles estão me vigiando." Aquela era a voz de Lamont, reconheceu Eve, com o leve sotaque francês e um tom nervoso. *"A polícia esteve aqui. Estão me vigiando. Sabem de alguma coisa."*

"Acalme-se. Você está protegido. Esse assunto não deve ser discutido pelo tele-link. *Onde você está?"*

"Estou bem, em um local seguro. Escapei pelos fundos da churrascaria que fica embaixo do prédio onde trabalho. Eles me chamaram para fazer perguntas. Roarke estava lá também."

"E o que você lhes disse?"

"Nada. Eles não arrancaram nada de mim. Mas quero que saiba que não pretendo me queimar nesse lance. Vou embora daqui e preciso de mais grana."

"Seu pai ficaria desapontado."

"Não sou meu pai e sei quando é hora de saltar fora. Vocês já têm tudo o que precisam. Quero minha parte logo. Fui!... Já fiz o meu trabalho. Você não precisa mais de mim."

"Não, não preciso, você tem razão. Mas seria melhor se você terminasse o expediente normalmente. Entraremos em contato mais tarde e você saberá onde pegar a sua parte. Precisamos ser cuidadosos. O seu trabalho acabou, mas o nosso não."

"Então marque um lugar para me entregar a grana. Vou para lá e, quando amanhecer, já estarei longe."

"Vamos resolver isso."

Lealdade Mortal

— Idiota — murmurou Eve. — Assinou a própria sentença de morte. — Balançou a cabeça. — Terá sido ganância ou burrice?

Havia outra ligação, onde Lamont reservava uma cabine privativa em um vôo para fora do planeta, rumo à estação espacial Vegas II. Usou nome e identidade falsos.

— Mande uma equipe até a casa dele, Peabody. Aposto que o nosso rapaz já estava de malas feitas, pronto para partir.

A ligação seguinte era externa, uma voz gravada dando instruções breves:

"Esquina da Sexta Avenida com rua 43, à uma da manhã."

Lamont fez mais duas ligações e deixou recados, mas não recebeu retorno.

— Pesquise esses números, Peabody — instruiu Eve, enquanto pegava a agenda.

— Já estou pesquisando o primeiro. O número está protegido.

— Use a minha senha e consiga-o. A pessoa com quem Lamont falava não percebeu que ele estava ligando do seu *tele-link* pessoal. Deve ter achado que ligou do trabalho, senão não teria deixado o aparelho no bolso dele. Aliás, mesmo que ele quisesse pegá-lo, nossos homens que seguiam Lamont chegaram na cena de imediato.

— O identificador de chamadas está bloqueado para esse número — informou Peabody. — Não vamos conseguir descobri-lo.

— Ah, vamos sim. — Eve pegou o comunicador. Em trinta segundos já estava com o secretário Tibble na linha e, menos de dois minutos depois, obteve a autorização pessoal do governador.

— Nossa, você é boa mesmo, hein? — Peabody olhou, com admiração. — Chegou a fazer cara de ameaça para o governador.

— Ele me veio com aquele papo de lei de privacidade. Políticos... — Eve rangeu os dentes, dobrou e flexionou os dedos enquanto aguardava a queda da última barreira burocrática. — Ora, ora, que filho-da-mãe.

— O que foi? De quem é o número? — Peabody esticou o pescoço para ver os dados que apareceram no display do *tele-link* de Eve.

— É a linha particular de B. Donald Branson.

— Branson. — O sangue desapareceu do rosto de Peabody. — Mas Zeke... Ontem à noite...

— Transmita a gravação da chamada para Feeney e peça-lhe uma identificação de voz. Precisamos saber se realmente era Branson que estava na linha. — Eve caminhava apressada enquanto dava ordens. — Entre em contato com o guarda na porta de Clarissa Branson — continuou, seguindo a passos largos pelo corredor. — Diga-lhe para não deixar ninguém entrar nem sair do quarto até eu chegar lá.

Pegando o comunicador no instante em que saíam para enfrentar o frio da garagem, Eve ordenou:

— McNab, vá até o consultório de Mira. Quero Zeke de volta. Segure-o por aí até eu aparecer.

— Zeke não sabe de nada a respeito de Cassandra, Dallas. Ele nunca...

Eve lançou um olhar rápido para sua auxiliar ao entrar no carro.

— Ferramenta e brinquedo, Peabody. Acho que o seu irmão estava sendo usado como ambos.

Capítulo Dezoito

Clarissa desapareceu. Não adiantava nada repreender nem intimidar o policial que ficara de guarda na porta, mas Eve fez as duas coisas mesmo assim.

— Ela olhou para ele, sorriu com os olhos molhados e perguntou se poderia sentar um pouco no jardim. — Eve revirou os olhos, revoltada, e bateu com os dedos no papel deixado por Clarissa, que estava em sua mão. — Depois de escrever este bilhete, ela usou o golpe do "posso tomar um pouquinho d'água?", como fez com Zeke, e o nosso herói idiota foi correndo pegar um copo para ela.

Andando em círculos pela sala de conferências, Eve esperava que Zeke chegasse.

— Ué, para onde será que ela foi? — Eve imitou o guarda. — O bobalhão esperou mais de trinta minutos para dar o alarme, porque tinha certeza de que a belezinha devia estar por ali, em algum lugar. Pelo menos ele foi revistar o quarto? Ou encontrou o choroso bilhete de despedida?

Eve desdobrou o papel mais uma vez enquanto Peabody, que era esperta, permaneceu calada.

Sinto muito, sinto muitíssimo por tudo o que aconteceu. Foi minha culpa. Tudo, desde o início. Por favor, me perdoem. Estou fazendo o que é melhor para Zeke. Ele não pode ser considerado responsável. Nunca mais poderei encará-lo.

— Então ela cai fora e o deixa com o pepino na mão. Isso é que é amor verdadeiro — continuou Eve. Embora Peabody não tivesse dito nada, Eve levantou a mão e começou a repassar os estágios da trama, passo a passo. — Zeke os ouviu brigando pelo duto de ventilação da oficina. É a casa de Branson, é a sua oficina. Ele sabia que Zeke estava lá embaixo. De acordo com Clarissa, ele não queria que ninguém soubesse que ele batia nela. Se era assim, por que ele não consertou a porcaria do duto de ventilação? Os empregados eram todos andróides, então ele não precisava se preocupar com eles. Mas agora ele tinha um empregado humano trabalhando na casa.

— Você acha que ele queria que Zeke ouvisse tudo?

— Acompanhe o meu raciocínio, Peabody. Estou matutando essas coisas desde ontem à noite.

— Ontem à noite? — Peabody ficou de queixo caído. — Mas, Dallas, não havia nada no seu relatório preliminar que indicasse...

Ela parou de falar de repente e Eve lançou-lhe um olhar de censura.

— Você leu o meu relatório preliminar, policial Peabody?

— Pode me prender — resmungou Peabody —, e depois mande me chicotear. Ele é meu irmão.

— Vou deixar a sessão de chicotadas para outra ocasião. Não, eu não coloquei nada no relatório preliminar porque a minha principal preocupação era confirmar a história de Zeke e deixá-lo livre. Só que o lance parecia ter sido armado. Tudo estava muito certinho, organizado e cronometrado; parecia armado.

— Não vejo como.

— Porque você não consegue ver mais nada a não ser Zeke. Siga o raciocínio. Eles mandaram buscar Zeke lá no Arizona. Não quero saber do quanto ele é bom no que faz; a verdade é que eles teriam conseguido alguém mais próximo para fazer o mesmo trabalho, sem precisar trazê-lo de tão longe. Mesmo assim eles o mandaram vir, um cara solteiro, membro da Família Livre. Branson vive surrando a mulher, mas a deixa trazer para dentro de casa um rapaz jovem e atraente. E ele brinca de redecorar a casa ao mesmo tempo que, pelo que suspeitamos, planeja efetuar o maior ataque terrorista na cidade desde o tempo das Guerras Urbanas.

— Nada disso faz sentido.

— Não em separado, mas começa a fazer quando ligamos os pontinhos. Ele precisava de um bode expiatório.

— Mas, pelo amor de Deus, Dallas, Zeke o matou.

— Não creio. Por que até agora não acharam o corpo? Como é que uma mulher apavorada e intimidada consegue se livrar do corpo em menos de cinco minutos?

— Mas então... quem morreu?

— Dessa vez, acho que ninguém. Ferramentas e brinquedos, Peabody. Já vi vários protótipos dos andróides que o departamento de pesquisas de Roarke está produzindo. Não dá para perceber que eles são robôs, nem mesmo de perto. — Eve olhou para trás quando do Zeke entrou, acompanhado pela dra. Mira.

— Como vai, doutora?

— Zeke é meu paciente e está sob grande estresse. — Com toda a gentileza, Mira o encaminhou para uma cadeira. — Se você acha necessário interrogá-lo mais uma vez, quero estar presente.

— Zeke, você quer a presença do seu advogado? — perguntou Eve, mas ele simplesmente abanou a cabeça. Um sentimento de solidariedade dentro de Eve ameaçou subir à superfície. Ela sabia melhor do que ninguém o quanto uma bateria de testes psicológicos poderia ser terrível. Preparou o gravador e se sentou diante dele. — Tenho só mais algumas perguntas. Quantas vezes você se encontrou com Branson, Zeke?

— Eu só o vi duas vezes. Uma pelo *tele-link* e outra ontem à noite.

— Só uma vez, e pelo *tele-link?* — Ele, porém, reconhecera Zeke de imediato. Branson estava caindo de bêbado, mas reconheceu Zeke apenas com uma olhada. "A prostituta e o faz-tudo", foi o que dissera, segundo Zeke. — Quer dizer então que a maior parte dos contatos que você teve foi com Clarissa? Quanto tempo vocês passaram juntos?

— Não muito. Quando ela esteve no Arizona, nós conversamos. Almoçamos juntos duas vezes. — Ele levantou a cabeça, depressa. — Foram almoços inofensivos.

— Sobre o que conversaram?

— Sobre... várias coisas. Todo tipo de assunto.

— Ela fez perguntas a respeito de você?

— Sim, acho que sim. Ela parecia tão relaxada e feliz, bem diferente do que era aqui. Gostou de ouvir sobre o meu trabalho e mostrou interesse nos ideais da Família Livre. Comentou que eles pareciam fundamentos de uma filosofia boa e bela.

— Zeke, ela deu em cima de você?

— Não! — Seus ombros se levantaram. — Não foi nada disso. Ela era casada. Eu sabia que ela era casada. Pareceu-me apenas solitária. Sei que havia algo mais — afirmou ele, com um ar sonhador que fez Eve morrer de pena. — Logo de cara deu para sentir que pintou um clima, e nós dois sabíamos disso, mas não podíamos fazer nada. Eu nem sabia que o marido a maltratava, apenas percebi que ela era infeliz.

— Ontem à noite foi a primeira vez que você viu Branson em pessoa, então? Ele nunca desceu até a oficina, nunca chamou você lá em cima para discutir os projetos?

— Não, ele nunca desceu.

Eve se recostou. Era capaz de apostar que Zeke nunca tinha visto B. Donald Branson em carne e osso.

— Isso é tudo, por ora. Zeke, você vai ter que ficar aqui, na central.

— Em uma cela?

Lealdade Mortal

— Não. Mas vai ter que ficar.

— Posso ver Clarissa?

— Vamos conversar sobre isso mais tarde. — Eve se levantou. — O guarda vai levar você para a área de descanso e recreação. Há uma cabine com cama no local. Acho que você devia tomar um calmante e repousar um pouco.

— Não uso calmantes.

— Eu também não. — Ela abrandou o tom de voz e sorriu para ele. — De qualquer modo, use a cama. Descanse um pouco.

— Zeke. — Havia tanta coisa que Peabody queria dizer e fazer, mas ela agüentou firme e olhou para o irmão com ar sério. — Você pode confiar em Dallas.

— Vá na frente que eu subo daqui a alguns minutos — sugeriu Mira, dando tapinhas no braço do rapaz. — Vamos fazer um pouco de meditação. — Esperou até o guarda chegar para levá-lo antes de continuar: — Completei os testes nele e já posso fazer uma avaliação.

— Eu não preciso disso — interrompeu Eve. — É só para registro, não para mim. Ele não vai ser acusado de nada.

Mira relaxou um pouco. Nas últimas duas horas, Zeke a fizera ultrapassar os limites de envolvimento profissional.

— Ele está sofrendo muito. A idéia de ter tirado uma vida, mesmo que por acidente...

— Não foi acidente — corrigiu Eve. — Foi uma armação. Se eu estiver certa, B. Donald Branson está vivo, vivíssimo, e muito provavelmente em companhia da esposa. Não posso entrar em detalhes, estou sem tempo — explicou ela. — Doutora, a senhora teve aceso às declarações de Clarissa e assistiu à gravação?

— Sim. É um caso clássico de abuso e destruição de autoestima.

— Clássico — concordou Eve, com um aceno. — Como em um texto médico. Linha por linha, é a representação de um caso clínico. Ela não deixou a peteca cair em momento algum, não é?

— Não sei o que você está insinuando, Eve.

— Sem amigos, sem apoio da família. Uma mulher delicada e indefesa dominada por um homem mais velho e mais forte. Quando bebe, ele bate nela. Ele a estupra. Mas ela agüenta tudo. "Para onde eu vou? O que vou fazer?", ela dizia.

Mira cruzou as mãos e afirmou:

— Percebo que você considera a incapacidade dela de mudar a situação como um sinal de fraqueza, Eve, mas isso não é incomum em casos desse tipo.

— Eu sei que não, é comum demais até. O que estou dizendo é que foi com esse drama que ela armou o seu teatro. Armou em cima de Zeke, armou em cima de mim e tentaria enrolar a senhora também, doutora. Acho que a senhora ia acabar percebendo, e ela provavelmente sacou a mesma coisa, e foi por isso que caiu fora. Quando nós formos verificar os dados financeiros de Branson, aposto que o dinheiro vai ter sumido também.

— Mas que razão os Branson teriam para forjar a morte dele?

— A mesma razão que os fez darem cabo do irmão: grana. A mesma razão de terem cronometrado tudo para desviar parte da equipe do foco central da questão. Mais grana e com um troco extra. Vamos conseguir ligá-los ao Grupo Apolo. Mais cedo ou mais tarde, as peças vão começar a se encaixar. Cuide de Zeke, doutora. Se eu estiver certa, vamos poder lhe garantir que ele não matou ninguém. Vamos agitar, Peabody.

— Não consigo acompanhar essa história — confessou Peabody. — Não consigo que ela faça sentido em minha cabeça.

— Vai conseguir, quando juntarmos o resto das peças. Verifique os dados financeiros.

Peabody acelerou o passo para acompanhar Eve ao descerem para a garagem.

— Nossa! Branson transferiu cinqüenta milhões, quase todo o caixa líquido da empresa, para uma conta numerada fora do planeta. E fez isso ontem à noite, duas horas antes de Zeke...

— Dê uma olhada nas contas pessoais deles.

Lealdade Mortal

Trabalhando com uma mão só, Peabody entrou no carro.

— Eles têm seis contas pessoais, com saldos entre vinte e quarenta mil dólares em cada uma. Ele também limpou todas elas, ontem à noite.

— Um pequeno pé-de-meia para Cassandra. — Enquanto dirigia, Eve entrou em contato com Feeney pelo comunicador.

— Os registros de voz batem — informou ele. — Mas como é que vamos prender um cara morto?

— Vou pensar em uma saída. Dê uma olhada na Branson Ferramentas e Brinquedos, especialmente na seção de projetos para andróides de última geração. Já conseguimos o mandado para grampear as linhas de Monica Rowan?

— Sim, e elas já estão grampeadas. Até agora não pintou nada.

— Mantenha-me informada. — Ela encerrou a ligação. — Peabody, entre em contato com a polícia local do Maine e peça para uma radiopatrulha fazer uma ronda por lá. Quero Monica sob vigilância cerrada.

Lisbeth não ficou nem um pouco satisfeita ao ver tiras na sua porta. Encarou Eve fixamente e ignorou Peabody.

— Não tenho nada a declarar. Meu advogado me aconselhou a...

— Economize saliva. — Eve forçou a entrada.

— Isso é um abuso! Basta eu ligar para o meu advogado e a senhora perde o distintivo, tenente.

— Os irmãos Branson eram muito unidos, Lisbeth?

— Como disse?

— J. C. devia conversar com você a respeito do irmão. O que eles achavam um do outro?

— Eram irmãos — disse Lisbeth, encolhendo os ombros. — Administravam o negócio juntos. Tinham seus altos e baixos.

— Costumavam brigar?

— J. C. nunca brigava com ninguém, para ser franca. — Um leve ar de pesar cintilou em seus olhos, mas logo desapareceu. — Eles discordavam em algumas coisas, de vez em quando.

— Quem mandava na empresa?

— B. D. decidia tudo. — Lisbeth agitou a mão. — J. Clarence era melhor para lidar com pessoas, era criativo e gostava de opinar a respeito de novos projetos. Não se importava de B. D. ficar com as rédeas dos negócios.

— Como era o relacionamento dele com Clarissa?

— Ele gostava dela, é claro. Ela é uma mulher charmosa. Acho que o intimidava, de certo modo. É muito formal e distante, apesar do ar de fragilidade.

— É mesmo? E vocês eram amigas?

— Tínhamos uma relação cordial. Afinal, nós duas tínhamos envolvimento com um Branson. Nos encontrávamos socialmente, às vezes sem a presença deles.

— Ela alguma vez lhe contou que B. D. a maltratava?

— Maltratava? — Lisbeth teve de prender uma gargalhada. — Aquele homem a idolatra. Ela só precisa bater as pestanas e ronronar e ele vai voando para junto dela.

Eve reparou que o telão da sala estava desligado.

— Você não tem acompanhado o noticiário ultimamente?

— Não. — Ela virou a cabeça para o lado e por um instante pareceu cansada e tensa. — Estou fazendo alguns preparativos; preciso resolver assuntos pessoais antes de ir para o centro de reabilitação.

— Então ainda não deve saber que B. Donald Branson foi assassinado na noite passada.

— O quê?!

— Ele caiu durante uma briga, enquanto espancava a esposa.

— Isso é ridículo. Um total absurdo. B. D. jamais encostaria um dedo sequer em Clarissa. Ele tem adoração por ela.

— Clarissa afirmou que ele vem abusando dela, fisicamente, há anos.

Lealdade Mortal

— Então ela está mentindo — reagiu Lisbeth. — Ele sempre a tratou como uma princesa e, se ela afirmou outra coisa, está mentindo descaradamente.

De repente ela parou de falar e empalideceu.

— Você não encontrou as fotos na caixa de correio, não foi? Recebeu-as das mãos de alguém em quem confiava, alguém que imaginou que gostasse de J. C.

— Eu... eu encontrei as fotos.

— Não adianta mentir para proteger os Branson. Ele está morto e ela fugiu. Quem lhe entregou as fotografias de J. C., Lisbeth? Quem as deu lhe disse que ele a traía?

— Eu vi as fotos. Vi com os meus próprios olhos. Ele estava com uma piranha loura.

— Quem lhe deu as fotos?

— Clarissa. — Ela piscou uma vez, depois duas e lágrimas começaram a lhe escorrer pelo rosto. — Ela trouxe as fotos e começou a chorar. Disse que sentia muito e estava arrasada. Pediu que eu não contasse a ninguém quem me entregara as fotos.

— E como ela as conseguiu?

— Não perguntei. Simplesmente olhei para elas e fiquei louca. Clarissa me disse que o caso já acontecia havia vários meses e ela não agüentava mais fingir que não sabia de nada. Afirmou que não suportava mais me ver sendo traída nem J. C. arruinando a sua vida por causa de um romancezinho barato. Ela sabia o quanto eu era ciumenta, sabia muito bem. Quando eu cheguei à casa de J. C., ele negou tudo. Disse que eu estava maluca e que não existia loura alguma. Mas eu tinha *visto!* De repente eu já estava com a furadeira na mão. Meu Deus, meu bom Deus... J. C.

Ela desabou na cadeira, chorando.

— Dê-lhe um calmante, Peabody. — A voz de Eve não transmitia nenhum sentimento de pena. — Vamos mandar um carro vir pegá-la. Depois que ela conseguir se recompor, McNab deverá tomar o seu depoimento.

* * *

— Sei que estamos correndo contra o relógio — disse Peabody, ao entrar novamente no carro —, mas eu ainda me sinto três passos atrasada.

— Branson tem ligação com Cassandra. Clarissa tem ligação com Branson e Zeke com Clarissa. Fomos levados a acreditar que os dois irmãos Branson sofreram mortes inesperadas e violentas com menos de uma semana entre elas. Enquanto isso, as contas eram esvaziadas. Zeke foi trazido do outro lado do país para trabalhar na casa dos Branson. Em questão de dias está se atracando com Branson por causa de Clarissa e, supostamente, o matou. Clarissa, então, levada pelo medo e pela preocupação com Zeke, some com o corpo. Foi a coincidência envolvendo Zeke que me encucou desde o princípio, mas, quando um sujeito afirma que matou outro, todo mundo acredita. Mesmo assim, não aparece corpo algum e não há nada nos registros do andróide que mostre que ele carregou uma pessoa. A equipe de buscas também não acha cadáver algum e o corpo não sobe nem aparece boiando, embora saibamos que ele foi atirado no rio.

— Andróides não flutuam e os sensores procuravam alguém de carne e osso.

— Viu só? Você está começando a sacar tudo. Agora, vamos ligar esses pontinhos todos. Zeke matou um robô. Temos a declaração de Lisbeth de que nunca houve violência nem surras, nada de estupros, e ela provavelmente saberia, se houvesse. Se não através de J. C., por observação própria. Existe ainda a coincidência de Zeke estar por acaso no lugar certo e no momento exato de ouvir espancamentos e estupros, depois dos quais Clarissa busca socorro com ele. Ela já o tem na palma da mão, sabe o tipo de homem que ele é e sutilmente faz um tipo de jogo que ele jamais reconheceria como fingimento.

Lealdade Mortal

— Ele não compreende as mulheres — murmurou Peabody. — Ainda é praticamente um menino.

— Ele não sacaria um golpe desses nem que tivesse mais de cem anos de idade e experiência. Ela jogou a isca e ele mordeu. Ela e o marido se livraram do irmão dele, o que me leva a crer que J. C. não estava envolvido com Cassandra. Ele era um problema e, por isso, o eliminaram. Como eu sou a investigadora principal do caso, não queriam que eu vasculhasse muito a fundo, nem tivesse o tipo de conversa que acabei de ter com Lisbeth, então me distraíram usando as próprias bombas. Mandar a cidade pelos ares certamente desviou a minha atenção de um acordo entre acusação e defesa, o qual eu não poderia mudar mesmo.

— Quer dizer então que qualquer policial que investigasse o homicídio de J. C. Branson iria virar alvo? Eles a envolveram por causa disso, Dallas? — Peabody avaliou o caso. — Acho que esse foi o maior erro deles.

— Essa foi uma grande puxada de saco, Peabody. Discreta, sutil...

— Venho treinando.

— A política é mais fumaça... Desvie a atenção deles, faça-os perder tempo. É atrás da grana que eles estão, além do puro prazer de provocar destruição.

— Mas eles têm dinheiro.

— Quanto mais, melhor, especialmente se você cresceu fugindo, se escondendo, talvez lutando para ter uma vida melhor. Quanto você quer apostar que Clarissa Branson passou seus anos de juventude envolvida com o Grupo Apolo?

— Isso é forçar a barra, tenente.

— "Somos leais" — citou Eve, enquanto passava pela guarita e entrava no estacionamento do prédio de Roarke, no centro da cidade.

Peabody ficou de queixo caído quando elas entraram em um elevador privativo, mas, antes de ter chance de comentar alguma coisa, o *tele-link* de Eve tocou.

— Tenente Dallas? Aqui é o capitão Sully, da polícia de Boston. A radiopatrulha acaba de chegar ao endereço dos Rowan. Monica Rowan foi vítima do que parece ser um caso de arrombamento com intuito de furto. Ela está morta.

— Droga! Vou precisar de um relatório completo disso, capitão, com prioridade total.

— Vou lhe repassar tudo o que apurar o mais depressa que conseguir. Sinto muito não podermos ser de mais ajuda.

— Eu também — murmurou Eve, ao desligar. — Droga, eu devia ter montado uma fortaleza em volta dela.

— Como é que você poderia saber?

— Eu soube. Só que um pouco tarde. — Ela saiu do elevador e passou direto pela competente assistente de Roarke sem parar em sua mesa.

A eficiência, porém, prevaleceu. O próprio Roarke já abria a porta quando Eve chegou em sua sala.

— Tenente. Eu não esperava que você viesse me ver pessoalmente.

— Vou para a central. Estou pressionada contra a parede. — Ela o fitou por um instante, desejando poder lhe dizer algo... querendo fazer isso. — As coisas estão se encaixando e o tempo está correndo.

— Então você deve estar querendo a sua isca. — Ele a olhou com firmeza. — Imagino que vários milhões de dólares em títulos falsos sejam para servir de anzol... Tendo você como isca.

— Estamos quase lá. Se tivermos sorte, isso deve encerrar o caso. Eu... Peabody, vá dar uma volta por aí.

— Como, senhora?

— Caia fora, Peabody.

— Caindo fora, tenente.

— Escute — começou Eve. — Estou no maior sufoco com essa história e não dá para entrar em detalhes. Sinto muito pelo que aconteceu hoje de manhã.

Lealdade Mortal 347

— Você só sente por eu ter ficado irritado.

— Certo, tem razão. Sinto muito por você ter se irritado, mas vou ter que lhe pedir um favor.

— Pessoal ou oficial?

Ah, então ele ia jogar duro. Olhou-o com firmeza e um músculo na bochecha dela se retraiu.

— Ambos. Preciso de tudo o que você puder desenterrar a respeito de Clarissa Branson. Tudo mesmo. E preciso disso o mais depressa possível. Não posso destacar Feeney só para pesquisar isso, e, mesmo que pudesse, você vai ser mais rápido e não vai deixar pistas.

— Para onde quer que eu envie os dados?

— Preciso que você os envie direto para mim, em modo privativo, para o meu *tele-link* pessoal. E não quero que ela descubra o que eu ando investigando.

— Ela não vai descobrir. — Ele se virou e pegou uma pasta larga, de aço. — Seus títulos, tenente.

— Não vou nem perguntar como os conseguiu tão depressa — disse ela, tentando sorrir.

— É melhor não perguntar mesmo. — Ele não sorriu de volta.

Ela concordou com a cabeça, pegou a pasta e se sentiu péssima. Não se lembrava de outro momento em que eles haviam estado juntos por mais de cinco minutos e ele não a tivesse tocado de algum modo. Ela se acostumara tanto a isso, tornara-se tão dependente desse toque que sentiu como se tivesse levado uma bofetada.

— Obrigada, eu... Ah, que se dane. — Ela agarrou um punhado dos cabelos de Roarke e, engolindo o que para ela era questão de orgulho, pressionou a sua boca contra a dele com força. — Nos vemos mais tarde — murmurou ela, dando meia-volta e saindo depressa.

Nesse momento ele sorriu, de leve, e foi direto até a sua mesa para fazer o que ela lhe pedira.

* * *

— Você está bem, Dallas?

— Sim, droga. Estou até com vontade de dançar. — Tirou a blusa e ficou só de camiseta e jeans, fato que deixou ambos ligeiramente embaraçados, tanto ela quanto Feeney.

— Eu posso chamar uma mulher para terminar de prender isto em você.

— Não, eu não quero nenhuma mulher da DDE me apalpando. Prenda isso logo.

— Tudo bem. Certo. — Ele pigarreou e flexionou os ombros. — Esse rastreador não tem fio. Vai ficar preso bem em cima do seu coração. Eles devem revistá-la em busca de grampos, mas vamos cobrir o equipamento com um material novo, que parece pele. Ele está sendo usado para revestir andróides. Se acharem isso aqui, vão pensar que é uma mancha de pele ou uma casca de ferida.

— Vão achar que eu tenho uma espinha no peito. Que legal.

— Sabe, Dallas...? Peabody poderia prender isso.

— Qual é, Feeney? — Alguém tinha de resolver aquele impasse e, então, mantendo o olho treinado em um ponto além do ombro de Feeney, ela levantou a camiseta. — Prenda logo essa porcaria onde tem que prender.

Os próximos cinco minutos foram constrangedores para ambos.

— Você vai ter que... ahn... deixar a camiseta levantada por mais uns dois minutos, até a pele artificial secar.

— Tudo bem.

— Vou acompanhar o som do microfone pessoalmente. Vamos monitorar sua posição pelos batimentos do seu coração. Preparamos um relógio de pulso especial também, com outro microfone. — Aliviado por ver que a pior parte passara, ele pegou o relógio na mesa. — O microfone do relógio é de baixa freqüência, então não vai aparecer em um scanner de corpo, mas seu alcance é ridículo e você vai ter que falar bem perto dele para podermos ouvir. Ele vai funcionar como equipamento reserva.

— Vou colocá-lo logo. — Eve tirou o próprio relógio e prendeu o novo. — Há mais alguma coisa que eu precise saber?

Lealdade Mortal   349

— Estamos espalhando homens em toda a estação Grand Central. Você não vai estar sozinha em nenhum momento. Ninguém vai se aproximar sem você chamar, mas eles estarão lá.

— Bom eu saber disso.

— Dallas, qualquer roupa extra vai impedir o sinal do rastreador.

— Não vou poder usar um colete à prova de balas, então? — Ela olhou para ele.

— A escolha é sua. Colete ou rastreador.

— Tudo bem. Eles provavelmente vão mirar na cabeça mesmo.

— Droga.

— Estou brincando. — Mas ela passou a mão sobre a boca. — Alguma novidade sobre o alvo?

— Nada, até agora.

— Você investigou os andróides da Branson Ferramentas e Brinquedos?

— Investiguei. Eles estão com um novo robô topo de linha. — Sorriu de leve. — Nova película externa também. O mais próximo de pele que já conseguiram. Mas são brinquedos — acrescentou. — Não vi nada em tamanho natural.

— Isso não significa que eles não existam. Esses brinquedos seriam capazes de atuar em uma cena como a que aconteceu na casa de Branson?

— Se tivessem um metro e oitenta em vez de quinze centímetros, sim, acredito que sim. São assustadores, se quer saber.

— Essa é a minha linha pessoal — avisou Eve, ao ouvir o *tele-link* tocar. — Preciso atender, Feeney, e é particular.

— Tudo bem, estarei lá fora. Estamos prontos para quando você quiser.

Sozinha, ela pegou o *tele-link*, ligou o botão de privacidade e colocou os fones dobráveis.

— Dallas falando...

— Seus dados estão aqui, tenente. — Os olhos de Roarke se estreitaram. — Onde está a sua blusa?

— Sei lá! Por aí... — Eve a pegou. — Pronto, achei! O que você conseguiu?

— A identidade dela se mantém bem se você pesquisar apenas nos níveis superficiais. Nasceu no Kansas há trinta e seis anos, seus pais eram professores, família típica de classe média, uma irmã casada, com um filho. Ela estudou na escola local e trabalhou algum tempo em uma loja de departamentos. Casou-se com Branson há dez anos e se mudou para Nova York. Imagino que você já saiba de tudo isso.

— Sei, agora quero o que está por baixo da superfície.

— Foi o que imaginei. Os nomes que aparecem como de seus pais nos registros realmente tiveram uma filha chamada Clarissa, nascida há trinta e seis anos. Só que ela morreu quando tinha oito anos. Ao pesquisar mais fundo, descobri que essa menina morta se formou, tem carteira de trabalho e certidão de casamento.

— Tudo falso, então.

— Sim, tudo falso. Um mergulho mais fundo na ficha médica de Clarissa Stanley mostrou que ela deixou os trinta e seis anos pra trás há algum tempo. Na verdade, ela tem quarenta e seis. Seguindo os dados, parece que Clarissa renasceu há doze anos. Entretanto, todos os registros anteriores a isso foram apagados. Acho que ainda dá para descobrir outras coisas, mas vou levar mais tempo.

— Isso basta, por ora. Ela precisava de uma nova identidade e não parecer dez anos mais jovem.

— Sé você fizer as contas, verá que ela tinha exatamente a mesma idade de Charlotte Rowan quando o quartel-general do Grupo Apolo foi destruído.

— Já fiz as contas, mas obrigada mesmo assim.

— Já que eu estava nessa linha de investigação, fui mais adiante.

— Mais adiante até onde?

— Tem gente que discorda — disse ele, depois de fitá-la longamente —, mas pessoas com relacionamentos íntimos geralmente possuem pontos em comum e têm bom conhecimento das ambições e atividades um do outro.

Lealdade Mortal

Eve sentiu uma fisgada de culpa no peito.

— Escute, Roarke...

— Cale a boca, Eve. — Ele disse isso com um tom de voz tão agradável que ela obedeceu. — Já que, pelo visto, Clarissa tem ligação com a família Rowan e o Grupo Apolo, verifiquei algumas coisas no passado de B. Donald. Não há nada de especial, a não ser um grande número de contribuições generosas e talvez questionáveis para a Sociedade Ártemis.

— Outra divindade grega?

— Sim, e irmã gêmea de Apolo. Duvido muito que você vá encontrar quaisquer dados sobre isso nos extratos bancários. Entretanto, procurando uma geração atrás, descobri que E. Francis Branson, pai de B. D., contribuía com grandes quantidades de dinheiro para a mesma organização. Ele foi também, de acordo com a CIA, membro do grupo. Não apenas conhecia James Rowan como também trabalhou com ele.

— O que prova a ligação entre os Branson e os Rowan. Branson cresceu em meio ao Grupo Apolo; Clarissa também. Eles se encontraram e seguiram o caminho dos pais. "Somos leais." — Eve soltou um longo suspiro. — Obrigada.

— De nada. Eve, qual o tamanho do risco que você está prestes a correr?

— Vou ter apoio.

— Não foi isso o que perguntei.

— Nenhum risco que eu não possa administrar. Obrigada pela ajuda.

— Estou sempre à disposição.

Palavras, muitas delas tolas, tentaram sair pela garganta de Eve. Feeney enfiou a cara pela porta entreaberta e chamou:

— Precisamos ir, Dallas.

— Sim, já estou indo. Hora de trabalhar — disse ela para Roarke, com um meio-sorriso. — Vejo você hoje à noite.

— Cuide do que é meu, tenente.

Ela tornou a sorrir ao desligar. Sabia que ele não se referia à pasta cheia de títulos.

Mesmo com um grupo de apoio e o rastreador, Eve se sentiu exposta e sozinha ao se movimentar pela multidão que lotava a estação Grand Central. Ela reconheceu alguns tiras no meio da multidão. Seus olhos passaram direto por seus rostos e eles também não demonstraram interesse nela.

Os alto-falantes davam avisos, no alto, anunciando chegadas e partidas de trens. Centenas de passageiros utilizavam os *tele-links* públicos ligando para casa, para os amantes e para os agentes de apostas.

Eve passou por eles e seguiu em frente. Na van de tocaia a dois quarteirões dali, Feeney notou que os batimentos cardíacos dela eram suaves e estáveis.

Ela avistou alguns mendigos que entraram na estação para escapar do frio lá de fora e seriam atirados novamente na rua pelos seguranças. Vendedores ofereciam notícias sob várias formas, em papel e em disco, bem como lembrancinhas baratas, bebidas quentes e cerveja gelada.

Eve subiu as escadas em vez de tomar a passarela rolante e seguiu rumo ao ponto de encontro. Levantando o braço como se ajeitasse o cabelo, murmurou na direção do relógio:

— Deixando o andar principal e seguindo para a plataforma de encontro. Nenhum contato até agora.

Ela sentiu o chão estremecer e ouviu um zumbido agudo quando um trem-bala saiu da estação.

Ao chegar à plataforma ela parou, com uma das mãos segurando a pasta com firmeza e a outra à vista. Se eles pretendiam atirar nela, certamente o fariam ali, de forma rápida, aproveitando a multidão que se acotovelava à espera do trem. Um poderia usar a arma, enquanto outro pegaria a pasta e em seguida ambos se misturariam à multidão.

Lealdade Mortal

Era isso que ela faria, pensou.

Com o canto dos olhos viu McNab, vestindo um casaco amarelo-canário, sapatos azuis e gorro de esquiador, jogando num videogame de bolso, sentado em um banco.

Eles deviam estar passando um scanner eletrônico nela, naquele exato momento, pensou. Iam descobrir que havia uma arma sob a sua roupa, mas já deviam esperar por isso. Se ela tivesse sorte e Feeney fosse realmente bom, não detectariam o rastreador.

O *tele-link* público que ficava atrás dela tocou com um som áspero e irritante. Sem hesitar, ela se virou e atendeu:

— Aqui fala Dallas.

— Pegue o trem que vai para o Queens. Compre a passagem a bordo.

— Queens — repetiu ela, com a boca quase encostada no relógio. Já haviam desligado. — Vou pegar o próximo trem — acrescentou.

Virando-se, foi em direção à beira da plataforma ao ouvir a composição chegando. McNab colocou o seu game portátil no bolso e foi caminhando colado em Eve. Colocá-lo ali fora uma boa idéia, refletiu Eve. Ninguém poderia parecer menos com um policial do que McNab. Ele usava fones e se balançava ao som da melodia. Seu corpo permanecia ao lado do de Eve como um escudo.

O ar lançado pelo trem em deslocamento soprou com força sobre eles. O chiado foi diminuindo e as pessoas começaram a se empurrar, entrando e saindo da composição.

Eve nem se preocupou em procurar um assento vago; segurou na barra acima da cabeça, afastou as pernas uma da outra e se preparou para a partida.

McNab se espremeu com dificuldade entre as pessoas e ficou perto dela, cantarolando baixinho a música que ouvia no fone. Eve quase sorriu ao perceber que era uma das canções de Mavis.

A viagem até o Queens foi apertada, quente e, graças a Deus, curta. Mesmo aquela rápida experiência, porém, fez com que Eve agradecesse por não ser um guarda de vigilância condenado a passar seus dias andando em vagões de transporte público de um lado para outro.

Ao chegar, ela saltou. McNab passou direto e seguiu adiante, rumo à estação.

Eles a mandaram para o Bronx em seguida e, depois, para o Brooklyn. Então a enviaram para Long Island e de volta para o Queens. Depois de algum tempo, Eve resolveu que ia abrir os braços e pedir para ser pulverizada por uma carga de laser se tivesse que fazer mais uma viagem de trem.

Foi quando os viu chegando. Um pela esquerda, outro pela direita. Repassando na cabeça a descrição que Armador fizera, decidiu que aqueles só poderiam ser os dois sujeitos que pegavam as encomendas preparadas por ele e que por fim haviam lhe cortado a língua.

Ela se afastou da massa de passageiros com ar cansado, notando que os dois homens se dividiram, continuando a caminhar um de cada lado, em um óbvio padrão de roubo.

Eles não querem correr riscos, refletiu ela, e, quando um deles abriu o casacão para exibir uma arma de atordoar de uso da polícia, ela presumiu que não pretendiam fazer reféns.

Ela esbarrou de propósito em um homem que vinha atrás dela e levantou a mão, fingindo que tentava se reequilibrar.

— Contato. Dois. Armados.

— Tenente. — Um deles tocou no braço dela. — Sou eu que vim pegar o pagamento.

Ela se deixou ser empurrada um passo para trás. Não era um homem, percebeu, ao lançar-lhe um olhar fixo e duro. Armador tinha razão naquele ponto também. Eram andróides. Não dava nem mesmo para sentir o cheiro deles.

— Você vai levar o pagamento quando me informar qual é o alvo e isso for confirmado. O trato foi esse.

Lealdade Mortal

— As condições mudaram. — Ele sorriu. Vamos levar o pagamento, meu companheiro vai cortá-la ao meio bem aqui na estação e o alvo será destruído como celebração pela causa.

Eve notou que McNab vinha com rapidez na direção deles, pela passarela rolante, levantando o polegar para indicar que o alvo fora localizado. Eve arreganhou os dentes, dizendo:

— Não gostei dessas novas condições.

Ela girou o corpo ao mesmo tempo que dava um passo para trás e bateu com a pasta com toda a força no joelho do andróide que estava atrás dela, ao mesmo tempo que se balançava para o lado e lhe dava uma rasteira, pegando-o pelos tornozelos no momento em que ele descarregava a arma. O golpe abriu um buraco do tamanho de um punho no peito do seu companheiro.

Gritando avisos para que os civis se protegessem, ela se levantou, tentando pegar a própria arma, e desviou de lado. O tiro seguinte atingiu o concreto e ela sentiu o zumbido do raio que passou perto demais e chamuscou as pontas dos seus cabelos. Ouviram-se gritos, barulho de pessoas correndo em desespero e o zumbido agudo de outro trem que chegava.

Eve atirou-se para trás com todo o peso do corpo, puxando o andróide para o chão com ela. Eles rolaram por toda a plataforma, derrubando as pessoas como se fossem pinos de boliche.

Ela não conseguiu pegar a arma e a dele se perdeu na correria. Os tímpanos dela estremeciam com o barulho e, por baixo dela, o piso vibrava como um trovão, com a chegada do trem. O andróide se levantou, com algo fino e prateado cintilando na mão.

Eve recuou, tomou impulso com os pés, colocou-se de pé e deu um chute violento entre as pernas do robô. Ele não se curvou para a frente, como um homem faria, e em vez disso cambaleou para trás, com os braços abertos, em busca de equilíbrio. Ela tentou agarrá-lo a tempo, mas não conseguiu.

Ele caiu sobre os trilhos e desapareceu debaixo do borrão prateado do trem que o atropelou.

— Puxa, Dallas, eu não consegui atravessar toda essa gente. — Ofegante, com marcas vermelhas no rosto por ter enfrentado a multidão, McNab agarrou-a pelo braço. — Você foi atingida?

— Não. Droga, eu precisava que pelo menos um dos dois continuasse funcionando. Eles não vão nos servir de nada agora. Peça uma equipe para limpar essa sujeira e controlar a multidão. Qual é o alvo?

— O Madison Square Garden, e o local já está sendo evacuado e vistoriado.

— Vamos voltar para Manhattan.

Capítulo Dezenove

A primeira explosão aconteceu no nível superior do setor B do Madison Square Garden, precisamente às 20h43min. O jogo, uma partida de hóquei entre os Rangers e os Penguins, estava no disputadíssimo primeiro tempo. O placar continuava 0 x 0 e só acontecera uma falta, quando o atacante dos Penguins agredira um oponente um pouco acima do pescoço.

O zagueiro dos Rangers fora levado para fora do campo com sangue escorrendo em abundância do nariz e da boca.

Ele já estava na enfermaria quando a bomba explodiu.

A polícia de Nova York entrara em ação de imediato, assim que as bombas foram detectadas. O jogo foi suspenso e um comunicado foi emitido pelos alto-falantes, informando que o estádio seria evacuado.

Essa informação foi recebida por vaias e xingamentos, além de uma chuva de papel higiênico reciclado e latas de cerveja, atiradas principalmente pela torcida dos Rangers.

Os torcedores de Nova York levavam os jogos de hóquei muito a sério.

Apesar disso, o batalhão de guardas e policiais que atuavam ali havia conseguido levar quase vinte por cento dos espectadores para fora do estádio de forma mais ou menos ordenada. Só cinco tiras e doze civis haviam se apresentado na enfermaria com ferimentos leves. Houve ainda quatro prisões por assalto e conduta imprópria.

Abaixo do estádio, a Estação Pennsylvania também estava sendo evacuada o mais rápido possível e todos os trens que se dirigiam para lá eram desviados para outra rota.

Nem o mais otimista dos oficiais que coordenavam a operação tinha esperança de recolher todos os sem-teto e mendigos que se escondiam nos cantos da estação para se aquecerem, mas um esforço especial foi feito para vistoriar todos os pontos escuros e esconderijos.

Quando a bomba explodiu, espalhando pelos ares barras de aço, madeiras e pedaços do bêbado que havia se escondido por baixo das arquibancadas, entre os lugares 528 e 530, as pessoas entenderam o recado.

Todos saíram correndo de forma desabalada em direção às saídas.

Quando Eve chegou ao local, parecia que o velho estádio vomitava pessoas por todos os lados.

— Faça o que puder — gritou ela para McNab. — Ajude a tirar essas pessoas para fora daqui.

— O que você vai fazer? — berrou ele, para se fazer ouvir em meio aos gritos e sirenes enquanto tentava agarrar Eve pelo braço, o que não conseguiu, pois seus dedos escorregaram. — Você não pode entrar lá. Santo Deus, Dallas!

Mas ela já forçava a passagem, empurrando todo mundo e se apertando entre as pessoas que saíam.

Por duas vezes levou um golpe na orelha que a deixou ouvindo sininhos por alguns instantes, enquanto tentava passar pelas portas duplas por onde todos corriam de forma frenética.

Entrou no setor mais próximo e começou a subir por cima dos assentos enquanto as pessoas pulavam, agitadas, em busca de um

Lealdade Mortal

lugar seguro. Acima dela, viu uma equipe de segurança apagando com eficiência vários focos de incêndio. As cadeiras no centro da explosão haviam virado lascas fumegantes.

— Malloy! — gritou ela, no comunicador. — Chamando Anne Malloy! Informe sua localização.

A estática assobiou em seu ouvido, em meio a palavras entrecortadas:

— Três... isolado... já vimos dez...

— Sua localização! — repetiu Eve. — Informe a sua localização.

— As equipes estão se espalhando...

— Droga, Anne, me informe a sua localização. Estou sem poder ajudar. — Sem poder ajudar ninguém, pensou Eve, observando as pessoas se arranhando para escapar. De repente, viu um menino voar da multidão como um sabonete escorregando de mãos molhadas, para em seguida cair de cara no chão e deslizar sobre o gelo, as pessoas tropeçando nele.

Eve praguejou novamente, com fúria, e pulou a grade. Caiu de quatro sobre o gelo. Tentou se levantar, mas patinou sem apoio, até suas botas conseguirem sustentá-la. Agarrou o menino pelo colarinho e o puxou para fora da turba, que mais parecia um estouro de boiada.

— Já desarmamos cinco. — A voz de Anne surgiu, bem mais clara. — Estamos conseguindo aqui. Como vai a evacuação?

— Não sei ao certo. Puxa, isso parece um zoológico! — Eve passou os dedos pelo rosto e viu sangue na palma da mão. — Devemos estar com cinqüenta por cento da evacuação completada. Talvez mais. Não consegui contato com a equipe que está na estação sob o estádio. Onde você está?

— Indo para o setor 2. Estou no subsolo, bem na Estação Pennsylvania. Tire esses civis daí!

— Estou com um menino aqui e ele está ferido. — Eve deu uma olhada para o menino que carregava debaixo do braço. Ele estava branco como papel e tinha um galo do tamanho de uma bola de bilhar na testa, mas respirava. — Vou colocá-lo em segurança e já volto.

— Tire-o daí, Dallas, o tempo está correndo.

Eve conseguiu se firmar, tornou a escorregar, mas agarrou a grade, de forma meio desajeitada.

— Tire seus homens daí também, Malloy. Aborte a operação e caia fora.

— Já desarmamos seis, faltam quatro. Temos que ficar, Dallas. Se formos embora, vamos perder o estádio e a estação.

Eve colocou o menino sobre os ombros, como os bombeiros fazem, e começou a subir os degraus.

— Tire-os daí, Anne. Salvem suas vidas e que se danem os prejuízos materiais.

Ela seguiu tropeçando pelos assentos, chutando para o lado as sacolas, os casacos e as comidas que as pessoas haviam deixado para trás.

— Sete. Agora só faltam três. Vamos conseguir, Dallas.

— Pelo amor de Deus, Anne, mexa esse traseiro.

— Bom conselho.

Eve piscou para tirar o suor do rosto e viu Roarke no instante em que ele tirou o menino do seu ombro.

— Leve-o lá para fora — pediu Eve. — Vou buscar Malloy.

— Nada disso!

Foi tudo o que ele conseguiu dizer antes de o chão começar a tremer. Roarke viu a rachadura na parede antes de ela desmoronar. A mão de Eve agarrou a sua.

Eles pularam da plataforma e correram em direção à porta onde os tiras, totalmente equipados, puxavam e empurravam o povo, só faltando expulsar a tapas os remanescentes. Eve sentiu os tímpanos se contraírem antes de ouvir a explosão. Uma muralha de calor flamejante os açoitou por trás. Ela sentiu os pés levantarem do chão e sua cabeça pareceu girar devido ao barulho e ao calor. O violento deslocamento de ar provocado pela explosão os cuspiu para fora. Algo quente e pesado despencou atrás deles.

Lealdade Mortal

Sobreviver era o mais importante naquele momento. De mãos dadas, eles lutavam para ir em frente, seguindo às cegas sob uma chuva de pedras, vidro e aço. O ar encheu-se de sons e rangidos metálicos, devido ao choque entre o concreto e o aço, além do trovejar das pedras ejetadas.

Eve tropeçou em algo. Ao olhar para baixo, viu que era um corpo soterrado sob um pilar de concreto mais largo que a sua cintura. Seus pulmões ardiam e sua garganta estava cheia de fumaça. Pedaços de vidro pontiagudos como punhais choviam em toda a volta, expelidos por terríveis explosões posteriores.

Quando sua visão clareou, ela notou o que pareciam ser centenas de rostos chocados, montanhas de destroços fumegantes e incontáveis corpos.

Foi quando o vento bateu em seu rosto, gélido e forte. E ela percebeu que estavam vivos.

— Você se machucou? Você está ferido? — gritou para Roarke, sem reparar que suas mãos continuavam entrelaçadas.

— Não. — De algum modo, ele conseguira manter o menino desmaiado sobre o ombro. — E você?

— Não... acho que não... Estou bem. Leve-o para os paramédicos — pediu a Roarke. Ofegante, ela parou, virou para trás e piscou duas vezes. Pelo lado de fora o estádio exibia poucos danos. Fumaça subia pelos buracos onde antes ficavam as portas, e as ruas estavam cobertas de destroços carbonizados e retorcidos, mas o Madison Square Garden continuava de pé.

— Eles desarmaram quase todas as bombas, só faltam duas. — Eve imaginou a estação lá embaixo. Os trens, os passageiros fazendo baldeação, os vendedores. Limpou a sujeira e o sangue do rosto. — Preciso voltar para ver como vai a operação.

Ele manteve a mão dela presa com firmeza à sua. Olhara para trás no instante em que os dois haviam voado para fora através da porta. E vira.

— Eve, não há mais para onde voltar.

— Tem de haver. — Ela se desvencilhou dele. — Tenho homens lá dentro! Ainda há pessoas lá. Leve o menino para os paramédicos, Roarke. Ele levou um tombo feio.

— Eve... — Ele viu a expressão no rosto dela e a deixou ir. — Vou esperar por você.

Eve tornou a atravessar a rua, desviando de pedaços de metal em brasa e pedras fumegantes. Viu saqueadores correndo alegremente rua abaixo, quebrando vitrines. Ela agarrou um policial pelo braço e, quando ele tentou afastá-la dele e a mandou acompanhar a multidão, Eve exibiu-lhe o distintivo.

— Desculpe, tenente. — Seu rosto estava lívido e os olhos vidrados. — Controlar a multidão não é fácil.

— Reúna duas equipes e impeça os saques. Vá pegar alguns sensores e comece a montar um perímetro de segurança. Você! — chamou, apontando para outro policial. — Arranje um espaço desimpedido para colocar os feridos e comece a anotar seus nomes.

Ela continuou indo em frente, dando ordens e determinando ações de rotina. Quando chegou junto ao prédio, viu que Roarke tinha razão. Não havia mais um lugar para onde voltar.

Ela viu um homem sentado no chão com a cabeça nas mãos e notou, pela faixa amarela fluorescente em seu colete, que era um dos membros do esquadrão antibomba.

— Policial, onde está a sua tenente?

Quando ele levantou a cabeça, Eve percebeu que chorava.

— Havia muitas. Havia muitas, por toda parte e até o inferno.

— Policial. — A respiração de Eve ameaçou falhar e seu coração disparou. Ela não podia permitir que isso acontecesse. — Onde está a tenente Malloy?

— Ela nos mandou sair, pois só faltavam duas para desarmar. Ela nos mandou sair. Ficaram apenas ela e dois homens. Só faltavam duas. Ouvi Snyder pelo fone, dando ordem de retirada, e a tenente mandou todos subirem. Foi a última bomba que a pegou. A última de todas.

Lealdade Mortal

Ele baixou a cabeça e soluçou como uma criança.

— Dallas. — Feeney chegou correndo, quase sem fôlego. — Puxa vida, que droga, Dallas, eu vim correndo, mas não consegui chegar a menos de um quarteirão daqui. Não conseguia ouvir nada pelo comunicador.

Mas ele ouvira as batidas do coração de Eve pelo rastreador, altas e fortes, e foi isso que manteve sua esperança.

— Puxa vida, que sufoco! — A mão dele apertou o ombro dela com força, ao mesmo tempo que olhava a entrada do estádio. — Minha nossa!

— Anne... Anne estava lá dentro.

A mão dele apertou ainda mais o ombro de Eve, e então seus braços a envolveram e ele exclamou:

— Que inferno!

— Eu fui uma das últimas a sair lá de dentro. Estávamos quase acabando de evacuar o local. Eu disse a ela para cair fora. Disse para abortar a missão e sair dali. Mas ela não me ouviu.

— Tinha um trabalho a fazer.

— Precisamos da equipe de busca e resgate. Quem sabe... — Mas Eve sabia que não devia se enganar. Anne provavelmente estava trabalhando na bomba no momento da explosão. — Temos que procurá-los. Precisamos ter certeza.

— Vou dar início às buscas. Você devia procurar um médico, Dallas.

— Não foi nada, estou bem. — Ela inspirou fundo e soltou o ar com força. — Preciso do endereço dela.

— Vou dar as ordens necessárias aqui e vou até lá com você.

Eve se virou e observou as pessoas amontoadas em grupos, os destroços dos carros que estavam perto demais do estádio no momento da explosão e as pilhas de metal retorcido.

E no subsolo, pensou, na estação, as coisas deveriam estar ainda piores. Inconcebivelmente piores.

E tudo acontecera por dinheiro, pensou, enquanto uma sensação de fúria quente lhe subia por dentro, como um gêiser. O motivo principal era dinheiro, ela tinha certeza disso, e também a memória de um fanático sem causa definida.

Alguém iria pagar por aquilo, jurou para si mesma.

Levou mais uma hora antes de conseguir voltar até onde Roarke ficara. Ele continuava em pé, com o casaco ondulando ao vento, ajudando os paramédicos e colocando os feridos nas ambulâncias.

— O menino está bem? — perguntou Eve.

— Vai ficar. Encontramos o pai dele. O homem estava apavorado. — Roarke esticou o braço e limpou uma mancha de sujeira na bochecha de Eve. — Estão dizendo que as vítimas foram em número menor que o esperado. Muitos morreram pisoteados, na saída, mas a maioria conseguiu escapar. Poderiam ter sido milhares de mortos, mas até o momento temos menos de quatrocentas vítimas.

— Não consigo contar as pessoas desse jeito.

— Às vezes isso é tudo o que se pode fazer.

— Perdi uma amiga, agora à noite.

— Eu soube. — As mãos dele se levantaram e lhe emolduraram o rosto. — Sinto muito por isso.

— Anne tinha marido e dois filhos. — Eve desviou o rosto e olhou para o céu noturno. — Estava grávida.

— Por Deus, Eve... — Quando ele tentou abraçá-la, ela balançou a cabeça e se afastou.

— Não posso... Vou acabar desabando e isso não pode acontecer. Preciso dar a notícia à família dela.

— Vou com você.

— Não, isso é tarefa da polícia. — Levantou as mãos e as pressionou sobre os olhos, deixando-as ali por alguns instantes. — Feeney e eu vamos até lá. Não sei a que horas vou voltar para casa.

— Vou ficar aqui por mais algum tempo. Eles precisam de muita ajuda extra.

Ela concordou com a cabeça e fez menção de se virar.

— Eve...?

— Sim.

Lealdade Mortal 365

— Volte logo para casa. Você precisa descansar.

— É... Sim, eu volto. — Ela se afastou e saiu em busca de Feeney, preparando-se para dar uma notícia que destruía vidas.

Roarke ainda ficou mais umas duas horas ajudando a cuidar dos feridos e dos que choravam. Mandou buscar oceanos de café e sopa, alguns dos consolos que o dinheiro podia comprar. À medida que os corpos eram transferidos para o necrotério já lotado, pensou em Eve e em como ela enfrentava as exigências dos mortos, dia após dia.

O sangue. O desperdício. O fedor que exalava de tudo aquilo parecia rastejar-lhe sobre a pele e se entranhar nela. Era com aquilo que ela lidava diariamente.

Ele olhou para o estádio, para os danos e os escombros. Aquilo poderia ser consertado. Era apenas pedra, aço, vidro, coisas que podiam ser reconstruídas com tempo, dinheiro e suor.

Ele tinha atração por possuir construções maravilhosas como aquela. Símbolos e estruturas. Pelo lucro, certamente, lembrou, agachando-se para pegar um pedaço de concreto. Por negócio, por prazer. Não era preciso sequer uma única sessão com Mira para compreender por que um homem que passara a infância em quartinhos imundos cheios de goteiras e janelas quebradas tinha compulsão por comprar, possuir, preservar e construir.

Aquela era uma fraqueza humana através da qual ele buscava compensar o próprio passado e que se transformara em poder.

Ele tinha o poder de fazer com que tudo aquilo fosse reconstruído e voltasse a ser como antes. Ele poderia colocar seu dinheiro e sua energia nesse projeto e encará-lo como um ato de justiça.

E Eve cuidaria dos mortos.

Ele saiu dali caminhando e foi para casa esperar pela sua mulher.

Eve voltou para casa no meio da noite úmida, sentindo o frio glacial que antecedia o alvorecer. Os anúncios luminosos piscavam e pareciam ter vida ao seu redor, enquanto ela seguia para o norte. Compre isto e seja feliz. Veja este filme e se arrepie. Venha até aqui e fique maravilhado. Nova York não parecia disposta a parar de dançar.

O vapor que subia das carrocinhas de cachorro-quente era expelido pelas grades de ventilação das ruas e se derramava dos maxiônibus, que freavam, estridentes, a fim de recolher um punhado de trabalhadores cansados que labutavam no turno da noite.

Algumas acompanhantes licenciadas obviamente desesperadas exibiam seu material e chamavam os operários:

"Venha dar um passeio comigo, garotão. Vinte dólares em dinheiro vivo ou fichas de crédito podem lhe garantir o melhor programa de sua vida."

Os homens se apertavam e entravam no ônibus, cansados demais para sexo barato.

Eve observou um bêbado que vinha cambaleando pela calçada, balançando a garrafa de cachaça como um taco de beisebol. Viu também um grupo de adolescentes fazendo vaquinha para comprar cachorros-quentes de soja. Quanto mais a temperatura baixava, maior era o preço.

É a tal da lei da oferta e da procura.

Subitamente, parou junto da calçada e debruçou o corpo sobre o volante. Estava muito além da exaustão e tentava domar suas energias e pensamentos dispersos.

Fora a uma linda casa em Westchester e pronunciara as palavras que transformam vidas em farrapos. Contara a um homem que sua mulher estava morta e ouvira crianças chorando pela mãe que nunca mais voltaria para casa.

Em seguida, fora direto para a sua sala, redigira os relatórios e os arquivara no sistema. Como era uma coisa que precisava ser feita, limpara o armário de Anne pessoalmente.

Depois de tudo aquilo, pensou, ainda tinha forças para dirigir pela cidade, ver as luzes, as pessoas, as barganhas e resíduos de tudo e se sentia... viva, percebeu.

Lealdade Mortal

Aquele era o seu lugar, com toda a sua sujeira e o seu drama, seus brilhos e marcas feias. As prostitutas e os vigaristas, os cansados e os ricos. Cada batida de seu coração bombeava tudo aquilo em seu sangue.

Tudo aquilo pertencia a ela.

— Dona... — Um punho sujo bateu em sua janela. — Ei, dona, quer comprar uma flor?

Eve olhou para o rosto que espiava pela janela. Era um homem velho, tolo e, se a sujeira que viu por entre suas rugas servia de referência, ele não tomava banho havia anos.

Eve baixou o vidro do carro.

— Eu tenho cara de quem está à procura de flores? — perguntou Eve.

— É a última. — Ele abriu um sorriso desdentado e exibiu uma flor meio amassada, em estado lastimável, que lutava para parecer uma rosa. — Vou lhe dar um desconto — propôs ele. — Cinco paus.

— Cinco? Ei, caia na real, meu chapa. — Ela começou a levantar o vidro, pensando em enxotá-lo, mas acabou remexendo nos bolsos. — Eu tenho quatro.

— Certo, negócio fechado! — Ele pegou as fichas de crédito e entregou-lhe a flor pela janela, para em seguida sair quase correndo, cambaleando muito.

— Direto para o botequim mais próximo — resmungou Eve, saindo com o carro sem fechar a janela. O bafo dele derrubava qualquer um.

Foi dirigindo para casa com a flor no colo. E viu, ao chegar diante dos portões, as luzes que ele deixara acesa para ela.

Depois de tudo o que ela vira naquele dia, as singelas boas-vindas representadas pelas luzes acesas nas janelas quase lhe provocaram lágrimas.

Ela entrou sem fazer barulho, pendurou o casaco de couro no pilar da escada e começou a subir os degraus. Os aromas ali eram suaves. O piso de madeira estava muito bem encerado e cintilava.

Aquilo tudo, pensou, também pertence a ela.

Do mesmo modo, percebeu Eve, assim que o viu esperando por ela, Roarke também lhe pertencia.

Ele estava de roupão e assistia ao telão com o volume no mínimo. Nadine Furst apresentava uma matéria, com o rosto pálido de revolta, na cena da explosão. Eve notou que Roarke andara trabalhando no computador do quarto, conferindo cotações da bolsa, preparando acordos e todas as coisas que geralmente fazia.

Sentindo-se tola, manteve a flor oculta atrás das costas.

— Você dormiu?

— Um pouco. — Ele não foi até ela. Eve parecia estressada ao extremo, observou, como um elástico esticado que poderia arrebentar ao mais leve toque. Seus olhos estavam tristes, com ar de fragilidade. — Você precisa descansar.

— Não posso. — Ela conseguiu dar um sorriso de leve. — Estou ligada demais e vou voltar para a central daqui a pouco.

— Eve... — Ele deu alguns passos na direção dela, mas não a tocou. — Você vai acabar ficando doente.

— Estou bem. De verdade. Estive meio atordoada, ainda há pouco, mas passou. Quando o caso for encerrado, eu sei que vou desabar, mas agora estou bem. Preciso falar com você.

— Estou ouvindo.

Ela andou à volta dele, mantendo a flor oculta, foi até a janela e ficou olhando para a escuridão.

— Deixe-me tentar descobrir por onde começar. Os dois últimos dias foram péssimos.

— Foi difícil dar a notícia aos Malloy.

— Nossa, nem fale... — Ela encostou a testa no vidro. — Eles sabiam. As famílias dos tiras sempre sabem, assim que nos vêem na porta. É com esse medo que eles convivem, dia após dia. Sabem assim que vêem você na porta, mas bloqueiam a realidade. Dá para perceber em seus rostos o conhecimento do fato e a negação dele. Alguns simplesmente ficam parados, outros nos impedem de falar, começam a bater papo e puxar outros assuntos, zanzando pela casa. É como se não ouvindo a notícia pudessem impedir a realidade.

Lealdade Mortal

— Então, acabam recebendo a notícia, e a realidade se impõe.

— E você é obrigado a conviver com isso — disse ela, virando-se de frente para ele.

— Sim. — Ele manteve os olhos fixos nos dela. — Suponho que sim.

— Sinto muito, sinto de verdade pelo que aconteceu hoje de manhã. Eu...

— Você já me disse isso. — Dessa vez, ao chegar perto dela, ele a tocou de leve no rosto. — Não tem importância.

— Tem sim. Tem importância. Eu preciso colocar tudo pra fora, entende?

— Está certo. Sente-se.

— Não posso, simplesmente não posso. — Ela levantou as mãos, frustrada. — Estou com um monte de coisas presas na garganta.

— Então livre-se delas. — Ele segurou a mão de Eve, viu a flor e a levantou. — O que é isso?

— Acho que é uma rosa mutante, meio murcha. Trouxe pra você.

Era tão raro ver Roarke ser pego de surpresa que ela quase riu. O olhar dele se encontrou com o dela, e ela imaginou... teve esperança... de que pudesse ser puro e simples prazer o que viu no rosto dele, antes de Roarke olhar mais uma vez para a rosa.

— Você me trouxe uma flor?

— Acho que é uma espécie de tradição. Sabe como é... Brigar, trazer flores para fazer as pazes, esse tipo de coisa.

— Querida Eve. — Ele pegou a flor pela haste. As pontas dela ainda em botão estavam escurecidas e ligeiramente murchas por causa do frio. A cor era um meio-termo entre o amarelo-arroxeado de uma pancada e um tom de urina. — Você sempre me fascina.

— A rosa está meio caída, né...?

— Não. — Dessa vez a mão dele segurou-lhe o queixo com delicadeza e fez um carinho em seus cabelos. — A flor é linda.

— Se o cheiro dessa rosa for igual ao do cara que a vendeu para mim, é melhor você borrifar desodorante nela.

— Não estrague esse momento — pediu ele, com suavidade, e a beijou com ternura.

— Eu sempre faço isso... Estrago as coisas. — Ela recuou novamente, antes de ele ter tempo de agarrá-la. — Não faço isso de propósito. E disse o que sentia, hoje de manhã, mesmo sabendo que você ia ficar pau da vida. Na maior parte do tempo eu acho que tiras deviam seguir pela vida sozinhos. Assim como os padres, para não terem de arrastar os pecados, os pesares e tristezas do mundo ao voltar para casa.

— Eu tenho pecados e pesares suficientes para uma vida — garantiu ele, com a voz firme. — E eles já atingiram você uma ou duas vezes.

— Pois é, eu sabia que você ia ficar pau da vida.

— Fiquei mesmo. E, por Deus, Eve, fiquei magoado também. Ela abriu a boca e seus lábios tremeram.

— Não pretendia magoar você. — Ela nem sabia que era capaz de fazê-lo, e isso era parte do problema, compreendeu. Um problema que era dela. — Não sou tão boa com as palavras quanto você. Elas não me vêm com facilidade, Roarke, aquelas palavras que você me diz ou pensa em me dizer, e, quando eu vejo você pensando nelas, meu coração pára...

— E você acha que amar você com tanta intensidade é fácil para mim?

— Não, não acho, apenas imaginei que seria impossível. Não fique furioso — disse ela depressa, ao ver o brilho perigoso nos olhos dele. — Espere para ficar furioso daqui a pouco, deixe-me acabar de falar.

— Então acabe logo. — Ele colocou a flor de lado. — Porque eu já estou farto, de saco cheio de precisar justificar meus sentimentos para a mulher que os conquistou.

— Eu não consigo me equilibrar. — Nossa, como ela detestava ter de admitir aquilo, dizer aquelas palavras em voz alta para o homem que conseguia se manter centrado o tempo todo, com tanta facilidade. — Às vezes eu consigo e vou pelo caminho certo por algum tempo, compreendendo que esta é a mulher que eu sou agora, quem *nós* somos agora. Então, às vezes, olho para você e tropeço. Mal consigo respirar, porque todos os sentimentos sobem por dentro de mim e me bloqueiam a garganta. Não sei o que fazer a respeito, nem como lidar com isso. Então eu penso: *Estou casada com ele. Estou casada com este homem há quase seis meses e há momentos em que ele entra no quarto e meu coração pára.*

Soltando o ar, com um leve tremor, ela continuou:

— Você é a melhor coisa que me aconteceu. Na minha vida, você é o que mais importa. Eu amo tanto você que isso me apavora, mas mesmo que eu tivesse a chance de escolher não mudaria nada. Pronto... Agora pode ficar pau da vida comigo, porque eu já acabei.

— Você não me deixou muito espaço para eu ficar pau da vida. — Ele notou o instante em que os lábios dela abriram um sorriso, ao ver que ele se aproximava. As mãos dele acariciaram os ombros dela e desceram pelas suas costas. — Eu também não tenho escolha, Eve, nem gostaria de ter.

— Então nós não vamos brigar?

— Acho que não.

Ela manteve os olhos grudados nos dele ao puxá-lo pelo cinto do roupão.

— Eu tinha acumulado um monte de energia para o caso de precisar brigar com você.

Ele baixou a cabeça e mordiscou o lábio inferior dela.

— Então, é uma pena desperdiçá-la.

— Não pretendo fazer isso. — Bem devagar, ela foi empurrando-o de costas na direção da cama e o fez subir os degraus que circundavam a plataforma. — Ao vir dirigindo pela cidade, agora à noite, eu me senti viva. — Ela arrancou o roupão dele e mordeu-lhe o ombro. — Vou lhe mostrar o quanto.

Ela se atirou na cama por cima dele e sua boca pareceu queimar. A súbita onda de energia que surgiu a fez lembrar a primeira vez em que eles haviam deitado naquela cama, na noite em que abandonara todos os medos e o deixara levá-la até onde eles precisavam ir.

Dessa vez era ela que ia guiá-lo, com mãos ágeis e brutas, lábios sedentos e quentes. Ela tomou exatamente o que quis, e tomou tudo.

A luz era tênue; veio escorrendo pela clarabóia acima deles e se filtrou até ela. Os olhos dele perderam o foco, mas ela o observou com atenção enquanto o tomava para si. E continuou, esbelta, ágil e feroz, as feridas da noite horrenda brotando em sua pele como se fossem as medalhas de uma guerreira.

Os olhos dele cintilaram enquanto ela levava ambos rumo ao frenesi.

Então, com a mesma agilidade de antes, a pele brilhando e a respiração rouca, ela se agachou devagar sobre ele, cobrindo-o e envolvendo-o por completo.

Ela arqueou as costas para trás, sentindo-se atravessada pelo prazer. Ele a agarrou pelos quadris, murmurou o seu nome e a deixou cavalgá-lo.

A pele dela brilhava de suor quando desabou sobre ele, fundindo-se em um só corpo. Os braços dele a envolveram e a mantiveram presa. O rosto dela estava colado ao coração dele.

— Durma um pouquinho — murmurou ele.

— Não posso. Preciso ir trabalhar.

— Você não dormiu nas últimas vinte e quatro horas.

— Estou bem — garantiu ela, erguendo um pouco o corpo. — Melhor que nunca. Eu precisava disso mais do que de sono. Sério, Roarke. E se planeja enfiar um calmante pela minha goela abaixo pode desistir.

Ela rolou de cima dele, deitou-se ao seu lado e explicou:

— Tenho que continuar correndo atrás. Se eu tiver chance, dou uma cochilada no quarto de repouso na central. — Olhou em volta, procurando por um roupão, mas acabou vestindo o dele. — Preciso de um favor seu.

— Essa é a hora certa para pedir.

Ela olhou para trás e sorriu. Roarke parecia saciado e satisfeito.

— Aposto que sim. Meu problema é que eu não quero Zeke enterrado dentro da central, como ele tem estado, mas ainda preciso deixá-lo escondido por mais algum tempo.

— Mande-o para cá.

— Ahn... Se eu levar um dos seus carrões para trabalhar, poderia deixar o meu aqui. Consertar algumas coisas urgentes na minha viatura servirá para distraí-lo.

Roarke virou a cabeça e olhou para ela, perguntando:

— Você tem planos de se envolver em algum desastre ou explosão hoje?

— Nunca se sabe.

— Então pode pegar qualquer veículo, menos o 3X-2000. Eu só o dirigi uma vez.

Eve fez algum comentário a respeito de homens e seus brinquedos, mas ele estava com bom astral e deixou passar.

Capítulo Vinte

Caro camarada,
Somos Cassandra.
Somos leais.
Temos certeza de que o caro camarada já assistiu às notícias divulgadas pela mídia fantoche a respeito dos incidentes na cidade de Nova York. Chega a nos provocar enjôo ouvir seus lamentos e prantos. Apesar de nos divertirmos com a indignação que os leva a condenar a destruição de seus símbolos patéticos e emblemas da sociedade cega e oportunista que neste momento mantém o país sob rígido controle, ficamos irritados pela posição previsível e unidimensional da mídia a respeito desses assuntos.
Onde está a fé deles? Onde está a sua compreensão?
Todos continuam sem enxergar nem compreender o que somos e o que queremos lhes transmitir.
Esta noite atacamos com a fúria dos deuses. Esta noite nós assistimos à luta dos ratos para escapar do navio que afundava. Isso, porém, não foi nada, absolutamente nada diante do que faremos.
Nossa adversária, a mulher que o destino e as circunstâncias determinaram que devia combater nossa missão, se mostrou um osso

Lealdade Mortal

duro de roer. Ela é habilidosa e forte, mas não ficaríamos satisfeitos com menos que isso. É verdade que, por causa dela, perdemos um belo pagamento em dinheiro, o qual o caro camarada tinha esperanças de garantir o mais rápido possível. Mas não se preocupe com esse assunto. Nossas finanças estão muito sólidas e sugaremos todo o sangue desta cidade insensata antes de terminarmos.

O camarada pode ter certeza de que terminaremos o que começamos. Não perca a fé nem diminua o seu compromisso com a causa. Em breve, muito em breve, o mais precioso símbolo dessa nação corrupta e lamurienta cairá. Tudo já está preparado.

Quando alcançarmos o próximo objetivo, eles pagarão.

Nos encontraremos com o caro camarada dentro de quarenta e oito horas. Os papéis necessários já foram todos providenciados. Essa próxima batalha será efetuada e ganha neste lugar, e vamos completá-la pessoalmente. Era isso que ele esperaria de nós. Era isso que ele teria exigido.

Prepare-se para a próxima etapa, caro camarada. Logo estaremos ao seu lado, brindando àquele que nos pôs nesta caminhada. Celebraremos a vitória e prepararemos o terreno para a implantação da nova república.

Somos Cassandra.

Peabody foi andando depressa rumo à sala de conferências. Acabara de deixar Zeke e sentia-se ligeiramente abalada devido à conversa que tivera com seus pais, pelo *tele-link*. Tanto ela quanto seu irmão fizeram pressão para que seus pais permanecessem no Arizona, embora cada um tivesse motivos diferentes para fazê-lo.

Zeke não podia nem conceber que eles o vissem sob as atuais circunstâncias. Não estava preso em uma cela, mas era quase isso.

Peabody estava determinada a limpar o nome do irmão e colocá-lo de volta nos trilhos da sua vida através de ações pessoais e diretas.

Mas sua mãe lutara para não chorar, enquanto seu pai lhe parecera atônito e indefeso. Ela não conseguiria tirar da cabeça, por muito tempo, a expressão que vira em seus olhos.

Mergulhar no trabalho era o melhor remédio, decidiu. Ia ajudar a desentocar aquela tal de Clarissa, a piranha assassina e mentirosa. E então quebraria o seu pescocinho delicado como se fosse um graveto.

Foi com toda essa violência borbulhando por baixo do uniforme engomado que ela entrou na sala e deu de cara com McNab.

Ai, droga, foi tudo o que ela conseguiu pensar, e partiu direto para o café.

— Você chegou cedo — disse a McNab.

— Imaginei que você estaria por aqui logo cedo. — Ele também já decidira o que fazer e foi até a porta para fechá-la. — Você não vai me dar um chute na bunda assim, sem mais nem menos.

— Não preciso lhe dar nenhuma explicação. Queríamos transar e foi o que fizemos. Assunto resolvido e encerrado. O relatório dos exames de laboratório chegou?

— Para mim não está nada resolvido e encerrado. — Deveria estar, ele sabia disso. Mas andara pensando naquele rosto com formato quadrado, muito sério, e no corpo surpreendente e suculento durante dias... semanas... Puxa, talvez durante meses. *Era ele* quem ia decidir quando o assunto estaria resolvido e encerrado.

— Estou com outras coisas na cabeça, mais importantes do que o seu ego, McNab. — Peabody tomou um gole de café, bem devagar. — Minha consulta semestral ao dentista, por exemplo.

— Por que você não guarda seus insultos ridículos até encontrar outros melhores? Eles não funcionam comigo. Eu estive com você por baixo de mim.

E por cima também, pensou Peabody. E ainda em volta e através dele.

— "Esteve" é realmente o tempo de verbo exato aqui... Verbo no passado.

Lealdade Mortal

— Por quê?

— Porque é assim que as coisas são.

Ele ficou mais perto dela, tirou a caneca de café da sua mão, colocou-a sobre a mesa e repetiu a pergunta:

— Por quê?

— Porque é assim que as coisas têm que ser. — O coração dela começou a bater mais forte. Droga, ela não devia estar sentindo nada.

— Por quê?

— Porque se eu não estivesse deitando e rolando com você teria estado junto de Zeke. E se eu estivesse ao lado dele não precisaria contar aos meus pais que a minha superior está tentando livrá-lo de uma acusação de assassinato.

— Não foi culpa sua. Nem minha. — A respiração dele ficou irregular, devido ao nervoso. Ele morria de medo que ela começasse a chorar. — A culpa foi dos Branson. E Dallas não vai permitir que ele pague por isso. Se liga no que está acontecendo, Dee!

— Eu devia estar com ele naquela hora! Era com ele que eu devia estar, e não com você.

— Mas estava comigo. — Ele a segurou pelos braços e deu-lhe uma forte e inesperada sacudida. — Não dá para mudar esse fato. E quero você novamente. Droga, Dee, ainda não terminei o que preciso fazer com você.

De repente ele a beijou, com toda a fúria oculta, o desejo e a confusão que o inundava. Peabody emitiu um som qualquer, algo entre o desespero e o alívio. E continuou a beijá-lo com toda a fúria vívida, a necessidade e o espanto que se debatiam por dentro dela.

Eve entrou na sala e parou ainda no portal.

— Ai, cacete!

Os dois estavam muito ocupados tentando engolir um ao outro e não a ouviram.

— Ei, garoto! — Ela pressionou os dedos sobre os olhos, fechando-os e torcendo para que eles tivessem sumido da sua frente quando tornasse a abri-los. Não teve essa sorte. — Ei, parem com isso! — Enfiando as mãos nos bolsos, Eve tentou ignorar o fato indiscutível de que as mãos de McNab apalpavam o traseiro de sua auxiliar. — Eu mandei vocês pararem com essa sacanagem!

O grito foi ouvido. Separaram-se como se alguém tivesse colocado uma mola entre eles. McNab esbarrou em uma cadeira, derrubando-a, e ficou olhando para Eve como se jamais a tivesse visto.

— Ahn... Uau!

— Bico calado! — avisou Eve. — Não quero que você diga nem uma palavra. Sente a bunda na cadeira e cale a boca. Peabody, que zona é essa? Por que não estou com uma caneca de café na mão?

— Café... — Com os olhos ofuscados e o sangue fervendo-lhe nas veias, Peabody piscou. — Café?!

— Agora! — Eve apontou para o AutoChef e olhou demoradamente para o relógio de pulso. — O horário de serviço de ambos acaba de começar. Tudo o que aconteceu antes deste instante rolou no tempo livre de vocês. Fui clara?

— Hã-hã, claríssima. Escute, tenente...

— Calado, McNab! — ela tornou a ordenar. — Não quero discussões, nem reclamações e descrições orais das atividades em que os membros da minha equipe se envolvem, no tempo livre.

— Seu café, senhora. — Peabody colocou a caneca sobre a mesa e lançou um olhar de severa censura para McNab.

— E o relatório dos exames?

— Vou pegá-lo. — Aliviada, Peabody correu e se sentou na cadeira.

Feeney chegou. Suas olheiras haviam virado bolsas escuras tão pesadas que pareciam estar penduradas sobre o nariz. Assim que o viu, Peabody tornou a levantar e preparou mais um café.

Ele se sentou e murmurou um agradecimento, cabeceando de forma distraída.

— As equipes de emergência conseguiram chegar ao local da última explosão, a última localização da tenente Malloy. — Feeney pigarreou, pegou a caneca e bebeu um gole de café. — O escudo protetor que ela usava estava em ordem, mas a violência da explosão o destruiu. Disseram que tudo acabou em décimos de segundo.

Ninguém disse nada por alguns instantes. Finalmente Eve se levantou.

— A tenente Malloy era uma boa policial. Isso é o melhor que se pode dizer a respeito de alguém. Ela morreu fazendo o seu trabalho, ao mesmo tempo que tentava colocar os seus homens em segurança, dando-lhes um pouco mais de tempo. Nosso trabalho é encontrar as pessoas responsáveis pela sua morte e detê-las.

Ela abriu a pasta que trouxera consigo, pegou duas fotos e foi até os quadros para pregá-las lá.

— Esta é Clarissa Branson, antes conhecida como Charlotte Rowan, e este é B. Donald Branson. Não vamos parar — disse Eve, virando-se para a equipe com os olhos brilhantes e frios. — Não vamos descansar até estas duas pessoas estarem presas ou mortas. Vá até o laboratório, Peabody. McNab, quero a transcrição de todas as ligações do *tele-link* de Monica Rowan. Feeney, preciso interrogar Zeke mais uma vez. É você que deve fazê-lo dessa vez, para tocar em algum ponto que possa ter me escapado. Talvez ele tenha ouvido mais alguma coisa ou reparado em algum detalhe que possa nos fornecer uma linha nova de investigação.

— Pode deixar que eu cuido disso.

— E quero outra conversa com Lisbeth Cooke, pelos mesmos motivos. Procure por ela, Feeney. Se tiver tempo, você provavelmente vai arrancar mais coisas dela se for até sua casa e bancar o ouvinte solidário.

— Ela é daquelas pessoas que choram à toa? — quis saber Feeney.

— Talvez.

— Então vou levar uma caixinha de lenços de papel — suspirou ele.

— Deve haver algum rastro — continuou Eve, olhando para cada um da equipe — que nos indique para onde eles foram ou pretendem ir, quando e onde será o próximo ataque. A essa altura eles sabem que estamos seguindo o roteiro do Grupo Apolo e devem ter sacado que nós já descobrimos, ou estamos prestes a descobrir, que Clarissa é filha de James Rowan.

Eve foi até o quadro e pregou outra foto ali.

— Esta era a mãe de Charlotte Rowan — informou. — Acredito que a própria filha tenha dado ordens para a mãe ser executada. Se isso se confirmar, quero que entendam que lidamos com uma pessoa extremamente fria e com a mente focada. Uma atriz talentosa que não se incomoda de ter sangue nas mãos. Ela, em companhia do marido, planejou ou executou o assassinato de quatro pessoas até agora, de forma direta, uma delas unida a ela por laços de sangue e outra pelo matrimônio, além de ser responsável pela morte de outras centenas por meio de atos terroristas que são apenas chantagem para ganhos materiais.

"Ela não hesitará em matar novamente. Não tem consciência, não possui padrões morais nem lealdade, a não ser para si mesma e para um homem que morreu há trinta anos. Não se trata de uma criatura impulsiva, pois é calculista. Teve trinta anos para planejar com cuidado o que agora tenta alcançar, e até hoje só nos impôs derrotas."

— Mas a senhora acabou com dois dos seus andróides — lembrou McNab. — E ela não pegou os cem milhões.

— Mais um motivo para ela tornar a atacar, e atacar com força total. Dinheiro é parte do motivo, mas não é tudo. A análise que Mira fez indica um ego gigantesco, uma missão a cumprir, uma espécie de orgulho. Além de tudo isso, ela é Cassandra. — Eve bateu com o dedo na foto. — Não apenas a mulher, mas o mito. Seu ego e seu orgulho sofreram um revés ontem à noite e ela ainda não levou sua missão a cabo. Não pode ser alcançada pela razão nem conseguiremos barganhas, porque ela é mentirosa, adora bancar a deusa e se alimenta de poder e sangue. Ela acredita piamente no que diz, mesmo que sejam apenas mentiras.

Lealdade Mortal

— Ainda temos os rastreadores topo de linha — assinalou McNab.

— E vamos usá-los. O esquadrão antibomba deve estar abalado, mas vão querer vingança para Anne. Certamente darão tudo de si para consegui-la.

— O resultado do laboratório, tenente. — Peabody entregou a Eve uma cópia impressa. — Sangue, pele e amostras de cabelo recolhidas na base da lareira da casa dos Branson batem com o DNA de B. Donald Branson.

Eve pegou o papel e notou a preocupação que surgiu nos olhos de Peabody.

— Eles foram espertos o bastante para pensar nisso — comentou Eve. — Guardaram um pouco do sangue dele, e ela teve muito tempo para plantar as outras amostras enquanto fingia estar limpando a bagunça.

— Até agora eles não encontraram corpo algum. — Quando McNab disse isso, Peabody girou a cabeça, a fim de olhar para ele. — Há um monte de mergulhadores lá por baixo. — Moveu ligeiramente os ombros. — Vou me manter em contato com eles.

A boca de Peabody estremeceu, mas ela apertou os lábios e concordou com a cabeça, rapidamente, dizendo:

— Eu agradeço muito.

— A polícia do Maine vai nos enviar o *tele-link* de Monica Rowan — continuou McNab. — Eles acharam um monte de misturadores de sinal e decodificadores ligados ao aparelho da cozinha. A memória do *tele-link* está bloqueada. Vou desbloqueá-la.

— Agite isso. Eu vou investigar a casa de Branson e os escritórios. Se aparecer alguma coisa, quero ser informada na mesma hora. — Ela atendeu o comunicador que acabara de tocar: — Dallas falando.

— Aqui é o sargento Howard, da Divisão de Buscas e Resgates. Meus mergulhadores encontraram algo. Acho que a senhora deve vir até aqui para ver, tenente.

— Informe a sua localização que eu já estou indo. — Olhou para McNab. Assim que ela se levantou, Peabody deu um passo à frente e disse:

— Tenente, sei que a senhora tem motivos para me deixar de lado dessa parte da investigação. Neste momento, porém, acredito que tais motivos não são considerados válidos. Solicito, respeitosamente, acompanhá-la ao local indicado, na qualidade de sua auxiliar.

Eve ouviu tudo com atenção e analisou a situação, batendo com as pontas dos dedos na própria coxa.

— E você vai continuar falando comigo desse jeito, toda travada e formal, usando frases longas e educadas?

— Se eu não conseguir o que quero, vou sim, senhora.

— Admiro uma boa ameaça — decidiu Eve. — Você vai comigo, Peabody.

O vento chicoteava o rosto de Eve como um ninho de serpentes zangadas e agitava as águas do rio de forma violenta. Ela esperou em pé sobre o cais decadente e sujo, com o frio penetrando-lhe nos ossos, enquanto um dos homens da equipe tirava a cobertura de cima do corpo.

— Provavelmente iríamos levar muitos dias para encontrar isso aqui se a senhora não tivesse nos mandado procurar andróides também. Mesmo assim, tivemos sorte. A senhora não faz idéia das coisas que as pessoas atiram no rio.

Ele se agachou ao lado de Eve e informou:

— A aparência deste andróide está muito melhor do que se ele fosse humano, depois de três dias. Não está inchado nem em decomposição. Os peixes bem que deram umas bicadas nele, para provar, mas não gostam muito de material sintético.

— É... — Eve conseguia ver os cortes e marcas nos locais onde os peixes o haviam mordido. Um dos olhos do robô fora bastante

Lealdade Mortal

383

danificado, mas os peixes não conseguiram tirá-lo. Mas o mergulhador tinha razão; sua aparência estava bem melhor do que a dos cadáveres que apareciam boiando no rio.

Ele se parecia muito com B. Donald Branson, era bonitão e tinha o corpo em forma, embora ligeiramente danificado. Eve usou a ponta do dedo indicador para tocar no queixo, virar o rosto meio de lado e observou o dano maciço que fora feito na parte de trás do crânio.

— Quando eu vi esse cara lá embaixo, achei que os sensores haviam entrado em curto. Nunca vi um andróide tão bem feito em toda a minha vida. Em um exame visual não daria para descobrir que ele não é um ser humano recém-assassinado, a não ser pela mão.

Em algum momento, o pulso sofrera um deslocamento, e o revestimento de pele se partira. A estrutura interna, cheia de sensores e chips, aparecia claramente.

— É claro que quando o puxamos para fora e demos uma boa olhada nele à luz do dia...

— Sim, ele não preenche todos os requisitos de um ser humano. Tiraram fotos?

— Certamente.

— Vamos precisar de mais algumas para anexar aos registros. Depois, eu o quero devidamente empacotado, selado e enviado para o laboratório. Pegue todos os ângulos, Peabody.

Eve se levantou, afastou-se alguns metros, ligou para Feeney e comunicou-lhe:

— Vou mandar o andróide que foi achado para o laboratório. Preciso de alguém da DDE para trabalhar nele junto com a equipe de legistas de Cabeção. Quero também que você recupere tudo o que foi programado nele. Será que a interface dele combina com a dos nossos sistemas, para podermos fazer uma reconstrução da noite em que Zeke esteve lá?

— Talvez combine.

— Será que se trabalharmos duro conseguiremos recuperar o período completo e também descobrir quem o programou?

— É possível. Ele está muito danificado?

Eve olhou para trás e observou Peabody, que fotografava e filmava a cratera na parte de trás do crânio.

— Os danos são consideráveis — lamentou.

— Vamos fazer o melhor que pudermos. Isso tira Zeke do anzol?

— Não há lei contra a destruição de andróides. Ele poderia ser processado por destruição de propriedade alheia, mas não acredito que os Branson venham aqui dar queixa.

— Bom trabalho. — Feeney sorriu. — Quer que eu dê a boa notícia a ele?

— Não. — Eve olhou novamente para Peabody. — Deixe-o saber disso através da irmã. — Guardando o comunicador, Eve fez um sinal para Peabody. — Terminamos aqui. Vamos em frente.

— Dallas. — Peabody foi até onde Eve estava e colocou a mão em seu braço. — Estava receosa, quando nós vínhamos para cá. Tinha medo de você estar errada. Eu sabia, lá no fundo, que mesmo que fosse o corpo de Branson sua morte teria sido um acidente, exatamente como Zeke contou. Ele não iria para a cadeia, mas certamente pagaria caro por isso, durante toda a sua vida.

— Agora você pode ir lhe contar que ele não tem nada a pagar.

— Ele deve ouvir isso de sua boca, Dallas. Você não estava errada — argumentou Peabody, antes de Eve ter chance de falar —, e dizer isso a ele pessoalmente vai ter mais valor.

Zeke estava com as mãos penduradas entre os joelhos. Encurvado, observava-as como se pertencessem a um estranho.

— Não compreendo isso. — Ele falava devagar, como se sua voz também pertencesse a outra pessoa e estivesse usando a sua boca por mero acaso. — A senhora está me dizendo que ele era um andróide que apenas se parecia com o sr. Branson?

— Você não matou ninguém, Zeke. — Eve se inclinou na direção dele. — Tenha isso em mente, antes de tudo.

Lealdade Mortal

— Mas ele caiu. Bateu com a cabeça. Havia sangue.

— Ele caiu porque fora programado para cair. Havia sangue porque alguém o injetara sob o revestimento de pele atrás da cabeça. Sangue de Branson. Esse sangue foi colocado lá para fazer você pensar que o matara.

— Mas por quê? Desculpe, tenente, mas isso é pura loucura.

— Não, apenas parte de um jogo. Ele morreu, seu corpo foi eliminado de forma rápida e conveniente por sua esposa aterrorizada, maltratada e que logo em seguida fugiu. Eles agora podem ser quem bem quiser no lugar que escolherem e com uma montanha de dinheiro atrás da qual poderão se esconder. Eles imaginavam que ainda iam ter muito mais grana quando nós compreendêssemos o que aconteceu, se é que algum dia chegaríamos lá.

— Mas ele a *agrediu.* — Zeke levantou a cabeça. — Eu ouvi tudo... Eu vi.

— Um show, uma farsa. Algumas marcas roxas são um preço baixo a pagar por uma bolada desse tamanho. Eles já haviam armado a morte do irmão dele. Precisavam de acesso irrestrito ao dinheiro líquido que havia na empresa. Uma vez que B. D. morresse também, conforme os planos, depois de ser devidamente rotulado como agressor da esposa e estuprador, eles iriam começar vida nova. Ele já havia limpado todas as contas e provavelmente encararíamos isso como apenas mais um dos seus atos cruéis. Só que eles deixaram alguns furos no esquema que armaram.

Zeke balançou a cabeça, e Eve, lutando para não parecer impaciente, tentou explicar as coisas mais depressa:

— Por que um homem como ele deixaria a esposa ir para um spa no outro lado do país a fim de passar um tempo sozinha? Ele mal a deixava colocar a cara na rua, pelo que Clarissa contou no interrogatório. Mas permitiu que ela levasse você para dentro de sua casa. Ele tem ciúme doentio de sua mulher, mas não se incomoda de ter um rapaz jovem e bonito trabalhando o dia inteiro na mesma casa em que ela passa o tempo todo. E ela, que mal consegue decidir se levanta ou não da cama pela manhã, se mostra toda articulada, ordena a um andróide que se livre do corpo do marido e faz tudo de forma resoluta, ágil e mais depressa do que o tempo que você leva para pegar-lhe um copo d'água. E tudo isso em pleno estado de choque.

— Ela não pode estar envolvida nisso — murmurou Zeke.

— Pois é o único jeito de as peças se encaixarem. Ela viveu quase dez anos com um homem que a espancava, segundo seu próprio relato, mas se dispõe a abandoná-lo e fugir com você, alguém que ela mal conhecia, e isso tudo com apenas duas conversas rápidas sobre a situação que enfrentava.

— Nós nos amávamos.

— Ela não ama ninguém, simplesmente usou você. Sinto muito.

— A senhora não sabe. — Sua voz ficou mais grave e mais feroz. — A senhora não tem como saber o que sentíamos um pelo outro. O que ela sentia por mim.

— Zeke...

Eve simplesmente levantou os dedos para evitar o protesto de Peabody.

— Você tem razão, Zeke. Eu não tenho como saber o que você sente. Mas eu tenho como saber que você não matou ninguém. Tenho meios de saber que a mulher que se disse apaixonada por você armou tudo para deixá-lo encrencado. Tenho como saber que essa mesma mulher foi responsável pela morte de centenas de pessoas na última semana. Uma delas era amiga pessoal minha. Isso tudo eu tenho como saber.

Eve levantou e foi rumo à porta, pensando em sair da sala, mas nesse mesmo instante Mavis entrou.

— Oi, Dallas! — Com um sorriso brilhante, os cabelos em uma explosão de cachos roxos e os olhos em um inesperado tom de cobre, Mavis abriu os braços e fez as franjas da sua roupa, que desciam dos ombros até o pulso, em um verde-esmeralda com trinta centímetros de comprimento, balançarem para os lados. — Voltei!

Lealdade Mortal

— Mavis! — Eve lutou para trocar a imagem do homem arrasado pela da mulher absurdamente exuberante. — Eu achei que você só ia voltar na semana que vem.

— Isso foi na semana passada e agora já estamos na "semana que vem". Dallas, caraca, a viagem toda foi sísmica! Oi, Peabody. — Seus olhos sorridentes pousaram sobre Zeke logo em seguida e ela franziu o cenho. Mesmo alguém constantemente sintonizado em energias felizes, como Mavis, conseguia perceber a raiva e a tristeza que pairavam no ar. — Opa... Escolhi a hora errada para vir aqui, não foi?

— Nada disso, foi ótimo você aparecer. Venha aqui fora comigo um instantinho. — Eve balançou a cabeça para Peabody, sugerindo que ela fizesse companhia ao irmão, e saiu da sala com Mavis. — É muito bom ver você. — Eve sentiu subitamente que era bom de verdade. Mavis, com suas roupas maravilhosamente ridículas e extravagantes, seus cabelos sempre diferentes e sua verdadeira felicidade consigo mesma e com o mundo, era o antídoto perfeito para o baixo astral.

— Nossa, como é bom ver você. — Eve envolveu Mavis em um abraço tão apertado que esta começou a dar risadinhas e tapinhas confortadores nas costas da amiga.

— Uau, Dallas, você estava mesmo com saudades minhas.

— Estava sim. De verdade. — Eve deu um passo para trás e sorriu. — Você botou pra quebrar, não foi?

— Botei sim. Arrebentei!... — O corredor estreito não impediu Mavis de girar o corpo três vezes, de forma graciosa, sobre os saltos plataforma com amortecedor a ar. — O lance todo foi orbital, mais que demais, supermegaultra! Vim primeiro ver você, mas daqui eu vou falar com Roarke, e é melhor você saber logo que eu vou tascar um beijo estalado bem na boca dele.

— Sem língua.

— Estraga-prazer! — Mavis tornou a balançar os cachos e tombou a cabeça meio de lado. — Você está com cara de quem levou uma surra, com ar cansado e abatido. Parece absolutamente morta.

— Obrigada, era o que eu precisava ouvir para alegrar o meu dia.

— Não, estou falando sério! Soube que algumas coisas pesadas estavam acontecendo por aqui. Não tive muito tempo de ver os noticiários, mas ouvia as pessoas comentando. Não engulo essa história da volta das Guerras Urbanas. Puxa vida, qual é a graça de sair pelo meio da rua explodindo as pessoas? Isso é tão antigo e fora de moda, entende? Tão século passado! Então, o que está rolando?

Eve sorriu e achou maravilhoso conseguir fazer isso.

— Ah, nada demais. Apenas um grupo terrorista que anda explodindo lugares famosos da cidade, geralmente quando estão lotados, e chantageando o governo em milhões de dólares. Alguns andróides tentaram me matar, mas eu acabei com eles. O irmão de Peabody está aqui, veio do Arizona, e acabou arrastado para o olho do furacão porque se apaixonou por uma piranha mentirosa que gosta de explodir pessoas, e ele agora está achando que matou o marido dela por acidente, embora o morto, na verdade, seja apenas outro andróide.

— Isso é tudo?! Puxa, acho que perdi um bocado de ação. Imaginei que você estivesse atolada no trabalho.

— Roarke e eu tivemos uma briga também, mas fizemos as pazes transando loucamente.

— É assim que eu gosto! — O rosto de Mavis se iluminou. — Por que não tira alguns minutos para me contar essa última parte?

— Não posso. Estou ocupada, salvando a cidade da destruição, mas você poderia me fazer um favor.

— Se você pede, eu não posso recusar. O que é?

— Zeke, o irmão de Peabody. Preciso mantê-lo escondido. Nada de repórteres, nem contato com pessoas de fora. Vou mandá-lo para a minha casa, mas Roarke anda muito ocupado, também, e eu não quero largar o pobrezinho nas garras de Summerset. Você poderia ir lá para casa e fazer companhia a ele por algum tempo?

— Claro! Leonardo está atolado, preparando novos modelos, e eu estou com tempo livre. Posso distraí-lo em sua casa.

Lealdade Mortal

— Obrigada. Ligue para Summerset, que ele manda um carro pegar vocês.

— Aposto que ele manda a limusine, se eu pedir com jeitinho. — Adorando a idéia, ela foi até a porta. — Agora, apresente-me a Zeke para ele saber com quem vai passar o tempo hoje.

— Não, é melhor Peabody fazer isso. Ele não deve estar nem querendo olhar para a minha cara. Precisa se sentir revoltado com alguém, e eu sou essa pessoa. Simplesmente diga a Peabody para me encontrar na garagem. Temos que ir a alguns lugares.

— Você passou por um grande sufoco, Zeke. — Mavis lambeu um pouco do glacê cor-de-rosa que ficara em seu dedo e avaliou a idéia de comer mais um dos bolinhos que Summerset lhes servira. *Controle... gula... controle... gula*, refletiu ela, como quem faz uni-duni-tê. *Pronto, dessa vez deu gula*, decidiu, e pegou mais um bolinho.

— Estou tão preocupado com Clarissa — comentou Zeke, sentado no sofá e imerso em tristeza.

— Hum-hum...

Ele se comportara com muita timidez, no início, e Mavis teve de arrancar as palavras de sua boca a fórceps. Sendo assim, ficou falando sozinha durante a primeira hora. Contou sobre a sua turnê, sobre Leonardo e acrescentou algumas histórias engraçadas sobre Peabody que foram aos poucos minando as defesas dele.

Ao vê-lo sorrir pela primeira vez, Mavis sentiu um gostinho de vitória. Convenceu-o a falar a respeito do seu trabalho. Ela não entendia absolutamente nada de móveis artesanais, mas emitiu ruídos de interesse e manteve os brilhantes olhos cor-de-cobre fixos nos dele o tempo todo.

Eles haviam se instalado na sala de estar, diante da lareira que Summerset acendera ao saber que haveria visitas. Quando o mordomo serviu chá com bolinhos, Zeke aceitara uma xícara, mais por educação.

Quando Mavis conseguiu arrancar dele toda a história sobre o que acontecera, Zeke estava na segunda xícara de chá e no terceiro bolinho.

Ele começou a ficar mais descontraído e sentiu-se culpado por isso. Enquanto estava detido na central de polícia, era como se estivesse pagando por seus crimes, especialmente o de não ter socorrido Clarissa a tempo. Ali, porém, naquela casa linda e suntuosa, com o fogo da lareira estalando e esquentando-lhe o corpo entre fragrâncias de chá e bolo, era como ser recompensado pelos seus pecados.

Mavis encolheu as pernas sob o corpo e se sentiu tão confortável quanto o gato esticado sobre o encosto do sofá.

— Dallas me disse que você matou um andróide.

Zeke estremeceu ao ouvir isso e colocou a xícara de chá de volta na bandeja.

— Eu sei, mas não entendo como isso pode ser possível.

— E o que Peabody disse a respeito...?

— Ela disse... disse que o corpo que eles recolheram do fundo do rio era um robô, mas...

— Talvez ela tenha dito isso só para fazer você se sentir melhor — comentou Mavis, girando o corpo na direção dele, concordando com a cabeça e piscando os olhos brilhantes, transmitindo sinceridade. — Talvez ela esteja tentando acobertar você. Ah, e mais uma coisa! Ela deve estar chantageando Dallas também para que ela concorde com tudo e deixe você escapar do crime.

A idéia era tão absurda que ele devia rir da possibilidade, mas Zeke ficou tão chocado que só conseguiu arregalar os olhos.

— Dee jamais faria uma coisa dessas. Não conseguiria.

— Ah, é? — Mavis fez um biquinho com os lábios e então deu de ombros. — Então Peabody falou a verdade, certo? Deve ter sido como ela disse. Você nocauteou um andróide que parecia com esse tal de Branson. Se não for assim, Peabody está mentindo e desrespeitando a lei.

Ele não analisara as coisas de forma racional até aquele momento. Agora que Mavis fizera isso, ele olhava para as mãos. Os pensamentos giravam em sua cabeça.

Lealdade Mortal

— Mas se ele era um andróide, Clarissa... Dallas acha que Clarissa armou tudo. Ela só pode estar errada.

— Talvez, mas ela quase nunca se engana a respeito dessas coisas. — Mavis se esticou de forma sensual, mas seus olhos se mantiveram grudados nos de Zeke. A ficha estava começando a cair, pensou ela. Pobrezinho. — Suponhamos que Clarissa não soubesse que o sujeito que caiu era um andróide. Realmente achou que você tivesse empurrado o seu marido, e então... Não, não, essa idéia não vai funcionar. — Ela franziu o cenho. — Puxa, afinal de contas, se eles não fizessem o corpo sumir, os tiras iriam ver logo de cara que se tratava de um robô. Foi ela que se livrou do corpo, não foi?

— Foi... — A ficha estava realmente começando a cair e o coração de Zeke se partiu como um cristal. — Ela estava... apavorada.

— Sim, claro, quem não ficaria? Mas, se ela não se livrasse do corpo, tudo ficaria esclarecido naquela mesma noite. Ninguém ia achar que Branson morrera. Os tiras não iam perder tanto tempo e iriam procurar Branson para ele esclarecer tudo. Sabe o que eu acho? Hum... — Mavis deixou a cabeça tombar ligeiramente, com ar pensativo. — Acho que, se Dallas não tivesse desconfiado que ele era um andróide, os mergulhadores nunca encontrariam o corpo. Todo mundo ia achar que o cara virara comida de peixe e Clarissa fugira por ter ficado apavorada com tudo o que aconteceu. Uau!

Ela endireitou as costas como se uma idéia tivesse acabado de lhe ocorrer e continuou:

— Isso quer dizer que, se Dallas não tivesse sacado todo o esquema e forçado a barra até conseguir a prova, eles teriam escapado numa boa e você ainda estaria aqui achando que matara um homem.

— Minha nossa! — Subitamente, Zeke não apenas percebeu tudo como sentiu uma fisgada rasgando-o por dentro. — O que foi que eu fiz?

— Você não fez nada, meu amor. — Mavis sentou na ponta do sofá e colocou a mão sobre a dele. — Foram eles que fizeram. Deram o maior golpe em cima de você. Tudo o que você fez foi ser quem você é. Um cara legal que acredita nas pessoas e espera o melhor delas.

— Preciso pensar — sentenciou ele, levantando-se, um pouco trêmulo.

— Claro que precisa. Quer se deitar um pouco? Eles têm uns quartos fantásticos por toda a casa.

— Não, eu... eu prometi que consertaria o carro de Dallas, e é isso o que vou fazer. Consigo pensar melhor quando estou com as mãos ocupadas.

— Tudo bem.

Ela o fez pegar um casaco, ajudou a vesti-lo e deu um beijo maternal em seu rosto. Ao se virar para trás, depois de fechar a porta, deu um guincho de alegria ao ver Roarke nos degraus da escada.

— Você é uma boa amiga, Mavis.

— Roarke! — Dessa vez ela soltou um grito ainda mais agudo e subiu os degraus até onde ele estava. — Tenho um presente para você. Dallas me liberou para eu entregá-lo pessoalmente. — Dizendo isso, ela lançou os braços em volta dele e lhe deu um beijo estalado e barulhento.

Para alguém tão pequena, até que ela tinha muita energia, refletiu Roarke.

— Obrigado, Mavis.

— Quero lhe contar tudo a respeito da turnê, com todos os detalhes. Mas não agora, porque Dallas me disse que você anda muito ocupado.

— Infelizmente, é verdade.

— Mesmo assim eu acho que Leonardo e eu devíamos levar vocês para jantar fora... Quem sabe na semana que vem? Vamos celebrar, porque quero contar tudo e agradecer a você. Obrigada, Roarke. Você me deu a chance de alcançar tudo o que eu queria.

— O mérito foi seu. — Ele puxou um dos cachos dela pela ponta e observou, com certa fascinação, os cabelos esticarem e voltarem para o lugar em seguida, como uma mola. — Eu planejei levar Eve para assistir ao último show da turnê, em Memphis, mas as coisas se complicaram por aqui.

— Já soube. Dallas me pareceu supercansada. Espero que quando ela resolver esse caso você me ajude a seqüestrá-la. Vamos pedir a Trina para fazer um tratamento completo nela, com sessão de relaxamento, tratamento de beleza e tudo a que ela tem direito.

— Vai ser um prazer.

— Você também está meio com cara de cansado. — Mavis não se lembrava de ter visto traços de fadiga nos olhos de Roarke antes.

— Tivemos uma noite desagradável.

— Talvez seja melhor Trina cuidar de você também. — A resposta de Roarke foi um vago "Humm" e Mavis sorriu. — Vou deixar você em paz para voltar ao que estava fazendo. Posso ir nadar um pouco na piscina?

— Claro, divirta-se.

— Eu sempre me divirto. — Ela desceu as escadas dançando, pegou sua bolsa gigantesca e foi até o elevador que levava ao andar da piscina. Resolveu que ia ligar para Trina naquele exato momento, a fim de marcar hora para os tratamentos... incluindo terapia erótica.

Ela experimentara isso uma vez com Leonardo e tinha sido mais que demais.

Capítulo Vinte e Um

Eve esquadrinhou todos os arquivos e discos no escritório de Branson. Ele cobrira bem suas pistas. Até mesmo o seu *tele-link* pessoal tivera a memória apagada. Ela o enviou para Feeney, mas duvidava muito que ele conseguisse descobrir algum dado que tivesse passado despercebido.

Ela encurralou seu assistente, depois atacou o assistente do irmão morto, mas não conseguiu arrancar nada deles, a não ser expressões de choque e confusão.

Ele limpara bem sua retaguarda, concluiu Eve.

Passou mais uma vez pelo laboratório e examinou os andróides que estavam em fase de desenvolvimento. Conseguiu encaixar mais uma peça do quebra-cabeça quando o chefe do laboratório, disposto a cooperar, contou-lhe que eles haviam produzido réplicas robóticas dos dois irmãos Branson. Era uma surpresa, explicou ele, e quem dera a ordem para fabricá-los havia sido Clarissa Branson. Foi uma requisição especial, sem registro nos diários e arquivos da empresa.

Os andróides haviam ficado prontos três semanas antes e foram entregues na mansão dos Branson.

Lealdade Mortal

A ação fora bem cronometrada, refletiu Eve, enquanto vistoriava a linha de produção, onde viu prateleiras cheias de miniandróides, velocípedes motorizados e naves espaciais.

Pegou uma réplica excepcionalmente bem feita de uma arma de atordoar de uso exclusivo da polícia e balançou a cabeça.

— Esse tipo de brinquedo devia ser proibido — comentou Eve. — Sabe quantas lojas de conveniência abertas vinte e quatro horas são assaltadas com uma arma de brinquedo desse tipo, todos os meses?

— Eu tinha uma dessas quando criança. — Peabody sorriu com nostalgia ao se lembrar do fato. — Comprei o brinquedo sem contar para ninguém e o escondi dos meus pais. Nenhum brinquedo que incentivasse a violência era permitido em nossa casa.

— Nesse ponto os partidários da Família Livre têm razão. — Eve devolveu a arma ao local onde a pegara e seguiu adiante, por entre um labirinto de miudezas de todos os tipos. Sua energia começava a decair e ela sentiu como se estivesse caminhando dentro d'água. — Quem é que se interessa por essas bugigangas?

— Os turistas adoram comprá-las. Zeke já encheu uma mala com chaveirinhos, globos de vidro e ímãs decorativos para unidades de refrigeração.

A seção dedicada à cidade de Nova York estava cheia de réplicas. Chaveiros, canetas, bonequinhos de personagens famosos, ímãs e caixinhas de jóias que sairiam dali para encher lojas e quiosques à espera de turistas ávidos para comprá-las.

O Empire State, o Estádio Pleasure Dome, o edifício das Nações Unidas, a Estátua da Liberdade. Adiante, o Madison Square Garden e o Hotel Plaza, reparou Eve, franzindo o cenho diante da réplica perfeita do hotel dentro de um globo de água. Era só levantar, agitar o globo, e purpurina chovia sobre ele, como confete no réveillon.

Um bom ramo de negócios, refletiu ela, *ou pura ironia?*

— Aposto que esse globo com o hotel vai vender mais do que nunca agora — zombou Peabody, ao ver Eve recolocá-lo na prateleira. — É a lembrancinha do momento.

— As pessoas são doentes — sentenciou Eve. — Vamos investigar a casa. — Seus olhos começavam a arder por falta de sono. — Você tem algum comprimido de Alert-All na sua bolsa?

— Tenho, e é da dosagem mais forte permitida por lei.

— Pegue um desses para mim, por favor. Odeio esse troço, isso me deixa irritada, mas eu estou perdendo o foco por causa do cansaço.

Eve engoliu o comprimido que Peabody lhe entregou, mesmo sabendo que a energia forçada que ele traria ao seu organismo iria incomodá-la.

— Há quanto tempo você está sem dormir? — quis saber Peabody.

— Nem sei mais. Você dirige — ordenou Eve. Nossa, como ela detestava passar o controle de alguma coisa para alguém, mas a escolha era Peabody como motorista ou o piloto automático. — Mas vai dirigir só até essa porcaria fazer efeito.

Ela entrou pela porta do carona, deixou a cabeça tombar para trás e o corpo relaxar. Em menos de cinco minutos, seu corpo estava em ponto de bala.

— Caramba! — Eve arregalou os olhos. — Pronto, estou totalmente ligada.

— O efeito só dura umas cinco horas, talvez seis. Depois disso, se você não se deitar numa cama, cai durinha no chão. Vai parecer uma árvore recém-cortada.

— Se nós não conseguirmos fechar alguns dos buracos dessa história em seis horas, é melhor eu apagar mesmo. — Reanimada, ela entrou em contato com McNab, na DDE. — Você recebeu o *telelink* que veio do Maine?

— Estou trabalhando nele, tenente. Monica Rowan tinha um misturador de sinais de alta qualidade acoplado ao aparelho, mas estamos chegando lá.

— Leve todo o material que conseguir para o escritório da minha casa. Leve o aparelho inteiro, caso não consiga os dados até

Lealdade Mortal

as cinco da tarde. Por falar nisso, avise Feeney que eu mandei também o *tele-link* pessoal de Branson. Os registros foram apagados, mas pode ser que ele consiga encontrar alguma coisa.

— Se houver algo lá, nós vamos descobrir.

A ligação seguinte foi para Whitney:

— Comandante, acabei de investigar a Branson Ferramentas e Brinquedos e estou a caminho da residência dos Branson.

— Algum progresso?

— Nada palpável, até agora. Entretanto, sugiro que sejam tomadas medidas extras de segurança no edifício das Nações Unidas. — Eve lembrou as lindas e caras réplicas que vira na fábrica. — O alvo seguinte do Grupo Apolo foi o Pentágono. Se Cassandra continuar a seguir o tema, o prédio da ONU é a escolha lógica. Sei que o intervalo de tempo entre os ataques originais foi de várias semanas, mas nada nos garante que eles vão seguir à risca os passos do grupo original.

— Concordo. Vamos adotar os procedimentos necessários.

— Você acha que eles vão fazer um novo contato? — perguntou Peabody, depois que Eve desligou.

— Não conto com isso. — Em seguida, ela fez uma última chamada para Mira:

— Uma pergunta, doutora — começou Eve, assim que o rosto de Mira apareceu na tela. — Considerando o tom das exigências e o fato de elas não terem sido cumpridas, acrescentando que os alvos não foram completamente destruídos, como era o objetivo deles, e o número de vítimas fatais ter sido mínimo, diante das circunstâncias, Cassandra vai entrar em contato comigo para brincar de "adivinha qual é o próximo alvo"?

— É pouco provável. Você não venceu as batalhas, mas também não perdeu. Os objetivos deles não foram alcançados, enquanto que você chegou mais perto do seu objetivo a cada ameaça. De acordo com o seu relatório, que acabei de ler, você acredita que eles não suspeitam da linha de investigação que está sendo seguida. Não imaginam que você descobriu suas identidades e seu padrão de ação.

— E a resposta deles caso soubessem disso seria...?

— Raiva, necessidade de vencer. Um desejo de esfregar uma vitória total bem no seu nariz. Não creio que se sintam compelidos a emitir nenhum tipo de aviso ou ameaça para o próximo ataque. A regra da guerra, Eve, é que não há regras.

— Concordo. Tenho um favor para lhe pedir.

Mira tentou esconder sua surpresa. Eve raramente lhe pedia alguma coisa.

— Claro, Eve, pode falar.

— Zeke já foi informado da armação e sabe que Clarissa fez parte dela.

— Sim. Isso, para ele, vai ser muito difícil de enfrentar.

— Exato, ele não está enfrentando a realidade muito bem. Eu o levei para minha casa. Mavis está com ele, mas eu acho que ele precisa de acompanhamento psicológico. Será que a senhora tem um tempinho para uma consulta em domicílio?

— Eu arrumo tempo.

— Obrigada.

— Não precisa agradecer — disse Mira. — Até logo, Eve.

Satisfeita, Eve desligou e olhou em volta para ver se elas já haviam chegado à casa de Branson. Peabody estacionara o carro.

— Vamos trabalhar! — chamou Eve, mas então viu que Peabody agarrava o volante com força e seus olhos estavam cheios de lágrimas. — Nem pense em começar a chorar aqui no meio da rua, policial — censurou Eve. — Enxugue os olhos!

— Não sei como lhe agradecer por se preocupar com Zeke. Depois dele ter agido daquela forma, e com tudo o mais que está acontecendo, você ainda pensa em cuidar dele.

— Estou pensando em cuidar de mim — explicou Eve, abrindo a porta. — Não posso me dar ao luxo de ter uma auxiliar desconcentrada por preocupações de família.

— Certo. — Sabendo como eram as coisas, Peabody fungou enquanto saltava do carro e piscou depressa para limpar os olhos. — Pronto, tem a minha atenção total, senhora.

Lealdade Mortal

— Vamos manter as coisas assim, então. — Eve desarmou o lacre da polícia que fora colocado em volta da casa para isolá-la e entrou. — Os andróides foram todos desativados e levados para análise. — Mesmo assim, ela entreabriu o casaco para manter a arma ao alcance da mão. — O lugar deveria estar vazio, mas estamos lidando com gente que possui sólidos conhecimentos técnicos e habilidade para eletrônica. Eles podem muito bem ter desarmado o lacre e entrado por algum motivo. Quero que você fique esperta enquanto estivermos aqui dentro, Peabody.

— Estou em alerta total, senhora.

— Vamos começar pelos escritórios.

O de Branson era em estilo masculino, distinto, decorado em tons de vinho e verde, com madeiras escuras, poltronas de couro e pesadas peças de cristal. Eve parou na porta e balançou a cabeça para os lados.

— Não... a força da organização é ela. Clarissa é a maquinista desse trem. — Eve sentiu que seu raciocínio estava novamente claro, de forma quase pungente. — Eu nem devia ter perdido meu tempo indo examinar a fábrica dele. A peça principal da trama é ela.

Atravessando o corredor, Eve entrou na elegância feminina do escritório de Clarissa. O ambiente parecia mais uma sala de estar, reparou Eve, com sua decoração em tons de rosa e marfim, poltronas leves forradas em cores pastéis. Havia lindos vasinhos alinhados sobre o console da lareira e pequenos arranjos de flores em cada um deles. As flores, já meio desbotadas e sem vida, acrescentavam um odor pesado à suave fragrância do ambiente.

Havia um sofá-cama com um cisne branco pintado na almofada sobre ele, luminárias com cúpulas coloridas e cortinas com laços.

Eve foi até a escrivaninha, que tinha pernas longas e trabalhadas, e examinou o pequeno sistema de computador acoplado a um centro de comunicações.

A coleção de discos consistia basicamente em programas de moda, catálogos de compras, muitos livros eletrônicos — a maioria romances — e uma agenda onde ela organizava diariamente questões de ordem doméstica, mais compras, datas de almoços e eventos sociais.

— Tem que haver mais alguma coisa por aqui. — Eve recuou um passo. — Arregace as mangas, Peabody. Este lugar me dá arrepios, mas vamos desmontá-lo.

— Eu achei tudo muito bonitinho.

— Qualquer pessoa que viva cercada de tantas coisas cor-de-rosa só pode ser maluca.

Elas vasculharam as gavetas, verificaram por baixo delas e atrás dos móveis. O pequeno closet tinha mais alguns objetos de escritório e um roupão transparente. No mesmo tom de rosa.

Não encontraram nada por trás das aquarelas que retratavam jardins floridos, nem mesmo poeira.

Então, Peabody achou o pote de ouro.

— Um disco! — anunciou ela, triunfante, levantando-o bem alto. — Estava dentro dessa almofada de cisne.

— Vamos rodá-lo. — Eve enfiou o disco no drive e pareceu menos empolgada quando ele abriu um arquivo na mesma hora. — Ela escondeu o disco, mas não se preocupou em protegê-lo com uma senha. Hum... Mau sinal.

Era um diário, escrito na primeira pessoa, onde Clarissa detalhava surras, estupros e abuso:

"Eu o ouvi chegar em casa. Pensei que seria melhor ele achar que eu estava dormindo para me deixar em paz. Tive todo o cuidado para fazer tudo certo hoje. Mas quando eu o ouvi subindo as escadas sabia que ele estava bêbado. Senti o cheiro assim que ele deitou.

"É pior quando ele está bêbado ou mesmo quando ainda não está bêbado o bastante.

"Fiquei de olhos fechados. Acho que prendi a respiração. Rezei para ele estar bêbado demais para me machucar, mas ninguém me ouve quando eu rezo."

Fingindo que está dormindo, garotinha? As palavras, a voz e a lembrança surgiram na cabeça de Eve como se fossem garras afiadas. O cheiro de bebida e bala, as mãos que a apalpavam e machucavam.

"Eu implorei para ele parar, mas era tarde demais. Suas mãos já estavam em minha garganta, apertando-a para eu não gritar, e ele se empurrou para dentro de mim, me machucando, com seu bafo quente no meu rosto."

Não, por favor, não faça isso. Implorar não adiantara nada para Eve. Mãos na garganta, sim, ela lembrava. Tão apertadas que ela via pontos vermelhos dançando diante dos olhos e sentia a ardência e a dor excruciante de mais um estupro, acompanhado pelo bafo adocicado e nauseante em seu rosto.

— Tenente... Dallas! — Peabody a sacudiu pelo braço. — Você está bem? Ficou branca de repente.

— Estou legal. — Droga, mas que droga! Ela precisava de ar. — Isso foi plantado aqui para nós acharmos — conseguiu dizer, por fim. — Clarissa sabia que alguém haveria de encontrar isso durante a investigação. Vá para a última página, Peabody. Ela quer que o texto seja lido até o fim.

Eve foi até a janela, destrancou-a e abriu-a. Teve de inclinar-se para fora para poder respirar fundo. O ar gelado bateu em suas faces e arranhou-lhe a garganta como raspas de gelo.

Ela não ia voltar ao passado, prometeu a si mesma. Não poderia se dar a esse luxo. Ficaria onde estava, com as coisas sob controle.

— Ela fala de Zeke mais adiante — informou Peabody. — E a coisa vai em frente... Lindas palavras de amor, muito floreadas, sobre o dia em que ela o conheceu e de como se sentiu ao saber que ele estava chegando.

Peabody olhou para trás e sentiu-se aliviada ao ver que a cor voltara ao rosto de Eve, embora suspeitasse que aquilo, provavelmente, era efeito das rajadas de vento frio.

— Ela fala sobre o dia em que desceu até a oficina; bate com a história que os dois contaram. Em seguida afirma que conseguiu sua força de volta por causa dele e que finalmente ia abandonar o marido. O arquivo termina no momento em que ela está de malas prontas e vai ligar para Zeke, a fim de começar uma nova vida.

— Sim, ela cobriu bem todos os ângulos. Se ela decidisse não fugir correndo, teríamos o disco com as entradas do diário devidamente registradas, como prova de sua história. Só que na hora H ela percebeu que se submeter a uma bateria de testes psicológicos era um risco grande demais.

— Isso não nos serve de nada, Dallas. Tudo o que temos aqui é o que já se esperava, caso a história dela fosse verdadeira.

— Só que ela não é verdadeira e tem que haver mais alguma coisa. Isso é só para despistar. — Eve fechou a janela e começou a caminhar pelo quarto. — Isso é apenas uma camada de... como é que se chama?... verniz. Por baixo dela existe uma mulher durona, determinada, sedenta de sangue, que deseja ser tratada como uma deusa por pessoas cheias de espanto e medo. Ela não é nada cor-de-rosa. — Eve levantou uma almofada de seda e a jogou longe. — Ela é vermelha, um vermelho forte e poderoso. Não é nenhuma florzinha delicada não. É veneno. Um veneno exótico e sensual, mas mesmo assim, veneno. Aposto que ela não ficava neste quarto mais do que o tempo necessário para montar seu cenário.

Eve parou, esperando a mente se acalmar. *Droga de produtos químicos*, pensou. Fechou os olhos de forma deliberada para refletir.

— Ela vinha aqui às vezes, provavelmente olhava com ar de deboche para todos esses badulaques. Uma fachada falsa. Acessórios sociais. Ela os odeia. Ela os usa. É destemida, mas sua vida é um palco. Ela vem representando um papel há anos. Este quarto serve apenas para mostrar às pessoas o quanto ela é feminina e delicada, mas não é o lugar onde ela trabalha de verdade.

— Bem, no resto da casa há apenas quartos de hóspedes, banheiros, salas de estar, de jantar e a cozinha. — Peabody se sentou e ficou observando Eve trabalhar, admirando o seu método e a sua mente funcionando. — Se ela não trabalha aqui, onde mais?

Lealdade Mortal

— Em algum lugar perto daqui. — Eve abriu os olhos e analisou o pequeno closet. — A suíte principal da casa fica do outro lado deste cômodo, não fica?

— Sim. Os closets imensos dele e dela ficam atrás dessa parede.

— Todos os closets da casa são imensos, com exceção deste. Por que ela se contentaria com um espaço menor aqui? — Eve entrou de lado e começou a passar os dedos ao longo da parede. — Vá até o closet do outro lado e bata na parede, Peabody. Bata três vezes com força e depois volte aqui.

Enquanto esperava, Eve se agachou e pegou os minióculos em seu kit de serviço.

— Por que você me mandou fazer isso? — quis saber Peabody, ao voltar.

— Você bateu com força?

— Sim, senhora. Bang, bang, bang! Cheguei a machucar os nós dos dedos.

— Não ouvi som algum. Deve haver algum mecanismo por aqui ou um controle.

— Quarto secreto? — Peabody tentou inclinar o corpo. — Que história manjada!

— Chegue para trás, você está tapando a minha luz. Só pode ser aqui. Espere, droga, me arranje alguma coisa para eu futucar aqui.

— Eu tenho algo útil. — Peabody enfiou a mão na bolsa, pegou seu canivete suíço, selecionou um pequeno formão e entregou-o a Eve.

— Você foi bandeirante quando era menina?

— Sim. Cheguei ao nível Águia, senhora.

Eve grunhiu, prendendo o riso, e enfiou a ponta da ferramenta em uma rachadura minúscula que encontrou na parede com revestimento brilhante, imitando marfim. O canivete escorregou duas vezes antes de ela conseguir apoio e, xingando baixinho, ela o empurrou com mais força. Uma pequena porta se abriu, revelando um painel de controle embutido na parede.

— Muito bem, agora vamos invadir esse sistema. — Eve trabalhou durante cinco minutos em um espaço exíguo, trocou o peso do corpo de um pé para outro, enxugou o suor da testa e tentou mais uma vez.

— Por que não me deixa tentar um pouco, Dallas?

— Você manja tanto de eletrônica quanto eu. Ah, que se dane! Dê um passo para trás. — Eve se levantou subitamente e o seu ombro bateu com força no nariz de Peabody, que mal teve tempo de gritar e verificar se o nariz sangrava, antes de ver que Eve empunhava a arma.

— Ahn, senhora... Creio que não há necessidade de...

Eve explodiu a fechadura do painel de controle. Os circuitos estalaram, soltaram faíscas, pequenos chips voaram para todos os lados e a porta de marfim se abriu suavemente para o lado.

— Como era mesmo a frase mágica para abrir a porta da caverna? Abre-te, Sésamo! — Eve entrou em um quarto pequeno e estreito e reparou no sofisticado painel com instrumentos de ponta que a fez lembrar, meio contra a vontade, do equipamento que Roarke também tinha atrás de uma porta trancada. — Era aqui — afirmou Eve — que Cassandra trabalhava.

Ela passou os dedos sobre os controles, tentou digitar alguma coisa e emitiu comandos de voz. A máquina permaneceu em silêncio.

— Deve estar codificada — murmurou Eve —, além de não ter registro. Deve ter também algumas armadilhas para evitar a ação de hackers.

— Devo chamar o capitão Feeney?

— Não. — Eve esfregou a bochecha com o dedo. — Conheço um especialista que está a poucos minutos daqui. — Pegando o *telelink*, ligou para Roarke.

Ele viu o painel de controle da porta completamente carbonizado e balançou a cabeça.

Lealdade Mortal

— Bastava ter me chamado.

— Eu consegui entrar, não consegui?

— Sim, mas isso é uma questão de *finesse*, tenente.

— Pois eu acho que isso é uma questão de tempo se esgotando. Não quero apressar você, mas...

— Então não apresse. — Ele entrou no pequeno espaço e deixou os olhos se ajustarem à pouca claridade. — Por favor, ilumine aqui com a sua lanterna até eu conseguir ligar as luzes.

Pegando uma outra lanterna minúscula no bolso, ele se sentou diante dos controles e a prendeu entre os dentes, como os arrombadores costumam fazer.

Eve viu o olhar de apreciação e interesse de Peabody, que se colocou no meio deles.

— Pegue o carro, vá para o meu escritório de casa e fique lá esperando a chegada dos dados. Vamos enviar tudo o que encontrarmos aqui. E coloque o resto da equipe em alerta também.

— Sim, senhora. — Mas ela continuou com o pescoço esticado para acompanhar tudo, por sobre o ombro de Eve. Roarke tirara o paletó e arregaçara as mangas da camisa de seda branca. A definição dos músculos de seu braço era fabulosa. — Tem certeza de que não quer que eu fique aqui lhe prestando assistência, senhora?

— Cai fora! — Eve se inclinou para pegar outra lanterna no kit de serviço. — Continuo vendo os seus sapatos, policial — disse ela, com a voz suave —, e isso significa que o resto de você ainda continua por aqui e não cumpriu a minha ordem.

Os sapatos deram meia-volta na mesma hora e desapareceram de vista, marchando.

— Você precisa ser tão sexy? — quis saber Eve. — Essas coisas distraem a minha ajudante.

— Pois é, esse é um dos meus problemas. Pronto, não vou mais precisar da lanterna. Acender luzes! — ordenou ele e o quarto se iluminou.

— Ótimo. Agora veja se você consegue encontrar os controles que abrem aquele arquivo de aço ali, ó, que deve estar lotado de documentos. — Eve virou-se para um gabinete com gavetas. — Por mim, eu explodiria tudo, mas tenho medo de mandar pelos ares o que está lá dentro.

— Procure ser mais paciente. Deixe que eu abro. Clarissa tem muito bom gosto na escolha dos equipamentos. Foram todos fabricados por mim. Fechaduras... Sim, aqui está! — Roarke digitou alguma coisa e Eve ouviu um clique. — Até que foi fácil — comentou ele.

— Sim, mas o resto não vai ser, meu chapa. Preciso de espaço para trabalhar. — Eve puxou uma das gavetas do arquivo e a carregou para a sala de estar. Dava para ouvir os bipes e zumbidos das máquinas, enquanto Roarke trabalhava nelas, bem como os seus precisos comandos de voz. A razão de achar aquilo tão reconfortante Eve não saberia explicar, mas o fato é que se sentia estranhamente satisfeita em saber que Roarke estava no pequeno quarto ao lado, trabalhando em equipe com ela.

Então, Eve mergulhou na papelada e se esqueceu dele e de tudo o mais.

Havia cartas escritas a mão, em uma caligrafia firme e elaborada, todas de James Rowan para a sua filha... a filha que ele não chamava de Charlotte e sim de Cassandra.

Não era a típica correspondência de um pai para uma filha. Assemelhava-se mais às diretrizes ditatoriais de um comandante para o seu soldado:

"A guerra deve ser lutada e o atual governo, destruído. Para libertação de todos, pela liberdade, pelo bem das massas que hoje se encontram sob o jugo dos que se autodenominam nossos líderes. Seremos vitoriosos. E, quando o meu tempo passar, você tomará meu lugar. Você, Cassandra. Minha jovem deusa, minha luz para o futuro. Você será a minha profetisa. Seu irmão ainda é muito jovem para ter poder de decisão e se parece mais com a mãe dele. Você se parece comigo.

Lealdade Mortal

"Lembre-se sempre de que toda vitória tem um preço e você não deve hesitar em pagá-lo. Movimente-se com fúria, como uma deusa. Assuma seu lugar na história."

Havia outras cartas e todas giravam sobre o mesmo tema. Ela era o soldado dele, a pessoa que o substituiria. Ele a moldara como um deus molda outro, à sua imagem.

Em outra pasta ela achou cópias de certidões de nascimento de Clarissa e de seu irmão, além de seus atestados de óbito. Havia diversos artigos de jornais e de revistas, muitas reportagens sobre o Grupo Apolo e também sobre o seu pai.

Havia imagens dele: fotos da mídia que o mostravam com o terno de político, os cabelos reluzentes e o sorriso brilhante e amigável; outras fotos eram particulares e o mostravam em traje completo de batalha, o rosto manchado de preto e os olhos frios. Olhos de assassino, pensou Eve.

Ela vira aquele olhar centenas de vezes em sua vida.

Mais fotos de família, todas do arquivo pessoal, mostrando James Rowan e sua filha. A menininha com jeito de fada exibia um lacinho no cabelo e uma arma de ataque nas mãos. Seu sorriso era feroz e os olhos eram os do pai.

Em seguida, Eve descobriu todos os dados sobre Clarissa Stanley, número da carteira de identidade, data de nascimento e data da morte.

Outra foto mostrava Clarissa adolescente. Vestida com uma farda do exército, ela posava ao lado de um homem de expressão sisuda, com um quepe de capitão lançando sombras em seus olhos. Ao fundo, uma cadeia de montanhas cobertas de neve.

Ela já vira aquele rosto, pensou Eve consigo mesma, e pegou os minióculos de aumento para ver melhor.

— Henson — murmurou. — William Jenkins Henson. — Pegou seu computador de mão e pesquisou dados para refrescar a memória.

William Jenkins Henson. Data de nascimento: 12 de agosto de 1998, em Billings, Montana. Casado com Jessica Deals. Uma filha. Nome da criança: Madia, nascida em 9 de agosto de 2018. Foi diretor de campanha de James Rowan...

— Certo, pode parar! — Eve se levantou e deu uma volta pela sala. Ela se lembrava daqueles dados, já os vira antes. Ele tinha uma filha da mesma idade de Clarissa. Uma filha que não fora citada e da qual nunca mais se ouvira falar desde o bombardeio da casa em Boston.

Uma criança do sexo feminino fora encontrada nas ruínas da casa. Era a filha de Henson, pensou Eve, e não a de Rowan. E William Jenkins Henson criara a filha de Rowan como se fosse a sua.

Terminou o trabalho de treiná-la.

Ela se recostou e continuou a remexer nos papéis, em busca de outra carta, outra foto, outra peça qualquer do quebra-cabeça. Encontrou mais uma pilha de cartas de Rowan para a sua filha e começou a ler.

— Eve, consegui entrar no sistema. Venha ver uma coisa.

Levando as cartas com ela, foi até onde Roarke estava.

— Ele a treinou desde menina — contou Eve. — Criou-a entre as suas fileiras. A chamava de Cassandra. E, quando ele morreu, Henson assumiu o seu papel de instrutor. Achei uma foto tirada uns dez anos depois do bombardeio em Boston.

— E eles a treinaram muito bem. — A verdade é que Roarke admirava o talento e a habilidade dela com sistemas computadorizados, bem como com os códigos e labirintos que montara para protegê-los de invasão. — Encontrei registros de transmissões feitas daqui para um lugar em Montana. Pode ser para Henson. Ela não usou nomes, mas o manteve atualizado a respeito dos progressos dela.

— "Caro camarada" — leu Eve, olhando para o monitor. — Não entendo nada de política — confessou ela, ao acabar de ler o

Lealdade Mortal

texto da primeira transmissão. — O que eles estão tentando provar? O que estão tentando ser?

— Comunismo, marxismo, socialismo, fascismo. — Roarke encolheu os ombros. — Democracia, república, monarquia. Tudo isso é a mesma coisa para eles. O que importa é o poder, a glória. A revolução só pelo prazer de revolucionar. Tanto a política quanto a religião, para alguns, permanecem encerradas em uma visão pessoal e estreita.

— Conquistar para governar? — especulou Eve.

— Para alimentar o ego. Dê uma olhada no telão — sugeriu Roarke, e o aparelho instalado na parede acendeu. — Temos esquemas, plantas, códigos de segurança e dados. Aqui estão os alvos do Grupo Apolo, começando com o Kennedy Center.

— Eles mantiveram os registros de tudo — murmurou. — Danos materiais, custos, número de mortos. Minha nossa, listaram os nomes de cada uma das pessoas que morreram.

— Registros de guerra — disse Roarke. — Tantos para o lado deles, outros tantos para o nosso lado. Cálculos de baixas. Sem sangue, a guerra perde o seu encanto mórbido. E aqui estão os dados secundários, na parte direita da tela. Estes são os dados e as imagens do Radio City Music Hall. Repare que os pontos vermelhos indicam o posicionamento dos explosivos.

— Sempre seguindo os passos do papai.

— Consegui os nomes e a localização dos membros do grupo.

— Envie-os para o meu computador de casa, para Peabody. Vamos começar a caçá-los. Todos os alvos estão listados?

— Ainda não consegui passar além dos dois primeiros. Achei que você gostaria de ver o que tenho até agora.

— Certo. Passe os dados que você já conseguiu para Peabody e seguimos em frente a partir daí. — Eve olhou para a carta em sua mão no momento em que Roarke deu início à transmissão do material. Seu sangue congelou.

— Minha nossa! O Pentágono não foi o alvo seguinte. Eles tiveram que cancelar um dos ataques, entre o do estádio e o do

Pentágono. Aqui não está explicado o motivo, fala apenas de problemas de equipamento e dificuldades financeiras. "Dinheiro é um mal necessário. Organize suas finanças com cuidado." — Eve deixou a carta de lado. — O que vinha imediatamente depois do estádio? Qual era o alvo seguinte na lista original do Grupo Apolo?

Roarke abriu o arquivo e ambos olharam para um obelisco branco que iluminou a tela.

— O Monumento a Washington, símbolo da cidade, foi o alvo marcado para ir pelos ares dois dias depois do estádio.

Eve colocou a mão no ombro de Roarke e o apertou com força.

— Eles vão atacar esta noite, amanhã de manhã no máximo. Não vão esperar mais, nem fazer contatos. Não podem correr riscos. Qual é o alvo?

Roarke digitou alguma coisa, e três imagens apareceram na tela.

— Pode escolher — disse ele.

Eve pegou o comunicador na mesma hora.

— Peabody, convoque uma equipe antibomba para vistoriar o Empire State Building, outra para o Memorial das Torres Gêmeas e mais uma para a Estátua da Liberdade. Você e McNab cubram o Empire State e mande Feeney para o memorial. Prepare um dos rastreadores de longo alcance para mim. Estou indo para casa. Quero que todo mundo entre em ação imediatamente. Levem equipamento antitumulto e armas pesadas. Quero evacuação imediata das áreas, isolem os setores em volta dos possíveis alvos. Nenhum civil poderá chegar a menos de três quarteirões dos locais determinados.

Enfiando o comunicador no bolso, Eve perguntou:

— Em quanto tempo um daqueles seus helicópteros a jato consegue nos levar até a Liberty Island, onde fica a estátua?

— Em muito menos tempo do que aqueles teco-tecos que o seu departamento usa.

— Então desligue todas as telas e coloque o computador do seu helicóptero em rede com este aqui. Vamos entrar logo em ação.

Lealdade Mortal

Ela voou em direção à porta e desceu as escadas correndo. Roarke já estava ao volante do carro com o motor ligado antes de ela bater a porta da casa.

— A estátua é o alvo — afirmou Eve.

— Eu sei. Eles vão escolher a estátua pelo seu simbolismo, o maior do país. Ela é mulher e é um símbolo político. — Roarke acelerou mais, devorando os quarteirões rumo à sua casa a uma velocidade que fez as costas de Eve ficarem coladas no banco. — Eles não conseguirão mandá-la pelos ares!

CAPÍTULO VINTE E DOIS

— Tenente! Dallas! Senhora! — Peabody saiu muito agitada pela porta da frente assim que Eve saltou do carro.

— Vá indo — disse Eve a Roarke — que eu já encontro com você.

— Seus dados ainda estão chegando. — Peabody quase escorregou sobre a geada que cobria o gramado, mas conseguiu se manter em pé. — Estou retransmitindo tudo para a central. As equipes estão sendo mobilizadas.

Eve pegou o rastreador de longo alcance.

— Usem coletes à prova de balas e equipamento completo. E rastreiem os alvos antes de entrar no local. Não quero perder mais ninguém.

— Sim, senhora. O comandante quer ser informado sobre o seu destino e a hora estimada para sua chegada lá.

Eve girou o corpo no momento em que o zumbido suave do helicóptero a jato encheu o ar. Acompanhou o instante em que ele saiu do mini-hangar, ronronando.

Lealdade Mortal

— Eu vou entrar naquele troço, que Deus me proteja. O destino é a Liberty Island. Informarei a hora estimada de chegada assim que eu a descobrir.

Eve se agachou um pouco para evitar a rajada de ar que vinha das hélices, jogou o rastreador para Roarke, enganchou a mão na abertura da porta e colocou a bota no estribo. Olhou de relance para Roarke, dizendo:

— Odeio essa parte.

Ele sorriu.

— Aperte o cinto, tenente — aconselhou ele, quando ela sentou —, e segure-se na abertura da porta. A viagem não vai ser longa.

— Eu sei. — Ela passou o cinto pela frente do corpo e o prendeu. — Essa é a parte que eu odeio.

Ele subiu verticalmente, em uma velocidade tão grande que o estômago de Eve foi parar nos pés, enquanto entrava em contato com Whitney:

— Comandante, estou a caminho da Liberty Island. Os dados devem estar chegando neste instante para o senhor.

— Sim, estão. Estou enviando esquadrões antibomba e equipes de apoio para cada um dos locais indicados. O tempo calculado para a chegada dos reforços à Liberty Island é de doze minutos. Qual a sua estimativa?

— Qual é a nossa estimativa de chegada, Roarke?

Eles voavam a toda a velocidade sobre árvores e prédios, com o motor ainda ronronando. Ele lançou um rápido olhar para Eve, com seus perigosos olhos azuis, e afirmou:

— Três minutos.

— Mas isso é... — Eve conseguiu engolir um grito no instante em que ele ligou os jatos. O ronronar se transformou em um rugir de pantera e o helicóptero zuniu através do céu com a velocidade de uma pedra atirada por um estilingue. Eve apertou a lateral do banco com força, até os nós dos dedos ficarem brancos, e pensou: *Merda, merda, merda!* Sua voz, porém, pareceu relativamente controlada quando ela respondeu: — Estaremos no local em menos de três minutos, comandante.

— Informe-nos assim que pousar.

Eve desligou e fez força para respirar pausadamente, enquanto falava, entre dentes:

— Eu quero chegar lá viva.

— Confie em mim, querida.

Ele sobrevoou a cidade, ajustou a rota, e o helicóptero se inclinou para o lado de forma aterradora. Eve sentiu os olhos girarem dentro da cabeça.

— Vamos ter que examinar o local com o rastreador. — Ela pegou o instrumento e o avaliou. — Nunca usei um desses.

Roarke esticou o braço e ligou um interruptor na base do aparelho, que começou a zumbir suavemente.

— Minha nossa, Roarke! Mantenha as mãos nos controles! — gritou ela.

— Se algum dia eu quiser chantagear você, basta ameaçar contar aos seus colegas e superiores que você tem medo de altura e de veículos em alta velocidade.

— É... Lembre-me de lhe dar uma surra, se conseguirmos sobreviver. — Ela enxugou a mão úmida nas pernas da calça e pegou uma pistola. — Você vai precisar da minha arma de mão. Não pode entrar lá desarmado.

— Eu já tenho a arma que preciso — afirmou ele, lançando-lhe um sorriso sombrio enquanto voavam sobre a água.

Ela deixou passar aquela irregularidade e analisou os dados que apareceram na tela do rastreador:

— As bombas foram instaladas em cinco locais, da base da estátua à coroa — disse ela, diante da imagem. — Por esse esquema, quanto tempo você acha que vai levar para desativar tudo?

— Depende. Não dá para saber sem ver os dispositivos.

— Os reforços só vão chegar daqui a nove minutos. Se o temporizador for realmente ativado, vai depender basicamente de você desmontar os explosivos.

Lealdade Mortal

— Ativar sensor de longo alcance e colocar imagem na tela — ordenou Roarke à máquina. — O monitor apitou, e Eve viu luzes, sombras e símbolos. — Aí estão os seus alvos. Duas pessoas, dois andróides e um veículo.

— Será que as bombas já foram ativadas?

— Não dá para saber pelo aparelho. — Roarke fez uma anotação mental para acrescentar esse recurso ao rastreador. — Só sei que estão lá.

— Os andróides são estes aqui? — perguntou Eve, apontando com o dedo para dois pontos pretos na tela.

— Sim, estão montando guarda na base. Você já visitou a Estátua da Liberdade?

— Não.

— Que vergonha! — brincou ele. — Os museus ficam na base. A estátua fica sobre um pedestal, vários andares acima dos museus. Somando tudo, ela deve ter uma altura equivalente a um prédio de vinte a vinte e dois andares, mais ou menos. Existem elevadores para subir nela por dentro, mas eu não aconselharia usá-los nessas circunstâncias. Há uma escada com degraus de metal estreitos que vão até a coroa. Depois, há outra que vai até a tocha.

Eve passou a mão sobre a boca.

— Você não é dono dela também, é?

— Não, ninguém é dono dela.

— Certo. Vá descendo devagar. — Rangendo os dentes, Eve soltou o cinto. — Vou precisar que você chegue bem perto, senão eu não vou conseguir uma boa mira para eliminar os andróides.

Roarke apertou um botão sob o painel. Um compartimento se abriu. Dentro dele estava um rifle de longo alcance com visor noturno.

— Use isso em vez do revólver.

— Caraca, Roarke! Você poderia pegar uns cinco anos em uma cadeia de segurança máxima só por possuir um rifle desses.

Ele simplesmente sorriu quando ela pegou a arma e experimentou o peso.

— E você poderia derrubar os dois andróides com esse rifle antes mesmo de pousarmos. Aposto minhas fichas em você, tenente.

— Mantenha esse troço estável. — Eve abriu a porta, cerrou os dentes com força ao sentir a rajada de vento e então se deitou de barriga para baixo na cabine do helicóptero.

— Temos um na posição de três horas e outro na de nove. Vamos pegar o da posição de três horas primeiro e depois eu dou uma volta até o outro. Segure-se bem!

— Simplesmente me coloque de frente para ele — murmurou ela, olhando com atenção.

Na penumbra, sobressaindo-se acima da suave neblina, a dama se ergueu, com a tocha bem levantada, o rosto sereno e, de certa forma, benevolente.

Luzes cintilavam nela e em torno da base, proporcionando-lhe brilho e propósito. Quantas pessoas, pensou Eve, já haviam sentido aquela mesma sensação de boas-vindas, a promessa final ao cruzar um oceano inteiro em busca de um novo mundo e uma nova vida?

Quantas vezes Eve a vira ali e pensara simplesmente que aquela senhora continuava sempre em seu lugar, e sempre estivera onde deveria estar? E, por Deus, jurou para si mesma, permaneceria ali.

Ela viu o outro helicóptero antes, um modelo para transportar carga protegido pelas sombras da estátua. Através do rastreador ele apareceu como um ponto vermelho em um fundo verde.

— Estamos entrando na zona de alcance — informou Roarke. — Você já avistou o andróide?

— Visualmente não... Agora sim! Consegui localizar o safado. Mais um pouco, mais um pouco... — murmurou ela e ajustou a marca de mira. Atirou e atingiu-o em cheio, no meio do corpo. Teve a chance de ver o robô explodir, enquanto recebia o coice do rifle, que se espalhou pelo seu braço até o ombro, e de repente Roarke já saía de lado com o helicóptero, subitamente.

— Agora eles já sabem que estamos aqui — disse Roarke. — Vamos marcar logo o segundo gol para ficar dois a zero. O outro

Lealdade Mortal

andróide está se movimentando, na linha de seis horas. Um dos alvos dentro da estátua está começando a descer, e bem depressa.

— Então vamos ser mais rápidos do que ele. Vambora, vambora, vambora.

— Ele também está com um rifle de longo alcance — disse Roarke, sem alterar a voz, quando um facho de luz passou a poucos centímetros do pára-brisa. — Manobra de retirada. Elimine-o logo, Eve.

Ela enganchou a bota em torno da base do banco ao sentir o helicóptero sair de lado, sacudindo muito.

— Estou com ele na mira. — Eve disparou e viu o raio de luz explodir no chão ao lado do alvo, quando ele se moveu. — Droga. Errei!

Ela inspirou com força, prendeu a respiração e ignorou os clarões e as luzes do fogo que viu lá fora. Alinhou o segundo andróide no meio da mira, disparou e o dividiu ao meio, cortando-o pela linha da cintura.

— Agora pouse esse troço! — gritou ela, arrastando-se para agarrar a porta. — Se tiver chance, mande o helicóptero deles pelos ares. — Ela pousou o rifle sobre o banco. — Eles vão pensar duas vezes antes de explodir a estátua, se estiverem presos na ilha.

Eve notou que o chão vinha se aproximando na direção dela com muita rapidez e começou a forçar inspirações curtas para bombear adrenalina no sangue.

— Vou mantê-los ocupados pelo máximo de tempo que conseguir — avisou ela.

— Espere até eu pousar. — Uma fisgada de pânico atravessou o peito de Roarke quando ele compreendeu o que ela pretendia fazer. — Droga, Eve, não salte até eu pousar!

Ela viu a terra chegar ainda mais perto e a velocidade do helicóptero diminuir.

— O relógio está correndo! — disse ela, e pulou.

Eve manteve os joelhos meio dobrados para absorver melhor o choque. Mesmo assim, sentiu a dor aguda que a atingiu a partir das botas e lhe subiu pelas pernas, no momento em que atingiu o solo e rolou de lado. No mesmo instante ela se levantou, com a arma na mão, e correu em ziguezague até a entrada da estátua.

Uma onda de calor passou ao lado dela. Eve se jogou novamente no chão, tornou a rolar e atirou de volta, na direção de onde viera o raio. Em seguida, levantando-se, abriu o coldre que trazia preso na barriga da perna e pegou a arma de mão. Atacou a fechadura a tiros com as duas armas que trazia e mergulhou para dentro assim que as portas se abriram.

O fogo de volta com o qual foi recebida veio de cima. Eve viu Clarissa vestida com roupa de combate completa, munida de um laser de alto alcance e com duas granadas de mão presas à cintura.

— Acabou! — gritou Eve. — Terminou, Clarissa. Já encontramos o seu quarto secreto e todos os seus dados. Suas transmissões para Montana vão nos levar direto a Henson e ao resto do grupo. Mais de cem policiais estão vindo para cá neste momento.

Um estrondo gigantesco fez o solo estremecer. Uma explosão iluminou a espaço lá fora. Roarke, pensou Eve, com um sorriso frio. Ele conseguira.

— Lá se foi o seu helicóptero de fuga, Clarissa. Vocês não vão mais poder sair da ilha. Desista!

— Vamos explodir tudo, vamos fazer a ilha inteira voar pelos ares. Não restará nada, a não ser cinzas. — Clarissa soltou mais uma rajada de laser. — Exatamente como meu pai planejou!

— Mas você não vai estar viva para ocupar o lugar dele — argumentou Eve, colando o corpo na parede. Do outro lado da sala de entrada estava o primeiro dispositivo, dentro de uma caixa de metal estreita. Dava para ver luzes vermelhas piscando sobre ela. Seria um temporizador?, pensou Eve. Quanto tempo haveria antes de tudo explodir? — Tudo será em vão, Clarissa, tudo o que ele planejou vai desmoronar se você não assumir o seu lugar como líder.

— Mas eu assumirei o lugar dele. Somos Cassandra. — Ela disparou mais uma rajada luminosa na direção de Eve e começou a subir as escadas.

Lealdade Mortal

Inspirando com força, Eve saiu correndo atrás dela. O calor do novo ataque pareceu queimar-lhe os pulmões e seus olhos lacrimejaram devido à luz forte, embaçando-lhe a visão.

Eve ouviu Clarissa chamar pelo marido, exigindo morte e destruição, reivindicando glória. As velhas escadas de metal subiam, em espiral, pelo corpo da estátua. Eve notou o segundo dispositivo e hesitou por um instante, pensando em desativá-lo.

Esse instante de hesitação salvou-a de receber uma rajada de laser bem no rosto. O raio rugiu diante dela e explodiu três dos estreitos degraus da escada.

— Ele era um grande homem! Um deus. Foi assassinado pelas forças fascistas de um governo corrupto. Ele defendia o povo, as massas.

— Ele matava o povo, assassinava as massas. Crianças, bebês e velhos.

— Sacrifícios de uma guerra justa.

— Justa é o cacete! — Eve se agachou, procurando se colocar fora de alcance, e atirou a esmo na direção dos gritos. Ouviu um rugido de raiva, ou dor, não sabia qual dos dois. Torceu para que fosse ambos.

Em seguida, todos continuaram a subir.

Viu o terceiro dispositivo. Roarke já desarmara o primeiro àquela altura, disse a si mesma. Tinha de ter desarmado. Ela não ouvia sons de disparos nem de luta abaixo de si. Ele estava em segurança, fazendo com calma o que precisava ser feito.

Olhou de relance para o relógio de pulso. Faltavam seis minutos para a chegada dos reforços.

Suas panturrilhas começaram a arder muito e sua respiração ficou ofegante. Por um instante, a sua visão ficou novamente embaralhada e as armas que levava nas mãos lhe pareceram pesadas e estranhas.

O efeito do Alert-All estava passando. Eve se encostou na parede para pegar fôlego e se recompor. *Agora não, agora não.* Ela tinha que resistir, senão ia cair dura. Ela *iria* resistir.

Finalmente, ouviu um som atrás dela.

— Roarke?

— A primeira bomba já está desativada — gritou ele, lá de baixo, com a voz fria e enérgica. — Estou indo para a segunda. Estamos correndo contra os minutos. Elas estão cronometradas para explodir às dezoito horas, todas ao mesmo tempo.

— Tudo bem, tudo bem. — Ela esfregou as costas da mão sobre a boca, com força. Eram dezessete e cinqüenta.

Afastando-se da parede, continuou subindo. Lançou apenas uma rápida olhada para o quarto dispositivo. Seu objetivo era os Branson.

O que mantinha Eve em frente era pura determinação, até que ela chegou ao topo. Suas pernas pareciam gelatina. Ao deslizar ao longo da parede, notou a vista deslumbrante das janelas de observação que ficavam em volta da coroa da estátua, local onde ela estava naquele momento. O último dispositivo fora instalado bem no meio da coroa da dama de metal.

— Clarissa! — chamou Eve.

— Cassandra!

— Cassandra — corrigiu ela, movimentando-se devagar, enquanto tentava analisar ao máximo a área onde se encontrava. — Morrer aqui não vai terminar o trabalho do seu pai.

— Mas vai ser um grande momento na história. A destruição do símbolo mais querido da cidade. Esta estátua vai ser derrubada em nome dele, e o mundo inteiro saberá disso.

— Como poderão saber? Você será sepultada sob toneladas de pedra e metal. Como saberão?

— Não estamos sozinhos.

— O resto do seu grupo está sendo desmantelado e preso neste exato momento. — Ela olhou novamente para o relógio e sentiu um suor frio lhe escorrer pela espinha. — Henson. — Eve falou o nome bem alto, esperando que isso sacudisse a sua presa encurralada. — Sabemos onde ele está escondido.

Lealdade Mortal

— Vocês jamais o pegarão! — Furiosa, Clarissa atirou mais uma vez. — Ele era o amigo em quem meu pai mais confiava. Ele me criou. Foi ele que completou o meu treinamento.

— Sim, depois que o seu pai foi morto. Seu pai e seu irmão. — Roarke estava subindo, disse Eve para si mesma. Eles conseguiriam desarmar o último dispositivo juntos, ainda havia tempo. — Você não estava na casa.

— Não. Eu estava com Henson. Madia morreu em meu lugar. Foi bom que acontecesse assim. Ouvimos a explosão a vários quarteirões de distância. Eu vi o que aqueles porcos fizeram.

— Então Henson passou a cuidar de você. E quanto à sua mãe?

— Era uma vadia inútil! Gostaria de tê-la matado pessoalmente, gostaria de tê-la visto morrer na minha frente. Eu iria gostar disso, iria adorar, e iria me lembrar de todas as vezes que ela me repreendeu. Meu pai a usou como um instrumento, nada mais.

— E quando ela deixou de ser útil, ele a abandonou, levando você e o seu irmão.

— Sim, para nos ensinar e treinar. Mas era *eu* a sua luz. Ele sabia que *eu* ia ser a sua substituta. Os outros me viam apenas como uma linda menininha de voz suave. Mas ele sabia. Sabia que eu era um soldado, a sua deusa da guerra. Ele sabia disso e Henson também. Da mesma forma que o homem que eu escolhi para se casar comigo também sabia.

Branson. Eve balançou a cabeça para clareá-la. Minha nossa, ela se esquecera de que ele também estava ali.

— Quer dizer que ele participou da trama o tempo todo? — perguntou Eve.

— Claro que sim. Eu jamais me entregaria a um homem que não tivesse valor. Simplesmente fazia todo mundo achar que sim... Como fiz com Zeke. Que rapaz patético e ingênuo, um idealista de olhos brilhantes. Ele fez o final do plano funcionar. Os irmãos Branson mortos, quase todo o dinheiro em contas secretas enquanto eu fugia, arrasada pela culpa e pelo medo. B. D. e eu pretendíamos continuar nossa missão em outro lugar, com novos nomes. E com todo o dinheiro desta sociedade corrupta para bancar a nossa causa.

— Só que isso tudo acabou agora. — Eve ouviu passos na escada, atrás dela. Era hora de ir em frente.

— Não tenho medo de morrer aqui — declarou Clarissa.

— Ótimo. — Eve mergulhou pela abertura, disparando em arco para os dois lados. Viu Clarissa cair, atingida na coxa, que começou a sangrar com abundância. Seguiu agachada e chutou a arma que Clarissa ainda segurava com a mão trêmula. — Só que eu prefiro que você viva ainda por muito e muito tempo dentro de uma cela.

— Você vai morrer aqui também — afirmou Clarissa, ofegante, quando Eve a desarmou.

— Você é que pensa! Tenho um ás na manga.

Nesse instante, Roarke entrou pela porta. Eve começou a sorrir para ele, mas então viu uma sombra às suas costas.

— Cuidado, atrás de você! — avisou ela.

Ele girou o corpo e saiu de lado. O raio lançado pela arma de Branson chamuscou sua manga. Eve notou o filete de sangue que começou a escorrer e se colocou em pé. Eles já estavam atracados, lutando corpo a corpo. Sem ter condição de mirar, ela se preparou para saltar sobre eles.

Clarissa, porém, deu um chute que atingiu Eve atrás do joelho, derrubando-a. Eve já praguejava quando a rajada seguinte atingiu os vidros das janelas em volta da coroa da estátua, estilhaçando-os. O vento entrou com força, junto com o rugir dos helicópteros e o soar das sirenes.

— Tarde demais! — guinchou Clarissa, e seus lindos olhos se arregalaram, selvagens. — Mate-o, B. D.! Mate-o por mim, bem na frente dela.

A mão de Roarke estremeceu e a arma escorregou. A dor subiu pelo seu braço, que ardia muito. O cheiro do próprio sangue o fez arreganhar os dentes. De algum lugar atrás dele, ouviu os gritos de

Lealdade Mortal

Eve e o som de passos. Mas tudo o que viu foi a terrível sede de morte nos olhos de Branson.

A arma tornou a balançar, cuspindo rajadas que atingiram o teto. Fragmentos do revestimento do interior da estátua choveram sobre eles e atingiram o rosto de Roarke, levados pelo vento, como pequenos projéteis. Quando uma das mãos de Branson apertou com força a sua garganta, ele viu estrelas espocando no ar e girou o corpo com violência, para se colocar por cima do oponente. O impacto colocou-os em cima do gradil de proteção, onde o vidro acabara de quebrar, e os dois ficaram ali por um momento.

Eve ouviu gritos, mas não conseguiu identificá-los. Eram seus e de Clarissa. Ela já estava a meio caminho da mureta de proteção quando viu Roarke cair para o lado de fora. Seu coração congelou e ela sentiu um branco total na mente. As luzes dos helicópteros que chegavam ofuscaram-na por completo no momento em que ela se lançou rumo à janela.

Roarke. O nome dele parecia ribombar em sua cabeça, mas apenas um soluço abafado conseguiu sair de sua garganta. A altura descomunal fez sua cabeça girar, mas através da visão meio desfocada conseguiu divisar um corpo pequeno e destroçado no chão, ao pé da estátua.

Eve já estava com metade do corpo para fora, sem idéia do que fazer em seguida, quando o viu. Não morto nem despedaçado no chão lá embaixo, mas pendurado pela ponta dos dedos ensangüentados em uma saliência na borda da cabeça da estátua.

— Segure-se um instante! Pelo amor de Deus, agüente firme.

No instante em que Eve tomava impulso para se lançar um pouco mais para fora, Clarissa a golpeou pelas costas. Ela perdeu o equilíbrio e prendeu o ar dentro dos pulmões. Quase por instinto, Eve deu um chute violento para trás, atingiu o peito de Clarissa e então, com outro chute, atingiu-lhe o rosto.

— Fique longe de mim, sua vaca!

Eve ouviu um lamento forte e soluços atrás dela, mas jogou o corpo para a frente, em meio ao vento forte, apoiou o estômago no parapeito e lançou a mão na direção de Roarke.

— Estique o braço. Pegue a minha mão. Roarke!

Ela sentiu que ele estava escorregando. O sangue lhe descia por entre os dedos e escorria pelos braços. Ele já enfrentara a morte antes e não lhe era desconhecida a sensação de saber que o ato de inspirar um pouco de ar, um restinho que fosse para dentro dos pulmões, poderia ser o último da sua vida.

Mas ele não ia aceitar isso. Ainda mais sabendo que sua mulher o olhava com olhos aterrorizados, chamando seu nome e arriscando a própria vida para salvar a dele. Cerrando os dentes com determinação, ele forçou o braço ferido. Uma dor lancinante explodiu em seu cérebro e desceu-lhe para o ventre, quando ele esticou a mão na direção de Eve.

E a mão dela se agarrou à dele, forte e firme.

Eve apoiou as botas na base da parede com toda a força para conseguir se firmar e, com os músculos quase arrebentando de tensão, esticou a outra mão.

— Vou puxar você. Estique sua outra mão para eu poder puxar você. Depressa!

Quando os dedos dela se fecharam contra os dele e escorregaram um pouco devido ao sangue, os olhos dele pareceram escurecer. Logo em seguida, porém, ela conseguiu segurar-lhe o pulso, e o puxou com força. Ele empurrou o próprio corpo para cima alguns centímetros, e depois mais um pouco. Ele viu o suor que escorria pelo rosto dela, embaçando-lhe os olhos. E se concentrou neles.

De repente, ele sentiu que seu braço estava na borda do parapeito e se agarrou ali. Com um último impulso, jogou-se para dentro e caiu por cima dela.

— Caramba, Roarke. Puxa vida!

— Nosso tempo está acabando! — Ele rolou de lado e quase caiu em cima do último explosivo. O painel piscava, anunciando

Lealdade Mortal

quarenta e cinco segundos. — Saia daqui, Eve — ordenou ele, com a voz controlada, já começando a trabalhar.

— Não vai dar tempo. — Ferida e sangrando muito, Clarissa tentava se colocar em pé. — Vamos morrer aqui. Todos nós, como os dois homens que eu amei, ambos mártires da mesma causa.

— Foda-se a sua causa! — Eve pegou o comunicador. — Mantenham distância, fiquem longe da área. Um dos explosivos ainda está ativado. Estamos trabalhando para desativá-lo. — Eve desligou quando ordens e gritos começaram a rugir pelo aparelho. — Viva ou morta — disse Eve, olhando para Clarissa —, você perdeu!

— Então eu morro — reagiu ela. — Mas do meu jeito!

Gritando o nome do pai a plenos pulmões, ela pulou pelo parapeito rumo ao vazio.

— Caramba! — Eve mergulhou para tentar agarrá-la pelos joelhos, mas caiu em cima do dispositivo. — Droga, desative esse troço, por favor!

— Estou tentando... — Mas os dedos dele estavam escorregadios, e seu organismo parecia prestes a se desligar por causa da perda de sangue. O display da bomba mostrava vinte e seis segundos, vinte e cinco, vinte e quatro.

— Se eu conseguir, vai ser por pouco. — Ele bloqueou a dor, como aprendera a fazer em criança. Vá adiante, enfrente tudo. Sobreviva. — Saia daqui, Eve. Eu vou logo atrás.

— Não gaste saliva. — Eve se colocou ao lado dele. Dezessete, dezesseis, quinze. Colocou a mão no ombro dele. Aquilo os uniu. As luzes de um helicóptero que circulava em torno da estátua penetraram pelas janelas e iluminaram o rosto dele. O anjo condenado, com boca de poeta e olhos de guerreiro. Eve estava com ele havia um ano e tudo mudara em sua vida.

— Eu amo você, Roarke.

A resposta dele foi um grunhido e isso quase a fez sorrir. Ela desviou o olhar do rosto dele e observou a contagem regressiva. Nove, oito, sete...

A mão no ombro dele apertou-o mais. Eve prendeu a respiração.

— Você se importaria de repetir essa frase, tenente?

Eve soltou o ar dos pulmões e olhou para o display luminoso.

— Você desativou a bomba.

— Com quatro segundos de sobra. Nada mau. — Ele a puxou para junto dele com o braço bom. Os olhos brilhantes e selvagens de guerreiro cintilavam ao fitar os dela. — Beije-me, Eve.

Ela soltou um grito de alegria e, ignorando as luzes que continuavam circulando em torno deles, os gritos dos alto-falantes e os bipes incessantes que vinham do comunicador, esmagou os lábios dela contra os dele.

— Estamos vivos — suspirou ela.

— E vamos continuar assim. — Ele enterrou o rosto entre os cabelos dela. — Por falar nisso, obrigado pela mãozinha que você me deu.

— De nada. — Cheia de alegria, ela lançou os braços em volta dele, apertou-o e deu um pulo quando ele gritou. — Que foi? Ah, minha nossa, o seu braço. Parece que está mal.

— Está mal mesmo. — Ele enxugou o sangue do rosto e depois limpou o rosto dela. — Mas dá pra aguentar.

— Hã-hã... — fez ela, balançando a cabeça ao rasgar-lhe a manga da camisa e franzindo o cenho diante do ferimento, enquanto improvisava uma bandagem. — Dessa vez sou eu que vou rebocar você até o pronto-socorro, meu chapa. — Ela quase caiu e balançou a cabeça quando ele a segurou com força.

— Vamos pedir uma cama bem grande. Você está ferida?

— Não, mas estou apagando. — Eve sentiu a mente flutuar e deu uma risada leve. — Consegui aguentar de quatro a seis horas à base de substâncias químicas, mas estou bem. Só que vou ter que me deitar em algum lugar, e bem depressa.

Ela o enlaçou pela cintura com o braço e se virou. Juntos, olharam por sobre a extensão de água na direção da cidade cujas luzes piscavam e cintilavam na noite.

Lealdade Mortal

— Que visual, hein? — maravilhou-se ela.

Com o braço, ele a trouxe para mais perto. Não dava para descobrir quem amparava quem.

— Sim, uma vista espetacular. Vamos para casa, Eve.

— Boa idéia. — Ela pegou o comunicador enquanto seguiam mancando em direção à porta. — Aqui fala a tenente Eve Dallas. Estamos bem e em segurança.

— Tenente. — A voz de Whitney veio em meio à estática, enquanto a fadiga se instalava de vez. O restinho de adrenalina que entrara em sua circulação estava acabando. — Relatório?

— Ahn... — Ela balançou a cabeça, mas não conseguiu colocar os pensamentos em ordem. — Os explosivos foram desativados, o esquadrão antibomba pode averiguar. Os Branson saltaram para a morte. Vamos precisar da divisão de remoção de corpos para raspar do chão o que sobrou deles. Senhor... Roarke está ferido. Vou levá-lo para um centro médico.

— Seu estado é grave?

Eles vinham cambaleando pelas escadas, um agarrado ao outro, mas continuavam descendo. Eve teve de engolir o riso.

— Bem, comandante, estamos bem arrasados, obrigada, mas vamos sobreviver. O senhor poderia me fazer um favor?

Na minitela as sobrancelhas de Whitney se uniram, denotando surpresa.

— Pode pedir, tenente.

— Será que o senhor poderia localizar Peabody, McNab e Feeney para avisá-los de que estamos bem? Isto é, mais ou menos bem. Eles sempre ficam preocupados, e eu estou meio desorientada para procurá-los e tranqüilizá-los. Ah, e diga a Peabody para pegar Zeke e levá-lo para tomar um porre ou algo assim. Ele vai encarar melhor o que houve se estiver bêbado.

— Como disse?

Ela pareceu meio zonza quando eles chegaram ao térreo e lançou um olhar perplexo ao sentir que Roarke se sacudia de rir.

— Ahn... Desculpe, comandante, acho que está havendo alguma interferência neste canal.

De forma gentil, Roarke pegou o comunicador da mão dela e o desligou, dizendo:

— É melhor assim, antes que você convide o seu comandante para se juntar à bebedeira.

— Minha nossa, não acredito que eu falei aquilo para ele. — Ao sair, ela sentiu o vento forte e estreitou os olhos para protegê-los das luzes brilhantes dos helicópteros que pousavam. Esfregou a mão no rosto ao ver as equipes começarem a desembarcar e avançar correndo na direção da estátua. — Vamos dar o fora daqui antes que eu fale mais alguma besteira.

No instante em que eles chegaram ao helicóptero a jato de Roarke, depois de se arrastarem mais um pouco, tudo o que ela queria era se enroscar em um canto, qualquer canto, e dormir por uma semana. Bocejando, virou a cabeça e olhou para Roarke, que já cuidava dos controles. Ele estava ensangüentado, com a roupa rasgada, ferido, mas lindo. Apesar da fadiga e da preocupação, Eve sorriu.

— Roarke... Foi bom trabalhar com você.

Os olhos dele brilharam, selvagens e azuis, e ele lhe devolveu o sorriso resplandecente enquanto os motores rugiam, ganhando vida.

— O prazer foi meu, tenente. Como sempre.

Impresso no Brasil pelo
Sistema Cameron da Divisão Gráfica da
DISTRIBUIDORA RECORD DE SERVIÇOS DE IMPRENSA S.A.
Rua Argentina 171 – Rio de Janeiro, RJ – 20921-380 – Tel.: 2585-2000